TOTE STIMMEN

STEVE MOSBY
TOTE STIMMEN

THRILLER

Aus dem Englischen
von Doris Styron

Weltbild

Die englische Originalausgabe erschien 2008 unter dem Titel
Cry for Help bei Orion, London.

Besuchen Sie uns im Internet:
www.weltbild.de

Genehmigte Lizenzausgabe für Verlagsgruppe Weltbild GmbH,
Steinerne Furt, 86167 Augsburg
Copyright der Originalausgabe © 2008 by Steve Mosby
Copyright der deutschsprachigen Ausgabe © 2010 by Droemer Verlag.
Ein Unternehmen der Droemerschen Verlagsanstalt
Th. Knaur Nachf. GmbH & Co. KG, München.
Übersetzung: Doris Styron
Umschlaggestaltung: Maria Seidel, Atelier Seidel – Verlagsgrafik, Teising
Umschlagmotiv: © plainpicture/Arcangel, Hamburg
Gesamtherstellung: GGP Media GmbH, Pößneck
Printed in the EU
ISBN 978-3-8289-9595-6

2013 2012 2011 2010
Die letzte Jahreszahl gibt die aktuelle Lizenzausgabe an.

Für Lynn

Prolog

»Aus dem Weg!«
Roger Ellis rannte einfach weiter, nachdem er mit der Gruppe betrunkener Jugendlicher zusammengestoßen war. Den ersten erwischte er mit der Schulter, so dass er auf seine Freunde prallte. Einer rief etwas, aber da war Roger schon fort und wich einer weiteren Gruppe aus.
Die Bars in der City schlossen, und auf den Gehwegen drängte sich die Menge. Mädchen in knappen Kleidchen stolperten mit verschränkten Armen fröstelnd und unsicher umher. Junge Kerle schimpften auf Rausschmeißer, stritten miteinander oder beugten sich in Taxifenster und verhandelten Fahrpreise. Die grellfarbigen Neonleuchten der Clubschilder spiegelten sich auf dem Pflaster, und Grölen und Buhrufe von der anderen Straßenseite unterbrachen immer wieder den gedämpften Lärm der Musik von drinnen.
Bis vor wenigen Minuten war Roger ein Teil dieser Szene gewesen. Aber jetzt war all dies einfach nur ein Hindernis. Er rannte zwischen zwei anderen Gruppen hindurch und krachte, um die Ecke spurtend, in einen Jungen mit weißem T-Shirt, den er heftig gegen ein Geländer schleuderte. Roger hielt benommen eine Sekunde inne und sah ein Mädchen, das schockiert die Augen aufriss ...
»He!«
... und dann rannte er schon wieder weiter, ohne die Freunde des jungen Mannes zu beachten, die von der Seite auf ihn

zukamen, und fegte an der ausgestreckten Hand eines Rausschmeißers vorbei, der ihn zu packen versuchte. Man nahm lärmend seine Verfolgung auf. Aber Roger würde immer der Schnellere sein, das Geräusch seiner Verfolger verlor sich, und schließlich hörte er nur noch seine eigenen Schuhe klatschend auf dem Gehweg auftreffen.

Zehn Jahre zuvor, mit neunzehn, war Roger einer der besten jungen Zehnkämpfer des Landes gewesen. Jetzt war er nicht mehr aktiv, arbeitete aber als Trainer mit Teenagern. Niemand würde ihn einholen, schon gar nicht jemand, der sich unsicher bewegte, weil er getrunken hatte.

Er lief schneller, holte mit den Beinen weit aus, die Straßen flogen an ihm vorbei, die Nachtluft rauschte in seinen Ohren, und sein Herz pochte gleichmäßig. Um diese Zeit kam man laufend besser voran, als wenn man sich zu einem Taxi durchschlug, das sich dann durch die vollen Straßen kämpfen musste.

Aber so schnell Roger auch laufen konnte, es war nicht schnell genug. Er wusste nicht, was passiert war, aber er war sicher, es musste etwas Schlimmes sein, und hatte das schreckliche Gefühl, zu spät zu kommen.

Er bewegte sich nun aus dem Zentrum heraus, nahm eine weitere Straßenecke und überquerte die zahllosen Kreuzungen, durch die sich die Umgehungsstraße wie eine Narbe am Stadtrand hindurchzog. Scheinwerfer blendeten ihn, er hörte Reifen quietschen, das Dröhnen einer Hupe. Jemand rief ihm etwas zu.

Roger beachtete es nicht, sondern konzentrierte sich auf die Straße, die vor ihm auf und ab zu schaukeln schien. Links ins Gewerbegebiet. Der Fußweg am Ende war in der Dunkelheit eine etwas riskante Abkürzung, aber er entschied sich trotzdem dafür.

Die ganze Zeit über musste er immer wieder an etwas denken, das Karli vor zwei Wochen gesagt hatte.
Als ob du am Telefon jemals mit jemandem reden würdest.
Und das Gespräch hatte sich tatsächlich um sie gedreht, seine Ex-Freundin Alison. Roger hatte erwähnt, er habe schon eine ganze Weile nicht mehr mit ihr gesprochen, weil er aus irgendeinem kleinlichen Grund, den er inzwischen vergessen hatte, Karli eifersüchtig machen wollte. Aber sie hatte nicht angebissen. Stattdessen hatte sie zu ihm gesagt: *Du sprichst ja sowieso nie wirklich mit jemandem am Telefon.* Zuerst hatte Roger gedacht, sie meine ihn persönlich und wolle sein Verhalten kritisieren oder so etwas, aber sie meinte es ganz allgemein.
Es klingt wie die andere Person, erklärte sie. *Aber sie ist es nicht. Es ist nur ein Computer, der Informationen verarbeitet und ihre Stimme imitiert.*
So, wie sie es gesagt hatte, klang es ein bisschen enttäuscht – es ist also nicht einmal ein echter Mensch, der einen anlügt und hängenlässt. Vielleicht hatte sie also doch angebissen und war einfach nur schlauer als er. Was auch immer sie damit hatte sagen wollen, Roger hatte die Klappe gehalten und Alison nicht mehr erwähnt.
Als er jetzt den Fußweg entlangrannte, dachte er wieder an den Anruf. Die Nummer auf dem Display war Alisons Festnetznummer gewesen, und als er abnahm, hörte er eine Stimme, die der ihren annähernd glich. Aber sie klang nicht nach Alison. Die Person, die er in Erinnerung hatte, war voller Schwung und Lachen und Hoffnung gewesen. Die Stimme am Telefon war ausdruckslos und schwach. *Hilf mir.* Sie klang nicht nach Angst. Sondern es hörte sich an, als kauere Alison in der Ecke eines leeren Zimmers und flüstere diese Worte, um einen bösen Geist von sich fernzu-

halten, als wüsste sie aber andererseits, dass es auf der ganzen Welt niemanden gab, der sie noch hörte.
Hilf mir.
Dann eine Pause und ein Geräusch wie vorbeiwehender Wind.
Hilf mir.
Egal, was er sagte, sie wiederholte immer nur das eine. *Hilf mir.* Ein paar Sekunden danach hatte Roger aufgelegt und war losgerannt.

Um Viertel nach drei Uhr morgens kam er vor Alisons Haus zum Stehen, stützte die Hände auf den Knien ab und atmete wie ein Profisportler tief ein und aus.
Das Gebäude lag wie alle anderen in der Straße dunkel und still da. Es war eine ruhige Wohngegend, nicht weit außerhalb der Stadtmitte. Um diese Zeit war niemand wach. Autos in schattigen Einfahrten waren über Nacht mit dunklen Schutzplanen zugedeckt, und die Häuser dahinter schliefen genauso wie ihre Bewohner. Das einzige Geräusch war das einsame Summen der Straßenlaternen. Nachdem er wieder zu Atem gekommen war, hob Roger den Kopf und sah einen einzelnen Nachtfalter geräuschlos auf die nächste Laterne zufliegen. Er hatte das Gefühl, als sei der Falter außer ihm selbst das einzige Lebewesen im Umkreis von Meilen.
Er ging den kurzen Weg zu Alisons Haus hoch und wollte gerade klopfen ... zögerte aber. Plötzlich wusste er gar nicht genau, weshalb er eigentlich hier war. Als er zurückdachte, konnte er sich nicht mehr recht erklären, wieso der Anruf so stark auf ihn gewirkt hatte, er wusste nur, dass sich ihm die Nackenhaare gesträubt hatten. Er erinnerte ihn an diese verrauschten Bänder, die man in Dokumentarsendungen

über Geistererscheinungen hörte, wo aus irgendeinem Kratzgeräusch plötzlich das Lachen eines alten Mannes wurde. *Hilf mir,* hatte sie zu ihm gesagt, aber dem Klang ihrer Stimme nach war es schon zu spät.
Eine Brise kam auf. Hinter ihm raschelten die Hecken.
Roger fröstelte. Dann klopfte er.
Als er mit der Hand daran stieß, ging die Tür nach innen auf. Sie war angelehnt gewesen, öffnete sich jetzt mit einem Knarren und gab den Blick auf einen Teil der nächtlichen Küche frei. Er horchte.
Hörte ...
Etwas.
Roger stieß die Tür weiter auf, trat ein und begriff, was für ein Geräusch es war. Das Summen von Fliegen, die auf geradem Kurs durch die Küche flogen, auf ihn zusurrten und dann abdrehten. Er schaltete das Licht an und sah, was hier so interessant für sie war. Der Raum war verdreckt. Ein paar gebrauchte Teller standen auf der Arbeitsplatte, die Pastasoße darauf war angetrocknet und rissig wie alte Haut, und darauf saßen kleine weiße Schimmeltupfer wie Pfeffer. Ein anderer Teller ragte aus der vollen Spüle heraus wie eine blasse Flosse. Das Wasser war von einer matten, halb durchsichtigen Hautschicht bedeckt.
Mein Gott, der Geruch ...
»Alison?«
Die dunkle Wohnung saugte das Wort auf und gab nichts zurück.
Er ging ins Wohnzimmer und tastete schnell nach dem Lichtschalter. Die Dunkelheit fühlte sich allzu bedrohlich an, so als stünde jemand in einer Ecke und beobachtete ihn. Das Wohnzimmer zumindest war leer. Und auch sauberer als die Küche.

Aber zu kalt, wie er sofort bemerkte. Als sei schon seit Tagen die Heizung aus.

Die Holztreppe führte vom Wohnzimmer nach oben; er stieg vorsichtig hinauf und behielt den halbdunklen Treppenabsatz über ihm im Auge. Leicht zitternd fühlte er den gleichen Adrenalinstoß, den er früher gespürt hatte, bevor er zu den Wettläufen an den Start ging. Wieder war er sich sicher, dass etwas nicht stimmte. Alison hatte ihn von hier aus angerufen, aber man spürt beim Betreten eines Hauses, wenn es leer ist, und dieses hier fühlte sich nicht nur leer an, sondern verlassen.

Auf dem Treppenabsatz nahm er den Geruch erst richtig wahr. Er stieß die Schlafzimmertür auf.

Roger starrte schockiert auf das Bett, aber sein Gehirn weigerte sich zu akzeptieren, was er da sah. Es konnte nicht sein. Das Ding, das da lag, sah wie Alison aus – aber das war doch unmöglich, weil ...

Sein Handy klingelte.

Er ließ es ein paar benommene Sekunden lang weiterklingeln. Dann nahm er es aus seiner Jackentasche, das Display leuchtete mattgrün. Schließlich schaute er darauf.

Die Anruferkennung zeigte an:

(Alison, Mobilnummer)

Roger zitterte jetzt heftig und hob das Telefon ans Ohr, starrte unbeweglich auf das Ding auf dem Bett, das, wie er tief im Inneren wusste, seine ehemalige Freundin war. Einen Augenblick lang hörte er nur das Rauschen aus dem Telefonhörer.

Und dann sagte Alison mit der gleichen ausdruckslosen Stimme: »Hilf mir.«

Erster Teil

1

Sonntag, 7. August

Ich lernte Tori vor zwei Jahren durch die Zauberei kennen.
Es war an einem sonst durchschnittlichen Abend in Edward's Bar mitten in der Stadt. Das ist eines der Lokale, wo Bier nicht in Gläsern ausgeschenkt wird, es gibt nur Flaschen, Hochprozentiges in kleinen Gläschen oder Cocktails, und das alles zu Preisen, bei denen man das Gefühl bekommt, man sollte sich eigentlich in einem besseren Lokal aufhalten. Am Tresen gab es Platz für fünf, wenn man sich etwas schmal machte. Wollte man sich zum Trinken hinsetzen, konnte man auf Hockern mit superhohen Beinen Platz nehmen oder sich auf tiefe Ledersofas vor kaum kniehohen Couchtischen kauern. Zumindest konnte man das, wenn man früh dran war. Sonst musste man stehen und über das Gefühl hinwegsehen, dass die Schuhe langsam an den Fliesen festklebten.
Alles an diesem Laden war ein Schuss in den Ofen. Zum Beispiel war die Klientel nie so gepflegt, wie der Geschäftsführer, der George und nicht etwa Edward hieß – und genau das meine ich –, es sich bei der Eröffnung der Bar vorgestellt hatte.
Die Gäste dagegen fanden, sie hätten Niveau und Schick, aber wäre jemals jemand hereingekommen, der wirklich Geld hatte, dann wäre er wahrscheinlich auf der Toilette von jemandem ausgeraubt worden, der danach auch noch

in den Barraum zurückgekommen wäre, um dessen Drink zu leeren.

George aber hielt durch. Ein Freund machte ihn mit mir und Rob bekannt, und George fand, dass zwei von Tisch zu Tisch ziehende Amateurtaschenspieler seinem Laden einen Anflug von Klasse geben könnten. An sich keine schlechte Idee. Aber leider auch das ein Reinfall, weil er *uns* engagierte.

Rob und ich traten getrennt auf. Rob hatte eine ziemlich eindrucksvolle Gedankenleser-Nummer, und ich konzentrierte mich auf Zaubertricks mitten im Publikum, meistens mit Spielkarten. Wir waren nicht erstklassig, beim besten Willen nicht. Das Beste, was sich über uns sagen ließ, war, dass wir einen guten Einstieg hinlegten. Am Ende des Abends war ich gewöhnlich besoffener als die meisten Gäste und verriet ihnen Geheimnisse, die die Kollegen vom Magischen Zirkel hätten verzweifeln lassen. Zu diesem Zeitpunkt saß Rob meistens bei irgendeinem Mädchen, schaute ihr tief in die Augen und versuchte, ihre Telefonnummer herauszubekommen.

Wir verdienten uns das Geld fürs Bier. Und eines Abends lernte ich Tori kennen.

Das Geheimnis im Umgang mit einer Gruppe Fremder besteht darin, sich die Wortführer herauszupicken und für sich zu gewinnen. Deshalb bemerkte ich Tori nicht gleich, sondern hatte meine Aufmerksamkeit auf zwei ihrer Freunde gerichtet, die an ihrem Tisch den Ton anzugeben schienen.

Der lauteste, ein Typ, der Choc hieß, war ein kleiner Schwarzer Ende dreißig, der ein ungebügeltes Hemd, eine billige Anzughose und weiße Turnschuhe trug. Haar und Bart waren auf die gleiche Länge zurechtgestutzt, und aus seinem Benehmen und seiner Fahne schloss ich, dass er schon eine ganze Weile am Trinken war, möglicherweise mehrere Tage. Neben ihm saß Cardo, größer, schmächtiger und erst Anfang zwanzig, in überweiten Sportklamotten und mit einer Baseballmütze, die den größten Teil seines Gesichts verdeckte. Im Gegensatz zu Choc hockte er zusammengesunken und schweigsam da. Er zeigte mehr Interesse für sein Mobiltelefon als für die Leute um ihn herum. Aber ich führte einen Trick vor – mit bloßen Händen und hochgerollten Ärmeln zauberte ich eine Münze hinter seinem Ohr hervor, und ein verlegenes Grinsen trat auf sein Gesicht wie bei einem Teenager, der es nicht schafft, cool zu bleiben.

Außer diesen beiden war der Rest an dem Tisch eine seltsame Mischung. Sie kamen einem vor wie eine Gruppe von Fremden, die eigentlich alle lieber woanders gewesen wären. Während ich meine Vorstellung gab, fand ich langsam heraus, dass das Mädchen am Tischende sie alle zusammenhielt.

Ich stützte einen Arm auf die Couch, die ihr gegenüberstand.

»Hi. Wie heißt du?«

»Tori.«

»Nett, dich kennenzulernen. Ich bin Dave.«

Sie wirkte zierlich und selbstbewusst, hatte ihr langes braunes Haar zurückgebunden und trug ein dünnes hellblaues Hemd. Die beiden oberen Knöpfe waren offen, und man konnte ein kleines silbernes Kreuz an einem Kettchen sehen, das, wie ich später erfuhr, ihrer vor vier Jahren verstorbenen Schwester gehört hatte. Ihr Gesicht war hübsch, nicht schön, aber sie hatte etwas, das mich auf sie aufmerksam werden ließ, sobald ich mich hingesetzt hatte. Während des ersten Teils meiner Vorstellung war sie still gewesen, saß meistens einfach da und lächelte vor sich hin, als sei sie damit zufrieden, den Abend aus der Distanz zu genießen und ihren eigenen Gedanken nachzuhängen.

Damals wusste ich es noch nicht genau, aber es verhielt sich so mit Tori: Den meisten Leuten wurde, bis sie erst mal Mitte zwanzig sind, schon übel mitgespielt, und sie sind dementsprechend verhärtet. Sie brauchen länger, bis sie jemandem Vertrauen entgegenbringen, bis die harte, schützende Schale, mit der sie sich umgeben haben, weich wird. Aber Tori war anders; ohne Misstrauen bot sie ihr ganzes Wesen rückhaltlos dar. Das gibt es nur selten.

»Also«, sagte ich. »Sag mir bitte, wann ich anhalten soll.«

Ich hielt ein Kartenspiel mit der Bildseite nach unten und fuhr langsam mit dem Daumen am Rand der Karten entlang.

»Halt.«

Ich stoppte kurz vor der Mitte des Stapels, hob den Rest der Karten ab und hielt sie hoch, damit alle am Tisch sie sehen konnten.

»Das ist die Karte, die du gewählt hast. Ich habe keine Ahnung, welche es ist, aber merk sie dir bitte.«

»Okay.«

Ich legte die Karten wieder auf den Stoß und gab ihn ihr.

»Geh die Karten durch und überprüfe, ob sie alle unterschiedlich sind, damit du sicher bist, dass ich nicht schwindle.«

Ich sah zu, wie sie die Karten auffächerte. Ihre feingliedrigen Hände bewegten sich mit großer Präzision.

»Gut. Jetzt meinst du vielleicht, ich weiß, an welcher Stelle im Stoß deine Karte ist, deshalb möchte ich, dass du sie mischst, so oft du willst.«

Das tat sie ganz systematisch und ohne Eile.
Dann gab ich ihr noch ein paar Anweisungen, was sie alles tun sollte. Am Ende waren die Karten gemischt, abgehoben, wieder ins Spiel gegeben, und sie hatte einen in der Nähe stehenden, etwas verwirrten Mann ausgewählt, der den wieder geordneten Kartenstoß für uns hielt.
Ich sah ihr in die Augen.
»Also. Ich kann ihn nicht sehen. Er macht keine Geräusche oder gibt mir sonstige Zeichen. Stimmt's?«
»Stimmt.«
Wir beugten uns jetzt beide etwas vor, und sie sah mich belustigt und keineswegs eingeschüchtert an. Ich bemerkte, dass ihr Gesicht zwar nur hübsch, ihre großen braunen Augen aber wunderschön waren. Einen Moment drohte der Trick zu misslingen.
»Okay.« Ich atmete tief ein, strengte mich dabei anscheinend sehr an und fragte dann wie nebenbei den Mann: »Sir? Würden Sie mir sagen, ob Sie rauchen?«
»Ääh, ja.«
Ich nickte kurz, als spiele das eine Rolle. »Dachte ich mir. Tori, würdest du mir einen Gefallen tun und unter dem Aschenbecher nachsehen, bitte?«
Sie griff über den Tisch, hob den Aschenbecher hoch, und da lag, mit der Bildseite nach unten, eine einzelne Karte.
»Ist das die Karte, die du ausgesucht hast?«
Beim Anheben bog sich die Karte leicht, dann, als sie sie umdrehte, erschien ein Lächeln auf ihrem Gesicht.
»Ja.« Sie sah zu dem Mann hinüber, der das Kartenspiel hielt, dann wieder zu mir, und es fühlte sich an, als schlage mein Herz ein bisschen schneller. Aber nur kurz. »Na ja, das ist schon eindrucksvoll.«
Ich lächelte und stand auf. »Danke.«

Ich hatte drei Paare in der Gruppe am Tisch ausgemacht, wenn man Choc, Cardo und dann sie beiseiteließ. Deshalb hatte ich mich für diese bestimmte Karte entschieden. Ein kleiner zusätzlicher Trick, auf den Rob schwor und mit dem er gelegentlich angab. Ich war nicht besonders gut mit gefühlvollen Sprüchen bei der Anmache, aber irgendetwas an Tori ließ mich denken: *Warum eigentlich nicht?*
»Herz zwei. Weißt du, was das bedeutet? Vielleicht ist heute Abend der Mann deiner Träume hier.« Welche Wirkung Rob auch immer damit erzielen mochte, aus meinem Mund klang es viel weniger charmant. »Aber jedenfalls danke fürs Mitmachen und noch einen schönen Abend.« Ich nickte den am Tisch Sitzenden zu. »Das gilt für euch alle.«
Ich bekam etwas Applaus, Choc klatschte so heftig, als schlage er immer wieder auf etwas ein, und war kurz davor, laut zu pfeifen. Ich nahm alles dankbar zur Kenntnis, bevor ich zum nächsten Tisch weiterging. Und später, als ich für diesen Abend fertig war und ein paar Drinks intus hatte, kehrte ich probeweise wieder an ihren Tisch zurück.

Jetzt wünschte ich, ich könnte erzählen, dass es perfekt war. Aber das war es nicht. Es zeigte sich, dass Tori und ich sehr wenig gemeinsam hatten. Zum Beispiel trank sie keinen Alkohol, ich schon. In ihrer CD-Sammlung gab es hauptsächlich Frauen, die leise akustische Gitarre oder Klavier spielten. Ich dagegen mochte härtere Kost, wagte aber nie, meine eigenen Sachen aufzulegen, um sie nicht zu verletzen. Ich sah mir im Kino den größten Mist an, während sie sich mit obskuren ausländischen Kunstfilmen auskannte, die in den Programmkinos liefen und von denen sie aus irgendeinem Grund immer noch mehr sehen wollte. Und sie war wahnsinnig belesen, hatte Anglistik studiert und besaß Re-

gale voller Lyrik und guter Literatur, über die sie tatsächlich auch *diskutieren* konnte. Wenn wir Zeit miteinander verbrachten, unterwarf ich mich immer einer gewissen Selbstzensur, weil ich wollte, dass wir zusammenblieben; aber eine solche Beziehung wird niemals halten.
Unsere dauerte zweieinhalb Monate. Ich war mir selbst die meiste Zeit ein Rätsel und merkte, dass es ihr genauso ging. Wir mochten einander sehr, aber irgendwie war das nicht genug. Dass es kein Happy End geben würde, war vorauszusehen. Aber zumindest gab es ein Ende. An dem Abend, als es aus war, lagen wir in ihrer Wohnung im Bett nebeneinander, und unsere Arme berührten sich. Wir wussten beide, dass es vorbei war.
»Hier sollte wahrscheinlich Schluss sein, oder?«, meinte Tori.
Ich zwang mich, ihr nicht zu widersprechen. Etwas sagte mir, dass ich diese Sache nicht so verderben sollte, wie ich es bei anderen Gelegenheiten getan hatte.
»Ich glaube, ja«, sagte ich. »Aber ich wollte nicht, dass es so läuft.«
»Ich auch nicht. Es tut mir leid, dass es nicht geklappt hat. Wirklich.«
»Können wir Freunde bleiben?«
»Natürlich.« Wir umarmten uns, kuschelten uns aneinander, und sie lächelte und berührte mein Gesicht. »Für immer.«
Ich sah sie an, und obwohl ich wusste, dass es so in Ordnung war, war ich trauriger als je zuvor. Niemals hatte ich eine Beziehung gehabt, die so endete. Es hatte immer Betrug oder Geschrei oder einfach zunehmende Gleichgültigkeit gegeben. Aber bei Tori fühlte sich das alles ganz anders an. Was immer zwischen uns funktionieren oder nicht funk-

tionieren mochte, so war mir doch etwas an ihr wichtiger, als ich sagen konnte, und ich wollte, dass sie ein Teil meines Lebens blieb.
»Wenn du mich jemals brauchst«, sagte ich, »werde ich für dich da sein. Egal, worum es geht.«
Sie lächelte mir wieder zu. »Ich auch.«
Und dann, so blöd es vielleicht sein mochte, liebten wir uns zum letzten Mal. Es war anders als sonst. Wir hatten dabei eine emotionale Verbindung, die in der Vergangenheit immer gefehlt hatte, vielleicht weil wir uns jetzt eingestanden hatten, dass wir nur Freunde waren, und zumindest das war etwas, das wir nicht vorzutäuschen brauchten.
Mit der Zeit rückte Tori langsam, aber sicher an den Rand meines Lebens, aber meine Gedanken waren nie weit weg von ihr, und ich hörte nie auf, sie zu mögen. Denn was soll man sonst tun? Wenn einem ein Mensch wichtig ist, dann strengt man sich an, ihn nicht zu verlieren.
Deshalb vergaß ich nie, was ich an jenem Abend gesagt hatte.
Sollte sie mich jemals brauchen, würde ich da sein. Egal, worum es ging.
Und zwei Jahre später fand ich heraus, was genau das bedeutete.

Man hat nicht häufig die Gewissheit, den schlimmsten Tag seines Lebens hinter sich zu haben, aber für mich war es so. Damals traf das jedenfalls zu, denn ich wusste nicht, wie viel schlimmer alles noch werden sollte. Später war es dann einfach der Tag, an dem alles anfing, in die Binsen zu gehen.
Ich wachte um acht auf und war fünf Minuten danach schon aufgestanden. So läuft das bei mir gewöhnlich; schon seit meiner Kindheit ist mein Körper so programmiert, dass er

die Kerze am einen Ende abbrennt, ohne Rücksicht auf das, was sich am anderen Ende tut.
Das andere Ende brannte also bereits, aber nicht, weil ich das so wollte. Meine Gedanken hatten mich am Abend zuvor wach gehalten. Sie waren auf der Suche nach etwas, und jedes Mal wenn ich fast eingeschlafen war, ergriffen sie diese Gelegenheit, um mich wieder aufzuwecken und mir zu zeigen, was sie gerade gefunden hatten. Hauptsächlich Dinge, die mit Emma zu tun hatten. Nichts davon war hilfreich, aber mein Unterbewusstsein brachte trotzdem all diesen Kram an die Oberfläche, wies auf gute und schlechte Erinnerungen hin, von denen es sozusagen den Staub abwischte, vielleicht in der Hoffnung, dass sich das eine oder andere Stück als wertvoll herausstellen würde.
Emma war im letzten Jahr meine Freundin gewesen. Ich hatte sie nicht beim Zaubern kennengelernt, sondern im Internet, und am Anfang passte alles so gut, dass sie tatsächlich schon nach zweieinhalb Monaten zu mir in meine kleine Wohnung zog. Wir mochten die gleiche Musik und die gleichen Filme und Bücher. Eine Zeitlang war alles *großartig* gewesen. Jetzt war mein Unterbewusstsein auf der Suche nach dem Augenblick, an dem aus großartig annehmbar wurde und annehmbar sich in gleichgültig verwandelte. Vielleicht hätte sich mein Unterbewusstsein für die Veränderung des Beziehungsstatus von gleichgültig zu unglücklich entschieden, aber das war wohl eher schon letzten Montag geschehen, als Emma mir gesagt hatte, es sei aus zwischen uns, und ausgezogen war. Heute wollte sie noch einmal vorbeikommen und die letzten Kartons mit ihren Sachen aus dem Wohnzimmer holen. Wie sich das anfühlen würde, darüber war das letzte Wort noch nicht gesprochen.

Aber davon abgesehen hatte ich Arbeit zu erledigen.

Ich trank einen Kaffee, aß etwas Toast und nahm eine weitere Tasse Kaffee mit ins Arbeitszimmer. Eigentlich war es nur das Gästezimmer, kaum groß genug, um zwei Bücherregale an einer Wand, einen Schreibtisch in der Ecke und ein Bett für ein »zweites Schlafzimmer« mit den Lügen des Immobilienmaklers in Einklang zu bringen. Wie in den anderen Räumen der Wohnung passten auch hier die Einrichtungsgegenstände nicht zueinander. Ich wohnte seit fast drei Jahren hier, hatte Möbel aber immer nur aus einer momentanen Laune heraus gekauft, statt damit einem umfassenden Einrichtungsplan zu folgen. Als ich zum Beispiel auf den Regalen keinen Platz mehr hatte, kaufte ich einfach ein neues Bücherregal und suchte dann erst eine Wand, wo es hinpassen würde.

Ich setzte mich auf den Bürostuhl aus Leder, an dessen Hebel noch das Preisschild hing, fuhr den Computer hoch und machte mich für den Tag bereit, der vor mir lag.

Was die Arbeit betraf, musste ich einen Artikel für den *Anonymous Skeptic* schreiben, die monatlich erscheinende Zeitschrift, die Rob und ich verlegten. Wir brachten Besprechungen von Zauber-Vorstellungen, widmeten uns aber hauptsächlich der kritischen Betrachtung einer ganzen Reihe von New-Age-Themen. Geistererscheinungen, Medien mit übersinnlichen Fähigkeiten, UFOs, alternative Therapien, Kristalle; alle, die das Wort »Energie« in den Mund nehmen, ohne zu wissen, was es bedeutet, nehmen wir uns vor. Der Artikel, den ich heute schreiben musste, befasste sich mit Astrologie und war reine Routine, nur zwei Seiten, die ich im Schlaf hätte schreiben können, wäre es mir nur gelungen einzuschlafen.

Zwanzig Minuten später hatte ich den halben Artikel fertig,

als sich mein Handy meldete. Es lag auf dem Schreibtisch und vibrierte. Ich hielt inne, die Finger über der Tastatur bereithaltend.

(Rufnummer unterdrückt)

Ich nahm ab.
»Hallo?«
»Dave!« Ich erkannte Toris Stimme, aber irgendwie klang sie schon, als sei etwas nicht in Ordnung. »Es ist so schön, deine Stimme zu hören.«
»Ich find's auch schön, dich zu hören. Tut mir leid, schon 'ne Ewigkeit her, oder?«
Ich erinnerte mich, dass es schon mindestens vier oder fünf Monate her war, seit ich richtig mit ihr geredet hatte, und ich hatte auch kaum E-Mails oder SMS geschickt. Der Grund war hauptsächlich, dass die Situation mit Emma sich so verschlechtert hatte, die es selbst in den besten Zeiten nicht gut gefunden hatte, dass ich einer Ex noch freundschaftlich verbunden war. Ich hatte die Probleme nicht noch verschlimmern wollen. Aber wie die Dinge sich jetzt entwickelt hatten, schien das kaum eine gute Ausrede, und mich plagte das Gewissen, weil wir so wenig Kontakt gehabt hatten.
»Wie geht es dir?«, sagte ich.
»Nicht so toll. Allerdings hab ich heute Vormittag draußen in der Sonne gesessen, das war schön. Überall Blätter.«
Die Alarmglocken schrillten jetzt lauter.
»Wo bist du?«
»In Staunton. Bin seit zwei Tagen hier. Sie haben mich eingewiesen.«
»Was ist passiert?«

»Es war Eddie.«
Automatisch nahm ich eine Münze vom Computertisch und begann, damit zu spielen – eine stetig wiederholte Handbewegung, die mir half, einen klaren Kopf zu behalten. Mit dem Mittelfinger schob ich die Münze am Daumen entlang, hielt sie dort einen Moment fest, ließ sie zwischen die gekrümmten Finger fallen und fing dann wieder von vorne an. Mit den Münztricks konnte ich den Händen immer etwas zu tun geben, was mir half, ruhig zu bleiben.
»Erzähl es mir.«
Das tat sie. Toris letzter Freund, Eddie Berries, war ein dürrer kleiner Kerl mit langem braunem Haar. Er machte Musik, schien es aber, solange er noch nicht entdeckt war, unter seiner Würde zu finden, sich eine Arbeit zu suchen. Er nahm Drogen, benahm sich verrückt und hielt sich irgendwie für sehr wichtig, die Art von leicht künstlerisch angehauchtem Typ, der meint, die Welt sei ihm seinen Lebensunterhalt schuldig, sich dann aber insgeheim über die Leute lustig macht. Aber Tori hatte »kreative« Typen schon immer gemocht. Sie hatte eine Schwäche für so etwas.
Wäre es nur das gewesen, hätte ich meine Abneigung vielleicht der Eifersucht zugeschrieben, aber irgendetwas an Eddie hatte mich von Anfang an gestört. Ich hatte ihn nur zweimal gesehen und konnte nicht genau sagen, woran es lag, aber es fing an, als ich sah, wie er auf besitzergreifende Weise den Arm um Tori legte, als sei sie sein Eigentum, auf das er ein Anrecht hatte. Da wusste ich gleich, dass er nicht gut für sie war. Sie schien zu sehr bemüht, ihm zu gefallen, und das mochte er wohl.
Aber offenbar machte er sie glücklich. Natürlich hatte ich nicht gewusst, was sie mir jetzt erzählte: dass Eddie schon seit einiger Zeit ausgerastet war. Sein Drogenkonsum hatte

zugenommen, er hatte die Beherrschung verloren, war immer labiler geworden und übte eine immer stärkere Kontrolle über ihr Leben aus. Tori musste jeden Tag Medikamente nehmen, aber Eddie hatte in seiner Weisheit befunden, dass das nicht gut für sie sei. Es sei eine Schwäche, sich auf Tabletten zu verlassen, meinte er, und hatte sie schließlich überzeugt, das Lithium wegzulassen und sich auf »natürliche« Weise ihrer Krankheit zu stellen. Seit damals hatte es auch Streit und Einschüchterungen gegeben. Eddie demütigte sie immer wieder, sagte ihr, was alles mit ihr nicht stimme, dass sie überhaupt nicht an ihn herankäme und welches Glück sie hätte, ihn zu haben. Als Folge dieses Katz-und-Maus-Spiels mit Toris Selbstachtung war sie geradezu manisch geworden.

Letzten Mittwoch war die Situation zwischen den beiden eskaliert, als Eddie vollkommen durchdrehte und sie zusammenschlug. Tori wurde in die Klinik eingeliefert, wo sie über Nacht blieb. Am nächsten Tag hatte man sie ihrer eigenen Sicherheit zuliebe in die Anstalt in Staunton eingewiesen.

Obwohl Tori hin und wieder vom Thema abschweifte, kam die Geschichte einfach und schnell heraus. Als sie zu Ende erzählt hatte, hielt ich immer noch die Münze in der Hand, und mein Gesicht fühlte sich völlig versteinert an.

»Ist mit dir sonst alles in Ordnung?«, sagte ich. »Körperlich, meine ich.«

»Mein Gesicht ist grün und blau.«

Sie lachte. Ich nicht.

»Und die Polizei?«

»Sie suchen ihn. Er ist untergetaucht.«

Ich legte die Münze hin. »Wie lang, meinst du, wirst du in der Klinik bleiben?«

»Ich weiß nicht. Bis sie meinen, dass ich gehen darf. Mindestens eine Woche.«
»Aha.«
»Aber ich kann Besuch bekommen. Wenn du Lust hast, mich zu besuchen? Es ist so langweilig hier.«
Auf dem Monitor hatte sich der Bildschirmschoner eingeschaltet. Der halbfertige Artikel war einen Tastendruck entfernt, aber es würde ja nicht lange dauern. Außerdem musste ich auch an Emma denken. Aber sie hatte noch einen Wohnungsschlüssel, und vielleicht würde meine Abwesenheit, wenn sie kam, um ihre Sachen abzuholen, es für uns beide einfacher machen. Sonst würde ich wahrscheinlich einen törichten Versuch unternehmen, sie zurückzuhalten, was für die Beziehung etwa das Gleiche wäre, wie wenn man sich verzweifelt auf den Sarg eines Verstorbenen wirft.
»Um wie viel Uhr?«, fragte ich.
»Zwischen zwei und fünf. Du brauchst nicht die ganze Zeit zu bleiben. Es wäre einfach schön ... jemanden zu sehen.«
»Gut, ich komme.«
»Das ist super. Danke.«
Ich versuchte zu lächeln.
»Kein Problem.«
»Du bist so ein guter Freund, Dave. Ehrlich.«
Ich wünschte, es wäre wirklich so. Ich hatte nicht das Gefühl, ein guter Freund zu sein.
»Ich muss nur noch was fertigschreiben«, sagte ich. »Bis bald.«

2

Sonntag, 7. August

Es war der Geburtstag seines Sohnes, und Sam Currie war auf dem Weg quer durch die Stadt, um ihn zu besuchen. Als sein Handy klingelte, hieß das, dass er auf keinen Fall abnehmen würde.
Kein Dienst. Heute nicht.
Trotzdem behielt er die Straße im Auge und griff dabei nach dem Handy, nur um zu sehen, wer anrief. Als er auf dem Display »James Swann« las, wünschte er gleich, er hätte das blöde Ding auf dem Sitz liegen lassen. Swann würde nur anrufen, wenn im Büro etwas los war, und Currie wusste, dass er den Anruf annehmen sollte. Was auch immer, es würde jedenfalls wichtig sein.
In Gedanken sah er unwillkürlich Schnappschüsse von Kindergeburtstagen seines Sohnes vor sich. Neil mit einem spitzen Hut, der unter dem Kinn von einer Schnur gehalten wurde, beim Kerzenausblasen. Im Cowboykostüm, beim Spielen auf dem Rasen oder mit einer Zahnlücke auf seinem feuerroten Fahrrad sitzend.
Auf den frühen Fotos lächelte sein Sohn immer, aber als er ins Teenager-Alter gekommen war, blickte er finsterer drein. Das Einzige, was in all den Jahren auf den Fotos immer gleich blieb, war Sam Curries Abwesenheit. Sein Dienst hatte immer an erster Stelle gestanden, und das war ein Fehler gewesen, aber man konnte die Vergangenheit nicht ändern, wie sehr man sich das auch wünschen mochte. Es

gab nur diese. Neil wurde heute einundzwanzig, und Currie hatte sich freigenommen und würde mit seinem Jungen einen trinken.

Das hatte sein Vater mit ihm getan, als er in diesem Alter war, und seit Linda vor so vielen Jahren unbeabsichtigt schwanger geworden war, hatte Currie mit absoluter Sicherheit sagen können, dass er sich auf diese eine Gelegenheit freute.

Er schaltete das Mobiltelefon aus und legte es wieder auf den Beifahrersitz neben die Flasche Whisky.

Dienst war Dienst. Aber ein Versprechen war ein Versprechen.

Und doch ... als Currie das Lenkrad leicht drehte und den Wagen langsam den Bellerby Grove hochlenkte, merkte er, dass er schon begann, die üblichen Kompromisse zu schließen. Im Grunde wusste er, dass er zurückrufen musste, aber er konnte es noch eine Weile aufschieben, zumindest würde er Zeit haben, Neil zu gratulieren und schnell ein Glas mit ihm zu trinken.

Sein Sohn war alt genug, um das jetzt zu verstehen. Wahrscheinlich würde er es sogar erwarten.

Warum hab ich das Ding nicht ausgeschaltet?

Das Wetter war jedenfalls schön geworden, auch wenn ihm alles andere jetzt ein bisschen düsterer vorkam. Currie spähte durch die Windschutzscheibe nach oben. Vorher war es grau und bedeckt gewesen, aber jetzt, gegen Mittag, waren die Wolken verflogen, und der Himmel strahlte hell und klar. Ein herrlicher Tag. Die Sonne brannte herunter, verzerrte gelbe Quadrate huschten über Curries muskulöse Unterarme, während er fuhr. Die Häuser hier hatten große Vorgärten, und er hörte das Zischen der Sprenger, das Brummen der Rasentrimmer und atmete den Duft von gemähtem Gras ein, der durch das offene Fenster hereinzog. Es war still, und er war ganz zufrieden. Im Lauf der Jahre hatte Neil in viel schlimmeren Gegenden gewohnt als hier. Currie parkte gleich innerhalb des Tores. Als er den Motor abgestellt hatte, war es um ihn herum vollkommen ruhig, die Stille wurde nur unterbrochen durch Vogelgezwitscher und das friedliche Rauschen des Stadtverkehrs, das wie ein in der Ferne fließender Wasserstrom klang.

Beim Abschließen piepste der Wagen zweimal. Currie begann, mit der Flasche in der Hand die lange Einfahrt hinaufzugehen. Die Brise blies ihm warme Luft ins Gesicht. Dann traf sie auf die seitlich stehenden Bäume, die leise rauschten und dann wieder still dastanden. Als er die Kuppe des steilen Hügels erreichte, war er außer Atem. *Fast fünfundvierzig jetzt*, erinnerte er sich deprimiert. Die Zeit ließ einen hinter sich. Als Teenager und in seinen Zwanzigern war er ins Fitness-Studio gegangen, aber inzwischen war das nicht mehr aktuell. Die Vorsätze, wieder damit anzufangen ... na ja, irgendwie fand er nie die Zeit dazu. Und jedenfalls konnte es zu diesem Zeitpunkt nur noch darum gehen, das Versäumte wieder aufzuholen, oder? Er hatte den Zenith des Lebens überschritten, von jetzt an ging es abwärts.

Noch diese Woche, dachte er. Irgendwann.

Ein paar Schritte vom Weg entfernt fand er seinen Sohn.

Currie trat vorsichtig um die Einfassung.

Auf dem gewölbten, schlichten Stein stand die einfache Inschrift: Neil S. Donald, der Mädchenname seiner Frau, und zwei Datumsangaben, die ein Leben von kaum mehr als neunzehn Jahren umschlossen. Auf dem Grab lag ein Strauß frischer Blumen, die bestimmt seine Frau und ihr Bruder heute hingelegt hatten. So war es abgesprochen, aber trotz-

dem ärgerte es ihn etwas, dass Linda ihm zuvorgekommen war.
Ein paar knappe Worte waren in den Stein eingemeißelt.

Geliebter Sohn.
Endlich hast du Frieden gefunden.
Gott behüte dich.

Während er das las, kamen Currie weitere Schnappschüsse in den Sinn, aber er verdrängte sie.
All das spielte keine Rolle mehr, weil die einzige Wahrheit, die noch zählte, in diesen Worten lag. Endlich hast du Frieden gefunden.
Sein Telefon meldete sich wieder. Diesmal nahm er ab, und während er auf den Knopf drückte, sah er das Gras leicht in der Brise schwanken.
»Currie«, meldete er sich.
»Sam? Hier James. Tut mir leid, dass ich dich jetzt anrufen muss, aber wir haben hier einen wichtigen Vorfall, und ich dachte, du würdest es wissen wollen.«
»Wer?«
»Eine Frau in den Zwanzigern.« Swann hielt inne. »Sieht aus, als hätte jemand sie festgebunden und sterben lassen.«
Das rüttelte ihn auf, denn das hatte er nicht erwartet.
»Wie die im Mai?«
»Ja.« *Und die letztes Jahr.*
»Gib mir die Adresse.«
Das tat Swann.
Currie unterdrückte den Impuls, die üblichen Fragen zu stellen. Swann arbeitete jetzt seit über zehn Jahren mit ihm zusammen, hatte die Sache bestimmt schon im Griff und alle losgeschickt.

»Gib mir 'ne halbe Stunde.«
»Sam ... es tut mir leid.«
»Das braucht es nicht. Bis nachher.«
Currie steckte das Handy ein und drehte dann am Verschluss der Whiskyflasche: klick, klick, klick. Der Geruch entströmte der Flasche, er setzte sie an und ließ den Alkohol auf der Zunge und im Mundraum brennen und ihn mit dem seidigen Geschmack überziehen, bevor er schließlich hinunterschluckte. Sofort standen seine Kehle und der Brustkorb in Flammen.
»Happy Birthday, Neil.«
Er versteckte die Flasche, zugeschraubt und fast noch voll, hinter dem Grabstein. Natürlich konnte sie jemand mitnehmen, entweder ein Friedhofsgärtner oder ein Obdachloser – aber das wäre in Ordnung. Wahrscheinlich hätte Neil das gefallen.

Eine halbe Stunde später stand Detective Sam Currie im Süden der Stadt an der Tür eines drückend warmen Zimmers und sah auf Alison Wilcox' Leiche hinunter.
Sie war am Morgen von ihrem Ex-Freund Roger Ellis gefunden worden. Ellis war jetzt zur Vernehmung auf der Polizeiwache, und Currie konnte sich denken, dass der Mann wahrscheinlich ziemlich traumatisiert war. Er selbst hatte in den letzten eineinhalb Jahren zwei solche Szenen mitbekommen, und der Anblick der Leichen schockierte ihn immer noch. Die Arbeit bei der Polizei hatte ihn mit vielen gewaltsamen Todesfällen konfrontiert, aber in diesem Fall war es nicht so sehr das Verbrechen an sich, das ihn entsetzt hatte, als vielmehr die Würdelosigkeit und Unmenschlichkeit der Tat – und vielleicht auch dessen, was nicht getan wurde.

Alison Wilcox' Leiche sah dünn und ausgezehrt aus. Ihre Haut war schlaff und gelb. Hände und Füße waren mit dicken Lederbändern an die Bettpfosten gebunden, und besonders die Hände sahen schrecklich aus: an den Handgelenken gekrümmt und zu wächsernen Klauen erstarrt. Aber wenn der Fall wie die anderen war, würden sie nur feststellen können, dass ihr wenig tatsächliche Gewalt angetan worden war, nachdem der Angreifer sein Opfer erst einmal überwältigt hatte. Um sie zu töten, hatte es nichts bedurft außer der Fesseln.

Hinter ihm gingen die Kollegen von der Spurensicherung langsam durchs Haus, während vor ihm der Pathologe Chris Dale mit zur Seite geneigtem Kopf neben dem Bett kauerte und die Leiche betrachtete. Eine Schmeißfliege landete auf ihrem Oberschenkel, und Dale scheuchte sie weg. Sie setzte sich einen Augenblick später auf die Wange und begann, langsam im Kreis darauf herumzukrabbeln.

James Swann stand neben ihm, steckte sich einen Kaugummi in den Mund und bot die Packung dann Currie an.

Er nahm einen. »Danke.«

»Kein Problem.«

»Sieht genau aus wie die anderen. Es war richtig, mich anzurufen.«

Swann antwortete nach kurzem Schweigen: »Es ist traurig, sie sich so vorzustellen, oder? So allein.«

Currie nickte. Andere Kriminalbeamte hätten einen so emotionalen Satz nicht gebilligt, selbst wenn er auf so beherrschte Weise geäußert wurde. Aber dies war einer der Gründe, weshalb er und Swann so lange als Partner zusammengeblieben waren. Und es *war* ja auch traurig. Wenn man von der Annahme ausging, dass sie es mit dem gleichen Mörder zu tun hatten, war Alison Wilcox gefesselt und dann dem langsamen Tod durch Verdursten überlassen worden.

Unter den Medizinern gab es Meinungsverschiedenheiten darüber, wie das im Detail ablief. Manche sagten, der Körper produziere etwa nach dem ersten Tag schmerzstillende chemische Substanzen, während andere die Ansicht vertraten, es sei die Hölle, so zu sterben. Was zweifellos feststand, waren die körperlichen Folgen und Abläufe. Während Alison Wilcox' Körper dehydrierte, verlor er die Fähigkeit zu schwitzen, und die Temperatur stieg dadurch extrem stark an. Ihr Mund, die Zunge und die Kehle waren qualvoll ausgetrocknet. Ihre Haut wurde rissig wie Pergament. Der Urin, den sie noch abzusondern in der Lage war, wurde immer konzentrierter und so heiß, dass er auf der Haut brannte. Irgendwann, als ihre Gehirnzellen zusehends abstarben, bekam sie Fieber und wurde immer verwirrter. Schließlich verlor sie das Bewusstsein. Es hatte wohl eine Zeitspanne zwischen ein paar Tagen und zwei Wochen gedauert, bis ihre Organe abschalteten, wie Lichter ausgingen, und ihr Körper endlich starb.

Und in dieser ganzen Zeit war niemand gekommen.

Wegen des Geburtstages dachte Currie wieder an Neil. An dem Tag, als er seinen Sohn fand, hatte er vor dem Haus gestanden und bemerkt, dass das Gebäude dunkler und bedrohlicher als die anderen Häuser wirkte. Die Sonne schien auf die Nachbarhäuser, während das von Neil im Schatten stand, und alles war zu still. Als er das Tor aufmachte und durch den mit Abfall übersäten Garten ging, hatte er irgendwie schon geahnt, was er da drinnen vorfinden würde.

Jetzt fragte er sich, ob jemand etwas Ähnliches gespürt hatte, als er die Straße entlang bis zu diesem Haus gekommen war. Wie konnte man es *nicht* spüren? Es schien unmöglich. Das Haus wirkte wie eine Insel der Trauer. Der Tod der jungen Frau war wie eine Anklage.

Da unterbrach Swanns Mobiltelefon mit seinem Klingeln Curries Gedanken. Sein Kollege ging auf den Treppenabsatz hinunter und meldete sich, während sich die Muskeln unter den hellblauen Ärmeln seines Hemdes wölbten.

Dale, der Pathologe, erhob sich. »Alles passt jedenfalls zu den früheren Fällen«, sagte er. »Schwierig, unter diesen Umständen die tatsächliche Todesursache festzustellen.«

»Dehydration?«

»Ja. Wahrscheinlich Organversagen, aber es ist möglich, dass ihr Rachen so angeschwollen war, dass sie im wahrsten Sinn des Wortes nicht mehr in der Lage war zu atmen.«

Currie kaute langsam auf dem Kaugummi herum. Sein eigener Mund war trocken.

»Es gibt keine Anzeichen für sexuelle Gewalt und keine offensichtlichen Verletzungen außer den Wunden an Handgelenken und Knöcheln.«

Sie hatte sich natürlich zu befreien versucht.

Currie sagte: »Und das alles spielte sich hier ab?«

»Sieht so aus. Der Zustand der Bettwäsche weist darauf hin, obwohl man es im Moment nicht mit Sicherheit sagen kann.«

Der Zustand der Bettwäsche. Curries Blick huschte über das verschmutzte, verkrustete Laken unter der Leiche. Er fragte sich, ob es ihr zuerst peinlich gewesen war, bevor sie völlig gleichgültig wurde. Bevor die Verlegenheit von Panik, vielleicht sogar Wahnsinn abgelöst wurde.

»Es wäre am besten, sie so bald wie möglich mitzunehmen«, sagte Dale. »Dann werde ich genauere Aussagen machen können.«

»Nein. Wir brauchen sie noch eine Weile hier vor Ort.«
Es ging Currie gegen den Strich, die Leiche noch länger am Tatort liegen zu lassen. Er sah sie an und stellte sich vor, wie um sie herum teilnahmslos die endlose Zeit verstrichen war. Seine Gedanken schufen ein Zeitraffervideo von Alison: Zuerst kämpfte sie noch, die Muskeln verkrampften sich, sie zuckte, ihr Kopf drehte sich von einer Seite zur anderen, wie bei jemandem, der einen Alptraum hat. Tage und Nächte brachten Helligkeit und Dunkel in den Raum, während sie etappenweise starb.
Das Video lief in Curries Kopf ab, und er empfand Trauer über jeden Augenblick der Einsamkeit, der verstrich, ohne dass jemand kam und sie fand oder nachsah, wie es ihr ging. Deshalb wollte er sie endlich hier herausholen – aber sie waren zu spät gekommen, es machte keinen Unterschied mehr. Das Einzige, was sie jetzt noch für sie tun konnten, war, den Verantwortlichen zu fassen.
»Wir können es uns nicht leisten, etwas am Tatort zu übersehen.«
»Natürlich.« Dale nickte langsam, blies dann die Backen auf und stieß die Luft aus. »Ich muss ein paar Anrufe erledigen. Bin gleich wieder da.«
»Alles klar. Danke, Chris.«
Currie trat zur Seite, damit der Pathologe gehen konnte. Einen Moment später kehrte Swann zurück, klappte sein Handy zu und fuhr sich mit der Hand über das kurzgeschorene Haar.
»Wir haben die Anrufe zurückverfolgen können«, sagte er. »Der erste wurde von dem Telefon unten getätigt. Der zweite, der auf Alisons Handy, wurde von der Straße draußen gemacht.«
Currie reimte sich zusammen, was geschehen war.

»Er hat also Ellis hineingehen sehen und dann die Aufnahme noch einmal abgespielt.«
»Scheint so. Sie gehen jetzt Wilcox' Telefondaten durch und überprüfen die Gespräche der letzten zwei Wochen.«
Currie war klar, was sie herausfinden würden: dass der Mörder während der Gefangenschaft des Opfers seine üblichen Nachrichten an Wilcox' Familie und Freunde geschickt hatte, gerade genug, dass sie überzeugt waren, sie sei am Leben und wohlauf. Erschreckend, dachte er, wie leicht es war, die Identität eines anderen Menschen anzunehmen. Wie abhängig die Gesellschaft von der letztlich unpersönlichen Kommunikationstechnik geworden war. E-Mails, SMS, Facebook-Profilseiten. Die Menschen hielten sich nicht mehr weiter mit persönlicher Kommunikation auf. Sie umflatterten das Leben anderer Mitmenschen wie Schmetterlinge.
Swann zeigte auf sein Telefon.
»Das war übrigens Collins.«
»Ja? Was wollte er?«
»Der Fall von häuslicher Gewalt. Erinnerst du dich?«
Currie hob eine Augenbraue.
Er erinnerte sich, obwohl der Ausdruck »häuslich« die Sache irgendwie angenehmer klingen ließ, als sei es nur um einen kleinlichen Streit gegangen. In Wirklichkeit war das Mädchen, Tori Edmonds, von ihrem Freund übel zusammengeschlagen worden. Aber so unschön das war, war es nicht die Art von Vorfall, der normalerweise lange im Gedächtnis blieb. Zwei Details hatten ihn jedoch aus der Menge der sonst üblichen Geschehnisse hervorgehoben.
Das erste war das Mädchen selbst. Etwas an Tori Edmonds war Currie aufgefallen, als er sie im Krankenhaus besuchte. Sie schien … nicht gerade unschuldig, aber offener und ver-

letzlicher als die Menschen, die er sonst gewohnt war. Von dem Augenblick an, als er sie zum ersten Mal sah, war sein Beschützerinstinkt geweckt. Vielleicht war es tatsächlich so einfach. Seine Reaktion hatte ihn noch wütender werden lassen auf ihren missratenen Freund, einen Mann namens Eddie Berries. Currie teilte die Menschen in zwei Gruppen ein, wenn sie auf etwas Wertvolles stießen. Es gab die, die ihm Hochschätzung entgegenbrachten, und die, die es einfach nicht ertragen konnten. Diese Menschen hatten irgendwie immer den Drang, die anderen auf ihr Niveau herunterzuziehen.

Tori Edmonds schien ein nettes junges Mädchen zu sein, intelligent, klug und anständig. Je mehr er über ihren Freund Edward Berries erfuhr, desto schlechter schien er zu ihr zu passen: nach dem, was man von manchen hörte, ein mieser Dealer und Süchtiger, nach der Aussage vieler anderer ein Nichtsnutz. Nicht vorbestraft, aber wohl kaum ein toller Fang. Sie schienen jedenfalls als Paar schlecht zusammenzupassen. Aber andererseits gab sich Edmonds ja auch mit Charlie Drake ab – seine Freunde nannten ihn Choc –, und das war in jeder Hinsicht noch viel gefährlicher. Offenbar hatten sie sich kennengelernt, als Edmonds noch Teenager war und sie gemeinsam Clubabende organisiert hatten. Heutzutage war Choc dafür bekannt, dass er praktisch allein den größten Teil des Cannabismarkts bediente.

Es war eine fürchterliche Kombination, und das hieß, dass Berries schnell gefunden werden musste, nicht zuletzt zu seinem eigenen Schutz. Angesichts dessen, was er dem Mädchen angetan hatte, würden natürlich die meisten Polizisten keine schlaflosen Nächte verbringen, sollte jemand anders ihn vorher erwischen. Viele würden sogar finden, er hätte verdient, was immer auf ihn zukam. Currie war sich

da unschlüssig, aber wenn der Tod seines Sohnes ihn etwas gelehrt hatte, dann war es, dass man niemanden aufgeben sollte. Dass man keinen zurücklassen durfte. Was immer man von ihm halten mochte. Besonders wenn jemand wie Drake in die Sache verwickelt war.
»Wie weit sind wir also damit?«, sagte er.
»Heute Vormittag wurde ein Zwischenfall in der Campdown Road gemeldet: Ein Kerl wurde aus einem besetzten Haus herausgezerrt und in einen Kofferraum gesteckt. Die Beschreibung passt auf unseren Freund Eddie.«
»Klein, hässlich und unnütz?«
»Genau so, fast wörtlich. Und die Adresse scheint zu seiner Wohnung an der Campdown Road zu passen.«
Der Idiot – weiß nicht, wann es besser ist, sich bedeckt zu halten, dachte Currie. Aber andererseits waren sie ja alle so, oder? Wenn einer auf einer selbstzerstörerischen Spirale entlangtrudelte, begriff er nicht, dass es besser wäre, Vernunft anzunehmen.
Currie kaute nachdenklich auf seinem Kaugummi herum.
»Was ist mit denen, die ihn da reingesteckt haben?«
»Sie waren schwarz.«
»Das ist schon mal ein Anfang. Das Auto?«
»Auch schwarz. Geländewagen. Du kennst ja die Gegend. Niemand will etwas sagen.«
Currie brummte. Es gab gewisse Leute in der Stadt, in deren Angelegenheiten man besser nicht verwickelt werden sollte, alle wussten das. Auf dieser Liste stand Drake ziemlich weit oben.
»Im Moment nichts zu machen«, sagte Swann. »Dort jedenfalls nicht.«
»Wir werden sehen.«
»Ja. Aber wir haben jetzt Wichtigeres zu tun.«

Currie schaute wieder auf das tote Mädchen hinab, dessen Kopf leicht zur Seite gedreht war. Einerseits mochte er nicht, was die Worte seines Partners durchblicken ließen. *Prioritäten.* Der Gedanke, dass Berries nicht wichtig sei, dass sie ihn wegen etwas Vordringlicherem einfach aufgeben konnten. Aber andererseits wusste er, dass Swann recht hatte. Irgendwo in der Stadt war Alison Wilcox' Mörder immer noch unterwegs. Jemand anders würde bald daliegen. Und warten. Vergessen.
Plötzlich war Currie sehr müde.
Swann sagte: »Sollen wir zurückfahren und mit Roger Ellis reden?«
»Ja«, seufzte er. »Tun wir das.«

3

Sonntag, 7. August

In der ersten Woche, in der wir zusammen waren, hatte Tori erklärt, sie sei manisch-depressiv.
Wir waren an jenem Abend auf dem Jahrmarkt gewesen, der einmal im Jahr auf dem Moor stattfand, und hatten den ganzen Abend in der kalten Luft den Würstchengeruch eingeatmet, Zuckerwatte vor uns hergetragen und uns auf den Karussells aneinandergeschmiegt, während bunte Lichter und der Lärm der Spielautomaten um uns herumwirbelten. Später saß Tori in meiner Wohnung mit überkreuzten Beinen auf meinem Bett und rollte einen Joint auf einer Zeitschrift, die sie auf ihren schmalen Oberschenkeln balancierte. Während sie über ihre Krankheit sprach, starrte sie die ganze Zeit angespannt auf den Joint, ohne auch nur einmal den Blick zu heben.
Sie war schon zweimal in eine psychiatrische Anstalt eingewiesen worden, aber seit ein paar Jahren war es Gott sei Dank nicht mehr vorgekommen. Trotzdem blieb dies ein Zustand, mit dem sie jeden Tag leben musste, und wenn ich mich mit ihr einlassen wollte, musste ich wissen, was das bedeuten konnte. Obwohl sie Medikamente nahm und sehr vorsichtig war, sagte sie ironisch lächelnd mit einem Blick auf den Joint, konnte es sie in der Zukunft doch jederzeit beeinträchtigen. Als sie geendet hatte, sah sie mich an, und ich bemerkte nicht die leiseste Spur von Selbstmitleid. *So bin ich.*

Trotz ihres Gesichtsausdrucks war sie, glaube ich, insgeheim besorgt, wie ich wohl reagieren würde und ob es etwas ändern könnte an meinem Wunsch, mit ihr zusammen zu sein. Und dass dies das Fundament erschüttern könnte, das sie nur mit großer Anstrengung hatte errichten können. Für mich machte es natürlich keinen Unterschied, und ich sagte ihr das. Aber für einen Moment zeigte mir ihr Gesichtsausdruck einen Menschen, dessen Identität und Selbstwertgefühl weggefegt worden waren, der aber im Auge des Sturms ausgehalten hatte, obwohl die Trümmer sämtlicher früherer Gewissheiten weggeblasen wurden. Sie hatte diese Trümmer wieder eingesammelt und daran festgehalten.

Vielleicht war es anmaßend von mir, aber die Herausforderungen, die sie bewältigen musste, und die Art und Weise, wie sie sich danach der Welt stellte, machten sie mir höchstens noch wichtiger.

Ich sagte: »Du bist das normalste Mädchen, mit dem ich je zusammen war«, und meinte es auch so.

Zwei Jahre später fuhr ich nach Staunton. Ich spürte, wie mich Schuldgefühle und Zorn ergriffen. Es war nicht meine Aufgabe, mich um Tori zu kümmern, aber wir waren doch noch Freunde, und ich hätte vielleicht etwas tun können, um ihr zu helfen, hätte ich mir nur die Zeit dazu genommen.

So läuft es eben. Menschen entgleiten einem, wenn man es zulässt.

Ich war kurz nach zwei dort.

Das Krankenhaus stand an einem sanft ansteigenden Hügel, eine Serie heller, einstöckiger Gebäude, die sich seitlich und abwärts ausbreiteten, manche waren miteinander verbunden, manche standen separat. An der Straße zogen sich hohe Hecken entlang, und es gab nur einen Eingang zum Parkplatz, der von einem Wächter kontrolliert wurde. Der weiße Kies jenseits des Eingangs war sorgfältig geharkt, und die Flächen um die Klinikgebäude herum waren schön angelegt und üppig. Hellgrün lagen sie in der Sonne, jeder Baum sah aus wie ein gigantisches Eis am Stiel und nickte sanft in der leisen Brise. Der Parkplatz war halb voll, aber als ich ausstieg, umfing mich eine unglaubliche Stille. Das Krankenhaus und die Anlagen waren so gestaltet, dass alles so ruhig wie möglich war.

Ich ging den Weg zum Haupteingang entlang und roch frisch geschnittenes Gras. Im Gebäude war der Hauptkorridor jedoch ziemlich belebt, und als ich im Vorbeigehen einen Blick in einige der anderen Stationen warf, sah ich nichts, was sie von denen eines normalen Krankenhauses unterschieden hätte. Als ich Station acht erreichte, stand ich allerdings im Gegensatz dazu vor zwei blauen Doppeltüren mit Magnetschloss und einem Tastenfeld an der Wand. Da fiel der Groschen: Meine Freundin war hier eingesperrt. In ihrem eigenen Interesse, aber trotzdem war die Vorstellung merkwürdig und traurig, dass wir nicht zusammen hinausgehen konnten, wenn wir wollten.

Ich drückte auf den Knopf der Sprechanlage, und gleich danach wurde die Tür von einem unrasierten Mann in lässiger Kleidung, Jeans und Pullover, geöffnet. Dem Namensschild an seinem Gürtel konnte ich entnehmen, dass er Pfleger und sein Name Robert Till war.

Ich sagte: »Hi, ich möchte Tori Edmonds besuchen.«

»Ah ja.« Er ließ mich eintreten. »Tori ist draußen im Innenhof. Dort hinten. Sie müssen sich eintragen, und dann bringe ich Sie hin.«

»Danke.«

Station acht bestand im Grunde aus einem langen, breiten Korridor, von dem Türen abgingen. Ich war noch nie auf einer psychiatrischen Station gewesen und wusste nicht so recht, was mich erwartete, aber es stellte sich heraus, dass sie sich kaum von anderen Klinikstationen unterschied. Es gab Zimmer zur Linken, manche Türen waren zu, andere offen. Sie schienen keine Schlösser zu haben, aber auf dem Boden vor den Türöffnungen waren durch weiße aufgemalte Vierecke klar die Bereiche definiert, die von Besuchern nicht betreten werden sollten. Ein Geruch von Putzmitteln und der undefinierbare Mief des Essens aus einer Großküche lagen in der Luft.

»Die Frage ist mir unangenehm«, sagte ich, »aber worauf sollte ich gefasst sein?«

»Haben Sie sie je in einer manischen Phase gesehen?«

»Nein.«

»Na ja, es wird gerade besser. Sie ist ein bisschen sediert, reden Sie einfach ganz normal mit ihr, wie mit jedem anderen. Wie gut kennen Sie sie?«

»Wir sind vor zwei Jahren zusammen gegangen.«

»Ah, okay. Sind Sie der Zauberkünstler?«

»Ja, sozusagen. Eigentlich Journalist.«

»Sie hat viel von Ihnen gesprochen. Sie wird sich freuen, dass Sie gekommen sind. Selbst wenn sie es sich nicht richtig anmerken lässt.«

Am Ende des Korridors öffneten sich zu beiden Seiten große Räume. Wir wandten uns nach rechts und kamen in einen Bereich mit bequemen Sitzmöbeln und Tischen, auf denen Zeitschriften auslagen. Grüppchen von Leuten saßen herum, und auf den ersten Blick war es schwierig zu unterscheiden, wer wohl Patient und wer Besucher war. Die

Atmosphäre schien ruhig und entspannt, ein Mittelding zwischen einer Krankenhausabteilung und dem Besucherraum eines Gefängnisses, aber einer Krankenstation viel ähnlicher. Schließlich waren diese Menschen Patienten, deshalb waren die Sicherheitsmaßnahmen so dezent und unauffällig gehalten, dass sie nicht ins Auge fielen, wenn man nicht darauf achtete. Schlösser an den Fenstern, Pfleger, die sich wie nebenbei unter die Patienten mischten. Aber außer den Türen zum Innenhof schien das Tastenfeld am Eingang die einzige Möglichkeit zum Betreten oder Verlassen der Station zu bieten. Während Robert mich durch den Raum führte, bemerkte ich hier auch die großen Sicherheitsgitter. Draußen in der Sonne war der Boden entlang des Krankenhausgebäudes mit hellbraunen Pflastersteinen belegt, und die Flächen erweiterten sich vor den Türen der einzelnen Stationen zu kleinen Quadraten. Auf jedem standen Holzsitze im Halbkreis, verbunden durch Tische, und zylinderförmige Gefäße mit Sand für die Zigarettenkippen. Leute saßen oder standen überall herum, sprachen leise oder schauten einfach blinzelnd in die Sonne und genossen die frische Luft.

Tori wandte mir den Rücken zu, aber unter ihrem hochgesteckten Haar war der tätowierte Stern auf ihrem Nacken zu sehen, so dass ich sie sofort erkannte. Sie saß mit einer Gruppe von Leuten zusammen. Eine junge Frau war schrecklich dünn, und ich nahm an, dass auch sie Patientin war. Zu dem Mädchen gehörte ein älteres Ehepaar, ihre Eltern, wie ich vermutete.

Gegenüber saßen Choc und Cardo. Sie schauten mich an. Ich grüßte mit einem Nicken. Choc erwiderte es, aber Cardo sank nur noch ein bisschen mehr in sich zusammen, sah weg und fing an, mit dem Fuß auf den Boden zu tippen.

»Hi.« Ich hätte Tori gern die Hand auf die Schulter gelegt, wusste aber nicht, ob das erlaubt war, also beugte ich mich zu ihr hin. »Ich hab's geschafft.«
Sie sah mich an und grüßte im Sonnenlicht blinzelnd.
»Hallo. Komm doch und setz dich.«
»Danke.«
Ich wühlte in der Tüte, die ich mitgebracht hatte. »Zigaretten.«
»Danke schön.«
»Lass mal sehen.«
Sie drehte den Kopf, damit ich sie betrachten konnte, und ich musste ein Zusammenzucken unterdrücken. Das Sonnenlicht ließ die Farben auf der einen Gesichtshälfte aufleuchten, ein Gemisch aus lila, gelben und blauen Flecken. Ihr linkes Auge war gerötet und blutunterlaufen, als trüge sie eine Kontaktlinse für eine Rolle in einem Horrorfilm. Wieder ergriff mich die Wut über das, was Eddie Berries getan, und das, was ich nicht getan hatte.
»Sehr hübsch.«
»Ja, find ich auch«, sagte sie bestimmt. »Lila war schon immer meine Lieblingsfarbe.« Sie wandte sich zu dem magersüchtigen Mädchen neben ihr. »Das ist Amy und Verwandte von ihr.«
»Nett, Sie kennenzulernen.«
Wir lächelten alle einander zu – ein wenig verlegen –, und dann fing Tori an, mit Amy zu sprechen, als sei ich gar nicht da.
»Du musst mich daran erinnern, sie dir zu schicken, wenn wir wieder draußen sind«, sagte sie. »Ich finde, es ist eine seiner besten.«
Ich zündete mir eine Zigarette an, und wir saßen ein paar Minuten schweigend da. Als der Pfleger mir gesagt hatte,

dass Tori sediert sei, hatte ich eigentlich erwartet, sie in gedämpfter Stimmung oder schläfrig vorzufinden. Aber es war eher so, dass sie einem leicht ablenkbar vorkam; sie sprang zwischen den Themen hin und her, begann ein Gespräch und brach es völlig wahllos wieder ab. Ohne Medikamente wäre sie wahrscheinlich ruhelos gewesen. Unter dem Einfluss der Mittel war das manische Element noch da, aber wie hinter einem Grauschleier verborgen, wie ganz leise gestellte Tanzmusik.

Schließlich wandte ich mich an Choc. »Wie geht's denn so?«

Er zuckte mit den Achseln und zündete sich auch eine an.

»Na ja, dies und das, weißt du. Ist in Ordnung.«

»Das ist gut.«

Er zeigte auf Tori.

»Hat sie dir erzählt, was passiert ist?«

»Das meiste.« Ich schüttelte den Kopf, zögerte und sagte dann: »Ich wünschte, ich hätte etwas getan.«

Sein Gesichtsausdruck wurde kalt und leer. Er nickte langsam und sagte dann leise: »Das kannst du laut sagen.«

Ich hatte die beiden seit jenem ersten Abend in Edward's Bar nur noch zweimal getroffen. Sie waren immer ganz nett, und man vergaß leicht, womit sie ihren Lebensunterhalt verdienten. Aber nachdem ich es nun einmal erfahren hatte, war es natürlich immer gegenwärtig. *Sie beschützen mich*, sagte Tori einmal, und ich nahm an, das war einer der Gründe, warum ich nie Abneigung gegen die beiden empfunden hatte. Tori hatte etwas an sich, das alle möglichen ganz verschiedenen Leute anzog. Wie diese Leute sich ihr gegenüber benahmen, wurde zu einer Art Messlatte für mich. Wenn Choc sie mochte und für sie sorgte, konnte er kein ganz übler Bursche sein. Eddie war genauso von ihr

angezogen, brachte es aber irgendwie fertig, ihr weh zu tun.
»Ich bin froh, dass du gekommen bist«, sagte Choc. »Sie hat die ganze Zeit von dir geredet.«
»Ich wollte ja. Ich fand, ich sollte kommen, weißt du?«
Er stieß den Rauch aus und nickte nachdenklich, starrte in die Ferne und überlegte. Ich ließ dem Schweigen Raum. Als er mit der Zigarette fertig war, trat er sie aus, statt sie in das Gefäß zu werfen.
»Was hast du später vor?«, fragte er.
»Später?«
»Ja. Hast du Zeit?«
Ich machte den Mund auf, aber er unterbrach mich, um klarzustellen, was er meinte.
»Wir wollen nachher noch mit jemandem reden. Ich dachte, vielleicht würdest du gern mitkommen.«
Tori drehte sich um.
»Dave, du musst dich eincremen, sonst bekommst du 'n Sonnenbrand.«
»Ääh, ja.«
Ich sah mich etwas ratlos um, als ob die Sonnencreme durch Zauberkraft erscheinen würde, aber dann nahm Tori eine Flasche, die neben ihr stand.
Sie drückte etwas davon auf meinen linken Arm und begann mich einzureiben. Es war nichts Erotisches daran, kam mir jedoch trotzdem irgendwie völlig unpassend vor. Aber ich ließ sie machen.
Währenddessen lehnte sich Choc auf seinem Stuhl zurück und sah mich an; und ich wusste, dass unsere Unterhaltung noch nicht zu Ende war. Ich wusste auch genau, wovon er sprach. Es ging um Eddie. Sosehr ich ihn jetzt hasste und ihn, wäre ich damals dabei gewesen, gern krankenhausreif

geschlagen hätte, war ich nicht sicher, ob ich bei so etwas mitmachen wollte. Einerseits schon. Andererseits nicht.
Aber ich spürte, dass Choc mich beobachtete, und unter seinem scharfen Blick wurde mir alles, was ich fühlte, klarer.
Tori ging sorgfältig und langsam vor, damit auch alles richtig einmassiert war, bevor sie zum anderen Arm wechselte. Ich sah zu, wie sie sich konzentrierte, und mein Blick fiel wieder auf die Blutergüsse in ihrem Gesicht. Sie hatte die Beine untergeschlagen, die Schultern nach vorn gezogen und wirkte schmal, weil sie sich über meinen Arm beugte. Und sie sah kleiner aus denn je.
Ich hätte sie mit einer Hand hochheben können, und sie schien so langsam und gleichmäßig vorzugehen, dass ich es geschafft hätte, bevor sie es überhaupt merkte.
Als Tori fertig war, sah sie mich an und runzelte die Stirn. Dann fiel ihr etwas ein, und sie packte mich am Handgelenk ...
»Komm. Ich führ dich rum.«
... als könne sie mich faktisch von dem Schuldbewusstsein wegführen, dessen Wirkung sie in mir spürte. Und vielleicht auch, um mich von Choc wegzuholen.
Zuerst zeigte sie mir ihr Zimmer.
»Mein Tagebuch. Meine Bücher. Hier hänge ich meine Kleider rein.«
Tori ging schnell vom einen Gegenstand zum nächsten weiter, während ich gewissenhaft die Sperrzone für Besucher beachtete. Ihr Zimmer roch nach dem Parfüm, das ich von ihr gewohnt war. Es war immer in einem hohen, schmalen Flakon mit einer Blume gewesen. Manchmal roch ich es selbst jetzt noch, wenn ich irgendwo langging, drehte mich um und erwartete oder hoffte dann, sie zu sehen.

»Hier kann ich mich waschen.«
Sie ging konzentriert das Zimmer durch. Und mir war klar, dass sie das alles mir zuliebe tat. Es war ein Versuch, mich abzulenken, denn sie wusste, wie ich mich fühlte. Wahrscheinlich hätte sie es nicht so ausdrücken können, aber selbst jetzt, wo sie mit der Welt im Clinch lag, dachte sie an andere und funkte mir durch die Störgeräusche eine beruhigende Nachricht zu.
Sie kam auf den Flur zurück.
»Und wie geht's mit Emma?«
»Emma?« Ich wusste nicht, was ich sagen sollte. »Im Moment nicht so gut.«
»Tut mir leid, das zu hören.« Sie neigte den Kopf zur Seite. »Aber wenn es mit ihr nichts wird, bin ja immer noch ich da.«
Das traf mich wie ein Faustschlag, und ich sagte mir sofort, ich solle es besser nicht ernst nehmen.
»Ach, komm.« Mit großen Augen fasste sie mich wieder am Handgelenk. »Ich weiß, was ich dir noch zeigen kann.«
Sie führte mich in den zweiten Aufenthaltsraum, der, in dem ich noch nicht gewesen war. Er sah fast genauso aus wie der andere: bequeme Stühle, Tische, Zeitungen. Aber hier war niemand. Tori führte mich zur anderen Seite des Raums hinüber. Sie setzte sich mit dem Rücken zu mir an das Klavier, das dort stand, und nachdem sie eine Haarsträhne hinters Ohr gestrichen hatte, bewegten sich ihre Finger erwartungsvoll und zum Spielen bereit über den Tasten.
»Was soll ich spielen?«
Und als ich sie da sah, vor einem Musikinstrument sitzend, das ich sie in besseren Zeiten hatte spielen sehen, machte das alles noch einen Tick intensiver.

»Ich weiß nicht«, brachte ich heraus. »Kannst du etwas von Nine Inch Nails?«
»Nein, du Dummkopf. Das hier kennst du ja.«
Sie fing an *The Heart Asks Pleasure First* zu spielen, das einzige klassische Stück, wie sie wusste, das ich mir anhören konnte.
Aber sie schaffte es nicht. Sie vergriff sich, traf hin und wieder zwei Tasten auf einmal, und je länger sie weiterspielte, desto öfter ging etwas daneben. Wenn ihre Finger ihr nicht gehorchten, runzelte sie vor Anstrengung die Stirn, dann sang sie mit geschlossenen Augen leise dazu, und ihre Stimme übernahm die Melodie. Aber auch das klang etwas schräg.
Ich hörte die gebrochene Musik. Selbst eingeschlossen an diesem Ort war sie arglos und frei von Hemmungen, aber ich sah die Frustration auf ihrem Gesicht, wenn sie ihre Fehler bemerkte. Ein wunderschönes Musikstück, das nur noch aus Stolpern und Stocken bestand.
Eddie hat das getan, rief ich mir ins Gedächtnis. *Es ist nicht deine Schuld.*
Aber als sie mit verwirrtem und enttäuschtem Gesichtsausdruck zu spielen aufhörte, spürte ich, dass der Kloß in meiner Kehle vor Zorn immer fester wurde, bis ich kaum mehr atmen konnte. Bis ich genau wusste, was ich tun würde – mochte es nun richtig oder falsch sein.

4

Sonntag, 7. August

Als sie am Computer fertig war, öffnete sie das Verlaufsprotokoll des Browsers und fing an, alle besuchten Seiten zu löschen. Obwohl ihre Mitbewohnerin verreist war, gehörte das Löschen unverzichtbar zum Ritual. Zuerst greift man in die bunte Welt des Internets ein, dann beseitigt man alle Spuren.
Sie löschte die Einträge der Suchmaschine für extreme Pornoseiten und entsprechende Chatrooms und dann die heruntergeladenen Seiten selbst. Ihre anonyme E-Mail-Adresse. Die Kopien der Chats aus den Sexforen, wo sie sich die Dinge hatte sagen lassen, die andere mit ihr machen wollten. Sie löschte alle Webseiten, die sie so eifrig gesucht und durchforscht hatte. All die Dinge, die auf ihre Weise den Ekel vor ihr selbst und den Hass auf alles, was sie war, dargestellt hatten.
Als es zu Ende war, ging sie durchs Zimmer zu der Stelle, wo sie ihre Kleider hingelegt hatte, und wusste doch, dass das bei weitem nicht ausreichte.

Eine halbe Stunde später saß Mary auf der Couch, hatte die Beine unter sich gezogen und sah fern. Welche Erleichterung das Internet ihr auch verschafft haben mochte, jetzt war sie schon wieder angespannt und fühlte sich schlimmer als zuvor. Es war, wie wenn man ein Furunkel aufstach. Wenn man es nicht schaffte, den ganzen Mist auf einmal

herauszukriegen, wurde die Entzündung nur noch schlimmer.
Im Zimmer wurde es langsam dunkler, da das Tageslicht draußen abnahm, und der Widerschein vom Fernseher flimmerte über sie hinweg. Während die Bilder vor ihr aufleuchteten, starrte Mary durch den Bildschirm hindurch; Nachrichten, die ohne Ton keinen Sinn ergaben. Nur eine einzige Bewegung erlaubte sie sich: Mit einer Fingerspitze strich sie glättend über eine Augenbraue. Immer nur in eine Richtung. Wann immer sie eine weiter ausholende Bewegung machte, zuckte sie zusammen, als hätte jemand sie plötzlich und brutal aus tiefem Schlaf geweckt.
Es brachte nichts.
Eigentlich war es erstaunlich, dass man die Emotionen hinter seinen eigenen Taten und Stimmungen verstehen konnte und trotzdem weiter von ihnen beherrscht wurde. Mary wusste aus Erfahrung, dass sie in ein paar Tagen auf dies hier zurückblicken und sich kaum wiedererkennen würde. Sie würde eine Fremde sehen. Ein kleines, hilfloses Mädchen, das auf der Couch kauerte und nur noch mit verschränkten Armen ihre Ärmel umklammern und die Finger in die Haut bohren konnte. Irgendwann würde sich ihre Stimmung entspannen und der Griff sich lockern. Aber obwohl sie das jetzt schon genau wusste, war es ihr überhaupt keine Hilfe. In ihren depressiven Phasen sank sie in die schwärzesten Träume hinab. Keine Erinnerung an die wirkliche Welt konnte da helfen.
Ein Alptraum hatte diesen neuen Anfall ausgelöst.
Wie immer rührte er von ihrer Kindheit her, nur dass ihre Vorstellung alles übertrieb und die Einzelheiten vergrößerte. Die Gesichter waren zu Ovalen langgezogen, so dass die Zähne zum Raubtiergebiss wurden; die Finger waren auf

die doppelte Länge angewachsen und zu Krallen verformt, eine ganz normale Küche in einem Vorstadthaus war zur Spülküche in einem Schloss geworden. Mary wurde entsetzt Zeugin, als ein riesiger, dunkelgrüner Vampir das Gesicht eines Bauern auf einen rotglühenden Amboss hinunterdrückte. Die Finger des Mannes versuchten verzweifelt nach etwas zu fassen, aber sie konnte nicht einmal seine Schreie hören, weil das zornige Bellen des Monsters, das ihn festhielt, zu laut war.

Wer hat dich hierhergeschickt? Wer hat dich geschickt?
Dampf stieg um ein einzelnes, weiß leuchtendes Auge herum auf, das weit aufgerissen war vor panischer Angst, und aus Marys Psyche stiegen Bilder auf von brennendem Fleisch, von verkohlten Skeletten, die um sie herum in der Luft hingen, von Blut, das zwischen den Pflastersteinen rann.

Wie verängstigt Mary auch war, sorgte sie sich doch am meisten um den kleinen unschuldigen Jungen, der hinter ihr stand. Sie versuchte immer wieder, ihm die Sicht zu versperren, um ihn zu schützen, aber sie schaffte es nicht, und das brachte sie zum Weinen. Bei jeder ihrer Bewegungen glitt sein Gesicht an ihr vorbei wie eine glatte Murmel.

Unter hysterischem Schluchzen war sie aufgewacht. Das gleiche Gefühl hilfloser, panischer Frustration hatte sie die letzten drei Tage nicht verlassen und war immer stärker geworden. Jetzt fühlte sie sich, als würde sie explodieren.

Der Fernseher flimmerte ohne Ton, Mary beugte sich vor und schlang die Arme um ihre Beine. Den Kopf auf den Knien, zitterte sie am ganzen Körper.

Sie schaltete das Licht an.
Als Mary in das Gästezimmer von Katies Wohnung einge-

zogen war, hatte sie nicht viel mitgebracht. Es gab hier sehr wenig Platz, aber das war in Ordnung. Ihre Besitztümer bestanden aus wenig mehr als ihren Kleidern, einer Handvoll Bücher, ihrem Körper und einer Schachtel mit persönlichen Dingen, die sie immer bei sich haben musste.
Auf allen vieren wühlte Mary in ihrem Zimmer in der Schachtel, bis sie fand, was sie suchte, ging dann in die Küche und nahm eine kleine Schüssel. Mit langsamen Bewegungen, als sei sie sediert, brachte sie die Sachen ins Wohnzimmer. Durch die Tränen sah sie alles um sich herum verschwommen.
Denken war fast unmöglich, aber …
Zieh die Vorhänge zu.
Sie hörte die Leute draußen auf der Einkaufsstraße, einen Stock tiefer lachten sie und machten Witze; sie schloss sie alle aus und setzte sich auf die Couch. In der Stille hörte sie sich selbst weinen.
Mach den Beutel auf.
Es war einmal vor langer Zeit, so wie alle Geschichten beginnen, da war dies das Nähmäppchen ihrer Mutter gewesen. Als sie ein kleines Mädchen war, hatte es sie fasziniert. All die geheimnisvollen Stoffschichten mit Schlitzen, die als Verstecke für Nadeln und aufgewickelte Fadenspulen in vielen Farben dienten. Als ihre Mutter schließlich auszog, hatte sie es nicht mitgenommen, und als Teenager hatte Mary den Inhalt weggeworfen, zusammen mit all den anderen Sachen ihrer Mutter, die sie nie mehr ansehen würde. Von der allerersten Pflegefamilie an hatte sie in dem Beutel die Dinge aufbewahrt, die sie wirklich brauchte.
Mary nahm die Desinfektionsflüssigkeit heraus und schüttete etwas davon in die Schüssel. Sie tauchte eine Rasierklinge ein, holte dann Wattebäusche und eine desinfizierende

Creme heraus und legte sie für später auf den Tisch neben die Schüssel.

Tief atmen.

Das tat sie, aber eine Weile später zitterte sie immer noch. Hier und jetzt konnte sie sich nicht vorstellen, dass sich irgendjemand verlassener und hoffnungsloser fühlen könnte als sie. Die letzten paar Tage hatte sie noch Widerstand geleistet. Aber jetzt ließ sie zu, dass das Gefühl in ihr aufstieg, statt es weiter zurückzudrängen. Es war wie ein Gift. Die Empfindungen entströmten ihrem Herzen und zwängten sich in verklumpten Gerinnseln durch ihre Arterien und Venen.

Und dann fing sie endlich an. Sie rollte ihr Hosenbein auf. Darunter hatte sie schon ein paar Narben, sich kreuzende weiße Linien zwischen den feinen, fast unsichtbaren Härchen, aber es gab noch genug Platz.

Weiter tief atmen.

Sie nahm die Rasierklinge heraus und schüttelte die Flüssigkeit ab.

Als der erste Schnitt zu sehen war und Blutströpfchen wie kleine Perlen hervortraten, war der stechende Schmerz die erste körperliche Empfindung des ganzen Tages.

Hinterher hatte Mary genau zwanzig neue Linien auf ihrer geschwollenen, warmen Wade, die zu pulsieren schien. Die Haut tat weh, aber auf eine schöne, angenehme Art und Weise. Sie reinigte die Wunden sorgfältig mit Desinfektionsmittel, bevor sie ihr Bein mit Creme einrieb. Immer noch sickerte Blut nach, und rote Rinnsale zeigten sich auf der weißen Haut, aber sie tupfte sie sachte mit Wattebällchen ab. Es machte nichts.

Sie war in Hochstimmung.

Überall war Blut. Es hatte sich in Lachen um ihren Knöchel herum auf dem glatten Boden gesammelt. Wo es heruntergetropft war, hatte es runde und sternförmige Kleckse gebildet und Schmierspuren, wo ihr nackter Fuß zur Seite gezuckt war. Die mohnrot gefleckten Papiertaschentücher, mit denen sie es abgewischt hatte, lagen zusammengeknüllt überall herum. Sogar diese Sudelei war befriedigend.
Manchmal war die einzige Möglichkeit, die Gefühle zu beruhigen, sie nach außen zu holen, um etwas Konkretes zu haben, dem sie sich stellen konnte. Marys Wade war zu einem Wandteppich der unerwünschten Emotionen geworden: des Ekels vor sich selbst, des Hasses, des Bedauerns und der Frustration. Jedes dieser Gefühle konnte sie klar erkennen, und jetzt, wo sie sichtbar waren, konnte sie sich um sie kümmern.
Konnte sie vorsichtig säubern und heilen lassen.
Sie sammelte die Taschentücher auf, knüllte sie zu einem Ball zusammen, wischte das Blut auf und warf alles in den Mülleimer in der Küche. Als sie wieder ins vordere Zimmer kam, pochte ihr Bein wunderbar, und es fühlte sich an, als schwebe sie.
Dann nahm sie wahr, was im Fernsehen lief.
Nur einen Moment lang lief ein Spruchband am unteren Rand des Bildes entlang und brachte einen Augenblick später eine neue Schlagzeile. Aber das war genug, um sie schwach zu machen. Sie ließ sich auf die Couch fallen.
Anfangs hatte da gestanden:
OPFER ANS BETT GEFESSELT UND STERBEN LASSEN
Jetzt stand da:
POLIZEI: MÖGLICHE VERBINDUNGEN DES MORDES MIT FRÜHEREN FÄLLEN
Mary fand die Fernbedienung und schaltete den Ton zu.

»… nicht in der Lage, das zu diesem Zeitpunkt zu kommentieren.«
Man sah eine Pressekonferenz. Zwei Polizeibeamte in Anzügen saßen hinter einem langen Tisch mit einem weißen Tischtuch. Mikrofone ragten vor ihnen auf.
»Können Sie bestätigen, dass die Todesursache Dehydration war?«, sagte eine Stimme.
»Die Obduktion ist zurzeit noch nicht abgeschlossen. Wir hoffen, dass wir diese Frage bald beantworten können.«
Der Sprecher war Mitte dreißig und machte Eindruck. Er sah ordentlich, gepflegt und sportlich aus. Die Art von Polizist, dem ein Durchschnittsmensch die Lösung eines Verbrechens zutrauen würde. Aber Mary lenkte ihre Aufmerksamkeit auf den anderen. Er war älter, in den Vierzigern, vermutete Mary, und sein Gesichtsausdruck war gütig und zugleich unbeschreiblich traurig. Wann immer eine Kamera aufblitzte, hielt er die Augen ein wenig zu lange geschlossen. »Aber Sie glauben, dass das Opfer gefesselt und einige Zeit in der Wohnung liegen gelassen wurde?«
Der jüngere Polizist überlegte.
»Es ist eine Möglichkeit, die wir untersuchen«, sagte er.
Mary zitterte. Trotz all dessen, was sie unternommen hatte, war der Abgrund in ihr wieder aufgerissen, und all diese finsteren Emotionen waren zurückgekehrt.
Die Einblendung änderte sich wieder …
OPFER ANS BETT GEFESSELT UND ZURÜCKGELASSEN
… etwas knarrte im oberen Stockwerk.
Marys Herz machte einen Satz.
Nichts. Es ist nichts.
Türen und Fenster waren fest verschlossen. Sie zog die Füße auf die Couch, schlang vorsichtig die Arme um die Knie

und fing an, sich leise zu wiegen, um sich zu beruhigen. Die Worte aus dem Fernseher gaben ihr recht, denn sie verstand ganz genau, was sie zu bedeuten hatten.
Es war eine direkt an sie gerichtete Botschaft.
Du musst es ihnen sagen.
Einesteils wollte sie das auch, aber andererseits wusste sie, dass es nichts bringen würde. Das hatte es doch nie getan, oder? Sie hatte aus ihren eigenen bitteren Erfahrungen genug gelernt, um zu wissen, dass die Polizei nichts tat. Niemand tat etwas. Nur auf sich selbst konnte man sich verlassen. Und dabei war sie doch machtlos. Die Worte auf dem Bildschirm hatten sie fertiggemacht, hatten sie wieder zu einem Kind werden lassen, das in der Ecke kauerte. Niemand würde ihr helfen, aber es war andererseits undenkbar, dass sie diese Sache allein bewältigen konnte. Wie konnte man das von ihr erwarten?
Du kannst ja nicht sicher sein, dass sie nicht auf dich hören werden, sagte sie sich.
Er hat ein gütiges Gesicht. Er sieht aus, als würde er es ernst nehmen.
Diese Art von Hoffnung war gefährlich. Besser, die Hand erst gar nicht auszustrecken, als dass sie unbeachtet blieb oder mit einem Schlag zurückgewiesen wurde.
Aber es geht nicht nur um dich. Was ist, wenn er noch jemand weiteres verletzt?
Darauf hatte sie keine Antwort. Wer sonst würde ihm Einhalt gebieten? Sie musste es der Polizei sagen, sonst würde sie zumindest einen Teil der Schuld tragen, wenn er das nächste Mädchen gefangen nahm und dann wieder eins.
Mary sah zum Telefon auf dem Tisch, aber von hier aus anzurufen kam nicht in Frage. Sie hatte die ganzen Jahre über zu hart daran gearbeitet, ihre Anonymität beizubehalten,

und würde jetzt nicht das Risiko eingehen, entdeckt zu werden. Für alle Jobs, die sie annahm, wenn es nicht gerade etwas Ehrenamtliches war, wurde sie bar bezahlt, und ihr richtiger Name stand weder auf der Stromrechnung oder dem Bankkonto noch dem Mietvertrag mit der Stadt. Denn alles ließ sich zurückverfolgen.
Aber irgendwie musste sie es doch tun.
Nachdem Mary ein paar Minuten nachgedacht hatte, nahm sie ihren Mantel, ging nach unten und schaute beim Hinausgehen auf die Straße nach links und rechts. Autos rauschten vorbei und erschreckten sie. Es kam ihr vor, als sähen alle sie an.
Er schien überall zu sein.
Ist er aber nicht.
Sie brauchte eine halbe Stunde, bis sie eine Telefonzelle in einer ausreichend sicheren Entfernung von ihrer Wohnung gefunden hatte. Dort angekommen, ignorierte sie das dumpfe Klopfen an ihrem Bein, hielt den Hörer ans Ohr und wählte. Kurz bevor sie weggegangen war, hatte die Polizei im Fernsehen eine Nummer durchgegeben, die man anrufen sollte.
Beim Warten wurde ihr trotz der guten Vorsätze, die sie oberflächlich gefasst hatte, bewusst, was sie außer der Angst im Inneren fühlte. Es war diese gefährliche Hoffnung. Vielleicht dieses Mal ...
»Hallo«, sagte eine Frau. »Kriminalpol...«
Mary unterbrach sie.
»Ich weiß, wer diese Mädchen umgebracht hat«, sagte sie.

5

Sonntag, 7. August

Draußen wurde der Himmel langsam dunkler. Die Spätnachmittagsbrise hatte schon etwas Abendliches. Aber nach der Hitze des Tages war es noch warm genug, um die Menschen im Freien zu halten. Als ich am Hadden Park vorbeifuhr, sah ich eine Gruppe im Gras sitzen, und Studenten in bunten Shorts kickten in der Ferne einen Fußball umher. An den größeren Straßen waren die Bänke vor den Pubs voller Menschen, die es sich für den Abend gemütlich machten, aber noch nicht bereit oder willens waren, nach drinnen oder nach Hause zu gehen.

An den Ampeln hielt Chocs und Cardos Auto vor mir, und die roten Rücklichter starrten mich unerbittlich an, wie die Augen einer Ratte in einem Tunnel. Jedes Mal, wenn wir anhielten, verspürte ich den Impuls, den Blinker zu setzen und abzubiegen. Aber ich tat es nicht. Sondern ich löste die Handbremse und gab Gas, um Schritt zu halten, wenn ihr Wagen wieder losraste.

Choc hatte mir nicht gesagt, wo wir hinfahren würden, aber der Ort war auch nicht wichtig. Was dort passieren würde, war das Wesentliche. Ich stellte es mir so vor: Wir drei würden an eine Tür klopfen, Eddie würde aufmachen und ganz blass werden. Den Teil wollte ich sehen. Dann würde sich Choc mit ihm unterhalten. Ich wusste, diese Unterhaltung würde nicht nur aus Worten bestehen, aber nachdem ich Tori am Klavier gesehen hatte, machte mir das keinen großen Kummer. Vielmehr war ich ziemlich sicher, dass ich das auch miterleben wollte, obwohl ich die Grenze ziehen würde, wenn ich selbst mitmachen sollte.

Und indem ich mir so die Gründe zurechtlegte, war es nicht allzu schwer, den gesunden Menschenverstand beiseitezuschieben und weiter hinter ihnen herzufahren. Mit jeder Kreuzung wurde mein Schuldbewusstsein und das Gefühl, versagt zu haben, erdrückender, und dabei kam es mir vor, als könnte ich dem einzigen Lichtschimmer nur dadurch auf die Spur kommen, dass ich Choc und Cardo folgte.

Wir fuhren quer durch die Stadt und kamen östlich der Stadtmitte heraus, wo die großen Straßen in ländliche, weniger befahrene übergingen. Nach zwanzig Minuten blinkten sie links, und ich folgte ihnen auf einem schmalen Feldweg quer durchs Gelände. Wir fuhren jetzt langsam, da statt der Teerdecke nur noch Kies unter den Reifen knirschte. Wir nahmen eine Kurve, und der Weg mündete auf eine breitere Parkfläche. Hier lagen auf der rechten Seite mehrere große Kieshaufen, und vor uns und zur Linken waren dichte Baumgruppen.

Ein Steinbruch, vermutete ich, wo sonntags niemand war. Ein leeres Auto stand schon da, und Choc hielt daneben an. Ich parkte parallel zu ihm, und wir saßen einen Moment mit laufenden Motoren da.

Der rationale Teil meines Gehirns fing jetzt an, sich ernsthaft Sorgen zu machen.

Hier geht es nicht darum, jemandem einen Besuch abzustatten und bei ihm anzuklopfen, oder? Wir sind hier mitten in der Pampa.

Aber jetzt waren wir eben hier. Ich stellte den Motor ab und hörte nichts als Vogelstimmen, dann das Zuschlagen der Wagentüren, als Choc und Cardo ausstiegen und auf den Wald zugingen. Als sie die Bäume erreichten, schauten sie sich ungeduldig nach mir um. Ich holte tief Luft und folgte ihnen.

»Sollte jemand fragen«, sagte Choc zu mir, »du bist jetzt gerade im Wheatfield. Alles klar?«

»Ja«, sagte ich unsicher. »Wohin gehen wir denn?«

»Nicht weit.« Sie traten zwischen die Bäume. »Pass auf.«

Wir gingen noch ein Stück weiter hinein. Es war kein Weg da, nur ein Gewirr von Wurzeln und Gras. Kleinere, von den Bäumen gefallene Äste sahen aus wie Rippen an einem Brustkorb, die als Fallen im Unterholz lagen und knackten, wenn man auf sie trat. Das Sonnenlicht drang kaum durch das Blätterdach über uns. Nur vereinzelte Lichtstrahlen malten kleine helle Flecke auf Blätter und Bäume. Normalerweise wäre einem hier alles idyllisch und friedlich vorgekommen, im Moment war jedoch nur dunkle Bedrohlichkeit zu spüren. Aber jetzt konnte ich nicht mehr umkehren.

Kurz danach erreichten wir die Typen, die mit dem anderen Wagen gekommen waren.

Von dreien war kaum mehr auszumachen als kräftige schwarze Gestalten, die mit verschränkten Armen an Bäume gelehnt standen. Weitere Mitglieder von Chocs Truppe. Sie sahen aus, als hätten sie hier schon eine Weile gewartet und die Zeit totgeschlagen. Die vierte Person war Eddie Berries. Er kniete mit gesenktem Kopf im Gras. Die meisten seiner langen Haare waren aus dem Pferdeschwanz herausgerissen und hingen jetzt bis zu seinen Oberschenkeln hinunter. Er hatte die Arme überkreuzt, umfasste mit den Händen die Oberarme und zitterte.

Ich zögerte etwas und machte noch zwei Schritte.

Choc und Cardo gingen auf Eddie zu. Ich sah mich um. Es

war nicht einmal eine richtige Lichtung, nur eine freie Stelle zwischen den Bäumen, die gerade eben groß genug für uns war. Und so weit weg von allem, dass uns niemand stören würde.
Verdammt, in was hast du dich da reinziehen lassen?
Die Stille, die hier herrschte, wurde mir überdeutlich bewusst und ließ mein Herz laut pochen. Ich starrte auf Eddie hinunter. Was immer er Tori angetan hatte, jetzt war er erbärmlich und kläglich anzusehen.
»Er dachte, wir würden ihn nicht finden.« Choc klang stolz. »Aber einen Junkie soll man nie überschätzen, oder? Steh auf, du Arschloch.«
Als Eddie nicht reagierte, trat ihm Choc wie beiläufig an die Schläfe und warf ihn um.
Die Anspannung in meiner Brust wurde immer stärker und setzte mich unter Strom.
»Steh auf, du Stück Scheiße!«
Nach kurzem Zögern kam Eddie unsicher auf die Beine. Als er aufrecht stand, schlug er wieder die Arme übereinander, hielt den Kopf weiter gesenkt und zitterte noch immer.
Er sagte: »Tut mir leid …«
Choc schlug ihm mit der flachen Hand gegen die Stirn, dass sein Kopf nach hinten schnellte.
»Sieh mich an, wenn ich mit dir rede. Sei ein Mann.«
Eddie gehorchte und hielt den Kopf aufrecht. Aber sein Blick irrte umher. Er sah überall und nirgends hin, denn er war zu verängstigt, um jemandem in die Augen schauen zu können. Choc fing an, vor ihm auf und ab zu gehen wie ein Löwe, der von einem imaginären Gitter zurückgehalten wird.
»Dir ist klar, was du getan hast, oder?«

»Tut mir leid. Ich weiß nicht, warum ...«
»Was – brauchst du einen Grund dafür, damit es dir leid tut, oder was?«
Eddie schüttelte den Kopf. Er hatte noch nicht gemerkt, dass es keine Rolle spielte, was er sagte. Es gab kein Zauberwort, das ihn hier herausholen würde.
Und für dich gibt's auch keins.
»Ich meine, ich weiß nicht, warum ich es getan habe.«
»Soll ich dir einen Grund geben, damit es dir leid tut?« Choc versetzte ihm einen Schlag auf die Seite des Kopfes.
»Willst du das damit sagen?«
»Ich hab es nicht so gemeint.«
»Was, dir ist die Hand ausgerutscht?« Wieder ein Schlag. »So?«
Die Schläge waren nicht so stark, dass sie auch nur einen Bluterguss verursachen würden, aber die unterschwellige Gewalt war genauso hässlich wie richtige Prügel. Choc war wie eine Katze, die ihr Spiel mit einer Maus treibt.
»Ich habe sie gerade im Krankenhaus besucht. Sie würde nie jemandem etwas antun. Und du hast es trotzdem in Ordnung gefunden, ihr weh zu tun.« Choc trat jetzt hinter ihn. »Du meinst, du kannst eine Freundin von mir verletzen und damit durchkommen?«
Wieder ein Schlag.
»Du verdammtes Stück Dreck.«
Und plötzlich hatte er eine Handvoll von Eddies Haaren in der Hand und zog ihn zur Seite, seine Knöchel wurden weiß, und die Muskeln an seinem dürren Arm traten hervor.
Eddie schrie, aber Choc zerrte ihn mit sich, presste ihn mit dem Gesicht gegen einen rauhen Baumstamm und drückte mit seinem ganzen Gewicht dagegen. Vier, fünf, sechs

Sekunden hielt ihn Choc so fest und verzog vor Anstrengung, ihm *weh zu tun,* das Gesicht ...
Mein Herz hielt inne, überschlug sich einmal und klopfte dann weiter.
Endlich ließ er ihn los.
Eddies Gesicht war auf der einen Seite fleckig und hatte blutige Tupfen. Sein Gesichtsausdruck war starr vor Schmerz, wie bei einem Baby, das noch eine Sekunde erschrocken und still ist, bevor es losschreit. Er hob ungläubig die Hand an seine Wange, aber Choc schlug sie weg.
»Starker Mann jetzt, was?« Choc schniefte, warf dann einen Blick auf mich und nickte zu Eddie hin. »Komm her und sag hallo zu ihm.«
Mir zitterten die Knie, aber ich tat, was er mich hieß, und stand vor Eddie, atmete tief ein und versuchte ruhig zu bleiben. Von seiner Nase zog sich Rotz zum Mund herunter. Einen Augenblick konnte er mich nicht ansehen, aber schließlich hob er den Blick, Tränen standen ihm in den Augen.
Bitte, tu mir nicht weh.
Ganz ehrlich, ich hatte keinerlei Absicht, das zu tun, was folgte. Ich hatte mir nicht zurechtgelegt, was genau ich tun würde, aber mit der Sache hier wollte ich auf keinen Fall etwas zu tun haben, und solange ich ihn nicht verletzte, war ich nur Beobachter, war nicht beteiligt oder schuldig. Denn das hier schien mir auf seine Art genauso gemein wie das, was er mit Tori gemacht hatte.
Aber dann änderte sich sein Gesichtsausdruck.
Ich kann nicht sagen, was es war. Vielleicht erkannte er mich wieder. Sah mich und wusste von den paar Gelegenheiten her, als wir aufeinandergetroffen waren, plötzlich, wer ich war. Etwas in seinem Gesicht veränderte sich. Ich

sah, dass er dachte: *Für wen hältst du dich eigentlich, dass du meinst, hier für sie eintreten zu können? Du bist ein Nichts.* Und genau da kamen alle Gefühle in mir hoch und wirkten zusammen.
Der Schlag, den ich ihm versetzte, überraschte uns beide, glaube ich.
Die Bäume um mich herum fingen an sich zu drehen, meine Faust war fest geballt und dann taub. Plötzlich hatte ich mich vornübergebeugt und hielt meine Hand fest, während Eddie ausgestreckt im Unterholz lag. Verblüfft sah ich zu, wie er sich langsam auf den Rücken rollte, ein Zweig zerbrach knackend unter ihm, und er hob die Hände vors Gesicht. Er sagte kein Wort.
»Ha, ha!« Choc schwankte rückwärts und deutete auf ihn. »Ich glaub, du hast ihm den verdammten Kiefer gebrochen, Mann!«
Was hast du da gerade getan?
Als ich endlich etwas herausbrachte, war meine Stimme kaum zu hören.
»Scheiße, ich hab mir die Hand gebrochen.«
»Wirklich! Lass mal sehen.«
Als ich ihm die Hand hinstreckte, zitterte sie.
»Vielleicht«, stimmte er erfreut zu. »Vielleicht schon. Aber deinen Fuß hast du noch nicht gebrochen.«
Ich sah auf Eddie hinunter. Er zog langsam die Hände weg und starrte mich an. Obwohl ihm noch die Angst in den Augen stand, hatte er irgendwie auch die Kraft zum Hass gefunden.
Ich empfand mir selbst gegenüber Abscheu wegen dem, was ich getan hatte.
»Ich will nicht mehr«, sagte ich.
Choc sah aus, als wolle er mich überreden weiterzumachen,

hatte aber wohl an meinem Gesichtsausdruck erkannt, dass es aussichtslos war. Begeisterung und Bewunderung verschwanden, und an ihre Stelle trat auf seinem Gesicht eine lässige Gleichgültigkeit. Ich begriff, dass aus mir in diesem Augenblick ein Niemand geworden war, wo ich kurz zuvor noch ein Jemand hätte werden können.

Aber das war mir egal. Ich musste aus dieser Sache raus. Ich hätte überhaupt nie hierherkommen sollen.

»Schon gut. Warte vorn bei den Autos.«

Ich nickte, drehte mich um und bahnte mir einen Weg durch die Bäume zurück, während mein Handrücken immer stärker schmerzte. Es brannte wie Feuer. Hinter mir hörte ich den dumpfen Laut eines Tritts, schaute mich um und sah, wie Choc einen Schritt zurücktrat und das Bein hob, um noch einmal auf Eddie einzutreten. Eddie sah mich nicht mehr an, und ich wandte mich ab.

Was immer jetzt passierte, hatte nichts mit mir zu tun. Ich hatte ihm nur einen albernen Haken verpasst, und eigentlich war das viel weniger, als er verdient hatte. Viel weniger als das, was er Tori angetan hatte.

Ich sagte mir das immer wieder. Von meinen Auftritten her wusste ich, dass man die Menschen von praktisch allem überzeugen konnte, wenn man sich nur genug anstrengte.

Auf dem Parkplatz betrachtete ich meine Hand. Die ersten zwei Fingerknöchel brannten höllisch, und als ich die Haut unterhalb berührte, zuckte ich zusammen, so intensiv war der Schmerz. Es fühlte sich an, als hätte ich eine glühende Münze auf den Handrücken gepresst.

Von allem anderen abgesehen gibt es eines, was man als Zauberkünstler wirklich nicht brauchen kann, nämlich sich die verdammte Hand zu brechen. Ich streckte die Finger aus, und es stach bis hinauf in den Unterarm. Was hatte ich

angerichtet? Ich konnte jetzt keine Münze mehr versteckt in der Handfläche halten, gar nicht zu reden von Tricks beim Kartenmischen.
Ich brauchte eine Zigarette, wusste aber nicht, ob ich überhaupt eine halten konnte.
Da hörte ich es.
Nur ein einziger kurzer Laut, der aus dem Wald kam. Ich drehte langsam den Kopf in die Richtung. In der Ferne waren Vögel über den Bäumen auseinandergestoben.
Und da war es noch einmal, ein dumpfes, abgehacktes Krachen.
Die Härchen an meinem Nacken sträubten sich, und ich bemerkte, dass ich nur noch ganz langsam atmete.
Verschiedene Gedanken fuhren mir durch den Kopf, jeder steigerte meine Angst noch. Aber rein äußerlich tat ich nichts, als nur die unerbittliche Wand des Waldes anzustarren.
Alles war wieder still.
Was ich mir vorstellte, konnte doch nicht sein. Selbst Choc würde doch nicht ...
Nichts wie weg hier!
Aus dem Unterholz hörte ich nicht weit entfernt ein Knacken. Jemand kam zurück.
Einen Moment stand ich reglos da, dann, als ich mich endlich rührte, schien es, als könne nichts in der Welt mich aufhalten. Ich stolperte um den Wagen herum, nach den Schlüsseln tastend, riss die Wagentür auf und warf mich hinein.
Der Motor stotterte kurz und sprang dann an.
Oh, Mist.
Der Kies knirschte, ein paar Steine wurden hochgeschleudert, da ich den Wagen zu schnell herumriss. Die gebrochene Hand zitterte, als ich versuchte, das Steuerrad zu halten

und in den Rückspiegel zu schauen, in dem der Wald hinter mir zu schwanken schien. Nichts. Noch nichts.
Trotzdem fuhr ich den Weg schnell entlang, der Wagen schaukelte auf dem unebenen Untergrund, und ich schoss auf die Straße hinaus, ohne mich zu vergewissern, dass frei war.
Sie können ihn doch nicht umgebracht haben.
Dann gab ich Gas.
Irgendwohin fahren, nur weg von hier.

Ein Schuss Wodka und ein Schluck Wasser, zusammen hinter die Binde gegossen. Kein besonders angenehmes oder geselliges Benehmen, das muss ich zugeben, aber sehr praktisch.
Nachdem ich eine Weile ziellos herumgefahren war und versucht hatte, nicht in Panik zu verfallen, kehrte ich nach Hause zurück, parkte und ging in das stille Haus. Der Eingang lag auf Straßenhöhe zwischen zwei Geschäften, und eine Treppe führte zur ersten Etage meiner zweistöckigen Wohnung hinauf. Emma hatte ihren Schlüssel durch den Briefschlitz geworfen, und ich fand ihn beim Eintreten auf dem Teppich. Als ich nach oben ging, sah ich, dass sie das Licht im vorderen Zimmer hatte brennen lassen, aber all ihre Kartons mit Kleidern und Büchern waren fort. Das war's dann also.
Ich schaltete das Licht aus und ging in die Küche.
Im Kühlschrank stand eine Flasche Wodka, und obendrauf ein Aschenbecher. Meine Finger zitterten zu heftig, um mit der rechten Hand eine Zigarette halten zu können, so rauchte ich mit der Linken und machte mich daran, mich so schnell und so gründlich wie möglich zu besaufen.
Beim fünften Glas saß ich eine Weile mit dem merkwürdi-

gen Gefühl da, meiner Hand beim Zittern zuzusehen, obwohl der Alkohol den Schmerz fast ganz betäubt hatte. Die ersten zwei Fingerknöchel waren blau angelaufen, und der Bluterguss breitete sich schon über den Handrücken bis zum Handgelenk aus. Ich versuchte, den Daumen zu den Fingerspitzen zu führen, aber das Resultat war, dass sich trotz Wodka das Brennen der glühenden Münze wieder meldete.

Ich stürzte den Inhalt des Glases hinunter und goss mir ein weiteres ein.

Nichts war passiert, sagte ich mir. Diese Geräusche waren keine Schüsse gewesen. Ich hatte ihm einen Schlag versetzt, aber das war's. Eddie hatte Prügel bekommen, nichts Schlimmeres als verdient, und das war alles.

Ich schüttete den nächsten Drink in mich hinein und goss noch einen nach.

Wie ich Tori an jenem ersten Abend, an dem ich sie kennenlernte, erklärt hatte, geht es beim Zaubern hauptsächlich um Täuschung. Man muss den anderen dazu bringen, seine Skepsis eine Weile beiseitezulassen und etwas zu akzeptieren, wovon er im Grunde weiß, dass es nicht stimmt. Jetzt wollte ich vor allem einen ähnlichen Trick mit mir selbst durchführen. Ich musste mich überzeugen, dass nichts geschehen war.

Also trank ich weiter und wiederholte mir immer wieder die Lüge, bis die Worte tief in mein Unterbewusstsein sanken wie eine Blaupause. *Nichts ist passiert. Du bist ins Wheatfield gegangen.* Man muss einen Trick ungefähr dreitausendmal üben, bis der Körper die Handbewegungen automatisch ausführt, und so etwas strebte ich jetzt auf der mentalen Ebene an. Ich musste verinnerlichen, dass nichts passiert war, ohne dass ich darüber nachdenken musste.

In den frühen Morgenstunden, als ich kaum noch gehen konnte, stieg ich schließlich vorsichtig die Treppe hoch und ließ mich aufs Bett fallen. Irgendwann danach schlief ich in einem Tief zwischen den Höhepunkten von Übelkeit und Panik ein.
Ich träumte von meinem Bruder Owen. Er stand in einem anderen Waldstück, und ein Schuss war zu hören, den ich in der Realität niemals gehört hatte, den es aber in Wirklichkeit gegeben hatte. Und dann war die Erinnerung wieder da an den Polizisten, der in meinem Zimmer neben mir kniete und sanft zu mir sagte, mein Bruder sei tot.

6

Freitag, 19. August

Der Tag vor zwei Jahren, als Sam Currie zur Wohnung seines Sohnes im Grindlea Estate fuhr, war ein warmer Augusttag gewesen, ganz ähnlich wie dieser. Der schiefergraue Himmel war wolkenlos, die Sonne hing im Dunst wie eine Münze, die undeutlich hinter einer Glasscheibe zu sehen ist. Currie war gereizt, als er in die Siedlung hineinfuhr. Er war ärgerlich auf Neil und auf seine Frau Linda.
Seinen Sohn hatte er zum letzten Mal vierzehn Tage zuvor gesehen, als Neil bei ihnen zu Hause vorbeigekommen war. Bei dem Besuch war es so ungemütlich und angespannt zugegangen wie immer. Currie hatte kaum seinen Abscheu über das Aussehen seines Sohnes unterdrücken können. Neils Sucht hing ihm an, ein animalischer Gestank. Er war schwach, blass und abgezehrt. Manchmal nahm Currie die Geburtstagsfotos aus der Kinderzeit heraus, dieses fröhliche, lächelnde Kind, und versuchte sich vorzustellen, was schiefgelaufen war. An manchen Tagen war er traurig und schuldbewusst, dass sein Sohn in dieser dreckigen Existenz gelandet war und von der Hand in den Mund lebte; bei anderen Gelegenheiten war er einfach wütend. In seiner Einschätzung schwankte Neil zwischen Opfer und Lump hin und her. Und entsprechend schwankte Curries Einschätzung von sich selbst.
Als Neil das letzte Mal vorbeigekommen war, hatten sie sich nichts zu sagen gehabt. Currie sah seinem Sohn in die

Augen und erkannte die Zerstreutheit und die berechnenden Absichten des Süchtigen. Nichts, was Liebe glich. Aber zumindest hatte es *eine* gute Nachricht gegeben. Neil lebte zurzeit nicht mehr auf der Straße, wenn auch eine Sozialwohnung in der Grindlea-Siedlung alles andere als ideal war. Er sagte, er nehme auch kein Heroin mehr, aber man roch die Lüge förmlich. Und nachdem er an jenem Tag gegangen war, merkten sie, dass Geld und Schmuck fehlten. Linda hatte geweint. Curries Herz, das im Lauf der Jahre so oft verletzt worden war, hatte Narbengewebe gebildet, aber das seiner Frau schien immer wieder vollständig zu heilen und immer wieder bereit, sich von Neuem brechen zu lassen.

Am Abend hatten sie ein schwieriges Gespräch gehabt darüber, was zu tun sei, und kamen zu dem Entschluss, den Kontakt zu Neil abzubrechen. Er war ihr Sohn, und sie liebten ihn, aber Currie überzeugte Linda, dass es das Richtige sei. Schon nach einer Woche ohne Kontakt fing sie jedoch an, sich Sorgen zu machen. Hinter Curries Rücken rief sie Neil an, niemand nahm ab, und sie bat ihren Mann, er solle hinfahren und nachsehen, wie es ihm gehe. Zuerst weigerte er sich und sagte, ihr Sohn hätte sich auf die Anrufe hin nicht gemeldet, weil sie ihm im Moment nicht helfen könne. Eine ganze Woche lang blieb er standhaft und brach das Gespräch jedes Mal ab, wenn seine Frau das Thema ansprach. Letztendlich bettelte sie praktisch, er möge doch nach Neil sehen, und Currie gab nach.

Kochend vor Wut wegen der Zeitverschwendung fuhr er an jenem Tag in die Grindlea-Siedlung, parkte im mittleren Bereich des Hügels, ging dann die Wege zwischen den Wohnblocks entlang und suchte die Adresse seines Sohnes. Aber irgendwo zwischen dem Auto und Neils Tür spürte er ein leichtes Kribbeln am Hinterkopf. Vielleicht entsprang es später seiner Phantasie, aber er glaubte, sich deutlich daran zu erinnern.

Nichts war verändert, er konnte nicht wissen, dass etwas nicht stimmte, aber er spürte es einfach. Als er ankam, sah er, dass die Fassade des Hauses im Schatten lag, und er hatte gleich ein flaues Gefühl im Magen. Der Geruch im Garten hätte von den Mülleimern kommen können, aber er wusste sofort, dass es nicht so war.

Als er anklopfte, wurde nicht aufgemacht. Currie musste die Tür eintreten. Als sie splitterte und nach innen aufflog, schreckten auf einen Schlag Tausende von Fliegen auf und erfüllten das vordere Zimmer mit ihrem Summen. Eine Welle warmer Luft kam ihm entgegen und haftete wie Fett an seiner Haut und den feinen Härchen auf seinen Armen, die sich sträubten. Neil war schon fast eine Woche tot gewesen. Currie fand die Leiche seines Sohnes auf dem Sofa zusammengesackt, seitlich von ihm glühte mattrot ein Heizofen.

Später – in den darauffolgenden Tagen – sollte sich die Reinigungstruppe gezwungen sehen, die Couch, den Teppich und zehn der Fußbodendielen zu entfernen. Männer mit Masken und dicken Handschuhen mussten kommen, Dutzende von Nadeln aus dem herumliegenden Abfall aufsammeln und Exkremente von der Wand im Flur kratzen. Aber zu Anfang war nur Sam Currie da. Die Schlussfolgerungen, was mit seinem Sohn passiert sein musste, schob er zunächst beiseite, während seine Berufserfahrung sich einschaltete und er Befehle erteilte. Ruhig ging er wieder hinaus in den unbeteiligten Garten und schloss die Haustür hinter sich. Irgendwo im Inneren begriff er, dass dies das Ende seiner Ehe, sein Leben zerstört war. Aber im Moment rief er ledig-

lich seinen Partner an und lehnte sich dann draußen gegen die Hauswand.
Er dachte an nichts. Gar nichts.
Eine Woche unentdeckt tot in der Wohnung, das war eine lange Zeit. Wenn er sich zu trinken erlaubte, was jetzt nicht mehr so oft geschah wie früher, dachte Currie viel an jene Woche. In seiner Vorstellung war Neil während dieser Zeit noch am Leben. Zweifellos tot, aber noch irgendwie zu retten, wartete er auf einen Mann, der sich hartnäckig weigerte zu kommen. Ein Mann, der *Prioritäten* setzte, genauso wie er das immer getan hatte. Jede Sekunde dieser Weigerung machte den Kummer noch größer, den Currie fühlte, wenn er mal wieder teilnahmslos herumsaß und irgendeine Wand anstarrte.
Er stellte sich seinen Sohn wie auf den alten Fotos vor: ein kleiner Junge, verloren, allein und weinend. Das bringt der Tod mit sich. Mit sehr wenigen Ausnahmen verwandelt er die Menschen für immer in unveränderlich starre Opfer. Sie hinterlassen uns Fragezeichen am Ende inhaltsloser Sätze, denen wir selbst einen Sinn verleihen müssen.

Als sie jetzt, zwei Jahre später, in die Siedlung hineinfuhren, glitt sein Blick über die Häuser auf der linken Seite. Neils alte Wohnung konnte man von der Straße nicht sehen, aber er spürte noch, dass sie da war, oder bildete es sich zumindest ein.
Swann saß am Steuer. »Alles in Ordnung?«
»Klar«, sagte Currie.
»Hältst du Ausschau, ob uns da einer auflauert?«
Currie lächelte verbissen.
Es gab ärmere Stadtteile, aber Grindlea war berüchtigt als eine schmutzige kleine Insel der Armut und Kriminalität

zwischen zwei wohlhabenden Wohngegenden. Es gab nur *eine* richtige Straße, die hineinführte. Manche Polizisten sagten, wenn sie wollten, könnten die Bewohner am Fuß des Hügels eine bewachte Barrikade aufbauen und der Polizei problemlos eine ganze Reihe von Tagen den Zutritt verwehren. Im Gebiet dieser Postleitzahl wohnten wahrscheinlich fünfzig oder sechzig Männer, die dabei sofort mitmachen würden, und viele davon besaßen Handfeuerwaffen. Charlie Drake war hier zu Hause, wie die meisten Mitglieder seiner Truppe.
Und auch ein Mann namens Frank Carroll.
»Ich bin nur müde«, sagte Currie.
Swann hob die Augenbrauen. *Aha.*
Seit der Entdeckung von Alison Wilcox' Leiche war die Woche mit Arbeit und Frustration angefüllt gewesen. Die Gerichtsmediziner hatten ihnen nur wenige Anhaltspunkte geliefert, und die meisten von Alisons Freunden und Verwandten hatten ihnen nichts sagen können.
Stattdessen begann sich ein vertrautes Bild zu ergeben. Alison war eine intelligente, attraktive Studentin gewesen, kannte auch viele Leute, war allerdings in letzter Zeit irgendwie weggetaucht, so was kam eben vor. Soweit man wusste, ging es ihr gut, und ohne bewusst darüber nachzudenken, verschob man deshalb den Kontakt mit ihr auf später: *Alles klar, werde ein andermal nachfragen, wann immer ich gerade dran denke.* Einige ihrer näheren Freunde hatten ihr im Lauf der letzten Woche SMS-Nachrichten oder E-Mails geschickt. Alle hatten Antworten im genau gleichen Wortlaut erhalten. Aber das letzte Mal, dass jemand sie wirklich gesehen oder mit ihr telefoniert hatte, war mehr als zwei Wochen vor ihrem Tod gewesen.
Die SMS und E-Mails gewährten einen entsetzlichen Ein-

blick in das, was sich in dieser Zeit abgespielt hatte. Sie bewiesen, dass Alisons Mörder sich Zugriff auf ihr Mobiltelefon sowie ihr E-Mail-Postfach samt Passwörtern verschafft hatte und sich für sie ausgab, während sie gefesselt vor sich hin vegetierte und langsam starb. Er hielt den Kontakt, wo es nötig war, und beschwichtigte die Ängste.

Es war eine Alptraumhafte Vorstellung für die Leute, die diese Nachrichten erhalten hatten, aber es wurde noch schlimmer durch das, was danach geschah.

Alisons Tod bedeutete nicht das Ende der Kontakte. Sechs ihrer Freunde hatten am Morgen, als sie gefunden wurde, eine Nachricht von ihrem Mobiltelefon aus bekommen. Alle bestanden schlicht aus dem einen Satz: *Du hast sie sterben lassen.*

Natürlich hatte man sie alle zurückverfolgt. Wie bei den vorherigen Morden hatte der Täter die E-Mails vom Haus des Opfers aus geschickt und seine SMS-Nachrichten von irgendwelchen belebten Straßen, wobei er sorgfältig die öffentliche Videoüberwachung umging. Er kannte sich genau aus. Zum dritten Mal hatte Currie den Verdacht, der Mörder könnte vielleicht damit durchkommen.

Swann fuhr auf den Kreisverkehr oben auf dem Hügel zu. Vor ihnen standen ein Postamt, ein Spirituosengeschäft und ein niedriges, verkommen aussehendes Pub, das The Cockerel hieß. Jenseits des Kreisverkehrs standen drei Wohnsilos, aus deren Fenster Handtücher und vor deren dreckigen Balkons Kleider auf Wäscheleinen hingen. Graffiti zogen sich am unteren Rand der Gebäude entlang wie wucherndes Unkraut. Swann fuhr darum herum, noch ein kleines Stück weiter und hielt dann auf der linken Seite an.

Als sie ausstiegen, hörte Currie aus einem der offenen Fenster im Wohnblock hinter ihnen Musik.

»Also«, sagte er. »Frank Carroll. Sag mir noch mal, warum wir gekommen sind.«
»Weil wir gute Polizisten sind, die jeder Spur nachgehen.«
»Ah ja. Das ist es.«
Swann machte die Wagentür zu.
»Und weil wir verzweifelt sind.«
Laut dem Sexualstraftäter-Verzeichnis wohnte Frank Carroll jetzt in diesem einstöckigen Haus, vor dem sie standen, eine Sozialwohnung mit einem vernachlässigten, überwucherten Garten. Jemand hatte die Worte »Hier wohnt ein krankes Aschloch, Kinder, *nemt euch in acht*« in großen weißen Buchstaben auf die Haustür geschmiert. Darunter waren offenbar schon andere Sprüche entfernt worden.
»Meinst du, das ist das richtige Haus?«, fragte Currie.
Swann warf ihm ein sarkastisches Lächeln zu, während sie das Tor öffneten.
Oberflächlich betrachtet versprach diese Spur nicht viel. Sie hatten an dem Abend, nachdem Alison gefunden worden war, Carrolls Namen durch einen anonymen Anruf bekommen. Aber da nur so wenige Einzelheiten angegeben wurden, war die Information erst Tage später auf ihrem Schreibtisch gelandet. Nachdem Currie die wesentlichen Dinge in Carrolls Akte durchgelesen hatte, war er interessiert, aber insgeheim recht skeptisch. Doch sie waren gute Polizisten. Und sie waren verzweifelt.
Bereits an der Haustür hörte Currie einen Fernseher laufen. Es klang, als werde jemand ermordet: Schreie drangen durch die Risse zwischen den Steinen und Fensterrahmen heraus.
Sie klopften, und der Fernseher wurde sofort abgestellt.
Und da fing Currie an, es zu spüren. Es gab keinen vernünftigen Grund, nervös zu sein, aber er fühlte sich un-

wohl. Nicht dass er unbedingt Angst gehabt hätte, aber es ging schon in die Richtung. Die Geschwindigkeit, mit der der Fernseher verstummt war, erinnerte ihn an eine Spinne, die still saß, wenn eine Fliege sich in ihrem Netz verfing. Er konnte sich den Typ da drinnen fast vorstellen, genauso bewegungslos. Horchend.

Nach einer Minute ging die Tür auf. Sie standen einem großen, dünnen Mann gegenüber. Er trug ein weißes Hemd, das zu groß für ihn war, und eine alte schlabberige Trainingshose.

Currie erkannte ihn nicht einmal gleich. Auf dem Foto in der Akte war ein Mann gegen Ende dreißig mit einem gutaussehenden, ebenmäßigen Gesicht zu sehen gewesen. Dem kantigen Kinn war eine Spur von Grausamkeit abzulesen, aber es waren vor allem die Augen, die ihn verrieten: Sie waren voller Intelligenz und Hass. Zwölf Jahre zuvor hatte Frank Carroll, seit ein paar Stunden Ex-Polizist, der Welt so entgegengeblickt, und dabei sah er aus, als hätte er hundert Methoden, einen auseinanderzunehmen, als stelle er sich diese gerade vor und freue sich über jede einzelne. Auf jeden Fall war er ein kräftig gebauter Mann gewesen und in der Lage, solche Dinge sowohl physisch als auch auf der intellektuellen Ebene durchzuführen.

Aber die Zeit im Gefängnis war ihm offensichtlich nicht gut bekommen. Seine Haut sah alt und verbraucht aus, sein Haar war grau geworden und hatte sich gelichtet. Er hatte auch sehr abgenommen. Dieser robuste, starke Mann wirkte jetzt schmalbrüstig und schwächlich, leicht vorgebeugt, als sei etwas mit seinem Rücken nicht in Ordnung. Die alten Muskeln hingen herunter wie schlaffe, unnütze Stränge. Seine Augen hatten immer noch jenen grausamen Ausdruck, aber eines schien in die falsche Richtung zu schielen,

als hätte er es herausgenommen und falsch wieder eingesetzt.
Curries Gefühl verstärkte sich. Unbehagen erfasste ihn.
»Mr. Carroll?« Er hielt seine Dienstmarke hoch. »Detective Currie, Detective Swann. Wir würden Ihnen gern ein paar Fragen stellen.«
Frank Carroll starrte ihn an.
Currie verspürte einen merkwürdigen Drang, sich zu kratzen.
»Kommen Sie rein.«
Er warf seinem Kollegen einen Blick zu, als sie Carroll in seine Wohnung folgten, schloss die Tür hinter ihnen und verzog dann das Gesicht, als der Gestank im Haus ihm entgegenkam. Es war, als hätte ihm jemand Ammoniak unter die Nase gerieben. Der kleine Flur roch nach altem Schweiß.
Der Mann ging langsam und vorsichtig vor ihnen ins Wohnzimmer. Der Raum war in einem ekelhaften Zustand. Der Teppich staubbedeckt, *wahrscheinlich auch voller Flöhe*, dachte Currie, und die alte Tapete war gelb und fleckig. Auf dem schmutzigen Tisch stand ein Aschenbecher voller Kippen, und Stöße zerfledderter Zeitungen und Zeitschriften waren an den Wänden aufgereiht. Die Luft wirkte dunstig und grau.
Carroll setzte sich unbeholfen auf eine Zweisitzercouch, wobei seine knochigen Knie sich gegen die schmierige Trainingshose drückten.
»Ich weiß, warum Sie hier sind«, sagte er.
»Ach ja? Sagen Sie's uns doch.«
»Wegen dieser Mädchen.« Carroll schniefte herablassend. »Ich hab euch im Fernsehen gesehen, wie ihr über sie gesprochen habt. Ich habe euch deshalb sofort erkannt.«

»Sehr gut beobachtet. Einmal Polizist, immer Polizist, was?«
»Ich bin nicht mehr bei der Polizei.«
»Ja, das wissen wir.« Currie sah sich um und betrachtete das Wohnzimmer etwas genauer. *An dem Kerl ist auch nicht gerade ein Innenarchitekt verlorengegangen.* Er schaute wieder zu dem alten Mann hin. »Das erklärt aber nicht, warum Sie uns erwartet haben.«
Carroll sah ihn nur an, eine leise Andeutung von Belustigung blitzte in seinen Augen auf.
Currie ging in seiner Vorstellung eine Liste mit Bildern durch, um das zu finden, an das er sich erinnert fühlte, und hatte es schnell. Der schlaue Alte, der sich produziert, einer, der alles schon mal gesehen hat. *Du machst mir keinen Eindruck, Kleiner.*
»Wir fanden Ihre Akte interessant. Es gibt da einige eigenartige Ähnlichkeiten. Doch das haben Sie ja bestimmt schon bemerkt, oder? Da Sie so gut beobachten.«
Carroll lächelte, und seine Lippen verschwanden nahezu.
»Das erklärt aber nicht, wieso Sie sich meine Akte ansehen. Haben wir vielleicht einen Anruf erhalten?«
Swann ging zur Wand hinüber und gab einem Stoß Zeitungen einen Schubs mit dem Fuß. Carrolls Blick zuckte zu ihm hinüber, genauso schnell wie die Spinne, die Currie sich vorgestellt hatte. Swann lächelte.
»Gibt es hier drin etwas, über das wir Bescheid wissen sollten, Frank?«
»Jede Menge *Nachrichten aus aller Welt*.« Er sprach die Worte so langsam aus, als seien sie ihm nicht vertraut.
»Nachrichten sind faszinierend«, stimmte Swann zu. »Je älter, desto besser. Haben Sie vor, etwas aus Pappmaché zu basteln oder so?«

»Hier ist nichts Illegales, wenn Sie das meinen«, sagte Carroll. »Wieso sollte so was da sein?«
Currie sagte: »Weil Sie kleine Mädchen mögen. Oder zumindest mochten. Fünfzehn Jahre, verkürzt auf zehn. Ich war ziemlich entsetzt, als ich die Akte las. Ihre eigene Tochter, Frank.«
Er hatte auch ein Foto von Mary Carroll in der Akte gesehen. Sie sah wesentlich jünger aus als fünfzehn. Als das Bild aufgenommen wurde, trug sie ein weißes T-Shirt, und ihr Gesicht war eingefallen und hager, mit dunklen Ringen unter den verängstigten Augen. Eines war fast zugeschwollen. Ihr strähniges blondes Haar sah aus, als sei es schon seit einer Woche nicht gewaschen oder gekämmt worden.
»Ich habe keine Tochter«, sagte Carroll.
»Traurigerweise für Ihre Tochter haben Sie doch eine«, sagte Currie. »Und auch einen Sohn. Obwohl ich bezweifle, dass Sie von den beiden Geburtstagskarten bekommen. Kommt das oft vor?«
»Für mich sind sie tot.«
»Na, wir wissen ja alle, was Sie ihr angetan haben.«
Carroll wendete sich ihm langsam zu.
»Allerhand.«
Currie strengte sich an, freundlich zu lächeln. Man gewöhnte sich daran, mit dieser Art von Abschaum zu tun zu haben, aber manchmal schockierte es ihn immer noch. Was die Menschen taten und wie sie es schafften, eine solche Einstellung dazu zu haben.
»Wir denken da besonders an eine Sache«, sagte er. »Sie haben sie öfter ans Bett gebunden, oder? Haben sie endlos lange, tagelang ohne Essen und Wasser dort liegen lassen.«
»Das war eines der weniger interessanten Spielchen.«
Swann trat wieder gegen den Stoß Zeitschriften und sah

nicht einmal zu Frank hinüber. »Sie wurden vor zwei Jahren entlassen, Frank. Zufällig gab es bald danach mehrere solcher Vorfälle mit Mädchen. Wir haben *großes* Interesse an diesen Dingen, selbst wenn Sie das anders sehen.«
Die ganze Zeit starrte Carroll Currie nur an. Das Gesicht des Mannes war völlig ausdruckslos.
»Hat jemand Sie angerufen?«, fragte er wieder.
»Nein«, sagte Swann. »Wir haben einen Computer, der für uns Namen ausspuckt. Und das meine ich wörtlich …« Die Zeitschriften rutschten auf den Boden. »Hoppla.« Carroll schaute hinüber, schüttelte den Kopf und sah dann zu Boden. Seine Hände machten schusselige Bewegungen wie zwei Vögel mit gebrochenen Flügeln, er stützte die knochigen Ellbogen auf seinen dünnen Knien auf und legte die aufrechten Handflächen vor dem Gesicht aneinander.
»Wissen Sie, was die im Knast mit Polizisten machen?«, sagte er.
»Ich nehme an, dass Sie uns das sagen können«, antwortete Swann.
»Sie machen einen kaputt«, sagte Swann. »Links habe ich ein Glasauge, und diese Seite meines Gesichts ist gelähmt. Ich bin als behindert anerkannt. Ich brauche eine Ewigkeit, um hier quer durchs Zimmer zu gehen. Und Sie meinen, ich könnte jemanden verletzen?«
Damit hat er ein gutes Argument, dachte Currie. Die Opfer waren anscheinend alle mit bloßen Händen überwältigt worden, und Carroll sah aus, als könne er kaum die Arme heben. Was war also Sache? War er ein widerlicher gebrochener alter Mann, der hier den Rest seiner Tage verbrachte, oder war mehr an ihm als sein Alter und der Gestank?
»Ich fürchte, Sie werden uns begleiten müssen, Frank.«
Carroll schüttelte wieder den Kopf. Dann fasste er langsam

nach unten an das Hosenbein seiner Jogginghose, zog es hoch, und ein blasses, unbehaartes Stück Bein kam zum Vorschein, an dem ein schwarzes Band saß. Currie brauchte einen Moment, bis er begriff, was es war. Und als Carroll zu ihm hochblickte, schien er äußerst zufrieden mit sich selbst.

Eine elektronische Fußfessel, fest angebracht. GPS. Mit allem Drum und Dran.

»Damit kann man immer überprüfen, wo ich gewesen bin.«

Currie sah zu Swann hinüber, aber sein Partner neigte den Kopf: *Du bist an der Reihe.* Currie blickte wieder zu Frank Carroll hin und zwang sich zu einem künstlichen Lächeln.

»Das werden wir tun, Mr. Carroll«, sagte er. »Inzwischen holen Sie Ihre Jacke, nehmen Sie sich ruhig Zeit.«

7

Montag, 22. August

Zwei Wochen nach dem Besuch bei Tori in der Anstalt fuhr ich quer durch die Stadt an einen Ort, wo ich seit fast einem Jahr nicht mehr gewesen war.
Die letzten zwei Wochen waren eine Folge von heißen, schwülen Tagen gewesen, und heute wurde man zum ersten Mal daran erinnert, dass der Sommer nicht ewig dauern würde. Die Sonne hatte sich den Vormittag über hinter einem grauen, dunstigen Himmel versteckt. Es war noch warm, aber in der Luft lag schon ein Hauch Winter, das Gefühl, dass Kälte und Frost aus der Ferne stetig näher kamen.
Ich mochte das. Es war eine Erinnerung daran, dass die Zeit verging.
Die letzten zwei Wochen hatte ich, soweit es mir möglich war, wie ein Einsiedler gelebt: Zurückgezogen in meiner Wohnung, erwartete ich jeden Moment ein Hämmern an der Tür. Vorher schon hatte ich nicht gut geschlafen, aber in den ersten paar Tagen nach meinem Ausflug in den Wald war es praktisch unmöglich. Und doch war nichts passiert. Weder war die Polizei erschienen, um mich zu verhaften, noch hatte mir Choc einen Besuch abgestattet. Ich hatte die Nachrichten gesehen, und soweit ich erkennen konnte, war Eddies Leiche nicht gefunden worden.
Die ganze Zeit hatte ich mein Mantra wiederholt, dass nichts geschehen sei. Ich war nicht sicher, ob es funktio-

nierte. Aber aus welchem Grund auch immer – vielleicht einfach, weil Zeit vergangen war – hatten die Schuldgefühle und die Angst nachgelassen, und ich konnte die Dinge in meinem Kopf etwas verwischen; manchmal vergingen ganze Stunden, in denen ich mir vormachen konnte, ich sei ein normaler Mensch, der sich nur um normale Dinge zu sorgen brauchte. Doch tief im Inneren fühlte es sich immer noch an, als ticke eine Uhr, und vielleicht war das einer der Gründe, weshalb ich jetzt zu diesem Ort unterwegs war.
Ich erreichte die Washmores, und das erste Gefühl aufgeregten Wiedererkennens kam in mir auf. Dies war die Gegend, in der ich aufgewachsen war. Alles hier war vertraut, aber doch leicht verändert, als sei die Hälfte der Häuser neu gestrichen oder mit irgendeinem Anbau versehen worden. Vor mir standen Poller auf der Straße und versperrten die Zufahrt zur Brücke über den Fluss, den ich in der Ferne rauschen hörte. Ich bog rechts in eine schmale gepflasterte Gasse ein. Die seitliche Trockenmauer war mit zotteligem Moos bedeckt, und auf halbem Wege stand die alte Straßenlaterne. Das Gehäuse oben war aus Glas, darunter ragten seitlich zwei schmale Arme heraus, und dann kam der untere Teil, der dünn und schuppig grün war. Als Kind hatte ich mich an die Laterne gehängt und geschaukelt. Als ich sie jetzt sah, war es eine merkwürdige Vorstellung, dass ich jemals hatte so klein sein können.
Dann ging ich auf ein großes viktorianisches Haus zu, das ein Stück von der Straße zurückgesetzt stand. Die riesigen Außenmauern waren vom Alter rußgeschwärzt, und ein Fahrweg wand sich daran vorbei und verschwand dahinter. Wenn ich die Augen schloss, konnte ich es genau vor mir sehen.
Hinter dem Haus erstreckte sich über drei absteigende Ter-

rassen ein Garten, der jetzt zum größten Teil überwuchert war. Vor der Haustür waren Wäscheleinen gespannt. Damit verband ich die Erinnerung an meine Mutter, die sich mit am Ärmel festgeklemmten Wäscheklammern streckte und die nasse Wäsche aufhängte. Im zweiten Teil des Gartens gab es noch eine kahle Stelle von den Feuern, die mein Vater dort häufig aus irgendwelchen nur ihm bekannten Gründen entfachte. Irgendwie hatte ich es geschafft, achtundzwanzig Jahre alt zu werden, ohne ein Feuer machen zu müssen, aber er hatte immer etwas zu verbrennen gehabt. Und ganz unten fiel der mit langem Gras überwachsene Hang zu den Büschen und dem Zaun hin ab, wo die Grenze des Grundstücks meiner Eltern verlief. Jenseits lag der Wald, wo Owen umgekommen war.

Mein Bruder war für alle Zeiten in meinem Gedächtnis zwölf Jahre alt geblieben. Er war zum Spielen allein in den Wald gegangen, und meine Eltern hatten nicht einmal bemerkt, dass etwas passiert sein könnte, bis die Polizei kurz vorm Nachmittagstee an die Tür klopfte. Owen war durch einen Schuss aus einem Luftgewehr verletzt worden. Ein Spaziergänger hatte ihn gefunden, auf dem staubigen Boden zusammengekrümmt wie eine Raupe. Autofahrer berichteten, sie hätten an jenem Nachmittag eine Gruppe älterer Jugendlicher gesehen, die am anderen Ende bei der Umgehungsstraße aus dem Wald kamen, aber man fand nie heraus, wer sie waren. Teenager, die Unfug trieben. Im Lauf der Jahre habe ich mich oft gefragt, ob ihnen überhaupt klar war, was sie getan hatten.

Ich parkte hinter dem *Putzfee*-Van und ging den langen Teerweg hinunter. Am unteren Ende standen zu beiden Seiten der Stufen kleine, oben zu einem Bogen zusammengewachsene Bäume. Ich blieb darunter stehen und schaute

in das dunkle Gewirr der oberen Äste. Wie bei der Straßenlaterne erinnerte ich mich, dass ich als Kind hinaufgeklettert war, aber jetzt hätte ich auf Zehenspitzen mindestens die halbe Höhe erreichen und Zweige berühren können, die nun mein Gewicht nie mehr tragen würden.
Wie die Zeit verfliegt.
Die alte Wäscheleine meiner Mutter hing schlaff über dem oberen Teil des Gartens. Sie verlief von einem rostigen Haken an der Hauswand zu einem dicken grünen Baum am Zaun, und der Weg bestand noch aus denselben grauen Steinplatten. Er führte an dem scharfkantigen, rostigen Geländer, das den kurzen Hang zum zweiten Teil des Gartens hin einfasste, entlang zur Haustür.
Die Haustür stand offen. Von drinnen hörte ich das Geräusch eines Staubsaugers.
Der Tod meiner Mutter lag drei Jahre zurück, der meines Vaters ein Jahr, und in der Zwischenzeit hatte ich mit der Immobilie absolut nichts gemacht, außer Linda, die Putzfee, zu engagieren, damit sie einmal im Monat vorbeikam und saubermachte. Das Haus war praktisch »auf Eis gelegt«, während ich die Entschlossenheit zusammenkratzte, mich mit ihm zu befassen. Alles musste in Kartons gepackt und entsorgt werden. Alle Räume mussten neu gestrichen werden.
Tatsächlich viel Arbeit, und ich konnte so tun, als sei dies der Grund. In Wirklichkeit war es aber nicht so sehr die Dimension der Aufgabe, die mich abschreckte, es waren vielmehr die Einzelheiten. Meine Erinnerungen an die erste Hälfte meiner Kindheit waren gut, aber getrübt durch die Kluft, die sich in meiner Familie aufgetan hatte, nachdem Owen starb. Selbst jetzt war ich noch nicht sicher, dass ich es mit diesem Haus würde aufnehmen können. Aber die

Ereignisse der letzten paar Wochen hatten meinen Vorsatz verstärkt.
Wenn nicht jetzt, wann dann?
»Linda?«
Ich rief und klopfte zweimal an die offene Tür, als ich hineinging. Sie erwartete mich, ich hörte ein Klicken, und das Brummen des Staubsaugers wurde leiser.
Linda war Anfang vierzig und auf angenehme Art rundlich. Eine nette, liebenswürdige Frau, der Putzen Spaß zu machen schien und die in alten Jeans und Pullover vorbeikam. Ziemlich beneidenswert, so ein Gen zu haben. Sie stand jetzt in der Küchentür und wischte sich mit dem Handrücken über die Stirn. Als ich zu ihr trat, lächelte sie mich an und blies sich das Haar aus den Augen.
»Fast fertig.«
»Sieht gut aus, finde ich.« Ich schaute skeptisch auf den Teppich, der in der Mitte so abgenutzt war, dass man das graue Rastergitter sah, und dann auf die cremefarbene Rauhfasertapete. »Ich muss das eh alles rausreißen.«
Linda nickte.
»Es wird schön sein, wenn es renoviert ist. Wollen Sie es verkaufen?«
»Mein Gott, ja.«
Einen schrecklichen Moment lang stellte ich mir vor, hier einzuziehen.
»Na, es wird für irgendjemanden ein schönes Zuhause sein«, sagte sie.
»Hoffen wir's.«
Gegenüber der Küche sah ich die geschlossene Tür zu dem alten Zimmer meines Bruders. Das war der einzige Raum im Haus, an dem nichts zu machen ich Linda angewiesen hatte. Seit dem Tag von Owens Tod war niemand da drin

gewesen. Meine Eltern warfen nie etwas von seinen Sachen weg, niemand von uns betrat den Raum, und die Tür blieb zu. Es war ein ungeschriebenes Gesetz. Das Zimmer war versiegelt und vergraben wie eine Zeitkapsel.

Manchmal sah ich in der Küche meine Mutter, die Handgelenke tief im Schaum des Spülbeckens, die sich plötzlich erschrocken umblickte, als glaubte sie, sie hätte etwas sehr Wichtiges zu tun vergessen. Dann schaute sie auf die geschlossene Tür und erinnerte sich, dass Owen doch nicht tot war. Er war nur in seinem Zimmer, außer Sichtweite, und alles war in Ordnung. Fast alles, was meine Eltern taten, baute auf einem ähnlichen Prinzip auf.

»Fünfzig, nicht wahr?« Ich nahm das Geld aus meiner Brieftasche.

Linda nickte, nahm es und zog dann den Stecker des Staubsaugers aus der Steckdose. Ein Druck auf einen Knopf ließ das Kabel klappernd darin verschwinden.

Draußen auf dem Weg gab sie mir den Schlüssel und betrachtete die hohe, bedrohliche Fassade des Hauses fast mit Bedauern.

»Der Job hier wird mir fehlen.«

»Sie haben prima Arbeit geleistet.«

Ich meinte es ehrlich. Natürlich hatte ich sie fürs Putzen bezahlt, aber sie hatte mehr für mich getan. Als ich sie zum Beispiel am Anfang im Haus herumführte, hatte ich nicht gewusst, dass wir es mit mehr als fünfzig leeren, in der Speisekammer versteckten Wodkaflaschen zu tun haben würden. Jetzt waren sie fort, und Linda hatte sie mir gegenüber nie erwähnt oder sonst irgendetwas getan, um den schwierigen Augenblick der Scham hervorzuheben, den ich erlebte, als ich sie sah. *Wieso wusstest du nicht, wie dein Vater seine letzten Monate verbrachte?*

»Es ist einfach an der Zeit, dass ich hier mal ausräume.«
»Ich verstehe. Alles Gute, Dave. Viel Glück.«
»Ihnen auch.«
Nachdem sie gegangen war, schloss ich ab, und es wurde mir bewusst, dass ich die Verantwortung für das Haus jetzt wieder ganz allein hatte. Sollte ich mich hier umsehen? Ich beschloss, es nicht zu tun. Ich wusste bereits, wie viel Arbeit es sein würde, und fand, dass ich für den Moment genug getan hatte. Ein Schritt nach dem anderen.
Im Wagen schaltete ich das Radio ein und zündete mir eine Zigarette an. Als ich sie halb geraucht hatte, kamen die Nachrichten. Ein Lastwagen hatte sich auf der Autobahn nach Süden quergestellt; ein hiesiger Stadtrat war dabei erwischt worden, dass er einen Asiaten-Witz per E-Mail rundgeschickt hatte; und die Polizei war der Verhaftung des Mörders von Alison Wilcox nicht nähergekommen.
Ich drückte die Zigarette aus. Das Handy in meiner Tasche fing an zu vibrieren.

Hi. Wollt nur hören, ob alles klargeht später?
Hoffentlich – ich freu mich. Tor xx

Ich lächelte – sie unterschrieb immer so – und schickte dann eine Antwort: *Auf jeden Fall. Freu mich auch.*
Das war das einzig Gute, was in letzter Zeit geschehen war. Tori war Ende voriger Woche aus dem Krankenhaus entlassen worden, und wir wollten uns am Abend zu einem Drink und zum Reden treffen.
Aber wenn es nichts wird mit ihr, bin ja immer noch ich da.
Bei der Erinnerung daran regte sich in meinem schweren Herzen eine bescheuerte Hoffnung, aber ich sagte mir, ich

sollte es vergessen. Dann legte ich mein Telefon auf den Beifahrersitz und ließ den Motor an.

Ich traf Tori um halb sieben im Sphere. Das rechteckige Einkaufszentrum mit dem umstrittenen Namen mitten in der Stadt bestand fast vollständig aus Modegeschäften, Schmuckläden und einer Handvoll teurer Restaurants. Bisher hatte ich allerdings nie Anlass gehabt, eins davon zu betreten. Ich setzte mich auf eine Bank im Erdgeschoss. Zu dieser Zeit am Abend waren die Läden entweder schon zu oder schlossen gerade, aber in den Passagen waren noch viele Menschen unterwegs, die nach der Arbeit hier entlangkamen, Schlipsträger und Studenten. Von einem der oberen Stockwerke hinter der Rolltreppe hörte ich die Geräusche wartender Kinobesucher und klappernder Spielautomaten. Ganz in der Nähe stapelte eine Bedienung Teller auf dem Arm und trug sie von der Terrasse nach drinnen, während ein schlaksiger Sicherheitsbediensteter vorbeischlenderte.
»Hi.« Tori stieß mich an der Schulter an, und ich drehte mich um.
»Hi«, sagte ich. »Ich dachte, du würdest von der anderen Seite kommen.«
Sie lächelte. »Muss dich doch auf Trab halten.«
Ich stand auf, und wir umarmten uns. Sie legte ihr Gesicht an meine Brust, und wir blieben ein paar Sekunden so stehen – *es ist so schön, dich zu sehen* –, dann fuhr ich ihr über den Rücken, und wir lösten uns voneinander. Ich ließ meine Hände einen Moment auf ihren Oberarmen liegen und erwiderte ihr Lächeln.
»Siehst *gut* aus.«
»Oh, danke, aber ich seh grässlich aus, und ich weiß es.«
Na ja, ein bisschen vielleicht. Ihre Haut war in schlechtem

Zustand, und das Make-up, das sie aufgetragen hatte, war etwas ungleichmäßig, aber das machte nichts aus. Teilweise hatte mich Tori immer deshalb angezogen, weil sie hübsch war, aber sich nicht allzu sehr um nicht kaschierte Schönheitsfehler kümmerte, denn in Bezug auf sich selbst war sie genauso aufrichtig wie in allen anderen Dingen.
»Ich finde, du siehst gut aus.« Ich hielt ihr meinen Arm hin. »Gehen wir?«
Entschlossen hakte sie sich unter. »Also los.«
Wir gingen ins Ivy, ein schickes Weinlokal am Rand des Komplexes. Früher war es eine kunstvoll verzierte Hotelhalle gewesen, und die Erinnerung an die früheren, besseren Zeiten schien noch präsent, fast so, als sehe sich nun ein alter, untadelig gekleideter Butler gezwungen, voller Empörung eine Familie verkommener Nachfahren zu bedienen. Die Palmen, die hier und da in riesigen bauchigen Vasen standen, wirkten unglaublich fehl am Platz. Die Tische und Stühle waren alle aus schwarzem Draht, und ungefähr die Hälfte war von gutgekleideten Paaren oder von Geschäftsleuten besetzt, die bei ihren Gästen Eindruck machen wollten. Ich holte mir ein Guinness und für Tori eine Cola light, bekam herzlich wenig Rückgeld auf einen Zehner, und dann suchten wir uns einen Platz. Ein vergoldeter Ventilator drehte sich summend an der Decke.
»Cheers«, sagte ich, und wir stießen an. »Auf deine Freiheit.«
»Danke. Es ist schön, wieder draußen zu sein.«
»Und ist jetzt alles wieder in Ordnung?«
Sie zog eine Grimasse, als falle es ihr schwer, darauf zu antworten. Ich dachte daran, wie sie mir am Anfang von ihrer Krankheit erzählt hatte, und versuchte mir vorzustellen, was sie jetzt fühlte.

»Ich bin auf dem Weg«, sagte sie. »Es kommt noch jemand vorbei, der sich um mich kümmert, aber es sieht aus, als hätte ich wieder Tritt gefasst.«
»Das ist gut.«
»Im Moment jedenfalls.«
»Es war komisch, dich dort zu besuchen. Nicht so, wie ich erwartet hatte.«
Tori sah mich an und hatte den Kopf etwas belustigt zur Seite geneigt. »Ich kann mich gar nicht daran erinnern, dass du da warst. Aber ich bin dir dankbar dafür.«
»Du erinnerst dich nicht?« Unwillkürlich war ich tief enttäuscht. Wenn sie sich nicht an meinen Besuch erinnerte, dann wusste sie auch nicht mehr, was sie gesagt hatte. »Ich war zur selben Zeit da wie Choc.«
»Choc war oft da.« Sie runzelte die Stirn. »Wie war ich drauf?«
Ich hielt inne und dachte über die Frage nach, aber im Inneren dachte ich: *Wenn es nichts wird mit ihr, bin ja immer noch ich da.*
Teilweise hatte ich das ernst genommen und fühlte mich jetzt ganz dumm und am Boden zerstört.
»Dir ging's gut«, sagte ich. »Ich war traurig, dass du da drin warst, aber es war gut zu sehen, dass du in Sicherheit warst.«
Ich lächelte ihr zu. Von allem anderen abgesehen, stimmte das ja.
»Es ist immer schön, dich zu sehen.«
Sie lächelte zurück. »Dich auch.«
Danach redeten wir bei zwei Drinks über nichts Besonderes. In der Zeit, als wir ein Paar waren, war eines der Probleme gewesen, dass wir uns nicht viel zu sagen hatten, aber andererseits noch nicht so lange zusammenlebten, dass

dieses Schweigen uns nicht störte. In den Jahren, die seit damals vergangen waren, waren wir viel lockerer geworden, und selbst wenn wir schwiegen, war das gewöhnlich in Ordnung. Doch heute Abend fühlte es sich anders an. Ich tat mein Bestes, kam mir aber langsam vor, als trüge ich eine Maske mit einem falschen, aufgemalten Lächeln und sie könnte es jeden Moment bemerken. Im Lauf des Abends suchte ich nach Anzeichen, dass dies mehr für sie war als ein gemütliches Treffen mit einem Freund, mit dem sie einen trinken ging. Aber es gab keine. Ich war ein Idiot gewesen, und die Ereignisse des vergangenen Monats, alles von Emmas Auszug bis zu dem, was mit Eddie passiert war, schien plötzlich gegenwärtig, unverfälscht und unerträglich heftig.
Gegen neun gähnte sie.
»Zeit, nach Hause zu gehen?«, sagte ich.
»Ja. Tut mir leid.«
»Mach dir nichts draus. Ich komm ein Stück mit.«
Arm in Arm gingen wir durch die Stadtmitte; als wir an ihrer Haltestelle ankamen, stand der Bus schon da, und die Wartenden stiegen langsam ein. Sie drehte sich zu mir um und legte stürmisch und zugleich zärtlich die Arme um mich.
»Ach, es war so schön, dich zu sehen. Danke für alles.«
Ich klopfte ihr sanft auf den Rücken. »Dich auch. Lauf, sonst verpasst du deinen Bus.«
»Okay. Meld dich wieder mal.«
Sie stieg ein, die Türen schlossen sich zischend, und meine Magengrube schien plötzlich zweimal so tief zu werden, denn mir ging gerade auf, dass ich mich nicht bei ihr melden würde. Dabei verspürte ich tiefe Traurigkeit, aber ich wusste, es war unvermeidlich. Es musste so sein. Ich hatte diesen

Abend so mit Erwartungen überfrachtet, dass alles, was vorher glatt und einfach gewesen war, nun in einem anderen Licht kantig und komplex erschien.

Tori winkte mir vom Mittelgang des anfahrenden Busses zu, ich winkte zurück und dachte dabei lächerlicherweise: *Ich liebe dich noch. Ich glaube, ich habe nie aufgehört, dich zu lieben.*

Ich kann es auf Dauer einfach nicht ertragen, dich nur als Freundin um mich zu haben.

Und einen Augenblick später war sie schon verschwunden.

8

Dienstag, 23. August

Als Mary mit zwei schweren Einkaufstüten, die so vollgestopft waren, dass das Plastik ihr in die Handflächen schnitt, den Gehweg entlangging, erinnerte sie sich an die Nacht, in der ihre Kindheit zu Ende gegangen war.
Sie sah zwei zitternde Kinder vor sich, die sich durch die Nacht kämpften.
Das Mädchen war fünfzehn, ging barfuß im Schnee und trug nur ein T-Shirt. Mit einer Hand presste sie das Hemdchen fest an sich, um sich damit etwas Wärme zu erhalten. Mit der anderen hielt sie die Hand ihres Bruders fest und zog ihn hinter sich her. Er war völlig starr und ging still mit, wohin sie ihn auch führte. Anscheinend merkte er nichts von den Tränen, die ihr übers Gesicht rannen, und der aufgerissenen Haut an ihren Handgelenken.
Alle Häuser um sie herum waren dunkel. Das Mädchen hatte keine Ahnung, wohin sie gehen sollten. Sie wusste nur, dass niemand ihnen helfen würde und dass sie nicht zurückkonnten. Und doch musste sie irgendwie für den kleinen Jungen sorgen, den sie hinter sich herzog.
Sie hatte panische Angst.
Jetzt, zwölf Jahre später, bog sie um eine Straßenecke und fühlte etwas Ähnliches. In den letzten zwei Wochen war die Erinnerung sehr gegenwärtig gewesen. Seit jenem Sonntag und ihrem Anruf bei der Polizei hatte sie das Gefühl, dass ihr ganzes Leben auf Messers Schneide stand und jeden

Moment in die eine oder andere Richtung kippen konnte. Sie schwankte zwischen Panik und Hoffnung hin und her und war sich zuinnerst bewusst, dass beide Emotionen gleich gefährlich waren. Sie durfte nicht durchdrehen, denn dann würde sie erstarren, wo sie doch weiter vorankommen musste. Und sie durfte nicht hoffen, weil ihr niemand helfen würde ...

Und da sah Mary ihn, er stand vor ihrem Haus, dort vorn, und sie spürte, wie sich das Gleichgewicht verlagerte. Sie erkannte ihn. Es war der Polizist von der Pressekonferenz, den sie damals im Fernsehen gesehen hatte, und er blickte sie direkt an.

Hoffnung blühte unter ihren Händen auf, obwohl sie versuchte, sie zu unterdrücken. Blütenblätter wirbelten durch ihre Finger herauf, und sie versuchte nicht mehr, das Gefühl zurückzuhalten.

Sie haben ihn gefunden.

Ihr Herz hätte am liebsten getanzt.

Sie haben auf dich gehört.

Als sie sich dem Haus näherte, wurde Mary klar, dass die Polizei auch sie gefunden hatte, und das war nicht so gut. Sie ärgerte sich, dass sie sich nicht genügend angestrengt hatte und zuerst entdeckt worden war. Ihr ganzes Leben lang hatte sie ängstlich über die Schulter zurückgeblickt, da hätte sie doch besser auf so etwas gefasst sein müssen. In der Vergangenheit war sie immer so vorsichtig gewesen, selbst wenn es gar nicht nötig war. Man war peinlich genau, wenn man es eigentlich nicht sein musste, damit man vorbereitet war, wenn es tatsächlich so weit war. Und doch schien all dieses Üben jetzt, wo es mehr denn je darauf ankam, sich nicht auszuzahlen. Sie konnte es sich nicht leisten, so unachtsam zu sein.

Aber was wäre, wenn jemand anders schuld war?
Der Polizist trat zur Seite. »Mary Carroll?«
»Ja.«
Zu jedem anderen Zeitpunkt wäre sie tief bestürzt gewesen, ihren Namen so laut ausgesprochen zu hören. Sie hätte ihn vielleicht einfach abgeleugnet, selbst einem Polizisten gegenüber. Aber heute nickte sie und setzte dann dankbar die Einkaufstüten auf dem Asphalt ab, wo sie halb in sich zusammensanken wie Heißluftballons bei der Landung.
Der Polizist lächelte.
»Ich dachte doch, ich erkenne Sie, von dem Bild in Ihrer Akte. Ich bin Detective Sam Currie. Ich wollte mit Ihnen über den Anruf von vor zwei Wochen sprechen.«
Er hat auch eine freundliche Stimme.
»Ach, ja?«
»Nur kurz, eigentlich. Wir sind der Information nachgegangen, die Sie uns gaben, und ich wollte Sie wegen Ihres Verdachts beruhigen.«
Verdacht, dachte sie. *Beruhigen.*
Plötzlich fühlte sich alles in ihrem Inneren tot an.
Es war besser, völlig panisch zu sein, als dies.
»Kommen Sie doch rein«, sagte sie.

Fünf Minuten später brachte Mary zwei Tassen Kaffee ins vordere Zimmer. Sie hatte gewartet, bis das Wasser kochte, dabei die Ellbogen auf die Arbeitsfläche gestützt und die Hände vors Gesicht gelegt, während ihr Haar im Zucker auf dem Boden ihres Bechers rührte. Sie holte tief Atem und versuchte, die Fassung wiederzugewinnen. Wie hatte sie nur so dumm sein können?
Du musst ihn überzeugen.
Der Gedanke setzte sich fest, aber zugleich wusste sie schon,

dass auch dieser Ausbruch von Hoffnung dazu verurteilt war, sie noch tiefer niederzuschmettern. Doch was konnte sie sonst tun?

Der Polizist – Currie – saß ganz vorn auf der Sesselkante und blätterte in einem Buch. Als sie hereinkam, hielt er es hoch.

»Der fahrende Ritter«, sagte er. »Ich erinnere mich daran. Ich hab meinem Sohn oft daraus vorgelesen, als er klein war.«

Sie ärgerte sich über sich selbst, dass sie es hatte offen herumliegen lassen. Es war nur ein Kinderbuch, aber sie mochte es nicht, wenn andere einen so intimen Einblick in ihre Kindheit bekamen. Besonders unter solchen Umständen.

»Es war mein Lieblingsbuch, als ich noch klein war«, sagte sie.

Er legte es hin, nahm den Kaffee und hielt den Becher mit beiden Händen umklammert, als sei er tagelang draußen in der Kälte gewesen.

Mary setzte sich ans andere Ende der Couch und zog die Beine unter sich.

»Woher wussten Sie, wo ich wohne?«

»Von Ihrem Bruder«, sagte Currie.

Das schreckte sie einen Moment auf. Statt der Erinnerung an sie beide im Schnee kam ihr jetzt der Alptraum in den Sinn, den sie gehabt hatte. Ihr Bruder, der kleine, unschuldige Junge, den sie so verzweifelt vor der Brutalität ihres Vaters zu schützen versucht hatte.

»John«, sagte sie. »Ich habe ihn schon länger nicht gesehen. Wie geht's ihm?«

»Er klang, als ginge es ihm gut.«

»Sie haben ihn nicht getroffen?«

Currie schüttelte den Kopf. »Er lebt jetzt in Rawnsmouth.

Mit unseren Mitteln können wir uns keine Reisen von fünfhundert Meilen erlauben.«
»Klar.«
»Aber ich habe mit ihm telefoniert. Er war nicht besonders darauf erpicht, über seinen Vater zu sprechen.«
»Er hat ein neues Leben angefangen.«
»Sie haben nicht viel Kontakt mit ihm?«
»Schon längere Zeit nicht.«
Es machte sie traurig, an ihren Bruder zu denken. Sie waren sich als Kinder so nah gewesen, und die Jahre seit damals hatten sie immer weiter auseinandergetrieben. Auch eine Hinterlassenschaft ihres Vaters. Noch einer, der ihr das Herz gebrochen und sie mit schier unerträglichen Schuldgefühlen zurückgelassen hatte.
Sie sagte: »Ich wusste nicht einmal, dass er meine Adresse hat.«
»Er hatte sie nicht. Nur die Telefonnummer.«
Mary nickte vor sich hin. So war das also. Es machte sie wütend, dass er ihre Privatsphäre so leicht preisgab. Das hätte er doch wissen sollen. Aber mit Currie wollte sie darüber nicht sprechen.
»Sie sagten, Sie seien der Information nachgegangen, die ich Ihnen gegeben habe?«
Er nickte einmal und rollte den Becher in den Händen hin und her.
»Ja. Wir sind zu Ihrem Vater gegangen. Nachdem wir uns die Akte angesehen haben, kann ich vollkommen verstehen, warum Sie so dachten.«
Sie fragte sich, was da drin stand.
Konnte er wirklich *vollkommen verstehen*, wie es sich anfühlte, zwei Tage ohne Essen und Wasser an einem Bett festgebunden zu sein? Nein, das konnte er nicht.

»Aber?«
»Nachdem wir die Angelegenheit untersucht hatten, mussten wir Ihren Vater laufen lassen. Es tut mir leid, aber er ist für diese Verbrechen nicht verantwortlich.«
Du musst es versuchen.
»Sie müssen etwas übersehen haben.«
»Es tut mir leid.«
»Er schickt mir eine Nachricht. Sie wissen das nicht, weil Sie nicht ... das nicht erlebt haben, was ich erlebt habe. Mit ihm. Sie wissen nicht, wie er ist.«
Currie runzelte die Stirn. »Haben Sie ihn seit seiner Entlassung gesehen?«
Schon der Gedanke daran ließ ihren Puls rasen.
»*Natürlich* nicht.«
»Na ja, Ihr Vater ist ein gebrochener Mann, Mary. Ich sage nicht, dass das viel zu bedeuten hat, aber er kann kaum ohne Stock durch ein Zimmer gehen. Ich habe das Bild von seiner Verhaftung damals gesehen, und er hat sich sehr verändert. Er ist nicht mehr der Mann, an den Sie sich erinnern.«
Konnte das wahr sein?
Nein. Er musste gesehen haben, was ihr Vater ihn sehen lassen wollte.
»Die Leute haben ihn immer unterschätzt«, sagte sie. »Mein Vater könnte Sie in Stücke reißen, wenn er wollte. Wenn er jetzt schwach und gebrechlich aussieht, dann spielt er es. Er versucht, Sie ... hinters Licht zu führen. Er ist derjenige, der diese Mädchen umbringt.«
Sie hielt inne, wurde sich bewusst, dass sie kurz davor war, nur noch zu faseln. Currie betrachtete sie jetzt mit Mitgefühl, und das mochte sie überhaupt nicht. Es war ihr egal, was er von ihr hielt, aber sein Gesicht sah aus, als suche er

nach einer Möglichkeit, sie auf sanfte Weise zu enttäuschen. Es war unerträglich.
»Bitte.«
»Ich sollte nicht in die Details gehen«, sagte Currie. »Aber wenn es Sie beruhigt, tu ich das. Ihr Vater hat eine elektronische Fußfessel, Mary.«
»Was?«
»Es war eine Bedingung für die Bewährung. Er ist nicht verantwortlich für diese Morde. Es ist einfach nicht möglich.«
Nein.
Mary blinzelte, ihr Verstand verarbeitete diese Information und was sie zu bedeuten hatte. Fußfessel? Sie war darauf vorbereitet gewesen, dass sie nicht genug Beweise haben könnten, um ihn anzuklagen, oder dass er es geschafft hatte, sich irgendwie ein falsches Alibi zu verschaffen. Aber dies nicht. *Es ist einfach nicht möglich.*
»Dann hat er sich da irgendwie rausgemogelt.«
»Nein. Wir haben eine komplette Liste der Orte, an denen er sich aufgehalten hat.«
»Dann muss er sie abgenommen haben. Sie wissen nicht, wie schlau er sein kann.« Etwas fiel ihr ein, und sie stürzte sich verzweifelt darauf. »Oder vielleicht hat er noch Freunde bei der Polizei. Jemanden, der ihn deckt.«
»Tut mir leid, ich verstehe, warum Sie dachten, dass er es sein könnte, aber es trifft nicht zu.«
»Doch.« Sie hätte am liebsten mit den Fäusten auf etwas eingeschlagen, bis er ihr glaubte. »Ich *weiß*, dass es so ist.«
Currie schüttelte den Kopf und antwortete nicht. Er versuchte immer noch verständnisvoll zu sein, aber er begriff es nicht. Mary fragte sich, wie sie jetzt wohl auf ihn wirkte. Wahrscheinlich einfach wie eine kaputte, gestörte Frau. Mit

Vorsicht zu behandeln. Aber trotzdem konnte sie nicht aufhören.

»Ich wünschte, Sie wären nicht gekommen.«

Er sah verwirrt aus. »Warum?«

»Weil er Ihnen gefolgt sein könnte.«

»Ihr Vater? Ich glaube nicht, dass Sie sich deswegen zu sorgen brauchen.«

Jetzt wurde es ihr zu viel.

Sie sagte: »Sie haben keine Ahnung, was ich *brauche*.«

»Mary ...« Er strengte sich an. »Die Leute laufen nicht hinter der Polizei her und beschatten sie. Das tun sie einfach nicht. Und ich habe Ihren Vater doch letzte Woche gesehen.«

»Sie glauben, er würde das nicht tun? Das ist *gar nichts* für ihn. Er würde Ihnen ein *Jahr* lang folgen, wenn er dächte, dass es ihm helfen würde, mich zu finden. Den Rest seines Lebens. In seinem Kopf bin ich das einzig Wichtige für ihn.«

»Ich verstehe, warum Sie solche Angst haben.« Currie wirkte verlegen. »Aber in Ihrem eigenen Interesse müssen Sie doch im Rahmen bleiben.«

»Muss ich das?« Ihre Kehle schnürte sich zu. Sie musste gleich weinen. »Sie wissen nichts über meinen Vater oder über das, wozu er fähig ist.«

»Ich weiß, dass er ein gefährlicher Mann war, aber ...«

»Nein, Sie haben nicht die geringste Ahnung. Vielleicht steht in Ihrer Akte, dass er Polizist war, aber es steht nicht drin, dass er auch kriminell war. Dass er das ganze Viertel in der Hand hatte.«

»Mary ...«

Sie stützte die Ellbogen auf den Knien ab und presste die Handflächen auf die Augen. Fest.

»Als ich elf war«, sagte sie, »kamen zwei Männer zu uns nach Haus. Es waren Drogendealer. Jetzt weiß ich das. Ich nehme an, sie wollten meinem Vater Bescheid stoßen, weil er zu weit in ihr Territorium vorgedrungen war. Er erwartete eine zu große Beteiligung. Aber sie unterschätzten ihn. Das taten die Leute immer.«

Das Geräusch von der Pistole ihres Vaters explodierte kurz in ihrer Vorstellung. Damals hatte sie nicht gewusst, was es für ein Knall war, nur dass er bedeutete: Da ging etwas Schlimmes vor sich. Aber John war erst acht und rannte hinein.

»Er hat einen von ihnen in der Küche erschossen. Der Mann war schon tot, als ich ihn zu sehen bekam. Den anderen hat mein Vater einfach niedergeschlagen. Und dann hat er den Ofen angemacht.«

Da kamen ihr die Tränen. Zwei Wochen der Panik und Angst brachen hervor und strömten aus ihr heraus. Solange sie noch sprechen konnte, sagte sie: »Das ist eine meiner ersten Erinnerungen. Ich habe noch viele andere, wenn Sie sie hören möchten.«

»Es tut mir sehr leid«, sagte er leise. »Ich kann mir vorstellen, wie das für Sie gewesen sein muss.«

Sie hätte ihm gern auch alles andere erzählt.

Von den Polizisten, die sie unten im Wohnzimmer lachen hörte, während sie in ihrem Zimmer in der Ecke saß. Wie die Leute ihrem Vater auf die Schulter klopften und sich bei ihm einschleimten, entweder weil sie Angst vor ihm hatten oder weil sie etwas brauchten. Die kleinen Anliegen, die die Leute ihm auf der Straße vortrugen, und die Art und Weise, wie er nickte und sagte: »Keine Sorge, das mach ich schon.«

Der gute Polizist Carroll. Hart, aber fair. Niemand wagte

es, über ihn und die Dinge zu sprechen, die er tat, *doch alle wussten Bescheid.*

Aber was würde es bringen? Die Hoffnung, die sie sich zu schöpfen erlaubt hatte, als sie Currie draußen sah, war vollkommen vernichtet; es fühlte sich an, als hätte sie ein totes Kind im Leib. Sie könnte ihm all das erzählen, aber welchen Unterschied machte es? Die Leute hörten einen, aber sie hörten nicht zu. Man stand vor ihnen und rief um Hilfe, und sie sahen durch einen hindurch …

»Sie werden mir nicht glauben, bis er kommt und mich holt.«

»Es tut mir leid.«

»Gehen Sie einfach. Bitte.«

Er stand auf. Sie hörte den Boden knarren, als er durch den Raum ging. Aber auf der Treppe hörte sie nichts. Sie machte die Augen auf und sah, dass er an der Tür stehenblieben war.

»Ich muss Sie etwas fragen«, sagte er. »Ich hab's gesehen, als ich reinkam.«

Er zeigte auf den Türgriff.

»Was?«, sagte sie.

»Da ist Blut dran.«

Was wollte er noch von ihr? Sie sah ihn durch die Tränen ein paar Sekunden an und überlegte, dann zog sie das Hosenbein ihrer Jeans hoch und zeigte ihm die Narben an ihrer Wade. Sie waren inzwischen zugeheilt, aber im Licht sah man sie noch gut. Sie hoffte, dass sie ihm gefielen.

»Sie haben das gemacht?«

»Ja«, sagte sie. »Es hilft.«

Currie schaute sie einen Moment an, und sein Gesichtsausdruck schien niedergeschlagen und voller Traurigkeit. Aber trotzdem glaubte sie, dass er begriff. Vielleicht hatte er keine eigenen Wunden, aber etwas hatte er. Er nickte vor sich hin.

»Danke für Ihre Zeit, Mary. Machen Sie's gut.«

Als sie seine Schritte auf der Treppe hörte, ließ sie den Stoff der Jeans auf den Knöchel hinunterfallen. Die Haustür ging auf, wurde geschlossen, und dann, wie sie ja von Anfang an hätte wissen müssen, war Mary wieder völlig allein.

Zweiter Teil

9

Sonntag, 28. August

Ich weiß, dass mir beim ersten Rendezvous immer zwei bestimmte Fragen gestellt werden. Nachdem wir ein vollkommen achtbares Pastagericht, den größten Teil einer Flasche Rotwein und das ganze Geplauder über »Ist es nicht merkwürdig, sich übers Internet kennenzulernen?« hinter uns hatten, stellte eine gewisse Sarah Crowther mir die erste.
»Führst du mir mal einen Zaubertrick vor?«
»Das wird dich aber was kosten«, sagte ich. »Man muss sich schließlich sein Essen verdienen.«
Sie lächelte. »Vergiss nicht, dass du gerade gegessen hast.«
»Und es war lecker.«
»Stimmt! Deine Ausrede bringt also nichts.«
Ich war mit ihr zu Al Bacio, meinem italienischen Lieblingsrestaurant, gegangen. Obwohl es mitten in der Stadt lag, waren fast nie Gäste da, ein wohlgehütetes Geheimnis, wobei es der italienischen Familie, die das Lokal betrieb, zweifellos lieber gewesen wäre, wenn es etwas weniger geheim geblieben wäre. Der Kellner stand öfter rauchend draußen vor der Tür, was wahrscheinlich auch nicht half, aber das Essen war hervorragend, und aus der offenen Küche zogen die Essensdüfte, so dass man sein Gericht schon eine Weile, bevor es serviert wurde, riechen konnte. Ich kam oft hierher.
Sarah und ich hatten einen Tisch für zwei in der Ecke, mit einer Kerze, die auf der Seite des Tisches stand und ihre

Augen glänzen ließ. Obwohl ich einiges über sie wusste (dreiundzwanzig, trinkt und raucht in Gesellschaft, Atheistin, studiert seit zwei Jahren Bildende Kunst mit dem Abschlussziel Promotion) und natürlich ihr Foto in ihrem Internet-Profil betrachtet hatte, sah ich sie zum ersten Mal persönlich. Am Nachmittag hatte Rob, der über meine gelegentlichen Streifzüge ins Reich der Partnersuche übers Internet immer die Nase rümpfte, mir geraten, mich auf eine enorm übergewichtige Soziopathin mit einem Eispickel in der Handtasche gefasst zu machen. Oder möglicherweise auf einen Mann.

In Wirklichkeit hätte er sich jetzt in den Arsch gebissen. Sarah war klug und attraktiv, mit dunkelblondem, lockigem Haar, das um ihr freundliches Gesicht herabfiel. Sie trug eine schöne schwarze Bluse und enge dunkle Jeans. In einer unserer Flirt-Mails hatte sie von »Gekicher und jeder Menge Locken« gesprochen. Bis jetzt passte diese Beschreibung genau auf sie, und für mich war es ein wunderbarer Abend. Natürlich war noch Zeit, der Eispickel konnte durchaus noch auftauchen, aber dann würde ich wenigstens als glücklicher Mann sterben.

»Na los«, sagte sie. »Ich merke doch, dass du Lust dazu hast.«

»Okay. Zieh den Ring ab und gib ihn mir.«

Das tat sie. Ich legte ihn auf den Tisch, lächelte ihr zu und ließ ein kurzes Schweigen entstehen.

»Noch Wein?«, fragte ich.

Sie grinste. »Du drückst dich. Aber ja, danke.«

Ich teilte den Rest in der Flasche zwischen uns auf, räusperte mich und lockerte demonstrativ meine Finger. Meine rechte Hand war besser geheilt, als ich erwartet hatte, aber sie fühlte sich noch etwas merkwürdig an.

»Pass gut auf.«
Ich zog den Ring zu mir heran und hob ihn mit der rechten Hand auf. Zeigte ihn ihr kurz. Gab ihn weiter an die Linke und schloss die Hand darüber, starrte dann auf meine Faust und streckte beide Hände gut sichtbar aus. Ich hatte einen konzentrierten Ausdruck auf dem Gesicht, den ich schon tausendmal im Spiegel gesehen hatte. Irgendwann in der Nähe des fünfhundertsten Mals fing er an, überzeugend zu wirken.
»Fast ...«
Ich schloss die Augen, verzog das Gesicht und ...
... entspannte mich dann. Es würde nicht gelingen.
»Ich hab 'n Fehler gemacht.«
Ich legte den Ring auf den Tisch. Sarah sah mich belustigt an.
»Tut mir leid«, sagte ich. »Hab das schon länger nicht mehr gemacht.«
»Na, ich kann mir nicht vorstellen, warum du damit aufgehört hast.«
»Aha, du willst mir also sarkastisch kommen?«
Ich gab vor, mich zu ärgern, und genoss das Geplänkel zwischen uns. Nach dem Abend mit Tori hatte ich mich gefragt, ob ich diese ganzen Verabredungen mal eine Weile lassen sollte. Aber im Moment war ich froh, dass ich beschlossen hatte, mich gleich wieder hineinzustürzen.
»Okay, lass mich's noch mal versuchen.«
Ich holte den Ring wieder zu mir heran und nahm ihn genau wie vorher zuerst mit der rechten Hand und gab ihn dann nach links weiter. Ich starrte meine Faust eine Weile an, schloss dann die Augen und stellte mir vor, der Ring verbrenne mich leicht, wenn er sich auflöste. Es wurde immer schmerzhafter ...

Ich danke der Academy ...
... und dann öffnete ich die Augen und war zufrieden mit mir.
»Weg.«
Ich streckte die Finger der linken Hand aus, um zu zeigen, dass sie leer war.
Diesmal war Sarah beeindruckt.
»Sehr gut.« Sie tippte auf meine rechte Hand. »Und was ist mit der hier?«
Ich öffnete auch die rechte Hand. Leer.
Der Ausdruck auf ihrem Gesicht änderte sich etwas. Sie sah jetzt verwirrt und zugleich erfreut aus. Ich konnte mir vorstellen, was sie dachte: dass sie gesehen hatte, wie ich den Ring mit meiner rechten Hand aufnahm; beide Hände waren zu sehen gewesen, und die Ärmel meines Hemdes waren hochgekrempelt. Was immer ich beim ersten Mal vermasselt hatte, war geschehen, während ich den Ring hielt. Wie hatte ich das bloß gemacht?
»Das ist sehr beeindruckend.« Sie runzelte die Stirn. »Wo ist er denn?«
Ich nippte unschuldig an meinem Wein. »Er wird schon wieder auftauchen.«
Sie sah aus, als würde sie darauf bestehen, aber der Kellner rettete mich.
»Alles in Ordnung mit Ihrem Essen?«
»Wunderbar, danke.«
Ich legte meine Serviette auf den Teller, und er begann abzutragen. Sarah kniff die Augen zusammen. »Ich werde die Wahrheit aus dir herauskriegen.«
»Ist das ein Versprechen?«
»Es ist eine *Drohung*.«
»Ich freu mich drauf.«

Sie trank einen Schluck Wein. »Wie lange machst du das schon?«
»Was – Drohungen auf mich ziehen?«
»Nein, zaubern.«
»Seit meinem zwölften Lebensjahr.«
»Wie, mit einem Zauberkasten zu Weihnachten?«
Ich schüttelte den Kopf. »Es fing an, als mein Vater mich dazu kriegen wollte, einen Löffel zu verbiegen.«
Sarah lachte. »Und hast du's geschafft?«
»Ääh – komischerweise nein. Er hatte gesehen, wie es jemand im Fernsehen machte, und ich war zu jung, um es besser zu wissen. Er war enttäuscht. Also lernte ich, wie man es macht, nur um ihm zu zeigen, dass es ein Trick war.«
»Wie verbiegt man also einen Löffel?«
»Lauter langweilige Methoden. Beim Zaubern ist es erstaunlich, was die Leute alles nicht sehen, wenn sie es nicht sehen wollen. Meine Eltern waren überzeugt, ich hätte es wirklich getan. Als sie herausfanden, dass es nicht so war, glaubten sie trotzdem weiter an den Fernseh-Futzi. Stell dir das mal vor.«
»Die Menschen sind merkwürdig.«
»Ja, wirklich.«
Die Geschichte stimmte im Grunde, allerdings hatte ich sie leicht abgemildert. Ich hatte ihr nichts von der rachsüchtigen Art und Weise gesagt, auf die ich es getan hatte, nichts von der Tatsache, dass mir damals der Versuch, den Glauben meines Vaters zu zerstören, ein grausames Vergnügen bereitete. Ich war nicht gerade stolz darauf, aber damals war ich ja erst zwölf gewesen.
Nachdem Owen starb, begeisterten sich meine Eltern für jeden New-Age-Schrott, der ihnen unterkam, und sie hat-

ten eine besonders heftige Affäre mit dem Spiritismus. Sie wurden vollkommen andere Menschen und gingen zu Medien, die ihnen alles erzählten, was sie hören wollten: dass Owen noch existiere, dass er ihnen zulächle, dass er jetzt glücklich sei. Betrüger und Bauernfänger im Grunde, die ihnen das Geld aus der Tasche zogen und es in falsche Hoffnungen verwandelten. Ich war wütend auf sie.

Wenn ich jetzt als Erwachsener auf ihr Verhalten zurückblicke, kann ich es natürlich als das verstehen, was es war: ihre Art, mit dem unerträglichen Schmerz fertig zu werden, dass sie ein Kind verloren hatten. Gleichzeitig konnte ich aber immer noch nachvollziehen, wie ich reagiert hatte. Nicht nur hatte ich meinen älteren Bruder verloren, sondern hatte zudem das Gefühl, dass mir auch meine Eltern abhanden gekommen waren. Nach seinem Tod waren sie immer viel mehr mit seinem Verlust als mit meiner Gegenwart beschäftigt gewesen. Und dass ich zurückschlug, zog sich von dem Tag an bis heute als roter Faden durch mein Leben. Jetzt war ich älter und verstand die Dinge besser, aber Einstellungen verwurzeln sich tief im Lauf der Jahre. Bis zum Tod meiner Eltern, besonders dem meines Vaters, konnte ich an ihn immer nur als jemanden denken, gegen den ich ankämpfen musste.

»Also«, sagte Sarah, »deine Fertigkeiten gehen ausschließlich auf deine Teenager-Rebellion zurück.«

Ich lächelte, aber es gelang nicht recht. »Das könnte man sagen, ja.«

»Und die Zeitschrift auch.«

Ich hatte ihr in unseren E-Mails über meine Arbeit berichtet, hauptsächlich damit sie eine Möglichkeit hatte, sich über mich kundig zu machen und sich zu vergewissern, dass ich echt war. Ich war ziemlich sicher, dass der Prozentsatz derer mit einem Eispickel bei den Männern im Internet höher war als bei den Frauen.

»Die Zeitschrift war zuerst nur ein Hobby. Ich hatte nie gedacht, dass aus der Auflehnung gegen meine Eltern ein Vollzeitjob werden könnte.«

Ich fand, das war der Gipfel der Ironie in dieser Situation. Als meine Mutter starb, ging das meiste Geld an meinen Vater, aber sie hinterließ mir auch einen gewissen Betrag. Nach seinem Tod fiel dann alles an mich. Hätte ich das nicht gehabt, hätte ich mir niemals die Mietwohnung, in der ich jetzt wohnte, leisten oder lange von dem Hungerlohn überleben können, den ich durchs Zaubern und mit der Zeitschrift verdiente. Es war im wahrsten Sinn des Wortes mein Erbe.

»Ich finde, es klingt, als mache es Spaß«, sagte Sarah. »All die Sachen recherchieren, meine ich.«

»Geister, Perverse und Medien? Früher hat es mir viel mehr Spaß gemacht. Es kann manchmal zermürbend sein.«

»Zermürbend?«

Ich stellte mein Glas ab. »Es ist einfach herbe, wenn man sich vor Augen führt, wie viel Manipulation da im Spiel sein kann. Wie bei Medien zum Beispiel. Sie nutzen die Trauer der Menschen für sich aus und schröpfen die Leute. Ich ärgere mich hauptsächlich über sie.«

Ich hielt inne, da ich wusste, dass ich in Gefahr war, vom Thema abzukommen.

»Deine Mutter ist nicht zufällig ein Medium, oder?«, sagte ich.

Sarah hob eine Augenbraue. »Nein, keine Sorge. Aber ich verstehe, was du meinst. Ehrlich gesagt, habe ich eine seltsame Einstellung zu diesen Dingen.«

»Und die wäre?«

»Dass ich nicht sicher bin, ob die Wahrheit so wichtig ist.« Sie zuckte die Achseln. »Weißt du? Die Leute belügen sich doch sowieso die ganze Zeit. Ich meine, ich selbst tu das. Ich wette, du tust es auch. Wir machen uns alle was vor, damit wir uns besser fühlen können, oder?«
Ich lächelte. »Ja, ich weiß, in meinen vernünftigen Momenten jedenfalls. Was immer einem hilft, den Tag zu überstehen.«
»Genau. Oder die Nacht.« Sie hob ihr Glas, stellte es aber sofort wieder ab. »Unser Treffen ist für mich übrigens keine traumatische Erfahrung. Vielmehr bin ich angenehm überrascht. Ich hoffe jetzt schon, dass wir das ein andermal wieder machen.«
»Das würde mir gefallen. Ich verspreche, dass ich mich nächstes Mal nicht wieder dermaßen aufregen werde.«
»Mach dir darüber keine Gedanken. Ich mag das.« Sie nippte an ihrem Wein und warf mir einen bedeutsamen Blick zu. »Ein bisschen Leidenschaft ist gut.«
Wir ließen das beide einen Moment so stehen, und dann sah ich auf meine Uhr. Es war schon fast neun. Wir hatten uns eigentlich erst vor zwei Stunden kennengelernt, und selbst eine Fruchtfliege würde das als noch nicht lange her bezeichnen, aber es war offensichtlich, dass es gefunkt hatte. Die Unterhaltung war problemlos gelaufen. Sarah war attraktiv, intelligent und konnte sich gut ausdrücken. Sie hatte mich zum Lachen gebracht und war zumindest so nett gewesen, so zu tun, als wäre auch ich amüsant. Es schien alles sehr vielversprechend.
Wir sind erst am Anfang, rief ich mir ins Gedächtnis zurück.
»Vielleicht sollten wir ein Taxi nehmen?«, sagte ich.
»Hört sich gut an.«

»Ich gehe bezahlen.«
Ich trat an den Tresen, um zu zahlen. Als Sarah auf die Tür zuging, rief sie mir zu:
»Ach ja, kann ich übrigens meinen Ring zurückhaben?«
»Natürlich.« Ich warf einen Blick hinüber. Am Eingang standen zwei Körbe mit Blumen. Ich wies unsicher auf den einen auf der linken Seite. »Sieh mal da drin nach.«
Ich wandte mich dem Tresen zu und suchte das Geld heraus.
»He!«
»Was denn?«
Sarah stand mit den Händen auf den Hüften da und starrte mich an. Nicht nur hatte ich den Ring verschwinden, sondern ihn auch in einigen Metern Entfernung von meinem Platz wieder auftauchen lassen, ohne einen Finger zu krümmen. Ein gottähnliches Genie.
Da stellte sie mir die zweite unvermeidliche Frage.
»Wie hast du das gemacht?«
»Du hast ja keine Ahnung, wie anstrengend das war.«
Ich legte fünfzig Pfund auf den Tresen für die Rechnung plus den Zehner, den ich im Voraus dem Kellner dafür versprochen hatte, dass er in seiner Raucherpause auf dem Weg nach draußen den Ring im Blumenkorb hinterlegte. Er hatte ihn in meiner Serviette gefunden, nachdem ich den Ring auf meinen Schoß gewischt hatte, als ich ihn das zweite Mal »aufhob«. Primitiv, eigentlich.
Aber es ist gut, zu Anfang an einer leicht geheimnisvollen Stimmung festzuhalten. Nicht so günstig, die langweilige Wahrheit gleich zu entlarven, mochte es um einen Zaubertrick oder sonst etwas gehen. Ich würde ihr nicht verraten, dass ich den Kellner bestochen hatte, genauso wenig wie ich in Redseligkeit verfallen oder meine Hose irgendwo herum-

liegen lassen würde. Das waren Aufgaben, die frühestens bei der dritten Verabredung aktuell wurden.

Wir gingen weiter zum Taxistand vorn an der Straße. Sarah plagte mich immer noch, um die Wahrheit zu erfahren, und ich wich ihr scherzend aus. Die Straßen der Innenstadt waren voller Leute, Paare und Gruppen, aber um diese Zeit gingen die meisten erst los, und bei den Taxis war keine lange Schlange. Nur drei standen mit laufendem Motor da. Sarah nahm meinen Arm. Es war der erste eigentliche Körperkontakt, den wir hatten, und er fühlte sich gut an. Als wir näher kamen, zögerte sie etwas und brachte uns beide zum Stehen, bevor wir die Taxis erreichten.

»Vielleicht sollten wir das erst erledigen?«

Sie beugte sich zu mir hin und küsste mich, legte jetzt den Arm richtig um mich, und ich umarmte sie und hielt sie fest. Ich staunte, als ich plötzlich ihre Lippen auf meinen spürte, und wie schlank sie sich anfühlte. Ihre Persönlichkeit war so stark gewesen, dass mir schien, sie müsse kräftiger sein, aber ich fühlte ihre Wirbelsäule durch ihre Bluse. Sie war leicht wie eine Feder. Dann roch ich einen ganz schwachen Hauch davon.

Eine Blume in einer Flasche.

Toris Parfüm.

Aber das war in Ordnung. In den eineinhalb Wochen, seit ich sie gesehen hatte, hatte ich mich an meinen Entschluss gehalten. Keine SMS, Anrufe oder E-Mails. Die Assoziation war natürlich noch stark, aber ich war entschlossen. Sie hatten das gleiche Parfüm – na und? Vielleicht würde ich bei seinem Duft bald an Sarah denken. Ich hoffte es. Und als sie mich weiter küsste, hoffte ich das immer mehr.

»Ich dachte, das würde die Sache leichter machen.« Sie lächelte.

»Das hat's auch getan. Danke.«
»Also ... rufst du mich an, oder soll ich mich melden?«
»Das sind die Alternativen«, sagte ich.
»Ja, aber es gibt noch eine weitere Alternative. Die, dass keiner den anderen anruft.«
Ich schüttelte den Kopf. »So wird's nicht sein.«
»Na, dann ist es ja gut. Wir können die Einzelheiten später verabreden. Es war ein schöner Abend, Dave. Danke für das Essen.« Sie hielt den Ring hoch. »Und das.«
»Find ich auch. Wir werden bald etwas ausmachen, ich verspreche es.«
»Schön.« Sie gab mir noch schnell ein Küsschen und ging dann auf das Taxi zu. »Bis bald.«
Ganz bestimmt.
Ich nahm das zweite Taxi in der Schlange, gab dem Fahrer meine Adresse, und wir fuhren los. Die Nachtclubs, Restaurants und Bars begannen am Fenster vorbeizufliegen, aber ich achtete auf nichts außer der Erregung in meiner Brust. Es fühlte sich an, als schiene eine kleine Sonne hinter meinen Rippen und wärme meinen ganzen Körper mit ihrer Energie. Wäre ich allein und nicht auf dem Rücksitz angeschnallt gewesen, dann wäre ich vielleicht ein bisschen auf und ab gehüpft. Aber unter den gegebenen Umständen hatte ich das Gefühl, ich würde nicht so bald einschlafen können, und diesmal aus einem guten Grund.
Wunderbarer, schöner Abend, fand ich.
Aber kein guter Morgen.

Ich erwachte von einem dumpfen Klingeln in meinen Ohren.
Das Klingeln brach ab. Ich stöhnte und machte ein Auge auf, um den Wecker auf dem Nachttisch sehen zu können.

Viertel vor acht. Warum hatte ich den Wecker auf diese Zeit gestellt?
Wieder das Klingeln, und diesmal deutete ich es richtig. Jemand war an der Haustür.
Ich kletterte aus dem Bett, eilte zum Fenster hinüber und schob es mit einem Quietschlaut hoch. Die Verkehrsgeräusche auf der großen Straße kamen mit einem Schwall kalter Luft herein.
Zwei Stockwerke tiefer warteten draußen zwei Männer. Einer war Mitte vierzig, der andere etwas jünger. Beide trugen die gleichen langen schwarzen Mäntel.
»He«, rief ich.
Sie schauten hoch. Der ältere rief:
»Dave Lewis? Polizei. Machen Sie bitte die Tür auf.«
Scheiße. Eddie.
»Geben Sie mir einen Moment Zeit.«
»So schnell Sie können.«
Ich suchte nach Sachen zum Anziehen, und mir war übel.
Bleib ruhig.
Ich zog mich an, ging ins Bad, wusch mir notdürftig das Gesicht und hielt inne, um mich im Spiegel zu betrachten. Mein Gesichtsausdruck machte mir Sorgen. Zu nervös. Ich lehnte mich ans Waschbecken, die Schultern hochgezogen, und starrte mir direkt in die Augen.
An dem Nachmittag damals, dachte ich, *ist nichts passiert.*
Du weißt nichts.
Nichts ist passiert.
Dann schaltete ich das Licht aus und ging hinunter.

10

Montag, 29. August

Das Seltsamste daran, wenn man nicht zum Schlafen kam, war Curries nicht unbeträchtlicher Erfahrung nach, wenn einem bei der Erinnerung an den Morgen zuvor klarwurde, dass man tatsächlich schon diese ganze Zeit wach war. Es kam ihm dann immer vor, als sei das alles schon vor mindestens einer Woche passiert oder vielleicht sogar jemand anderem. Kurz nach zwölf Uhr mittags betrat er den Presseraum der Abteilung und konnte es kaum glauben, dass eine vage, aber ununterbrochene Kette von Ereignissen ihn mit einem Frühstück verband, das er fast dreißig Stunden zuvor eingenommen hatte.

Und eines dieser Ereignisse kam ihm vor wie ein Alptraum, obwohl er die ganze Zeit wach gewesen war. Gestern Abend hatte er in Julie Sadlers Schlafzimmer gestanden und auf ihren kleinen ausgezehrten Körper hinuntergeblickt, während um ihn herum die Kameras der Tatortsicherung klickten.

Das Bild, wie sie dalag, verfolgte ihn immer noch, sogar mehr, als Alison Wilcox' Anblick das getan hatte. Wie Julie Sadler den Kopf geneigt hatte, darin sah er einen Vorwurf, und in ihren ausgestreckten Fingern, die in der qualvollen Anstrengung erstarrt waren, spürte er Entrüstung. Es war, als hätte sie Vorwürfe hinausgeschrien, während sie dalag und langsam starb, und als hänge der Nachhall ihrer Worte als Herausforderung an alle, die einzutreten wagten, noch in der Luft.

Warum habt ihr mich nicht gerettet?
Warum war es niemandem so wichtig, dass er gekommen wäre?
Die Trauer, die er in dem winzigen Zimmer empfunden hatte, war überwältigend gewesen, fast schon abgrundtief. So nah war er an einem Tatort den Tränen noch nie gewesen, obwohl es keine Verstümmelung oder auch nur Blut zu sehen gab. Was diesem Mädchen angetan wurde, all den Mädchen, war ein Affront.
Currie sah sich im Presseraum um, als er hineinkam. Heute brodelte er vor Aktivität. Alle Plätze auf beiden Seiten des Mittelgangs waren besetzt, und weitere Reporter drängten sich hinten und an den Seiten vor den Bogenfenstern. Fernsehkameras ruhten auf Rollstativen oder Schultern. Auf dem glänzenden Boden schlängelte sich ein Gewirr ineinander verschlungener Kabel.
Sie haben Blut gerochen, dachte er. Und nicht nur das des Opfers.
Swann saß schon am vorderen Tisch. Currie schritt durch die Ansammlung erregter Menschen in feindlicher Stimmung, nahm neben seinem Kollegen Platz und legte seine Notizen vor sich hin. Neben den offiziellen Mikrofonen lagen auf dem Tisch hier und da kleine, rechteckige Diktiergeräte, die aussahen, als seien sie spontan dort hingeworfen worden. Das Aufgeregte und Planlose dieses Mikrofonchaos symbolisierte alles, was er an diesen Pressekonferenzen so hasste.
»Guten Tag«, sagte er, ohne aufzusehen. »Ich bin Detective Sam Currie. Danke, dass Sie gekommen sind. Ich werde eine kurze Verlautbarung verlesen, und danach wird es Gelegenheit geben, ein paar Fragen zu stellen.«
Er hörte das rasche, zischende Klicken der Kameras, und

zwei Blitzlichter leuchteten auf. Die Erinnerung an Julie Sadlers Wohnung stieg wieder in ihm auf. Schweiß trat ihm kribbelnd auf die Stirn. Er hob den Kopf.
»Um siebzehn Uhr gestern Abend«, sagte er, »wurde die Polizei zu einem Haus in der Gegend von Buxton gerufen. Als die Beamten die Wohnung betraten, entdeckten sie die Leiche einer jungen Frau. Die Todesursache ist bis dato ungeklärt. Zur Person des Opfers können wir zurzeit keine näheren Angaben machen.«
Aber das wird euch Scheißkerle ja nicht abhalten, dachte er.
»Im Moment sind wir dabei, mit Bekannten, Freunden und der Familie der Frau zu sprechen, und verfolgen verschiedene Ermittlungsrichtungen. Wir bitten die Medien, mit uns in dieser Sache zusammenzuarbeiten, und werden so bald wie möglich weitere Informationen herausgeben. Ich gebe jetzt weiter an meinen Kollegen, Detective James Swann.« Er warf einen Seitenblick auf ihn. »James?«
Swann nickte und wandte sich an die Menge.
»Bitte stellen Sie Ihre Fragen.«
Wie vorherzusehen, hoben sich viele Hände, und die Blitzlichter leuchteten auf, aber Currie entspannte sich jetzt etwas.
Er brachte der Presse einen gewissen Respekt entgegen, da sie sich als nützlich erweisen konnte, aber nach Alison Wilcox' Ermordung hatten die Medien ihnen die Verbindung zu den zwei früheren Morden entlockt, und Currie war eher wortkarg geworden. Ihm schien, dass die toten Mädchen auf die schrecklichen Einzelheiten reduziert wurden, um immer neue druckfrische Seiten zu füllen und den Umsatz der Zeitungen zu steigern, und er fand die ganze Sache langsam schwer zu ertragen.

Swann gelang es offenbar besser, dabei die Fassung zu behalten, deshalb hatten sie sich geeinigt, dass er von jetzt an die Beantwortung der Fragen übernehmen würde. Tatsächlich konnte die Presse Swann sowieso besser leiden als ihn: Sein Kollege war fünfunddreißig Jahre alt, muskulös und fotogen. Die Leute wünschten sich im Allgemeinen, dass Swann sie mochte, und er beherrschte den Trick, zu lächeln, ohne oberflächlich zu erscheinen. Wogegen Currie, wenn er sich im Fernsehen sah, sogar selbst meinte, er solle sich etwas heiterer geben.

Er konnte sich gar nicht vorstellen, wie er heute wohl wirken mochte. Sein Gesicht fühlte sich wie ein alter Felsbrocken an.

»Sehen Sie eine Verbindung dieses Todesfalls zu den früheren Morden an Vicky Klein, Sharon Goodall und Alison Wilcox?«

»Wie ich schon erwähnte, wir ermitteln in verschiedene Richtungen.«

»Und das ist eine dieser Richtungen?«

»Es ist eine der Möglichkeiten, die wir untersuchen, ja.«

»War das Opfer gefesselt?«

»Das Opfer hatte eingeschränkte Bewegungsmöglichkeiten. Wir können hier nicht ins Detail gehen aus Gründen, die Sie sicher begreifen werden.«

»Stehen Sie kurz davor, eine Verhaftung vorzunehmen?«

Currie dachte an Frank Carroll und den belustigten Blick, der bei der Befragung in den Augen des Mannes erschienen war. Dass er mittels der Fußfessel per GPS verfolgt werden konnte, hatte jeden Verdacht gegen ihn entkräftet, und ihr IT-Spezialist hatte ihnen versichert, dass das Gerät nicht manipuliert worden war. Es war enttäuschend. Frank Carroll war den Wohnungen der Mädchen – oder auch den Orten,

von denen aus die SMS geschickt wurden – niemals nahe gekommen.
Swann nickte. »Wir haben einige Anhaltspunkte, denen wir nachgehen. Aber wir möchten uns nicht über Einzelheiten zu bestimmten Personen äußern.«
Der Reporter starrte ihn ausdruckslos an und machte sich Notizen auf seinem Block.
Kritzel, kritzel, dachte Currie. Die Polizei weiß nichts.
Einerseits war ihm die Feindseligkeit der Medien egal. Es war unvermeidlich, dass die Presse sich gegen sie wenden und Ergebnisse verlangen würde. Er wollte diese Ergebnisse ja auch. Aber andererseits machte es ihn unheimlich wütend. Er und Swann – eigentlich das ganze Team – hatten bis zur Erschöpfung an dem Fall gearbeitet, und allen lagen die ermordeten Mädchen und das Auffinden ihres Mörders am Herzen. Diesen Leuten lagen nur die Verkaufszahlen ihrer Zeitungen am Herzen.
Wieder hob sich eine Hand. »Wer hat die Leiche gefunden?«
»Die Leiche wurde von einem Freund des Opfers gefunden, weil er sich um sie sorgte.«
»Wurden andere Freunde von ihr kontaktiert, so wie bei den früheren Morden?«
»Vier Personen erhielten heute Vormittag Mitteilungen über Mobiltelefon.« Swann nickte und sah sich dann im Publikum um. »Wir werden den Inhalt nicht bekanntgeben oder weiter darüber sprechen.«
»Ist die Frau verdurstet?«
»Die Todesursache wurde noch nicht festgestellt.«
Currie merkte, dass die Atmosphäre im Raum immer drückender wurde, je länger es mit diesen Fragen weiterging. Er wusste, dass der Grund wohl hauptsächlich seine Mü-

digkeit war, aber die Rückwand des Raums schien plötzlich zurückzuweichen und im nächsten Moment wieder heranzurücken. Julie Sadlers entrüstete Frage, die sich nicht beantworten ließ, schien in der Luft zu hängen.
Warum ist niemand gekommen? Warum ...
»Wie viele Mädchen wird man noch sterben lassen?«
Curries Blick streifte den Reporter, der gesprochen hatte. Swann starrte ihn einen Moment an, aber der Mann fuhr unverzagt fort und stellte schulterzuckend die Frage, als sei sie offensichtlich und natürlich.
»Sie haben doch seit einem Jahr mit diesen Ermittlungen zu tun. Wie viele Mädchen werden Sie noch umkommen lassen?«
Swann starrte ihn noch eine Sekunde lang an und antwortete dann genau so höflich wie bisher. Currie sah auf den Tisch vor sich hinunter und wartete darauf, dass endlich Schluss damit war.

Eine halbe Stunde später trat Currie in den Verhörraum Nummer fünf, wobei die schlechte Stimmung der Pressekonferenz ihm noch immer nachging.
Der Raum war absichtlich so angelegt, dass er entnervend wirkte. Wäre er leer gewesen, hätte seitwärts ein Doppelbett hineingepasst. Aber mit dem Tisch und den Stühlen und dem Gerät für die Tonaufnahmen konnte man sich darin kaum noch rühren. Eine einzelne Glühbirne erhellte den Raum, aber der Lichtschein reichte nicht ganz bis in die Ecken, und die Verhöre wurden oft von einem missbilligenden Klappern der Rohre vom Stockwerk darüber unterbrochen. Die Luft roch modrig. Es war, als stiege man in ein Grab hinab.
Dave Lewis hockte krumm auf dem formgepressten Plas-

tikstuhl auf der anderen Seite, an seinem Gesicht ließ sich nichts ablesen. Obwohl er so nah am Tisch saß, dass sein Bauch dagegendrückte, hatte er zu wenig Platz. Wenn er sich zurücklehnte, berührte sein Kopf Wand. Lewis sah auf seine Hände unter dem Tisch hinunter, und hin und wieder war ein Klicklaut zu hören, wenn er an seinen Fingernägeln herummachte. Sein deprimiertes Gesicht war starr. Er sah in der Tat ganz ähnlich aus, wie Currie glaubte, selbst gerade vor den Kameras ausgesehen zu haben.
Er stellte einen Styroporbecher mit Kaffee auf den Tisch und streckte ihm die Hand hin.
»Hallo noch mal, Dave. Tut mir leid, dass Sie warten mussten.«
Lewis sah ihn eine Sekunde ausdruckslos an und schüttelte ihm dann die Hand. Currie nickte, setzte sich und legte die Akte auf den Tisch neben den Kaffee. Er sah diesem Verhör insgeheim hoffnungsvoll entgegen.
Julie Sadlers Freunde und Familie waren rasch befragt worden, und dabei war Dave Lewis' Name gefallen. Er war nur kurz mit Julie gegangen und noch dazu vor längerer Zeit, aber Currie hatte den Namen wiedererkannt. Er hatte in den Akten nachgesehen, der Name fand sich nicht in den Unterlagen, aber trotzdem … er kannte ihn, obwohl er nicht sicher war, woher. Und als sie in seiner Wohnung aufgetaucht waren, war Lewis bereitwillig mit auf die Wache gekommen, ohne eine Erklärung zu fordern. Tatsächlich schien er überhaupt nicht überrascht, dass die Polizei vor seiner Haustür stand. Currie wollte wissen, warum.
»Also, Dave.« Er stützte den Ellbogen auf den Schreibtisch. »Ich möchte mit Ihnen über Julie Sadler sprechen.«
Einen Augenblick sah der Mann verwirrt aus.
»Okay«, sagte er. »Warum?«

»Julie wurde vor zwei Tagen umgebracht.«
Lewis hätte kaum schockierter aussehen können, wenn Currie die Hand ausgestreckt und ihn geohrfeigt hätte. Currie, der überzeugt war, einen Lügner erkennen zu können, wenn er einen vor sich sah, war etwas enttäuscht. Wenn der Mann ihm etwas vorspielte, dann machte er seine Sache sehr gut.
»Was? Warum?«
»Diese Einzelheiten möchte ich noch nicht mit Ihnen besprechen. Und wenn ich es tue, werden Sie derjenige sein, der die Fragen beantwortet. Klar?«
Lewis fuhr sich über die Stirn und schaute auf den Tisch. Currie nahm beiläufig einen Schluck von dem heißen Kaffee, zog dann ein Foto aus der Akte und schob es über den Tisch zu Lewis hin. Sie hatten es vom Schwarzen Brett der Universität genommen.
»Erinnern Sie sich an sie?«
Lewis nickte. »Ja, das ist sie.«
»Ich weiß, dass sie es ist. Ich habe Sie gefragt, ob Sie sich an sie erinnern.«
»Natürlich erinnere ich mich an sie.«
»Wann haben Sie sie zum letzten Mal gesehen?«
Lewis dachte nach. Er sah immer noch verwirrt aus, so als hätte er einen Faustschlag von links erwartet, der stattdessen von der anderen Seite gekommen war.
»Ich weiß nicht. Es ist über ein Jahr her.«
»Als sie sich von Ihnen trennte, meinen Sie?«
»Nein. Wir haben uns noch zweimal danach zum Kaffeetrinken getroffen. Ich weiß nicht, wann. Vor einer Weile.«
»Gab es SMS? E-Mails?«
»Nein.«
»Also keinerlei Kontakt.« Currie verschränkte die Arme

und lehnte sich auf seinem Stuhl zurück. »Wie lange waren Sie ein Paar?«

»Einen Monat vielleicht.«

»Sie sind also ungefähr einen Monat zusammen ausgegangen, und Sie haben seit ungefähr einem Jahr nichts von ihr gehört.« Currie lächelte ihm zu. »Sie scheinen mir ziemlich am Boden zerstört, Dave. Warum denn?«

»Was?«

Es war eine gemeine Frage, aber das war ihm egal. Er wollte sehen, wie Lewis reagieren würde, wenn er ein wenig bedrängt wurde.

»Wie ich schon sagte, Sie kannten sie ja kaum. Warum sind Sie so bestürzt?«

Lewis schien nach Worten zu ringen.

»Weil sie tot ist.«

Eine vernünftige Antwort auf eine unfaire Frage. Trotzdem starrte ihn Currie so lange an, bis der Mann nach einer Sekunde den Blick abwandte und den Kopf schüttelte. Currie zog das Foto wieder zu sich heran und steckte es weg.

»Okay. Lassen Sie uns das mal durchgehen. Wie haben Sie sie kennengelernt?«

»Auf einer Website für Online-Partnervermittlung.«

»Wie bitte?«

»Übers Internet.«

Currie machte sich eine Notiz, dass er dies weiterverfolgen sollte. »Warum?«

»Viele Leute lernen sich übers Internet kennen.«

»Sie lernen also viele auf diese Weise kennen?«

»Nein. Ich meine nur, dass viele Leute das heutzutage tun.«

Currie runzelte die Stirn. Vielleicht hatte er ihm mit dieser Frage eine Falle gestellt, aber Lewis schien wirklich merk-

würdig erschrocken. Er sah ihn jetzt nicht einmal an. Currie hatte sich schon widerwillig eingestanden, dass Sadlers Tod eine Neuigkeit für Dave Lewis war, aber trotzdem hatte er das Gefühl, dass etwas nicht stimmte.
Er lehnte sich zurück.
»Und Julie? Hat sie viele Leute online kennengelernt? Männer?«
»Das weiß ich nicht.«
»Und letztes Jahr?«
»Ein paar, glaube ich. Sie wollte eigentlich nur Spaß haben.«
Currie lächelte. »Mit Ihnen hatte sie also nicht genug Spaß?«
Lewis hob den Kopf und sah ihn an.
»Nein«, sagte er. »Vermutlich nicht.«
»Hat sie sich deshalb von Ihnen getrennt?«
»So war es nicht. Es war in beiderseitigem Einverständnis.«
»Ihre Freunde haben uns da aber etwas anderes erzählt.« Currie beugte sich vor und schlug die Akte auf. »Man sagte uns, dass es einen unschönen Vorfall gegeben hätte. Stimmt das? Sie erwischten sie, als sie mit einem anderen ausging?«
»Es war kein Vorfall.«
Etwas von dem Schock hatte sich verflüchtigt. Lewis schien jetzt zerstreut. Er sah sich neugierig im Raum um, als interessiere der ihn plötzlich viel mehr als Currie.
»Was war es dann?«
»Sie hat jemand anderen übers Internet kennengelernt. Wir hatten einfach nicht die gleiche Einstellung. Ich dachte, wir hätten eine richtige Beziehung, und sie fand das nicht.«
Currie hätte am liebsten mit den Fingern geschnippt, um Lewis' Aufmerksamkeit wieder auf sich zu lenken.
»Das hat Sie geärgert? Sie machten ihr eine Szene?«
»Als ich die beiden sah?« Er schüttelte den Kopf und schau-

te zur anderen Seite des Raums hinüber. *Was betrachtet er da bloß?* »Ich bin nicht mal zu ihnen hingegangen. Aber wir haben am nächsten Tag darüber geredet und beschlossen, uns zu trennen.«
»Ihre Freunde sagen, Sie hätten sie hinterher belästigt.«
»Nein. Es war in Ordnung so.«
»Sie war so genervt, dass sie es den anderen gegenüber erwähnte.«
Currie nahm den Bericht und las die Notizen. Julie Sadler hatte es zwei Freundinnen gegenüber erwähnt, hatte dabei gelacht und die Situation eher als harmlos dargestellt: *Oh Gott, du glaubst ja nicht, was passiert ist ...* Es wäre ihnen wahrscheinlich gar nicht eingefallen, wenn sie nicht krampfhaft versucht hätten, sich an *irgendetwas* zu erinnern. Currie blätterte zur nächsten Seite um, damit es aussah, als seien die Vorwürfe länger, als sie tatsächlich waren. In Wirklichkeit war es nur ein halber Abschnitt, den er breittreten konnte.
»Offenbar gab es E-Mails und SMS. Sie ließen sie einfach nicht in Ruhe.«
»Das stimmt nicht.«
»Sie haben ihr sogar ins Labor Blumen geschickt. Richtig?«
Endlich sah Dave Lewis ihn wieder an, jetzt viel ruhiger als zu Anfang des Verhörs. Currie hatte das Gefühl, die Sache sei ihm irgendwie entglitten, aber er war nicht sicher, wie.
»Ich habe sie tatsächlich zu überreden versucht, es noch einmal zu probieren, aber wir haben nur E-Mails ausgetauscht und darüber geredet. Mit den Blumen wollte ich ihr sagen, alles sei in Ordnung. Dass ich ihr die Sache nicht übelnahm. Das habe ich ihr sogar auf der Karte geschrieben.«

»Warum sehen ihre Freunde es dann anders?«
»Das weiß ich nicht.« Lewis lehnte sich zurück und verschränkte die Arme. »Sie hat wahrscheinlich herumgealbert. Vielleicht hat sie sich die ganze Zeit über mich lustig gemacht.«
»Ja«, sagte Currie. »Vielleicht.«
»Übrigens – ich mag diesen Raum.«
»Was?«
»Den Raum hier.« Lewis nickte zur Ecke hin. »Die Wände sind nicht im rechten Winkel, oder? Ein bisschen daneben. Und das Licht auch. Sehr schlau gemacht.«
Currie starrte ihn an.
»Dave ...«
»Ich habe sie nicht umgebracht. Sie verschwenden Ihre Zeit mit mir, wo Sie doch draußen sein sollten, um den Mann zu fassen, der es getan hat.«
»Beruhigen Sie sich«, sagte er. »Wir müssen allen Anhaltspunkten ...«
»Also gut. Warum sind wir dann zusammen Kaffee trinken gegangen?«
»Was? Sie fragen mich?«
»Wenn sie so große Angst vor mir hatte. Wenn ich sie belästigt hatte. Warum sollte sie dann vorschlagen, dass wir uns zum Mittagessen treffen und uns unterhalten?«
Eine auf der Hand liegende Antwort auf diese Frage gab es nicht. Currie wusste, dass er die Vernehmung jetzt beenden sollte, denn er war verärgert, aber stattdessen feuerte er aufs Geratewohl zurück.
»Warum haben Sie dann den Kontakt mit ihr nicht gehalten?«
Und irgendwie traf das ins Mark. Er sah, wie der Ärger aus Dave Lewis' Gesicht verschwand und an seine Stelle etwas

trat, das mehr Curries eigenen Schuldgefühlen glich. Aber er hatte nicht das Gefühl, dass es ein Triumph war, eher so etwas wie ein Eigentor. Er ärgerte sich über sich selbst, war gestresst und sich dessen bewusst, dass er das nicht an einem anderen auslassen sollte. So sollte man es einfach nicht machen.

Currie stand auf, sein Stuhl quietschte, er streifte die Kamera in der Ecke mit einem Blick und streckte dann die Hand zum Aufzeichnungsgerät hinüber.

»Eins zehn«, sagte er. »Befragung beendet.«

»Das war's?«

»Ja«, sagte Currie. »Das war's. Ein Kollege wird in einem Augenblick kommen und Sie ein paar Unterlagen unterschreiben lassen. Danach können Sie gehen. Wir melden uns.«

Currie schloss die Tür hinter sich und ging den Korridor hinunter.

Als Currie wieder hereinkam, war Swann dabei, Kaffee zu trinken.

»Das ist gut gelaufen«, sagte er.

»Nicht wahr?«

»Darf ich das nächstes Mal übernehmen? Ich find's gemein, wenn du immer die kriegst, bei denen es Spaß macht.«

»Ich hab's vermasselt.« Currie setzte sich hin, legte den Kopf zurück und schloss die Augen. Er fuhr sich übers Gesicht, dem er so wieder Leben und Gefühl zurückzugeben versuchte.

»Sind wir zufrieden?«, fragte Swann.

»Was Julie Sadler betrifft, glaube ich nicht, dass er's war.«

»Ich glaub auch, dafür kommt er nicht in Frage.«

»Aber ich finde, er kommt für etwas anderes in Frage.«

»Ja.« Swann nahm einen Schluck von seinem Kaffee. »Vielleicht hat er ein Beutelchen Stoff in seiner Wohnung. Es ist nicht wirklich wichtig, Sam. Wir müssen uns hier an unsere Prioritäten halten.«

Wieder dieses Wort. Currie strich sich mit der freien Hand über das Kinn. Er musste sich rasieren und auch mal schlafen.

»Okay«, sagte er. »Du hast recht. Ich bin zufrieden. Wen haben wir also als Nächstes?«

»Keith Dalton. Ein Ex aus neuerer Zeit.«

»Gut, schicken wir ihn rein. Du bist an der Reihe, deine Zeit zu verschwenden, während wir anderen ›draußen sein sollten, um den Mörder zu fassen‹.«

Swann lächelte verkniffen und verließ den Raum. Currie machte es sich am Tisch bequem und sah auf dem kleinen Fernsehmonitor zu, wie Lewis die Unterlagen unterschrieb.

Prioritäten. Sein Partner hatte natürlich recht. Trotzdem merkte er sich den Namen Dave Lewis. Der Mann hatte sie erwartet. Vielleicht hatte es nichts mit Julie Sadler zu tun, aber irgendetwas war mit ihm los. Und dabei ging es auch nicht nur um ein Beutelchen Stoff.

Vielleicht würde er letzten Endes doch noch herausfinden, was es war.

11

Mittwoch, 31. August

»Weißt du«, sagte Sarah, »so hatte ich mir aber unseren zweiten Abend nicht vorgestellt.«
»Ja, tut mir leid.«
»Im Ernst, soll sich das so weiterentwickeln? Ein schönes Essen im Restaurant, und von da ab kettest du mich an die Spüle?«
Ich warf ihr ein Lächeln zu. Wir standen in der alten Küche meiner Eltern, wo Sarah sich mit Gummihandschuhen über die Spüle mit Seifenwasser beugte, um das Geschirr abzuschrubben. Ich war auf der anderen Seite des Raums, einen Karton zu meinen Füßen, damit beschäftigt, die Speisekammer auszuräumen. Verschiedene Gegenstände waren im Lauf der Zeit an den Regalbrettern festgeklebt – alte Gläser und Flaschen, halb heruntergebrannte Kerzen, rostige Schlüssel –, und ich war dabei, sie von dem schäbigen Resopal zu lösen.
»Aber«, erinnerte ich sie, »du bist ja freiwillig hier.«
»Stimmt. Ich mach doch nur Spaß.«
Ich war immer noch leicht verwirrt, dass sie überhaupt mit hergekommen war; verwirrt, aber auch glücklicher als in den letzten paar Tagen. Nach alldem, was hinterher geschah, war mir das Treffen mit Sarah total entfallen. Als sie anrief und vorschlug, wir könnten doch etwas zusammen unternehmen, war es für mich ein bisschen gewesen, als erwachte man aus einem schlechten Traum und erinnerte sich plötz-

lich, dass das große Los auf dem Nachttisch lag. Ich sagte sofort ja, aber dann fiel mir ein, dass ich geplant hatte, mit Rob hierherzukommen, um die Wohnung in Angriff zu nehmen. Ich hatte sie zurückgerufen und mich entschuldigt, aber sie hatte es zu meiner Überraschung ganz locker genommen.
»Plus«, sagte ich, »später werde ich dann für dich kochen, um mich zu bedanken.«
»Das ist ja nur 'ne billige Ausrede, um mich zu dir in die Wohnung zu kriegen.«
»Lehnst du ab?«
»Das hab ich nicht gesagt, oder?« Sie lächelte mir zu, und ich merkte, wie ich schwach wurde. Dann wandte sie sich mit einer Grimasse wieder der Spüle zu. »Erwarte nur nicht, dass ich danach wieder Geschirr spüle, okay?«
»Auf keinen Fall.«
Neben dem Allzweckreiniger roch das ganze Haus nach Staub, obwohl wir alle Fenster geöffnet hatten. Linda hatte ihre Sache gut gemacht und das Wichtigste geputzt. Aber als wir unter die Oberfläche drangen und anfingen, die Möbel zu verschieben, war es, als hätten wir einen Fluch aus einer ägyptischen Grabkammer freigesetzt. Ein gelber Müllcontainer stand an der unteren Biegung der Einfahrt bereit. Wir waren erst ein paar Stunden hier und hatten schon genug Müll, um ihn bis zur Hälfte zu füllen. Müllsäcke mit muffig riechenden Kleidern standen im Flur aufgereiht bis zum vorderen Zimmer, von wo ich Rob hörte, der Bücher aus den Regalen zog und sie zu großen Haufen aufschichtete.
Das einzige Zimmer, das wir noch nicht in Angriff genommen hatten, war das von Owen. Ich bereitete mich im Stillen darauf vor.

»Ach, das krieg ich nicht sauber«, sagte Sarah.
»Mach dir nichts draus. Hier, ich muss sowieso meine Hände waschen.«
Sie zog die Handschuhe aus und trat zur Seite, um mich den klebrigen Schmutz von meinen Fingern waschen zu lassen. Als ich die Hände in den Schaum tauchte, sah sie sich angewidert in der Speisekammer um.
»Oh Gott. Hier drin ist es ja schrecklich.«
»Schrecklich, aber leer. Ich werde da gleich saubermachen.«
Ich schubste die Tür der Speisekammer zurück und wollte den Karton in den Flur hinausbringen, als ich sah, was da an der Tür hing.
Die Überreste einer Zeichnung, die ich als Kind gemacht hatte. Meine Mutter hatte sie mit Tesafilm an das Holz geklebt und dort hängen lassen. Jetzt waren die Ecken fleckig, aufgerollt und brüchig. Vier Strichmännchen standen auf einer grünen Linie am unteren Bildrand neben einem roten Haus, das nur halb so hoch war. Darüber war alles blau gemalt in der Art und Weise, wie die meisten Kinder den Himmel darstellen.
Sarah sah, dass ich das Bild betrachtete, und glättete eine der Ecken, um es besser sehen zu können.
»Hast du das gemacht?«
»Ich nehme an, es ist mein frühestes noch erhaltenes Werk.«
»Es ist so vielversprechend. Du hättest Maler werden sollen.«
Ich lächelte, aber es fühlte sich gekünstelt an. Ich wusste nicht, was an dem Bild mir ein so unangenehmes Gefühl verursachte. War es, weil meine Mutter es jeden Tag gesehen haben musste, in all diesen Jahren der Anspannung, als

wir kaum miteinander redeten? Oder war es die Szene, die ich gezeichnet hatte, wir vier zusammen? Ich betrachtete die Gestalt auf der rechten Seite genauer. Es war kaum mehr als ein schiefer Kreis mit einer geschwungenen Linie als Lächeln und ein paar verwischte Tupfer Wachsmalstift als Haar. Auch keine Hände, nur gespreizte Finger, die am Handgelenk anfingen und die Fingerstriche der Person neben ihm berührten.

»Komm mal kurz mit«, sagte ich.

»Aufregend.«

Sie folgte mir in den Flur, und wir blieben vor Owens Zimmer stehen.

Wenn nicht jetzt, dachte ich, *wann dann?*

Soweit ich wusste, war seit dem Abend, als wir vom Krankenhaus zurückkamen, in das die Leiche meines Bruders gebracht wurde, niemand hier drin gewesen. Meine Eltern hatten es abgeschlossen und genau so belassen, wie es an jenem Morgen gewesen war, als könnten sie ihren Sohn behalten, indem sie das Zimmer so erhielten. Bei geschlossener Tür war es auch mir fast möglich zu glauben, dass er noch da drin war. Vielleicht schlief er, spielte auf seiner Gitarre oder kämmte vor dem Spiegel seine neue Frisur, die er sich in den Wochen vor seinem Tod zugelegt hatte.

Ich holte tief Luft.

Ich machte die Tür auf und spürte eine dumpfe Luftbewegung, fasste nach drinnen und schaltete das Licht an. Das Zimmer erwachte vor mir zu leuchtendem Leben.

Und natürlich war es leer.

»Wow«, sagte Sarah. »Das war das Zimmer deines Bruders?«

Ich nickte.

Es war, als öffne man eine Tür in eine andere Welt: ein stiller, vergessener Ort. Auf allem lag eine Schicht weichen, grauen Schnees. Die Bettwäsche, die Schränke, der Boden – alles war darunter verborgen. Ich schaute nach oben. In den Ecken hingen Spinnweben, und Staub schien in der Luft zu schweben.

Mein Gesicht fühlte sich betäubt an.

»Alles in Ordnung?«, sagte Sarah.

»Ja, nur Erinnerungen.«

Wieder überraschte sie mich. »Komm her.«

Sie nahm mich fest in den Arm.

»Wirklich«, sagte ich. »Ist schon gut. Es war nicht ganz so schlimm, wie ich erwartet hatte.«

»Hey!«, rief Rob aus dem vorderen Zimmer. »Komm mal her und sieh dir das an!«

Ich löste mich von Sarah, und sie rollte mit den Augen. Sie hatte ihn bereits durchschaut. Ich hatte sie im Voraus vor Rob gewarnt, dass er unglaublich nett, aber oft genauso abweisend und nervig sein konnte, besonders gegenüber Mädchen, mit denen ich ausging. Und ich hatte ihn auch vorgewarnt. Bis jetzt war sein Benehmen in Ordnung gewesen, und er nickte mir sogar anerkennend zu, als Sarah gerade wegschaute, was ein gutes Zeichen zu sein schien. Ihre Reaktion war eher halbe-halbe, aber im Moment schien sie mehr belustigt als ärgerlich.

»Warte«, rief ich zurück.

»Nein, die haben Stanleys Buch hier. Ich kann's kaum glauben.«

»Thom Stanley«, erklärte ich Sarah. »Das ist der Hellseher, von dem ich dir am Telefon erzählt habe. Derjenige, den wir, Rob und ich, uns morgen Abend anschauen.«

Stanley war aus unserer Gegend, und wir waren wegen unserer Veröffentlichungen schon öfter in Konflikt mit ihm geraten; jede Seite feuerte auf die andere. Letztes Jahr hatten wir einen Artikel über seine Einkünfte gebracht, was eine ziemlich peinliche Überprüfung seiner Steuererklärung nach sich zog. Spiritisten mögen es nicht, wenn über das Thema Geld so offen gesprochen wird. Natürlich mochte er uns auch nicht besonders. Er wusste es noch nicht, aber bald würde er uns noch viel weniger mögen. Stanley würde als Thema unserer monatlichen Kolumne »Entlarvt« die Doppelseite in der Mitte unserer nächsten Nummer zieren.

»Ach ja«, sagte Sarah. »Ich erinnere mich.«
»Wir können das doch nicht an den Laden vom Wohltätigkeitsverband abgeben, oder?«, rief Rob. »Vielleicht kauft es tatsächlich jemand.«
Ich hörte ihn in den Seiten blättern.
»Vielleicht könnten wir es verbrennen.«
»Warte doch mal 'n Moment.«
»Schon in Ordnung.« Sarah lächelte mir zu. »Ich fang inzwischen mit der Speisekammer an.«
Ich warf einen letzten Blick in Owens Zimmer und zog dann die Tür wieder zu.
»Du bist ein Schatz«, sagte ich und meinte es ehrlich so.

Ich fand Rob inmitten eines Bücherhaufens und offener Kartons kniend im vorderen Zimmer vor, wo er in dem Buch, das er gerade hielt, herumblätterte. Als ich hereinkam, hob er den Kopf und legte das Buch weg.
»Mach die Tür zu.«
Ich tat es. Er sah mich aufmerksam an.
»Was?«, sagte ich.
»Alles in Ordnung?«
»Ja, klar. Was meinst du damit?«

»Nichts.« Er stützte sich auf die Knie und stand auf. »Wollte nur nachfragen. Und sichergehen, dass mit dir alles in Ordnung ist. Mit dem Haus und so.«
»Danke. Wie läuft's bei dir hier drin?«
Er stieß mit dem Fuß an einen Bücherstapel zu seinen Füßen. »Nicht schlecht. Es ist so viel Kram hier.«
»Ich weiß.«
»Wie kommst du in der Küche voran?«
»Wir machen Fortschritte.«
»Nicht mit dem Putzen, du Idiot. Ich meine, mit Sarah.«
»Ach so. Ja, alles klar.«
»Sie scheint sehr nett zu sein. Endlich mal eine, die ich mag.«
»Gut. Freut mich.«
Tatsächlich war das bei Rob ein hohes Lob. Wie skeptische beste Freunde das überall tun, hatte er den meisten der Mädchen, mit denen ich im Lauf der Jahre gegangen war, Spitznamen gegeben, und viele waren nicht gerade freundlich. Tori war »die Verrückte«. Emma »die Unglückliche«. Julie, verzeih's ihm Gott, hatte er »die Nutte«, genannt. Zum Glück hatte er sich am Tag zuvor im Büro, als ich ihm erzählte, was passiert war, nicht so über sie geäußert. Aber er hatte mir den Kopf zurechtgerückt.
Nachdem ich ihm von der Vernehmung erzählt hatte, war er uns beiden für die Mittagspause etwas zu essen holen gegangen und hatte mich mit der Zeitung allein gelassen, die ich auf dem Weg gekauft hatte. Das Foto auf der ersten Seite war das gleiche, das Julie für ihr Profil auf der Kontaktplattform genommen hatte. Ich glaube, es war ursprünglich für das Schwarze Brett im Institut aufgenommen worden: eine gestellte Aufnahme vom Fotografen, auf der sie fast unschuldig aussah. Aber der leichte Glanz ihrer Augen wies auf die verspielte Sinnlichkeit hin, die ich mit ihr verband.

Als er zurückgekommen war, hatte er das Sandwich mitten auf die Zeitung fallen lassen und mir befohlen, ich solle aufhören zu lesen. Jedes Mal, wenn ich mich dagegen wehrte, sagte er es wieder. Schließlich nahm er sie mir einfach weg. *Hör auf, die ganze Zeit dieser Sache nachzuhängen.*
»Wie geht's dir inzwischen?«, fragte er jetzt.
»Mit dem Haus? Es ist tatsächlich nicht so schlimm, wie ich erwartet hatte.«
»Nein, ich meine, mit Julie.«
»Es geht schon, denke ich.«
Zum Teil stimmte das. An dem Abend nach der Vernehmung hatte ich eigentlich nur auf der Couch gesessen und mit leerem Blick auf den Fernseher gestiert, während ich immer wieder meine Kunststücke mit einer Münze wiederholte. Ich konnte nicht anders als an sie denken.
Ich erinnerte mich, wie klein und durchtrainiert sie war. Die Linien der Muskeln am Rücken und ihre Schenkel. Julie hatte kaum fünfzig Kilo gewogen, aber sie war überraschend stark. Obwohl ich zweimal so schwer war, konnte sie mich oft überwältigen. Bei unserem dritten Treffen lieferten wir uns einen spielerischen Kampf und lagen schließlich erschöpft Gesicht an Gesicht auf dem Boden ihres Wohnzimmers. Sie lag auf mir, drückte meine Arme zu Boden, und unsere Gesichter waren einander verlockend nah. Wir blieben auch mehr oder weniger fast den ganzen Abend dort.
Warum hast du den Kontakt mit ihr nicht gehalten?
Die Münze war weggerutscht und fiel auf den Teppich, lautlos wie ein Wimpernschlag.
Ich hatte sie das Jahr über kaum gesehen oder viel an sie gedacht, aber ich fand es trotzdem schwierig zu glauben, dass sie tot war und dass es diese starke, dynamische Frau

nicht mehr gab, die in meiner Erinnerung auf mich hinablächelte.

Als die Polizisten an meine Tür klopften, hatte ich Angst gehabt, sie könnten wegen Eddie gekommen sein. Jetzt wünschte ich mir, es wäre so gewesen, wenn es nur bedeutet hätte, dass Julie noch lebte, selbst wenn ich sie nie wieder sah oder nie mehr an sie dachte.

»Du kannst mich nicht anlügen«, sagte Rob. »Ich kenne dich zu gut. Ich sehe dir an, dass du Schuldgefühle hast.«

»Ich habe absolut keine Schuldgefühle.«

»Doch, hast du. Dein Gesicht zuckt, wenn du lügst.«

»Sei nicht so verdammt bescheuert.«

»Jetzt hat's gerade wieder gezuckt.«

Ich runzelte die Stirn. »Vielleicht ein bisschen.«

»Und warum?«

»Weil das mit ihr passiert ist. Mein Gott, Rob. Jemand hat sie da ganz allein liegen lassen. Niemand war da und hat nachgesehen, wie es ihr ging.«

»Ja, das beunruhigt mich auch. Ich hätte etwas tun sollen.«

»Du kanntest sie nicht einmal.«

»Und du auch nicht. Das ist es doch gerade, Dave. Sie hat dich betrogen, und statt sie zu hassen, wie jeder normale Mann es tun würde, fühlst du dich tatsächlich *verantwortlich*, weil ihr ein Jahr später etwas Schlimmes passiert ist.«

Ich rieb mir mit der Handfläche die Stirn. »Du bist genauso schlimm wie dieser verdammte Bulle.«

Rob schwieg einen Moment.

Dann: »Hast du es Sarah erzählt?«

»Nein.«

Er schien fast erleichtert. »Das ist wahrscheinlich am besten. Wie gesagt, sie scheint nett zu sein.«

»Sie *ist* nett.«

»Gut. Lass also nicht zu, dass du dir das durch deine Eigenheiten verdirbst.«
»Danke.«
»Im Ernst, ich meine es wirklich so. Du bist mein Freund, und ich werde nicht dasitzen und zusehen, wie du dir dein Leben versaust. Ich weiß, wie du manchmal sein kannst.«
Ich wollte meinem Ärger über ihn eigentlich Luft machen, aber er hatte einen so ernsthaften Gesichtsausdruck, dass ich es nicht über mich brachte. Und im Grunde wusste ich, dass er recht hatte. Etwas Schreckliches war geschehen, aber es hatte nichts mit mir zu tun. Es war nicht meine Schuld. Es gab nichts, was ich hätte tun können oder tun sollen, um es zu verhindern.
»Ich hab's bald geschafft«, sagte ich. »Ehrlich.«
Er starrte mich weiter an, dann nickte er, hob das Buch von Thom Stanley auf und hielt es mir hin. Ich nahm es und bemerkte, dass oben zwei Karten herausschauten.
»Was ist das?«, sagte ich.
»Für morgen Abend. Ich möchte, dass du Sarah mitnimmst.«
»Was? Aber du hast dich doch so darauf gefreut.«
»Ja, aber eigentlich ist es vernünftiger, wenn ich nicht hingehe.« Er sah enttäuscht aus. »Seine Leute könnten mich erkennen.«
Rob war im Jahr zuvor um die Zeit unserer Enthüllungen herum zusammen mit Thom Stanley in einem Fernsehbeitrag zu sehen gewesen. Ich glaube, was dort geschah, würde sich höflich als »ein unglücklicher Zwischenfall auf Sendung« umschreiben lassen. Es hatte auch Vorwürfe gegeben, dass Stanley danach durch Anrufe belästigt worden sei, obwohl Rob heftig abstritt, etwas damit zu tun zu haben. Genauso leugnete er auch, einen Freund bei der Telefon-

gesellschaft zu haben, der ihn mit Informationen wie privaten Telefonnummern und Adressen versorgen konnte.
»Wir haben ja schon darüber gesprochen«, sagte ich. »Es ist unwahrscheinlich.«
»Aber trotzdem möglich. Herrgott noch mal, Dave, willst du die Karte jetzt haben oder nicht? Ich meine, es könnte gut für dich sein. Da verbringt ihr ein bisschen mehr Zeit miteinander. Der Himmel weiß, ich hab genug davon, dich so oft zu sehen.«
Ich gab auf und steckte die Karten in die Tasche.
»Okay. Danke, Rob.«
»Kein Problem.« Er nahm das Buch, tippte erwartungsvoll auf den Umschlag und hob die Augenbrauen. »Können wir das jetzt verbrennen?«
Ich wollte schon nein sagen, aber dann überlegte ich es mir und dachte an meinen Vater und seine Lagerfeuer. Warum nicht?
»Draußen.« Ich lächelte. »Auf der zweiten Gartenebene.«

12

Donnerstag, 1. September

War das mit allen schrecklichen Dingen so, fragte sich Mary, mit allem, wovor man Angst hatte? Man sah es kommen, ließ zu, dass es im Kopf immer weiter anwuchs, bis es riesige Ausmaße annahm, nur um dann enttäuscht zu sein, wenn es sich als banal herausstellte. Als unglaublich gewöhnlich.
Es war kurz vor Mittag, sie saß in ihrem Auto vor einem Wohnblock und war innerlich fast absurd ruhig. Was sie in diesem Moment tat, war in den letzten zwölf Jahren der Gegenstand ihrer Alpträume gewesen, aber jetzt, wo es wirklich geschah, hatte es etwas Enttäuschendes.
Es ging darum, ihren Vater wiederzusehen.
In ihrer Phantasie hatte er immer eine solche mythische Macht gehabt, dass es sie fast schockierte, ihn nicht im Zusammenhang dieser Erinnerungen zu sehen.
Er ist doch nur ein Mann, sagte sie sich.
Und doch zitterte sie und musste den Impuls unterdrücken, davonzufahren, denn jeder ihrer Instinkte sagte ihr, sie müsse das *sofort* tun. Es war entsetzlich und faszinierend, ihn zu sehen, so wie es faszinierend sein mag, an sich hinunterzublicken und die eigenen Gedärme auf seinem Schoß zu sehen.
Nein, sagte sie sich. *Du darfst nicht weglaufen.*
Du musst irgendwann mit ihm fertig werden.
Sie trank einen Schluck heißer Suppe aus der Thermoskanne,

die sie mitgebracht hatte, und zwang sich, ihn zu beobachten. Eine Übung – sonst war es nichts. Sie bereitete sich auf den Tag vor, an dem er schließlich käme, um sie zu holen. Denn Mary wusste jetzt, dass das geschehen würde. Es war unvermeidlich. Nach Curries Besuch hatte sie sich niedergeschlagen und ohne Hoffnung gefühlt, aber es war ja immer schon dumm gewesen zu glauben, dass irgendjemand ihr helfen würde. Jetzt gab es nur zwei Möglichkeiten. Entweder ihr Vater würde auftauchen und sie würde zusammenklappen und wieder das kleine Mädchen von damals sein, oder er würde auf eine starke, erwachsene Frau stoßen, die bereit war für ihn. Dass er kommen würde, stand außer Zweifel. Also musste sie sich an ihn gewöhnen.
Er ist über hundert Meter entfernt. Es ist hier vollkommen sicher.
Im Lauf der Jahre hatte sie sich intensiv mit Risikoanalyse beschäftigt, und jetzt war sie ihr in Fleisch und Blut übergegangen. Wenn ihr Vater vom Hang zum Wohnblock hinunterschaute, war es möglich, dass er ihren Wagen sah, aber mehrere andere Autos parkten um sie herum, und es gab keinen Grund, dass er gerade ihres auswählen sollte. Wenn er das tat, würde er sie aus dieser Entfernung nicht erkennen können. Sie wäre nur eine Gestalt in der Ferne, nicht einmal eine Frau, schon gar nicht seine Tochter. Und wenn er entweder zufällig oder absichtlich näher käme, würde sie wegfahren, bevor er in Reichweite war. Es gab also mindestens drei Sicherheitsfilter zwischen ihnen, was bedeutete, dass sie nicht in Gefahr war.
Als ob man sich mit Logik gegen Unholde verteidigen könnte.
Aber in den zehn Minuten, seit sie hier war, hatte er nicht einmal in ihre Richtung geblickt. Er stand in seinem kläg-

lichen kleinen Garten mit dem Rücken zu ihr und werkelte langsam vor sich hin. Ein himmelblauer Eimer stand auf der Stufe neben ihm. Immer wieder tauchte er den Schwamm ein, hob ihn dann langsam hoch, wusch die Haustür ab und rieb ohne große Wirkung an einer Hetzparole herum, die daraufgeschmiert worden war. Es blieb inzwischen kaum mehr als eine weiße Spirale, eine Art hingekritzeltes Mandala, das ihr Vater trotz seiner Anstrengungen nicht auslöschen konnte, aber immer undeutlicher machte.

Sein Haus grenzte direkt an das nächste, und sein Nachbar stand in seinem eigenen Garten. Der Mann war übergewichtig, Gesicht und Hals eine einzige Fleischmasse, die Unterlippe ragte vor wie ein Sims. Er stand ganz still, hielt einen Schlauch wie eine leuchtend grüne Reitgerte und betrachtete ihren Vater ungeniert bei der Arbeit. Während Mary dies beobachtete, sagte der Mann etwas, irgendeine gemurmelte Schmähung, bei der sein Gesicht aussah, als stoße er einen Rülpser aus. Ihr Vater hielt inne, und Mary merkte, dass sie den Atem anhielt und erwartete ... aber dann beugte er sich langsam und unbeholfen hinunter und tauchte den Schwamm wieder in den Eimer.

Wie hatte Detective Currie ihn beschrieben? Ein gebrochener Mann. Jetzt, wo sie ihn gesehen hatte, verstand Mary, was er meinte.

Ich habe das Bild von ihm bei seiner Verhaftung gesehen, und er hat sich sehr verändert.

Vor zwölf Jahren, als sie ihn zuletzt gesehen hatte, war ihr Vater ein großer, kraftvoller Mann gewesen. Er schien damals mit seinem Körper und seiner starken Präsenz den ganzen Raum zu füllen, und Leute, die es nicht besser wussten, irrten sich oft und hielten ihn für dick. Aber die Wirklichkeit war ganz anders. Ihr Vater hatte viel Zeit in Übun-

gen investiert, von denen sie kaum die Namen kannte, wenn sie überhaupt welche hatten, und das über endlose Jahre. Abgewandelte Kniebeugen und Gewichtheben. Er stemmte quälend schwere Gewichte in kurzen, sich wiederholenden Serien und schwang in seinen riesigen Fäusten Hanteln herum. Jeder Gegenstand, den er hob, war für ihn Training, damit er Menschen fertigmachen konnte. Sein Äußeres kümmerte ihn nicht, ihm kam es nur auf Macht an. Wenn überhaupt, dann war er eher froh, dass die Fettschicht, die seine Muskeln überdeckte, sich oft als Überraschungselement zu seinen Gunsten auswirkte.
In der Zwischenzeit schien er alles überflüssige Fett losgeworden zu sein, und damit war auch ein großer Teil der Muskeln verschwunden. Ihr Vater sah ausgemergelt und schwach aus und schrecklich *alt*. Die Zeit hatte ihm übel mitgespielt, so dass jedes abgesessene Jahr seinen Körper um zwei hatte altern lassen. Er bewegte sich behutsam, etwas bucklig, als sei einmal ein gerissener Rückenmuskel falsch angewachsen und behindere ihn jetzt.
Er ist nicht der Mann, an den Sie sich erinnern.
Das stimmte. Der Vater ihrer Erinnerung hätte dem Nachbarn für das, was er gesagt hatte, in die Fresse gehauen.
Er kann kaum durchs Zimmer gehen ohne einen Stock ...
Nur – egal, wie Mary vor sich argumentierte – glaubte sie kein Wort davon. Keine Sekunde lang.
Es war nichts Schwaches oder Gebrechliches an ihrem Vater, und wenn er so aussah, dann spielte er das nicht ohne einen Grund vor. Vielleicht hielt er sich zurück und wartete nur den richtigen Moment ab. Die Leute unterschätzten ihn immer. Currie hatte nicht zugehört, als sie ihm das sagte, und jetzt verstand sie auch, warum. Er kannte diesen Mann nicht so, wie sie ihn kannte, und deshalb

ließ er sich leicht durch das täuschen, was ihr Vater an der Oberfläche zeigte.
Und die elektronische Fußfessel?
Mary schaute genauer hin und fragte sich, ob man sie durch die Trainingshose ihres Vaters erkennen konnte. Sie sah sie nicht, aber Currie war überzeugt gewesen, dass dadurch der Verdacht gegen Frank Carroll ausgeräumt war. Auch in dieser Hinsicht war sie sicher, dass das nicht stimmte. Es musste doch Mittel und Wege geben, diese Geräte auszutricksen, oder? Und ein Mann wie Frank Carroll würde wissen, wie das ging, oder würde Leute kennen, die es wussten.
Konnte sie sich diesem Mann stellen? Was würde geschehen, wenn sie eines Nachts die Augen aufmachte und ihn mit den alten Ledergürteln in seinen Fäusten in der Ecke ihres Schlafzimmers stehen sah?
Sie starrte ihn jetzt an und dachte an jene Nacht im Schnee vor zwölf Jahren. Sie hatte ihren letzten Mut zusammenkratzen müssen, um aus dem Haus zu entkommen. Damals hatte ihr Vater angefangen, sie lockerer anzubinden als vorher, und forderte sie damit heraus, sich zu befreien. Er war sicher, dass ihre Angst sie zwingen würde zu bleiben, und fast hatte sie das auch getan. Als sie in der Kälte vor sich hin stolperte, war Mary sicher gewesen, dass in ihr nichts mehr war als Leere. Sie hatte aufgebraucht, was sie je an Kraft und Entschlossenheit besessen hatte, alles hatte sie für diese eine letzte verzweifelte Anstrengung zusammengenommen.
War ihre Kraft je zurückgekehrt?
Mary trank den Rest der Suppe aus und legte dabei den Kopf nach hinten, damit die dicke Flüssigkeit aus der Thermoskanne herausfließen konnte. Dabei spürte sie, dass es ihr im Nacken anfing zu kribbeln.
Sie senkte den Blick. Ganz langsam.

Und dann erstarrte sie.
Ihr Vater sah sie direkt an. Er stand immer noch vor der Haustür, kehrte aber jetzt der verschmierten Schrift den Rücken zu. Er hielt gegen die Sonne eine Hand über die Augen. Ein neugieriger Ausdruck lag auf seinem Gesicht.
Ihre Hand fing an zu zittern.
Es gab keinen Grund dafür, dass er gerade ihr Auto auswählen sollte ...
Aber sie spürte, wie sein Blick über ihr Gesicht kroch.
Du könntest wegfahren, bevor er in die Nähe käme.
Und doch konnte sie sich nicht von der Stelle rühren. Der Teil ihres Gehirns, der ihrem Körper befahl zu funktionieren, war zur Seite geschoben, griff nicht mehr richtig. Ihr Gehirn konnte sich nicht einmal daran erinnern, was Bewegung war, so wie einem ein vergessenes Wort desto weniger einfällt, je hartnäckiger man sich daran zu erinnern versucht.
Während sie aus der relativ kurzen Entfernung zu ihm hinstarrte, nahm ihr Vater die Hand von den Augen und winkte kurz. Sie rührte sich immer noch nicht. Sie sah ihn lächeln, dann fasste er nach unten, was ihm offenbar nicht ganz leicht fiel, und klopfte auf seinen Unterschenkel, als sei dieser ein braver Hund, der gerade ein Kunststück vorgeführt hatte.
Mach, dass du hier wegkommst.
Er trat auf den Weg vorm Haus.
Und sie kam wieder zu sich und merkte jetzt, dass ihr Herz heftig gegen ihre Brust hämmerte. *Hau ab.* Ihre Hand fand den Schalthebel, bewegte ihn mit einem Knirschen, und dann stieß sie in einem Bogen rückwärts. Die Reifen quietschten. Sie sah nicht einmal in den Rückspiegel, als sie wegfuhr.

Sie brauchte ihn nicht zu sehen, um zu wissen, dass er sie beobachtete.

Wenn sie im Sommer die Fenster offen hatte, kamen Wespen ins Haus.

Mary hasste sie. Immer summten sie ziellos am Fenster herum, flogen brummend Schleifen im Zimmer und suchten nach etwas, das sie stechen konnten. Dann rollte sie eine Zeitschrift zusammen, wartete, bis eine landete, und schlug so fest drauf, wie sie konnte.

Eines Tages war eine der Wespen nach so einer Zeitungsattacke noch am Leben. Und statt noch einmal draufzuhauen, hatte Mary auf sie hintergeblickt und ihr entsetzt, aber fasziniert beim Sterben zugesehen.

Die Wespe hatte auf der Arbeitsfläche in der Küche herumgebrummt und gesurrt, ihr Kopf und der vordere Teil sahen aus wie zerquetschte Maiskörner, und der Rest des Körpers verkrampfte sich. Die sterbende Wespe krümmte sich immer wieder zusammen, und Mary brauchte ein Weilchen, um herauszufinden, was sie tat. Mehrmals stach sie in die Luft. Selbst als der Rest sich nicht mehr bewegte, stach das hintere Ende immer noch in den leeren Raum. Dieser Teil des Körpers erlahmte zuletzt.

Mary fuhr jetzt auf die Hauptstraße. Sie war zu Tode erschrocken, versuchte aber, das Zittern zu beherrschen.

Das war es, was Detective Sam Currie nicht verstand, was *niemand* zu verstehen schien. Er hatte gesagt, ihr Vater sei ein gebrochener Mann, und vielleicht hatte er recht. Aber er verstand nicht, dass Männer wie Frank Carroll sich nicht wie normale Menschen brechen lassen. Sie brechen so wie die Wespen.

13

Donnerstag, 1. September

Hätte ich noch Zweifel gehabt, warum Rob mir die Leviten gelesen hatte, wären sie bis Viertel nach sieben am nächsten Abend, als ich mit Sarah in der ziemlich luxuriösen Bar im Varieté-Theater saß, restlos beseitigt gewesen. Es gab dort jede Menge Holzverkleidungen, karmesinrote plissierte Vorhänge und an den Wänden befestigte Laternen. Dort zu sitzen fühlte sich ein bisschen an, als wäre man im Magen eines Meeresungeheuers, das gerade eine Piratenkajüte verschluckt hatte. Als wir ankamen, war die Bar voll gewesen, aber die Vorstellung sollte in ein paar Minuten beginnen, und die meisten Leute waren jetzt schon nach oben gegangen. Wir brauchten uns nicht zu beeilen, hatten schon einen Drink hinter uns und verweilten nun bei einem zweiten.

»Tut mir leid, dass ich heute früh so schnell wegmusste«, sagte Sarah. »Ich hab versucht, mich zu verabschieden, aber es war, als wollte ich einen Toten aufwecken.«
»Schon gut. Eigentlich schlafe ich sonst nicht so lange.«
»Ich muss dir wohl einen Grund dafür gegeben haben.«
Ich lächelte. »Ich erinnere mich schwach daran, dass du gegangen bist. Zuerst dachte ich, du seiest einfach abgehauen.«
»Mitten in der Nacht?«
»Nachdem dir klar wurde, dass du einen Fehler gemacht hattest.«

Sarah hob belustigt eine Augenbraue, tauchte den Strohhalm in ihren Drink und rührte geistesabwesend im Eis. Sie sah toll aus, in engen, dunklen Jeans, einer losen schwarzen Bluse und einer grünen Samtjacke. Ihre Haut schimmerte.
»Ich fand es schön, mit dir zusammen aufzuwachen«, sagte sie leise.
»Na, das werde ich dir wohl glauben müssen, da ich ja zu dem Zeitpunkt nicht bei Bewusstsein war.«
Sie warf mir ein verstohlenes Lächeln zu.
»Nächstes Mal wecke ich dich auf.«
»Das freut mich zu hören.«
»Mit *eiskaltem Wasser*.«
»Da könntest du ja dann gleich das Geschirr spülen, wenn du schon am Spülbecken bist.«
Sie streckte mir die Zunge heraus und grinste.
»Ich freue mich, dass du heute Abend mitgekommen bist.«
»Wie konnte ich mir das entgehen lassen?« Sie wandte sich von dem Halm ab und beugte sich verschwörerisch zu mir herüber. »Ich fühle mich wie eine Spionin. Es ist aufregend.«
»Das ist cool. Aber pass auf, dass du dich nicht verrätst.«
»Auf keinen Fall.« Sie lehnte sich zurück und wedelte sich mit der Hand das Grinsen vom Gesicht. »Ich werde todernst sein. Versprochen.«
»Bin beeindruckt.« Ich trank aus. »Okay, gehen wir.«

Das Theater selbst bestand aus einer Bühne in der Mitte mit einem Halbkreis von Plätzen, die wie Tribünen anstiegen. Die Bühne war schlicht und schmucklos, vorn stand nur ein einziger Mikrofonständer und etwas weiter hinten ein Tisch mit einem Krug Wasser und einem Stuhl daneben, vermutlich für den Fall, dass Thom Stanleys melodramati-

sche Aktionen ihn so mitrissen, dass er sich setzen und erholen musste.
»Entschuldigung. Tut mir leid.«
Wir kamen von oben herein und mussten uns an den gereizt zur Seite gedrückten Beinen älterer Zuschauer vorbeiquetschen. Es gab auch jüngere Paare im Publikum, aber die Mehrheit waren ältere Leute, einsame Männer und Frauen, die Trost in dem Gedanken suchten, dass ihre Lieben ins Leben zurückgerufen wurden. Für den Preis einer Eintrittskarte gab Thom Stanley ihnen die Illusion, dass ihr Verlust rückgängig gemacht wurde. In diesem Theater würde heute Abend der Tod eines Menschen praktisch auf einen Umzug ans andere Ende des Landes reduziert.
Ich konnte ihnen nicht vorwerfen, dass sie sich das wünschten; ich wollte es ja auch.
Aber ich konnte Thom Stanley zur Last legen, dass er ihre Lage ausnutzte. Er war ein Schwindler, ein Schmarotzer, der von Kummer und Schwäche lebte. Alles, was daran schlimm war, wenn jemand starb, gab Leuten wie ihm die Möglichkeit, damit ihren Lebensunterhalt zu bestreiten.
Sarah und ich fanden unsere Plätze, setzten uns und warteten. Ich horchte auf das Gemurmel um uns herum, kontrollierte die Taschen meines Jacketts und war bereit, das Aufnahmegerät anzuschalten, wenn die Aufführung begann. Es war ein erstklassiges Modell, und das eingebaute Mikro würde mehr als ausreichen, um das einzufangen, was sich tat. Oder jedenfalls das, wovon Rob und ich hofften, dass es sich tun würde.
Sarah flüsterte: »Ob er wohl weiß, dass du hier bist?«
»Natürlich«, sagte ich. »Er hat doch übersinnliche Fähigkeiten.«

Sie stieß mich an, und schon ging das Licht aus. Ich drückte schnell auf »Aufnahme«, griff dann zu Sarah hinüber und nahm ihre Hand.

Ein einzelner Scheinwerfer war auf das Mikrofon gerichtet, und höflicher Applaus begann überall im Zuschauerraum zu erklingen, griff um sich und wurde immer stärker. Als Thom Stanley aus der Seitenbühne trat, wurde er noch lauter.

Da war er also. Der Star der Vorstellung.

Stanley gehörte zu einem neuen Typus spiritistischer Medien: jung, gutaussehend, mit einwandfrei gestuftem, kunstvoll verwuscheltem Haar. Er war groß und schlank und trug ein modisches Hemd, das lose über seine schicke Hose hing. Wann immer ich ihn sah, dachte ich, eine billige Late-Night-Show irgendwo könnte doch bestimmt noch einen Moderator brauchen. Eine dieser Call-in-Shows, die einen dazu bringen, immer wieder anzurufen, worauf man nur eine Auskunft vom Band bekommt, tut uns leid, viel Glück beim nächsten Versuch.

»Guten Abend, meine Damen und Herren.«

Er verbeugte sich leicht in verschiedene Richtungen. Von der Lautsprecheranlage des Theaters verstärkt, klang seine Stimme, als spreche sie direkt in mein Ohr. Prima für meine Tonaufnahme.

»Danke, vielen Dank, dass Sie alle gekommen sind, und willkommen. Ich hoffe, es wird ein produktiver und lohnenswerter Abend für Sie alle. Ich sage immer, ich kann keine Ergebnisse versprechen, aber ich kann auf jeden Fall versprechen, dass ich mein Bestes geben werde.«

Er fuhr sich mit der Hand übers Gesicht und schluckte.

»Wie Sie wissen, kann ich nur mit den Geistern arbeiten, die sich entschließen, zu mir zu kommen. Hoffentlich können

wir alle dadurch, dass wir die rechte Atmosphäre schaffen, dazu beitragen, dass dies geschieht. Ich will positive Schwingungen fühlen. Ich will Liebe und Offenheit spüren. Das Ziel ist, einen warmen und sicheren Ort zu schaffen, an dem sich die Geister gerne einfinden.« Er runzelte die Stirn. »Leuchtet Ihnen das ein?«
Ein zustimmendes Murmeln war zu hören, als wäre es tatsächlich so.
»Gut.«
Stanley ging zum Tisch, goss sich ein Glas Wasser ein und nahm einen Schluck. Dann kehrte er wieder zum Mikrofon zurück, faltete die Hände und wippte auf den Fersen leicht nach hinten. *Okay, jetzt führen wir die erste Nummer des Abends vor.*
Er wandte den Blick nach links und starrte mit gerunzelter Stirn ins Leere. Schweigen breitete sich für ein paar Sekunden im Raum aus.
Dann unterbrach er die Stille und sagte schnell:
»Sehr gut. Auf Anhieb habe ich hier einen älteren Herrn. Er ist ziemlich groß und lächelt viel. Ein freundlicher Mann.« Er lächelte dem Geist zu. »Und ich mag ihn. Er sagt, er heiße William, Will oder möglicherweise Bill. Sagt das irgendjemandem etwas?«
Ich vermutete, dass die Chancen recht gut standen, und sofort zeigte ein Paar, das ein paar Reihen weiter unten saß, Interesse für William. Ich konnte nur ihre Hinterköpfe sehen, aber es war leicht, vieles von dem zu erraten, was Stanley sagen würde und warum.
William würde sich wahrscheinlich in erster Linie an die Frau halten, dachte ich, weil sie zuerst die Hand gehoben hatte. Und aus dem Alter des Paares ließ sich schließen, dass der Geist wahrscheinlich ihr Vater wäre. Ich selbst hätte

auch auf »Vaterfigur« gesetzt, weil das eine relativ große Bandbreite abdeckte. Irgendwann würde der Geist auf seine Brust zeigen und damit die Art und Weise andeuten, wie er gestorben war. Es war eine sichere Wette, die Leute sterben nicht an einem gebrochenen Bein, und er würde wahrscheinlich auch sagen, dass er eine Weile krank gewesen sei. Selbst wenn sich herausstellte, dass er plötzlich an einer Kopfverletzung gestorben war, war es immer noch möglich, dass die Ärzte etwas übersehen hatten. Die Sache ist doch, dass man mit einem Geist nicht herumstreiten kann, oder?

Stanley brachte all dies und noch mehr, und im Vergleich zu mir hatte er den Vorteil, dass er die Reaktionen der Frau sehen und hören konnte. Nach jeder Bestätigung oder einem leicht verwirrten Blick konstruierte er dementsprechend seine Kommentare und übermittelte banale und allgemeine Auskünfte an die Frau zurück, die sie ihm vorher selbst gegeben hatte.

Wie lautete deine alte Telefonnummer, Will?, hätte ich gerne gefragt.

Deine Sozialversicherungsnummer?

Aber nichts davon war wichtig, weil der Frau das gesagt wurde, was sie hören wollte. Ihr Vater hatte Frieden gefunden. Er war noch bei ihnen. Jeden Tag lächelte er und war stolz auf sie. Er konnte sie hören, wenn sie mit ihm sprachen.

Harmlose Lügen. Ich merkte, dass ich bei jedem Wort wütender wurde.

Ließ man meine Abneigung einmal beiseite, musste ich zugeben, dass Stanley geschickt und professionell vorging. Als Illusionist war ich beeindruckt. Ich zählte drei Volltreffer im Vergleich zu über zwanzig Fehlschüssen, und trotzdem würde Williams Tochter wahrscheinlich später erstaunt sein, wie genau er alles erraten hatte. Und es war alles seiner Professionalität geschuldet; Thom Stanley war erfolgreich, weil er es schaffte, die Tatsache, dass er viele Fehler machte, so zügig und wortgewandt zu übertünchen, dass sogar ich mir kaum sicher war, ob sie ihm unterlaufen waren. Und ich zählte ja mit.

Der Abend ging auf dieselbe Art und Weise eine halbe Stunde weiter, und mein Zorn wurde durch Langeweile gedämpft. Dann fasste Thom Stanley sich mit Daumen und Zeigefinger an den Nasenrücken, blickte über die Bühne weg und sagte die Worte, auf die ich gewartet hatte. Diesen Moment hatten Rob und ich im Lauf der letzten zwei Wochen herbeigesehnt.

»Also, ich habe jetzt einen jungen Mann hier. Sehr deutlich. Sein Name ist Andrew, und er zeigt in diese Richtung. Ich glaube, hierher, Sir, und auf Sie, Madam.«

Wir würden also unseren Artikel kriegen. Als ich Sarah leicht die Hand drückte, erwiderte sie meinen Druck auf die gleiche Weise.

»Nathan und Nancy, nicht wahr?«

Er sprach mit einem älteren Paar in einer der vorderen Reihen. Die Frau nickte, und Stanley lächelte ihr zu.

»Schön, Sie beide hier zu sehen.«

Er kannte ihre Namen natürlich schon. Ich kannte sie auch. Nathan und Nancy Phillips, die den *Anonymous Skeptic* seit langer Zeit abonniert hatten. Gelegentlich boten sie uns ihre Hilfe bei einer unserer Entlarvungs-Aktionen an, und wir hatten gefunden, sie wären für das kleine Abenteuer dieses Abends ideal.

»Er ist Ihr Sohn, nicht wahr?«, sagte Stanley. Er wandte sich der leeren Bühne zu. »Sein Name ist Andrew. Braunes

Haar. Außerdem lächelt er. Auf mein Wort, er ist ein strammer Bursche!«

Das Publikum lachte; Herr und Frau Phillips lächelten einander zu.

»Das war er, ja«, sagte Nancy.

Stanley wusste ihre Namen schon, weil die Phillips auf seiner Kundenliste standen. Sie hatten vor einiger Zeit eine private Sitzung bei ihm gebucht und so getan, als seien sie damit sehr zufrieden. So laufen solche Dinge – unter den Zuschauern waren Fremde, aber ich konnte mir vorstellen, dass Stanley auch viele schon kannte und in der Vergangenheit mit ihnen gesprochen hatte. Natürlich machte es ihm dies ein bisschen leichter, richtig zu raten. Im Jargon der Zauberkünstler würden wir sie Stichwortgeber nennen, Leute, die eingeweiht sind, aber in diesem Fall verhielt es sich etwas anders. Das nette Publikum war sich nicht im Klaren, dass es hier um einen ganz besonderen Trick ging.

Zu Robs und meiner großen Freude hatte Thom Stanley letzte Woche Nathan und Nancy noch einmal besucht und ihnen ein Gratis-Gespräch und Freikarten für die Vorstellung heute Abend gegeben. Das Publikum wusste das natürlich nicht, so konnte er ihre Namen und die Einzelheiten nutzen, die sie ihm gegeben hatten, und so tun, als bekäme er sie von dem Geist.

»Andrew sagt, er weiß, dass es nicht leicht ist, aber er bittet Sie, sich keine Sorgen um ihn zu machen.«

»Das ist ein großer Trost.«

»Er zeigt auf seinen Magen. Sagt Ihnen das etwas?«

Sie nickten wieder.

»Er ist so jung.« Stanley legte die Stirn in Falten. Dann fügte er hinzu: »Oh, er sagt: ›Jetzt ist es weg, Mum.‹ Es war Krebs, oder? Ja, jetzt nickt er.«

»Ja, es war Krebs.«
»Er sagt, er ist jetzt verschwunden. Er möchte, dass Sie wissen, er hat keine Schmerzen mehr.«
Stanleys Stimme war tröstend und beruhigend, er klang wie ein Therapeut. Hätte ich nicht die Wahrheit gekannt, wäre es überraschend leicht gewesen, sich vorzustellen, dass da *wirklich* ein junger Mann auf der Bühne stand, der für alle außer ihm unsichtbar war.
Leider hatten Nathan und Nancy nie Kinder gehabt, schon gar keins, das gestorben war. Als Stanley sie besuchte, war fast alles, was sie ihm über »Andrew« gesagt hatten, eine schamlose Lüge gewesen. Die eine großmütige Ausnahme war sein Äußeres, das Stanley mit Hilfe des auf dem Kaminsims gesehenen Fotos aufbauen würde. Ein großer Junge. Halblanges, hellbraunes Haar. Durchschnittlich gebaut, eigentlich gar nicht so »stramm«, aber Eltern mögen ja so etwas, oder? Ein leicht schüchternes Lächeln. In anderen Worten, ein Bild von mir.
Thom Stanley sprach noch fast zehn Minuten über Andrew, und meine Abneigung gegen den Mann wurde mit jedem Augenblick stärker. Wir hatten schon genug Material, um ihn in große Verlegenheit zu bringen, aber es gab noch einen weiteren Weg, den er einschlagen konnte, einen, der ihn völlig ruinieren würde, und ich wünschte, er möge es tun.
»Andrew sagt mir auch etwas über eine Halskette?«
Volltreffer.
Wieder wandte er sich der Bühne zu, wobei er wirkte, als verwirre ihn die Botschaft. »Er sagt, sie ist aus Gold, und er hält sich die Brust. Ist es ein Herz? Eine Kette, an der ein Herz hängt?«
Nancy Phillips nickte schnell. »Ja, ja.«
»Er denkt, dass Sie sie verloren haben?«

»Ja!«
»Also, Andrew sagt, Sie sollen sich keine Gedanken machen. Er hat Sie aufmerksam beobachtet und sagt, Sie sollten auf dem Treppenabsatz oben nachsehen. Ein Bücherregal, sagt Ihnen das etwas? Er sagt, es liegt in der Nähe eines Bücherregals dort.«
Du Stück Dreck, dachte ich.
Stanley hatte sich gegen Ende seines Besuchs bei ihnen entschuldigt und war nach oben gegangen, um das Klo zu benutzen. Wir hatten eine versteckte Kamera im Schlafzimmer aufgestellt und die Tür verlockend offen stehen lassen. Die Kamera hatte aufgenommen, wie er das Zimmer betrat und schnell eine Halskette aus Nancys Schmuckschatulle entwendete. Nachdem er weg war, fanden wir sie hinter einem kleinen Bücherregal auf dem Treppenabsatz, wo er sie auf dem Weg zur Toilette nebenbei deponiert haben musste.
Als wir hinterher die Aufnahmen betrachteten, trauten Rob und ich kaum unseren Augen. Es war merkwürdig und zugleich schön. Wir wussten natürlich über solche Methoden Bescheid, aber wir fühlten uns doch wie Tiefseetaucher, die gerade eine ganz seltene Qualle mit der Kamera eingefangen haben.
Nichtsahnend ging Stanley zur Bühne zurück. Dann schloss er die Augen, kratzte sich an der Stirn und sah beunruhigt aus. Wir sollten denken, dass sich noch jemand gemeldet hatte, aber offenbar unter schwierigeren Umständen als die anderen.
Du mieses Stück Scheiße.
Er schlug die Augen auf und blickte über die leere Bühne.
»Oh.«
Dann wich er einen Schritt zurück.

»Das gefällt mir nicht.«
Mein erster Gedanke war, wie merkwürdig es schien, so etwas zu sagen. Auch der Ausdruck auf seinem Gesicht war irgendwie falsch. Er sah beinah fassungslos aus, als wäre der Geist, den er jetzt sah, ganz unerwartet grausig.
Wohin steuerst du denn jetzt? Er war doch bestimmt schlau genug, um sich darüber im Klaren zu sein, dass die Leute es nicht gut finden würden, wenn ihre toten Verwandten gruselig aussahen?
Das Publikum scharrte nervös mit den Füßen, ein wenig verstört von der Vorstellung. Er war sehr blass geworden, horchte intensiv und schien den Blick von dem abwenden zu wollen, was er sah, konnte es aber nicht.
Ich hatte plötzlich eine dunkle Ahnung, dass er eine Frage über »Julie« stellen werde, und ich zitterte, als er sich zu uns umwandte und der frühere, beruhigende und tröstende Ausdruck von seinem Gesicht verschwunden war.
Er räusperte sich.
»Bedeutet der Name Tori irgendjemandem etwas?«

14

Donnerstag, 1. September

Deshalb habe ich Sie angerufen«, sagte der Kriminaltechniker.
Currie stützte sich auf die eine Seite des Schreibtischs, Swann auf die andere, beide wurden vom grünen Licht des Monitors beschienen. Zwischen ihnen saß der Techniker und klickte zweimal mit der Maus. Auf dem Bildschirm erschien eine Liste der SMS-Nachrichten, die in den letzten drei Wochen von Julie Sadlers Telefon aus geschickt worden waren. Die vier am Ende waren die Botschaften aus der Zeit nach ihrem Tod:

Du hast sie sterben lassen.

Die sechs vorher bestanden jeweils aus den Zeilen, die immer wiederholt wurden:

Hi. Tut mir leid, dass ich mich nicht gemeldet habe. Alles in Ordnung. Hab nur zu tun. Hoffe, bei dir auch alles ok. Vielleicht holen wir's bald mal nach. Julie

Es war mehr oder weniger der gleiche Text, den sie bei den früheren Morden gefunden hatten. Man ging von der Annahme aus, dass der Mörder die Botschaft »Alles in Ordnung« auf Julies Handy gespeichert hatte und sie dann an alle schickte, die sich inzwischen bei ihr gemeldet hatten.

Currie zeigte auf die komplizierten Zahlenreihen neben jeder Botschaft. Sie bezogen sich auf den GPS-Standort von Julie Sadlers Mobiltelefon, als damit die SMS geschickt wurden.

»Die haben wir alle schon geortet«, sagte er.

»Deshalb wollte ich mit Ihnen sprechen.«

Der Techniker klickte eine Zahl an. Das neue Fenster brauchte eine Sekunde oder zwei, bis es sich öffnete. Als es geladen war, zeigte es ein Satellitenfoto.

»Es ist genauso wie bei allen anderen«, sagte er. »Er hat das Handy in einer sehr ruhigen Gegend angeschaltet, die SMS geschickt, es dann wieder abgeschaltet.«

Currie betrachtete die Gegend, die auf dem Bildschirm zu sehen war. Das Technikerteam hatte den Standort von Julie Sadlers Handy für jede der verschickten Nachrichten bis auf ein paar Meter exakt bestimmt. Sie sahen eine Luftaufnahme der Landschaft vor sich. Hauptsächlich Felder, durch die sich von der Seite her zwei kleine Straßen schlängelten.

Dass man den genauen Standort des Mörders zu bestimmten Zeitpunkten kannte, brachte viel Arbeit und Frustration mit sich. Weil er alle Orte mit Überwachungskameras vermieden hatte, blieb ihnen nur die schwache Hoffnung, dass vielleicht ein Anwohner etwas gesehen haben könnte. Es war eher unwahrscheinlich, dass jemand eine Erinnerung in Verbindung mit einer so bestimmten Zeit hatte, bis jetzt war niemandem etwas eingefallen; aber es mussten noch Befragungen durchgeführt werden, die weitere Mitglieder des Teams beschäftigen würden.

Und Currie hatte aus einem weiteren Grund einen richtigen Hass auf diese GPS-Ansichten entwickelt. Sie machten ihn wütend, weil er wusste, dass der Mörder *genau da* gewesen war. Bei den meisten Ermittlungen zu einem Mordfall hatte man einen einzigen Ort: den, an dem das Verbrechen begangen wurde; aber dieser Fall lieferte ihnen immer neue, genau nachgewiesene Aufenthaltsorte des Mörders zu anderen Zeiten. Sie hatten also Zugriff auf die Orte, an denen er gewesen war. Und deshalb kam es einem gemein vor, dass er trotzdem so völlig ungreifbar blieb. Es war, als zeige er ihnen sein Gesicht, wende sich aber dann schnell ab, bevor sie hinschauen konnten. Zu verdammt clever.

»Keine Überwachungskameras in der Nähe«, sagte der Techniker.

»Natürlich nicht.« Currie war ungeduldig. Das hatten sie schon gehabt. »Dafür ist er zu schlau.«

»Aber vielleicht nicht so schlau, wie Sie denken.«

»Wie meinen Sie das?«

Der Kollege antwortete nicht, sondern minimierte das Fenster und klickte dann die zweite Nachricht von oben an. Das neue Fenster wurde langsam geladen.

»Wollen Sie damit sagen, wir haben ihn auf Film?«

»Haben wir. Allerdings sollten Sie sich nicht zu viel erhoffen.«

Currie hätte den Mann am liebsten gepackt und geschüttelt. *Nicht zu viel erhoffen.*

Nach einer Sekunde erschien das neue Foto, wieder ein Luftbild. Dieses schien einen Teil der Stadtmitte darzustellen. Das Zentrum des Bildschirms war von einem großen grauen Quadrat ausgefüllt.

»Das alte Einkaufszentrum in der Stadt«, sagte Currie, obwohl man dem Komplex mit dieser Bezeichnung zu viel Ehre erwies. Es war eher eine breite, überdachte Fußgängerpassage mit Geschäften zu beiden Seiten. Currie erinnerte sich dunkel, dass es schon öfter Forderungen gegeben hatte, wegen der Skateboard-Fahrer dort überall Überwachungskameras zu installieren. Aber es war nie etwas geschehen.

Der Techniker sagte: »Er hat die SMS von drinnen geschickt, am Freitag kurz nach Mittag, da er wusste, dass es im Einkaufszentrum sehr voll sein würde.«

»Es gibt keine Überwachungskameras da drin«, sagte Currie. »Vielleicht ein paar in den Geschäften, aber nicht in der Passage selbst.«

»Nein. Aber es gibt nur drei Eingänge.« Er zoomte etwas weg und fuhr mit dem Mauszeiger zwischen dem oberen und unteren Ende und der Seite des Zentrums hin und her. Nach einem Klick auf eine Schaltfläche erschienen mehrere kleine gelbe Kreise auf dem Satellitenbild, dann lehnte er sich stolz zurück. »Wir haben Kameras auf allen drei Straßen.«

Currie beugte sich vor und schätzte die ungefähre Entfernung. Die obere und die untere Kamera waren sehr nah dran. Die an der Seite schien weiter entfernt, aber es war doch möglich, dass sie etwas eingefangen hatte.

»Sie erfassen alle Ein- und Ausgänge?«, fragte er.

»Alle herkömmlichen. Die Rampen und Treppen.«

Currie überlegte. Es gab theoretisch wahrscheinlich hundert andere Wege, die der Mörder hätte einschlagen können, Hintereingänge der Geschäfte vielleicht, deshalb würde dies nichts beweisen. Aber andererseits …

»Können Sie das Material aus den Kameras an den drei Eingängen, sagen wir, jeweils eine Stunde vor und nach der SMS, herausfiltern?«

»Ja. Es sei denn, er ist früher reingegangen und hat sich die ganze Zeit dort aufgehalten.«

»Das hätte er wohl kaum getan«, sagte Swann.

Currie nickte. »Das Risiko wäre zu groß, dass sich jemand an ihn erinnert. Außerdem würde das heißen, dass er über die Kameras Bescheid wusste. Warum wäre er da nicht einfach woanders hingegangen?«

Er sah seinen Partner an und bemerkte ein schwaches Aufblitzen in seinen Augen. Beweiskräftig oder nicht, es war jedenfalls wahrscheinlich, dass sie den Mörder auf Film hatten. Wenn sie das Filmmaterial von jeweils einer Stunde vor und nach der SMS nahmen, hatten sie sechs Stunden, konnten es sichten und hätten danach den Mörder vor sich gehabt.

Sie sahen sich immer noch an.

»Aber warum hätte er an eine Stelle mit Kameras gehen sollen?«, sagte Currie. »Er war doch vorher immer so vorsichtig.«

»Vielleicht arbeitet er dort?«

»Möglich. Oder vielleicht hatte er dort etwas zu erledigen. Er hätte die SMS nicht von dort aus geschickt, wenn es nicht nötig gewesen wäre.«

Swann lächelte, und Currie las die Gedanken seines Partners.

Oder wir haben Glück, und er hat endlich einen Fehler gemacht.

Er stand auf und steckte die Hände in die Taschen. Trotz der Erregung, die er empfand, war klar, dass sie keine Zeit haben würden, sich jetzt sechs Stunden hinzusetzen und das Material zu sichten.

Aber es gab Möglichkeiten, das zu umgehen.

»Okay, wir brauchen je eine Stunde davor und danach aus jeder Kamera.«

Der Techniker nickte. »Klar, das ist nicht schwer.«

Currie lächelte.

»Allerdings sollten Sie sich nicht zu viel erhoffen«, sagte er.

Um acht Uhr gingen sie und überließen dem Techniker die Aufgabe, das Material durchzugehen und zu ordnen. Wo es möglich war, erklärte Currie, wollte er Standbilder von den Überwachungsfilmen, mit der jeweiligen Zeitangabe versehen und in Kategorien sortiert. Zum Beispiel sollte er dann eine Serie von Fotos anklicken können, wenn er alle dunkelhaarigen Männer sehen wollte. Es würde eine ermüdende und zeitaufwendige Angelegenheit sein. Der Techniker hatte ein wenig mutlos gewirkt.
»Alle Personen?«
»Nein, nein«, sagte Currie. »Erst mal nehmen Sie nur die Männer.«
Nachdem sie dort fertig waren, fuhr Swann nach Hause, um etwas zu schlafen, und Currie ging in die Einsatzzentrale zurück. Er setzte sich, nahm geistesabwesend einen Bleistift in die Hand und starrte die Weißwandtafel an, die fast die ganze Wand bedeckte. Fotos der vier ermordeten Mädchen hingen oben, und der Rest war mit Details zu den Verbrechen ausgefüllt, die sauber mit schwarzem und rotem Filzschreiber aufgelistet waren.
Er schaute auf die Tafel und versuchte, die Zusammenhänge zwischen dem, was da stand, zu erkennen; aber insgeheim waren seine Gedanken mit anderen Dingen beschäftigt.
Seit seinem Treffen mit Mary Carroll in der Woche zuvor musste er immer wieder an die Vorwürfe des Mädchens und an ihre panische Reaktion denken. Er hatte natürlich nicht erwartet, dass es besonders gut laufen würde. Denn er hatte schon im Voraus genug über den Fall gewusst, um zu begreifen, dass er ihr keine »gute Nachricht« übermitteln und

damit wirklichen Trost spenden konnte. Aber er hatte sie doch ein wenig beruhigen wollen, was vielleicht unvernünftig gewesen war. Er hatte ihr erklären wollen, dass ihr Vater, was immer er auch in der Vergangenheit getan hatte und wie abstoßend er auch sein mochte, doch lange nicht so bedrohlich war, wie sie sich offensichtlich vorstellte.

Aber sein Besuch hatte alles nur schlimmer gemacht, und das betrübte ihn immer noch. Obwohl sie wusste, dass Frank Carroll eine elektronische Fußfessel hatte und unmöglich die Verbrechen begangen haben konnte, behauptete sie trotzdem hartnäckig, er sei verantwortlich. Einesteils konnte Currie sie verstehen; schließlich hatte er gesehen, was sie mit ihrem Bein gemacht hatte. Die Misshandlung, der sie ausgesetzt gewesen war, mochte zehn Jahre zuvor zu Ende gegangen sein, aber abgeschlossen war sie nie, es war keine Sache, die sich einfach erledigen ließ. Sie war immer präsent. Und deshalb war es vollkommen natürlich, dass ihr Vater in ihrem Kopf immer als Bedrohung gegenwärtig war. Ein gebrochener alter Mann, der aufgrund ihrer Perspektive einen riesigen Schatten warf.

Aber ...

Sie haben keine Ahnung, wozu mein Vater fähig ist.

Das stimmte.

Er tippte sich mit dem Bleistift ein paarmal an die Zähne, dann schwang er sich auf dem Stuhl zum Schreibtisch herum und holte die Seiten mit den Details heraus, die er der Online-Akte zu Frank Carrolls Fall entnommen und ausgedruckt hatte.

Er übersprang die Fotos von Mary und Frank und suchte die Kontaktnummer des Kollegen, der die Ermittlung geleitet hatte. Hier war sie. Dan Bright. Die Vorwahl von Richmond.

Er wählte die Nummer und sah während des Wartens auf seine Uhr. Es war eher unwahrscheinlich, aber ...
»Polizeibehörde Richmond. Kann ich Ihnen helfen?«
»Hallo«, sagte er. »Ich wollte eigentlich mit Detective Dan Bright sprechen. Ist er da?«
»Nein, tut mir leid. Dan ist für heute schon nach Hause gegangen.«
Der hat Glück, dachte Currie.
»Schon gut. Könnten Sie ihn bitten, mich zurückzurufen? Detective Sam Currie.« Er gab seine Nummer an. »Es ist nichts Dringendes. Sagen Sie ihm, es hat mit einem Frank Carroll zu tun.«
»Wird gemacht.«
Das wäre also erledigt. Er wusste nicht, wozu Marys Vater fähig war, aber er konnte es herausfinden.
Und inzwischen weißt du zumindest das eine, dass nämlich Frank Carroll nichts mit diesem Fall zu tun hat.
Auch das stimmte.
Noch eine Weile starrte Currie auf die Tafel, bis er spürte, dass ihm fast die Augen zufielen und seine Gedanken sich im Kreis drehten. Dann stand er auf und zog seinen Mantel an.

Currie hatte seit fast dreißig Jahren im gleichen Haus gewohnt, und die Veränderungen daran spiegelten seinen Lebensweg wider. Zuerst war es einfach seine Wohnung gewesen, dann war Linda eingezogen, die ihre Sachen mitbrachte und mit seinen vermischte. Als die Jahre vergingen, kamen langsam Stück für Stück alle Einrichtungsgegenstände und Besitztümer dazu, die *ihnen zusammen* gehörten. Neil kam zur Welt, und das Haus wurde durch einen Seitenanbau erweitert. Als ihr Sohn größer wurde, hatte er seine eigenen Sachen, die sich nun mit denen seiner Eltern vermengten. Es

war Currie unmöglich geworden, mitten in diesem Chaos des Lebens klar zu sehen, was ihm gehörte.
Und dann war es plötzlich wieder zutage getreten. Linda hatte natürlich ihre Dinge mitgenommen, als sie ging. Die von Neil waren in Kartons gepackt und auf dem Dachboden verstaut worden. Jetzt war nur noch er übrig, ohne Ordnung und Plan hatte er sich in einem Haus ausgebreitet, das zu groß für ihn war, in dem es zu viele augenfällige Lücken gab und zu vieles fehlte; nur langsam gewöhnte er sich daran.
Currie schaltete das Licht in der Küche an und goss sich ein Glas Wein ein, ließ es aber erst einmal auf der Arbeitsfläche stehen. Statt es zu trinken, ging er bis zum Treppenabsatz nach oben. Mit einem Klicken stieß er die Falltür auf und ließ dann vorsichtig die alte Leiter herunter, die dabei metallisch quietschte.
Da die Kiste gleich neben der Öffnung stand, musste er gar nicht bis auf den Boden hinauf; er brachte sie einfach im Ganzen herunter und wischte die Spinnweben ab. Die Kiste war mit Paketband zugeklebt. Er versuchte kurz, es abzureißen, gab dann aber auf und nahm seinen Hausschlüssel, um den Karton mit einem hohlen Laut aufzuschlitzen.
Neils alte Bücher.
Currie nahm ein paar heraus, lächelte, als er die Umschläge betrachtete, und fand dann dasjenige, das er suchte.
Der fahrende Ritter. Marys Lieblingsbuch. Er hatte es gleich erkannt, als er in ihrer Wohnung war, und erinnerte sich, dass er es Neil vorgelesen hatte, als er noch klein war.
Currie nahm es jetzt mit nach unten und setzte sich auf den Sessel in der Ecke des Wohnzimmers unter den sanften Lichtschein der Stehlampe. Als er es durchblätterte, stiegen viele Erinnerungen in ihm auf.

Die meisten Seiten trugen große Aquarell-Illustrationen mit Rittern, Soldaten und holden Jungfrauen, die die Handlung bevölkerten, und ein paar Zeilen Text, die das Geschehen erklärten. Jeder Absatz begann mit einem geschwungenen, ausgeschmückten Großbuchstaben: goldene Schnörkel auf rotem Hintergrund wie auf einem mittelalterlichen Wappen.

Die Hauptfigur der Geschichte war ein Bauernmädchen namens Anastasia. Auf den ersten Seiten verliebte sie sich in einen jungen Mann, William, der auszog, um Ritter zu werden, und viele Abenteuer bestand. Sie litt darunter, dass er so weit fort war, aber die Erzählungen von seinem Heldentum drangen bis in ihr kleines Dorf, und sie war stolz auf seine Taten. Als er, überall im Land verehrt und mit Auszeichnungen und Geld beladen, zu ihr zurückkehrte, hätte sie nicht glücklicher sein können.

Aber nachdem die Liebenden wieder vereint waren, überfiel ein Heer aus dem Osten das Land, und der König sandte William eine Botschaft, er solle sich den Truppen anschließen, die das Land verteidigten. Anastasia bat ihn, sie nicht wieder zu verlassen, und zuerst widerstand er dem Ruf zu den Waffen. Aber die Befehle wurden immer dringender. Im weiteren Verlauf der Geschichte wurden ihm seine Auszeichnungen aberkannt, die Leute machten sich auf der Straße über ihn lustig, nannten ihn einen Feigling und brachten seinen guten Namen in Verruf. William war unschlüssig. Schließlich gab er nach. Von Stolz und Pflichtgefühl angetrieben, zog er in den Kampf und ließ seine Ana mit gebrochenem Herzen zurück – und mit einem scharfen Dolch, der ihr zur Verteidigung gegen die einfallenden Horden dienen sollte, sollte er nicht zurückkehren.

Aber als William das Schlachtfeld erreichte, merkte er, dass

er aus ganz falschen Gründen gekommen war. Alle Taten seiner Jugend waren aus der Liebe zu Ana erwachsen, und jetzt wurde ihm klar, dass nur sie ihm wichtig war. Aller Ruhm und alles Lob bedeuteten ihm plötzlich nichts mehr. Unter allgemeinem Spott gab er Fersengeld und ritt nach Hause. Bei seiner Ankunft fand er seine ihm treu ergebene Liebste, die den Dolch, den sie von ihm erhalten hatte, über ihrem gebrochenen Herzen gezückt hielt. Er ergriff ihre Hand, bevor sie zustechen konnte …
Und wenn sie nicht gestorben sind, dann leben sie noch heute glücklich und zufrieden.
Currie nippte an seinem Wein, während er die Seiten umblätterte. Sein Unterbewusstsein sagte ihm bereits, was kommen würde, bevor es geschah. Er hatte Neil die Geschichte nur zu oft vorgelesen, und sie jetzt wiederzulesen war, als würde man Wege wiederentdecken, die man früher jeden Tag gegangen war, an einem Ort, von dem man lange vergessen hatte, dass es ihn überhaupt gab.
Die Illustration auf der letzten Seite zeigte Anastasia und William, die sich in ihrer kleinen Strohdachhütte umarmten, wobei über Anastasias wunderschönes Gesicht Freudentränen rannen.
Ich habe meine Pflicht verletzt, sagte William zu ihr, *weil ich es tun musste.*
Nein, antwortete sie, *du hast eine Tat vollbracht, die wichtiger war, du bist zurückgekehrt, um mich zu retten.*
Ende.
Damals, so erinnerte er sich, hatte er die Moral der Geschichte allzu schlicht gefunden. Und das war sie natürlich auch. Wer kämpfte denn nun gegen das Heer, das das Land überfiel? Irgendjemand musste ja schließlich aufstehen und die Menschen beschützen. Es musste Ritter und Soldaten

geben, die auf dem Schlachtfeld standen und Opfer brachten. Zu denken, dass die Liebe alles überwindet, war auf absurde Weise idealistisch.

Aber als er jetzt dort saß, der Einband beim Umblättern der letzten Seite raschelte und er das Buch zuschlug, sah er den Reiz der Geschichte. Es war eine Welt, in der die Menschen ihrem Herzen folgten und ohne Rücksicht auf die Konsequenzen das, was sie für richtig hielten, für die taten, die sie gern hatten. Eine Welt, wo der Held immer auftauchte, um die Lage zu retten, und wo er es immer rechtzeitig schaffte.

15

Donnerstag, 1. September

Es war ein kalter, klarer Abend gewesen, als wir am Varieté ankamen. Um Viertel vor neun, als wir es verließen, hatte es angefangen zu regnen. Wir kamen die Treppe herunter, und ich spürte, wie die ersten Tropfen fielen. Der Wetterumschwung passte ganz gut zu meiner momentanen Stimmung. Vor zwei Stunden hatte alles so vielversprechend ausgesehen. Jetzt schien es auf der Kippe zu stehen.
»Scheiße.« Sarah verzog beim Blick zum Himmel das Gesicht und zog an ihrer Samtjacke. »Ich hätte die nicht angezogen, wenn ich gewusst hätte, dass es regnen würde.«
»Tut mir leid.«
»Ach, ist ja nicht deine Schuld.«
»Aber wir hätten bis zum Ende bleiben können«, sagte ich.
»Vielleicht hätte es bis dahin wieder aufgehört.«
»Hätte aber nichts gebracht. Du hast ja schon gekriegt, weswegen du gekommen bist.«
Sie hakte sich bei mir unter, und wir gingen ungefähr in die Richtung des Taxistands. Zuvor hatte es sich angenehm angefühlt, so zu gehen, jetzt war die Stimmung zwischen uns ein wenig gespannt. Vielleicht bildete ich es mir auch ein, meine Emotionen waren ziemlich durcheinander. Einen Moment war ich voller Panik, im nächsten empfand ich ruhigen, rationalen Ärger, weil ich es zugelassen hatte, dass die Vorstellung mich verstörte.
Sarah schmiegte sich an mich.

»Also«, fragte sie, »sagst du mir, wer Tori ist?«
Ich versuchte zu lächeln. »Es ist also so offensichtlich, hm?«
»Ja. Du bist ja fast grün im Gesicht geworden.«
Sobald Thom Stanley ihren Namen ausgesprochen hatte, spürte ich, wie etwas in mir in Bewegung geriet, und mir wurde leicht übel. Ich hatte Sarahs Hand losgelassen, als hätte ich Angst vor ihr.
Sie kommt ein bisschen merkwürdig rüber, erinnerte ich mich jetzt. *Ich weiß nicht einmal, ob es jemand ist, der gestorben ist.*
Einige Leute warteten auf Taxis, und wir stellten uns in die Schlange. Vor uns war eine Gruppe betrunkener, rauflustiger Jungs, die sich im Regen aneinanderdrückten und maulten. Weiter vorn fuhr ein Taxi an.
»Tori ist eine Bekannte von mir«, sagte ich vorsichtig.
»Nur eine Bekannte?«
»Wir sind kurze Zeit miteinander ausgegangen, aber das ist schon lange her.«
»Okay.«
Sonst sagte Sarah nichts, aber wir rückten beide einen Schritt vor. Die Schlange kam langsam voran. Doch es würde nicht lange dauern, bis wir vorn waren, und ich hatte das Gefühl, ich sollte die Sache klären, bevor wir ins Taxi stiegen. Das Thema ganz zu vermeiden war nach meiner Reaktion keine Alternative. Wäre Sarah blass geworden, nachdem sie den Namen eines Ex-Freundes gehört hatte, wäre ich auch nicht gerade erfreut gewesen.
»Es hat mich einfach aus der Fassung gebracht«, sagte ich. »Dass er das gesagt hat. Ich weiß, er ist ein Schwindler, aber trotzdem, es ist nicht unbedingt der häufigste Name auf der Welt.«

»Das stimmt.«
»Und gerade deshalb hat er ihn genommen.« Als wir in der Pause gingen, war mir dies klargeworden, und ich hätte mich in den Hintern beißen können. »Natürlich will niemand denken, dass seine verstorbenen Verwandten grässlich sind, deshalb hat er einen unwahrscheinlichen Namen ausgewählt.«
»Aber warum macht er das überhaupt?«
»Ich nehme an, damit er eine gruseligere Show abziehen konnte. Um ihr ein bisschen Intensität und Tiefe zu geben. Ein bisschen Nachdruck, weißt du?«
Wenn jemand sie tatsächlich kennt – ich glaube, sie könnte in Schwierigkeiten sein.
»Und du hast ihm eine Sekunde lang geglaubt?«
»Ja, eine Sekunde lang.«
Wir rückten einen Schritt weiter vor.
»Aber warum denn? Du hattest doch gerade gesehen, was für ein Hochstapler er ist.«
Ein Bild von Julie tauchte kurz auf, und ich verdrängte es.
»Die Sache mit Tori ist, dass sie manchmal krank wird. Und als er ihren Namen sagte, wurde mir, glaube ich, klar, dass ich schon eine ganze Weile nicht mit ihr gesprochen habe.«
»Aha.«
Frag mich nicht, wie lange, dachte ich. Es war nur ein paar Wochen her. Auf der rationalen Ebene wusste ich, dass es überhaupt keinen Grund gab zu denken, sie könnte wirklich gefährdet sein. Es war nur wegen der Sache, die mit Julie passiert war. Aber trotzdem fiel mir wieder ein, wie Tori mich von Staunton aus angerufen hatte und wie schuldbewusst ich mich fühlte, nicht da gewesen zu sein, als sie mich brauchte.
Ein wenig davon konnte ich erklären.

»Vor ein paar Wochen ist etwas passiert«, sagte ich, »und sie kam ins Krankenhaus. Ich fühlte mich ziemlich schlecht wegen der ganzen Sache. Schuldig, verstehst du? Als sei ich kein guter Freund. Und was er dort sagte, hat mich daran erinnert. Es ist nur ein Zufall, aber es hat bestimmte Reaktionen ausgelöst. Jetzt ist alles in Ordnung mit mir.«
Eine andere Erklärung fiel mir nicht ein. Die angetrunkenen Jugendlichen vor uns kletterten in einen Fünfsitzer. Wir rückten vor.
»Warum ... schickst du ihr nicht 'ne SMS oder so?«, sagte Sarah. »Wenn du dich sorgst.«
»Ja, das wäre vernünftig.« Innerlich atmete ich erleichtert auf. »Ich wollte dich nicht beunruhigen.«
»Wieso sollte ich beunruhigt sein?«
»Ich weiß nicht. Ich nehme an, ich hab mich da 'n bisschen komisch benommen.«
»Ja, aber jetzt wirst du noch komischer.« Sie lachte und drückte meinen Arm fester. »Ist schon gut, Dave. Eins mag ich an dir, dass dir offensichtlich Menschen wichtig sind. Ich wollte mich nur vergewissern, dass es nicht zum Problem wird.«
»Das wird es nicht.«
»Brenn jedenfalls nicht gleich mit ihr durch, okay? Mit Freunden kann ich klarkommen. Aber mitgeschleppte Gefühle für eine Verflossene im Reisegepäck, das wäre natürlich ... etwas anderes. Damit komme ich nicht so gut klar.«
»Du hast's also nicht so mit Reisegepäck?«
»Stimmt.«
Sie lächelte, aber ich hatte auch das Gefühl, dass sie meine Worte ein bisschen ernster nahm, als sie sich anmerken ließ. Und ich ärgerte mich wieder über mich selbst. Rob hatte recht gehabt. Sollte ihn doch der Teufel holen.

»Ehrlich«, sagte ich. »Du brauchst dir keine Sorgen zu machen. Es war nur albernes Theater.«
»Na gut, dann ist es ja in Ordnung«, sagte sie. »Komm, wir fahren nach Hause.«

Während der Taxifahrt hielten wir still Händchen und schauten dabei jeder aus seinem Fenster. Ein einfacher, aber wichtiger Kontakt. Selbst wenn wir beide etwas geistesabwesend waren, hielten wir doch diese Verbindung. Ich für meinen Teil war einfach froh, dass sie meine Reaktion hingenommen hatte. Ich würde Tori irgendwann eine SMS schreiben, aber es war nicht dringend, denn es war ja alles in Ordnung. Es war wichtiger, mich auf Sarah zu konzentrieren.
Als wir vor meiner Wohnung ankamen, hielt der Taxichauffeur zwischen parkenden Autos. Ich rundete das Fahrgeld auf und stieg nach Sarah aus, während der Fahrer bei weiterbrummendem Motor nachzählte.
Es regnete heftig, schien aber jetzt nicht mehr so viel auszumachen. Ich ging hinüber und schloss das Tor auf ...
»Hi.«
Eine Wagentür schlug hinter mir zu. Ich drehte mich mit den Schlüsseln in der Hand um. Choc und Cardo kamen herüber.
Choc lächelte, sah aber dabei gar nicht freundlich aus. Er erinnerte mich etwas an einen Schulhof-Schläger, der sich wie ein Kumpel an einen heranmacht, alles in Ordnung – und dann zuschlägt, sobald er nah genug herangekommen ist.
Ich stieß die Haustür auf und drehte mich zu Sarah um.
»Willst du schon mal raufgehen? Uns etwas zu trinken richten?«

»Klar.« Sie runzelte die Stirn, da sie nicht wusste, was los war. »Alles in Ordnung?«
»Ja«, sagte ich. »Ist schon gut. Nur alte Freunde.«
Choc blieb direkt vor uns stehen und starrte sie an. Er wartete.
»Gut«, sagte sie langsam. »Ich bin dann oben.«
Ich machte hinter ihr die Haustür wieder zu und wandte mich ärgerlich an die zwei: »Was wollt ihr?«
Choc sah mich voller Verachtung an. Seine Körpersprache, die er in Jahren der Übung perfektioniert hatte, sollte mich nerven, er stand zu dicht vor mir und wirkte aufgedreht und fahrig, als könne ihm jeden Moment die Hand ausrutschen. Ich begriff, was er damit bewirken wollte, und versuchte mich nicht einschüchtern zu lassen. Aber es gelang nicht ganz.
Das Taxi stand immer noch mit laufendem Motor am Gehweg, aber das ließ Choc völlig ungerührt. Wenn er loslegen wollte, würde er das tun. Ich hatte die Schlüssel noch in der Hand. Sehr vorsichtig hielt ich sie verdeckt, schob sie zwischen die mittleren Fingerknöchel und fand eine Position, die funktionieren würde.
»Was willst du, Choc?«
Und da entspannte sich sein ganzer Körper. Er schniefte und trat einen Schritt zurück, als sei seine Einschüchterungstaktik die mentale Entsprechung zum Gewichtheben und jetzt lockere er die Muskeln.
»Wollte nur mal kurz mit dir reden, alles klar?«
»Es passt jetzt nicht besonders gut.«
»Mir schon. Und das reicht.«
Er lächelte, fand sich gut.
»Was ist?«, sagte ich. »Musst du herkommen und mir das Leben versauen?«

»Na, siehst du, *das* wollt ich von dir sehen.« Er trat zurück.
»Mumm. Hab ich mir doch gedacht, dass du den hast. Ich hätt dich nie mitgenommen damals, wenn ich nicht gedacht hätte, dass du irgendwo welchen zusammenkratzen kannst.«
»Ich hätte nicht mitkommen sollen.«
»Ja, hast es aber gemacht. Und weißt du was? Du solltest dich deswegen nicht schlecht fühlen.«
»Tu ich nicht.«
Er wiegte den Kopf. *Na, davon bin ich nicht überzeugt.*
»Ich mach mir Gedanken, dass du vielleicht was gehört hast, verstehst du? Vielleicht hast du da eine falsche Vorstellung.«
»Nein.«
»Weil – Eddie ist nichts passiert. Er wurde 'n bisschen verprügelt, dann haben wir ihn weggeschickt.«
Ich erinnerte mich an die Schüsse, die ich gehört hatte, und verbannte sie schnell aus meinem Kopf.
»Ja«, sagte ich. »Genau so hab ich mir das auch gedacht.«
»Du brauchst dich also nicht schlecht zu fühlen. Ich bin 'n anständiger Typ, außer wenn jemand die einzige Regel bricht, die ich habe. Leg dich nicht mit mir oder meinen Freunden an. Niemand macht so was mit Tori, den lass ich nicht davonkommen.«
»Find ich auch.« Ich griff nach der Tür. »Ich hab gesagt, ich hätte nicht mitkommen sollen. Ich hab nicht gesagt, dass ich ein Problem hab mit dem, was passiert ist.«
»Na ja, ich mach mir Gedanken, dass es doch so ist. Hör auf damit.« Er runzelte die Stirn, zog die Tür zu und hielt sie fest. »Ich bin beunruhigt, dass du immer noch dran denken könntest.«
Ich schüttelte verwirrt den Kopf.

»Worum geht's jetzt eigentlich, verdammt noch mal?«
»Einer von meinen Jungs war vor zwei Tagen auf der Wache. Er sagte, er hätte dich dort gesehen.«
Das war's also. Ein paar Leute waren im Warteraum, als ich kam, und auch, als ich ging. Ich hatte dort niemanden von Chocs Mannschaft bemerkt, aber das hatte nichts zu sagen. Sie erkannten mich wahrscheinlich eher als ich sie. Und ich hatte anderes im Kopf gehabt.
Also noch etwas, wofür ich mich bei Detective Currie bedanken konnte.
»Ja. Er sagte mir, du wärst 'ne Weile dort gewesen. Es sah aus, als hättest du ganz schön lange mit jemandem geplaudert.«
»Es ging nicht darum«, sagte ich.
»Ach ja? Worum denn dann?«
»Etwas, das dich nichts angeht.«
Da war ich wahrscheinlich etwas zu weit gegangen. Sein Gesicht wurde ausdruckslos, und seine Stimme, als er endlich etwas sagte, klang leise und gefährlich.
»Ist auch besser so.«
Wir starrten uns an. Ich hörte ein Summen, wie wenn man neben einem Strommast steht, und ich wusste, es war in meinem Kopf.
»Haben wir uns verstanden?«
»Ja«, sagte ich. »Wir verstehen uns.«
»Dann sind wir fertig.«
Choc ließ die Tür los, ging zum Wagen hinüber und stieg ein. Cardo setzte sich hinters Steuer.
Als der Motor lief, drehte Choc das Fenster herunter und beugte sich heraus. Er trug immer noch seine Killervisage zur Schau.
»Ich hab es dir durchgehen lassen wegen Tori. Aber wenn du anfängst, mir Ärger zu machen ... bist du weg vom Fens-

ter. Leg dich nicht mit mir oder meinen Freunden an. Tu nichts, was mir Scherereien einbringt. Kapiert?«
»Kapiert.«
Er nickte, zog sich in den Wagen zurück, und Cardo fuhr langsam an.
Ohne überhaupt zu überlegen, was ich tat, machte ich einen Schritt auf das Auto zu.
»Hast du was von ihr gehört in letzter Zeit?«, sagte ich.
»Von Tori?«
Einen Moment sah Choc aus, als hätte ihn das aus der Fassung gebracht. Er sah mich stirnrunzelnd an. Ich hatte keine Ahnung, wieso ich auf diese Frage gekommen war. Vielleicht hatte ich es gesagt, weil Sarah oben in der Wohnung und Choc hier war und er diese schlechten Erinnerungen hinter sich herschleppte. Da konnte meine Besorgnis leichter an die Oberfläche kommen.
Aber was immer er denken mochte, Cardo hatte es offenbar nicht gehört und fuhr einfach an. Einen Moment später war ich wieder allein und starrte ihnen nach. Dann fuhr ein anderes Auto vorbei, dessen Reifen über die nasse Straße zischten – und der Bann war gebrochen.
Und ich dachte:
Ich glaube nämlich, sie könnte in Schwierigkeiten sein.

Dritter Teil

16

Freitag, 2. September

An dem Tag, als mein Bruder starb, war es hell und sonnig. Das ist nicht nur wegen der Lektion wichtig, die ich dabei lernte – nämlich, dass Menschen einem im Licht genauso leicht genommen werden können wie in der Finsternis –, sondern auch wegen einer Sache, die geschah, und einer, die nicht geschah.
Ich trug wie immer im Sommer kurze Hosen und ein T-Shirt, und mein Haar war damals länger. Owen und ich, wir sahen uns sehr ähnlich, nur wurden die zwei Jahre Altersunterschied zwischen uns sichtbarer, als er ins Teenager-Alter kam. Es gab Bilder von uns beiden, auf denen er den breitbeinigen Stand des jungen Mannes hatte, während ich neben ihm wie ein kleines Kind zur Kamera hochschielte. Ich war noch in mancher Hinsicht unbeholfen, er hatte dieses Stadium schon hinter sich gelassen, und ich bemühte mich verzweifelt aufzuholen.
Ich wusste nicht, dass er bald wie eingefroren in der Zeit erstarren und ich ihn überholen und für immer zurücklassen würde.
Wir hatten Schulferien, Mum und Dad waren mit ihrer Arbeit beschäftigt. Ich war etwas rastlos, brauchte etwas zu tun und machte mich auf die Suche. Ich ging an dem Tag in Owens Zimmer und fand ihn neben seinem Bett hockend vor, wo er seine Sachen zusammensuchte. Als ich die Tür aufmachte, sah er auf.

»Mensch.« Er wandte sich zornig um. »Wieso klopfst du nicht?«
»Tut mir leid.«
»Das wär ja ganz was Neues.«
»Mir ist einfach langweilig.« Ich blickte hinunter. »Was machst du da?«
»Musst du alles wissen? Ich geh im Wald spielen.«
»Darf ich mit?«
»Nein.«
»Bitte.« Ich stand an der Tür, trat von einem Bein aufs andere und überlegte mir, wie ich ihn überreden könnte. Dann erinnerte ich mich, was mein Freund Jonny und ich zwei Wochen vorher gefunden hatten. »Ich weiß einen guten Baum, da könnten wir raufklettern. Ich hab rausgekriegt, wie man fast ganz raufkommt. Es würde eine Ewigkeit dauern, bis du es allein rauskriegst.«
»Wieso meinst du, dass ich es wissen will?«
Aber er sah mich an, wie ich dastand, und es muss ihm klargeworden sein, dass er mich nicht abschütteln konnte. Er seufzte. *Nichts klebt so an einem wie ein kleiner Bruder.*
»Also gut.«
So gingen wir nach draußen und hinunter auf den Wald zu.
Alle meine Kindheitserinnerungen haben satte Farben. Alles ist verklärt.
An jenem Tag war die Welt voll heller Grün- und dunkler Blautöne, und es war so sonnig, dass der Garten sanft zu flirren schien. Wenn ich einatmete, roch das Gras stark, warm und süß, und als wir unten angekommen waren, musste ich die Mücken verjagen, und die Luft war so heiß, als würde man den Dampf von einem Spiegel wegfächeln.

Als ich hinter Owen über den Zaun stieg, schwitzte ich schon.
Wir gingen ein Stück in den Wald hinein. Die Grasfläche machte der ausgetrockneten braunen Walderde Platz.
Und plötzlich wurde es überall dunkel.
Aber es war nicht wegen der Bäume. Das Sonnenlicht fiel noch zwischen den Zweigen durch, malte helle Tupfen auf den Boden und blitzte zwischen den Umrissen der Blätter hervor.
Ich erinnere mich, dass ich den Blick hob, um nachzuschauen. Dies war eine andere Dunkelheit. Sie kam von innen. Ein Gefühl, dass etwas *nicht stimmte*. Und je weiter wir gingen, desto schlimmer wurde es – als sei meine Seele in den Schatten getreten. Ein Sturm kam auf, und ich spürte, dass in der Ferne eine riesige grollende Wolkenbank sich langsam auf mich zubewegte ...
Ich blieb stehen. Owen nahm es erst einen Moment später wahr und drehte sich um.
»Was ist los mit dir? Du bist ja ganz blass.«
»Ich will zurück.«
»Hä? Vor fünf Minuten wolltest du unbedingt mitkommen.«
Ich schaute zwischen den Bäumen nach oben und wusste nicht, wovor ich Angst hatte.
»Etwas stimmt nicht«, sagte ich.
»Was? Mann! Warum musst du so ein Baby sein?«
Dass er so stichelte, hätte mich normalerweise wütend gemacht, ich hätte meine Hände zu kleinen Fäusten geballt und ein finsteres Gesicht aufgesetzt. An jenem Tag aber nahm ich davon kaum Notiz.
»Etwas Schlimmes wird passieren«, sagte ich.
Er starrte mich einen Augenblick an, und ich konnte den

Ausdruck auf seinem Gesicht lesen. *Warum nur werde ich mit diesem Kind gestraft?*
»Geh nach Hause, wenn du willst«, sagte er. »Ich hab dich ja nicht gebeten mitzukommen, oder?«
Er drehte sich um und lief weiter.
»Owen.«
»Halt die Klappe.«
Ich stand da und sah ihn weitergehen, und alles in mir schrie, ich solle ihn aufhalten oder mit ihm gehen und versuchen, das abzuwenden, was geschehen würde.
»Owen!«
»Halt die Klappe, Baby.«
Dann hörte ich etwas, aber nicht mit den Ohren. Es klang ein bisschen wie ein Donnern nach einem Blitz, aber es war ja ein schöner Tag und keine Wolke am Himmel.
Hier nun das, was passierte. Und auch das, was nicht passierte. Das Geräusch ließ mich loslaufen, aber in die falsche Richtung.
Ich drehte um und rannte so schnell ich konnte nach Hause. Und ich sah ihn nie wieder.
Ich hatte natürlich genug Zeit, darüber nachzudenken.
Jetzt, wo ich älter bin, verstehe ich das, was an jenem Tag geschah, viel besser. Ich kann es rechtfertigen und erklären. Tatsächlich ist es mein Job, genau das zu tun. Ich kann Ihnen heute alles über die Bestätigung einer Vorahnung und über den Zufall erzählen. Und dass ich mich nur daran erinnere, weil mich das, was später passierte, motivierte, mich darauf zu konzentrieren und es zu etwas Größerem und Wichtigerem zu machen als dem Tagtraum, der es in Wirklichkeit war. Ein tragisches Ereignis wirkt sich so aus; danach nimmt alles Bedeutung und Gewicht an. In der Realität war es wahrscheinlich nur ein leicht unbehagliches

Gefühl, eines, das mein Unterbewusstsein im Lauf der Jahre ausgearbeitet und vergoldet hatte. Vielleicht bekam ich auch nur gerade Kopfweh und habe das seitdem vergessen. Tatsache ist, dass ich es nie wissen werde.
Auf jeden Fall bin ich mir sicher, dass es keine übersinnliche Vorahnung war. Es gab nichts, was ich aufgrund dessen hätte tun können oder sollen. Es stand nicht in Verbindung mit Owens Tod, und deshalb brauchte ich mich nicht schuldig zu fühlen oder mir etwas vorzuwerfen, denn es gab keinen Grund dafür.
Ich weiß das, aber die Lektion, die ich damals lernte, blieb mir erhalten.
So läuft es. Die Dinge, die wichtig sind, gehen unter, wenn man es zulässt.

»Dave, wach auf.«
Jemand schüttelte mich. Ich machte die Augen auf und sah, dass ein Kegel des morgendlichen Lichts gelb wie Butter durchs Dachfenster hereindrang. Sarah saß fertig angezogen in der Sonne, hatte ihre Hand auf meine Schulter gelegt und sah besorgt aus.
»Was denn?«, sagte ich.
»Du hattest einen Alptraum.«
»Echt?« Mein Mund war zu trocken. Ich machte den Versuch, mich aufzusetzen, stützte mich auf den Ellbogen, nahm mein Glas Wasser vom Nachttisch und trank davon.
»Ich erinnere mich nicht.«
Das stimmte nicht ganz. Der Traum war zu Boden gefallen, in vage Fragmente zerborsten, aber als sie von mir wegflogen, konnte ich auf einigen der Scherben Einzelheiten ausmachen. Wie heiß es an dem Tag gewesen war. Owens Gesicht. Wie ich mich umdrehte und davonrannte.

Sarah saß in der Hocke. »Es sah so aus.«
»Danke, dass du mich geweckt hast. Wie spät ist es?«
»Halb neun. Ich hätte dich also sowieso geweckt. Ich muss jetzt los, und diesmal wollt ich tschüss sagen.« Sie stand auf und fuhr mir durch das Haar. »Du siehst nett aus, wenn du verschlafen bist.«
Ich tat mein Bestes zu lächeln. »Du siehst auch nett aus, wenn ich verschlafen bin.«
»Soll mir recht sein. Schade, dass ich gehen muss. Seh ich dich dann heute Abend um halb acht? Im Olive Tree?«
Ich brauchte einen Moment, mich zu erinnern, dann fiel es mir ein.
Nach dem Gespräch mit Choc hatte ich als Erstes, bevor ich wieder nach drinnen ging, Tori schnell eine SMS geschickt, in der ich sie fragte, ob alles in Ordnung sei. Keine große Sache, dachte ich; kann ja nicht schaden.
Dann ging ich nach oben in die Küche und fand Sarah vor, die zwei Gläser Wein bereithielt. Ohne etwas zu sagen, reichte sie mir eins und erwartete offensichtlich eine Erklärung. Und so wie Choc sie abgefertigt hatte, verdiente sie natürlich auch eine. Ich war jetzt noch gereizt, dass er aufgetaucht war, und dann ärgerte ich mich über mich selbst, dass ich mich jemals in eine Lage gebracht hatte, die ihm einen Grund zum Auftauchen gab.
Also entschuldigte ich mich. Ausgiebig. Es war schwierig zu erklären, wer Choc und Cardo waren, ohne in die Einzelheiten zu gehen, die ich nicht preisgeben wollte. So erzählte ich nur das Grundlegende. Sie waren keine alten Freunde, eher flüchtige Bekannte, aber solche, denen man lieber nicht auf die Füße treten wollte. Sie hatten nicht mit mir sprechen wollen. Sie wollten zu Emma, und ich hatte ihnen gesagt, sie sei ausgezogen.

Ich war nicht gerade stolz auf die Unwahrheit. Aber es war nur eine kleine Lüge, zu der ich, wie ich hoffte, aus guten Gründen meine Zuflucht genommen hatte. Ich tat mein Bestes, meinen Fehler hinter mir zu lassen, und ärgerte mich über Choc, dass er hierherkommen und all dies wieder aufrühren musste. Ich sagte mir, ich würde Sarah niemals in einer Sache belügen, die die Gegenwart betraf, und es war mir ernst.
Den Vorschlag, heute Abend ins Olive Tree zu gehen, hatte ich nicht gemacht, um sie zu besänftigen. Sie hatte zu diesem Zeitpunkt all den Trubel schon hingenommen, und wir saßen im Wohnzimmer bei unserem zweiten Glas Wein und unterhielten uns wieder ganz normal. Das Restaurant war ihre Idee gewesen.
»Ja, hört sich gut an«, sagte ich jetzt.
»Ich freu mich drauf.« Sie beugte sich vor, küsste mich auf die Lippen und ging dann zur Schlafzimmertür hinüber. »Bis dann.«
Ich lächelte. »Ja. Mach's gut.«
Nachdem sie gegangen war, legte ich mich kurz wieder hin und wartete, bis ich die Haustür zugehen hörte. Dann atmete ich tief und langsam aus und nahm mein Telefon vom Nachttisch.
Eine neue Nachricht.
Ich öffnete sie und las:

Hi. Tut mir leid, dass ich mich nicht gemeldet habe. Alles in Ordnung, hab nur zu tun. Hoffe, bei dir auch alles ok. Vielleicht holen wir's bald mal nach. Tori

Ich war so erleichtert, dass es schon fast lächerlich war. Es ging ihr also doch gut.

Du verdammter Idiot. Natürlich geht's ihr gut.
Ich wollte das Telefon gerade wieder hinlegen, aber da fiel mir etwas ein. Wann hatte sie die SMS eigentlich geschickt? Sie musste ja ziemlich spät gekommen sein. Ich klickte die Liste der eingegangenen Nachrichten an.
Vier Uhr morgens.
Das sah ihr gar nicht ähnlich. Die ganze Zeit, in der wir zusammen gewesen waren, war sie fast immer um halb zehn, spätestens zehn im Bett. Und sie stand erst wieder im letzten Moment auf, um es noch rechtzeitig zur Arbeit zu schaffen. Es war nur ein halbes Dutzend Mal vorgekommen, dass ich in den frühen Morgenstunden von ihr eine SMS bekam, und die Erklärung dafür war immer die gleiche gewesen. Sie war mit einem Typen zusammen.
Das hatte mich fast immer unruhig gemacht, aber heute Morgen war das Gefühl mehr als nur simple Eifersucht. Außerdem stimmte noch etwas nicht mit der Nachricht. Ich las sie noch einmal und versuchte herauszukriegen, was es war.
Als ich es begriff, konnte ich an nichts anderes mehr denken.

Die Büroräume des *Anonymous Skeptic* bestanden aus einem kleinen Raum im ersten Stock eines ziemlich vornehmen Häuserblocks in der Stadtmitte. Alles an dem Gebäude war fein abgestimmt und neu, von den Holzschränken der Büros über die schönen Teppiche und die gepflegt gestrichenen Flure bis zu den Zimmerpflanzen und den nichtssagenden, abstrakten Aquarellen an den Wänden. Hinter dem Gebäude konnte man sicher parken, im oberen Stockwerk waren Besprechungszimmer, und auf den Fluren gab es Zeitschriften und Wasserspender. In der Rezeption unten hing unser Namensschild ein wenig unsicher zwischen denen von Web-Designern, Übersetzungsbüros und Rechnungsprüfern. Die meisten von ihnen verdienten an einem Tag mehr, als wir in einem ganzen Monat in die Finger kriegten. Wir konnten es uns eigentlich nicht leisten, aber es war gut, einen Stützpunkt zu haben.

Als ich endlich ankam, war es fast eins. Rob war am Telefon, reagierte aber auf mein Kommen, indem er mit dem Stift winkte und einen tadelnden Blick auf seine Uhr warf. Ich war dabei, Kaffee aus einer kleinen Plastiktasse zu trinken, als er auflegte.

»Guten Tag«, sagte er laut. »Hat dir die Vorstellung gestern Abend gefallen? Ich habe heute früh mit Nathan gesprochen, und er sagte, mit Andrew und der Halskette sei alles nach Plan verlaufen. Genau ins Schwarze getroffen, sozusagen.«

»Ja. Wir haben ihn erwischt.«

»Nathan sagte auch, dass du am Ende nicht mehr da warst. Du solltest ihn doch treffen, oder? Um ein paar Sätze von ihm einzufangen. Ich dachte, das hätten wir so verabredet?«

»Ja, stimmt.« Das hatte ich vergessen. »Es tut mir leid. Etwas ist passiert.«

»Etwas? Was denn?«

Ich sah zu ihm hinüber. Er hatte diesen bestimmten Gesichtsausdruck, der hieß, dass er nicht lockerlassen würde, bis er die Wahrheit aus mir herausgekriegt hatte, und dass er fürchtete, sie würde ihm nicht besonders gefallen.

»Hier«, sagte ich.

Das Aufnahmegerät stand auf dem Schreibtisch vor mir. Ich hatte mir die Aufnahme am Morgen noch einmal angehört, wählte jetzt den entsprechenden Teil aus und ließ ihn lau-

fen. Thom Stanleys letzter Auftritt vor der Pause war hier im Büro zu hören. Die Aufnahme war ziemlich gut, man konnte jedes Wort verstehen, und ich behielt Rob im Auge, um zu sehen, wie er reagierte. Er hielt einen Stift in der Hand und stieß mit den Fersen langsam den Stuhl an, so dass er sich hin und her drehte. Er ließ sich nichts anmerken. Außer als Sarah fragte, ob mit mir alles in Ordnung sei, da verzog er das Gesicht.
»Das ist Quatsch«, sagte er schließlich. »Ich hoffe, du weißt das.«
»Ja. Aber in dem Moment hat es mich beeindruckt.«
»Ich habe dich davor gewarnt.«
»Da ist noch was anderes. Ich habe eine merkwürdige SMS von ihr bekommen.«
»Von Tori? Vielleicht wie die tausend anderen merkwürdigen Anrufe von ihr?«
»Nein, nicht wie die.«
Ich ging hinüber und zeigte ihm die Nachricht.
»Zu der Zeit ist sie nie auf«, sagte ich. »Plus, sie schließt ihre SMS immer auf die gleiche Art, mit ›Tor xx‹, wie zwei Küsschen. In der ganzen Zeit, seit ich sie kenne, hat sie jede einzelne SMS so abgeschlossen.«
Das war es, was damit nicht stimmte.
In der Anfangszeit unserer Zeitschrift hatten Rob und ich einer Séance beigewohnt, die überzeugender war als die meisten. Wir hatten einen »Geist« angelockt, der behauptete, er sei der Großvater eines Mädchens, das anwesend war, sich aber nicht überzeugen ließ und große Angst bekam. Das Problem war nicht, dass sie nicht an den Geist glaubte, sondern sie glaubte nicht, dass er ihr Großvater war. Sie meinte, er sei jemand anders und gebe sich nur als ihr Großvater aus.

Rob hatte sich später insgeheim über sie lustig gemacht, aber ich brachte das nicht über mich.

Ich wusste, dass es Unsinn war, aber der Gedanke daran entnervte mich. Man braucht nicht daran zu glauben, um es unheimlich zu finden. Was sie sagte, hatte mich nachdenklich gemacht. Wenn es nicht ihr Großvater war, was nahm dann mit ihr Verbindung auf? Und wo war ihr Großvater?

Das gleiche Gefühl hatte ich, als ich mein Handy betrachtete.

Aber wenn es sich so verhielt, von wem war dann die Nachricht, und wo war Tori?

Rob schaute vom Telefon hoch und starrte mich an. Wollte ich ihn auf den Arm nehmen?

»Mache ich mich lächerlich?«

»Ja, allerdings.«

Er gab mir das Handy zurück und seufzte.

»Ich weiß nicht, was ich dazu sagen soll. Hast du ihr noch eine SMS geschickt?«

»Natürlich. Ich habe eine Nachricht hinterlassen, dass sie sich mit mir in Verbindung setzen soll. Ich hab auch versucht, sie anzurufen, aber das Handy ist abgeschaltet. Auch bei der Arbeit hab ich's probiert. Das Mädchen im Büro sagt, sie sei krank.«

Er spreizte die Hände. »Na ja, da hast du's ja.«

»Ich hab bei ihr zu Hause angerufen, keine Antwort.«

»Herrgott noch mal, Dave. Du wirst ja zum Stalker! Vielleicht schläft sie. Oder vielleicht hat sie eine ihrer *Episoden*. Hast du versucht, sie im Krankenhaus anzurufen?«

»Noch nicht.« Daran hatte ich nicht gedacht. »Aber dort hätte man ihr das Handy weggenommen.«

»Vielleicht solltest du es trotzdem versuchen.«

Ich ging zu meinem Schreibtisch hinüber. »Vielleicht mach ich das.«

Ich fand die Nummer des Staunton Hospital im Internet und ignorierte Rob geflissentlich, der auf der anderen Seite des Büros demonstrativ den Kopf schüttelte. Als sich im Krankenhaus jemand meldete, bat ich, mich mit Station acht zu verbinden.

Eine Frau nahm ab. »Kann ich Ihnen helfen?«

»Könnte ich bitte Tori Edmonds sprechen?«

»Einen Moment, bitte. Ist sie Patientin hier?«

»Ich glaube, ja.«

Ich hörte, wie sie in Unterlagen herumblätterte. Dann kam sie wieder ans Telefon.

»Tut mir leid. Wir haben niemanden hier, der so heißt. Sind Sie sicher, dass Sie mit der richtigen Abteilung verbunden wurden?«

Ich legte auf.

»Müssen wir jetzt die Polizei anrufen?«, fragte sich Rob.

Ich beachtete ihn nicht und fragte mich, was ich als Nächstes tun sollte.

Auf dem Weg hierher war ich zu dem Schluss gekommen, dass ich etwas tun müsse. Denn ich dachte immer wieder an den Anruf, den ich von ihr erhalten hatte, als sie im Krankenhaus war. Es war ganz klar, welchen ich als ersten all meiner Fehler gleich am Anfang gemacht hatte: Ich hatte ihr versprochen, für sie da zu sein, und war nicht da gewesen. Egal, was ich mir jetzt sagte, dieses Gefühl, diese Verpflichtung würde sich nicht einfach so auflösen.

Ich nahm meine Sachen und stand auf.

»Ich brauch mal frische Luft.«

»Was? Du bist doch gerade erst gekommen.«

Ich zog meinen Mantel über.

»Dave ...«
»Ich muss mich vergewissern, Rob. Okay?«
Er sah mich kurz an, als könne er nicht glauben, dass ich uns beide damit belastete, dann ließ er laut seinen Kuli auf den Tisch fallen und entließ mich damit.
Ich schloss die Tür und ging nach unten.
Ich muss mich einfach vergewissern.

17

Freitag, 2. September

Um halb zwei fuhren Currie und Swann – zum zweiten Mal in ebenso vielen Wochen – den Hügel zur Grindlea-Siedlung hinauf.
»Das wird interessant«, sagte Swann.
Currie nickte. Als sie hergekommen waren, um Frank Carroll zu befragen, hatte er darüber nachgedacht, wie gefährlich dieses Viertel war und dass die Anwohner, wenn sie wollten, unten am Hügel eine Sperre aufbauen konnten, um die Polizei draußen zu halten. Dazu kam die Tatsache, dass Charlie Drake und seine Bande hier wohnten.
Die, konnte man den Berichten Glauben schenken, jetzt um ein Mitglied reduziert worden war.
Vor etwa einer Stunde hatte ein Bewohner der Siedlung wegen eines gewissen Vorfalls angerufen. Der Mann hatte in der Nacht etwas gehört, sich aber nichts weiter dabei gedacht. Erst als er heute früh sein Haus verließ, um zur Arbeit zu gehen, sah er, dass die Haustür seines Nachbarn nur angelehnt war. Aus Sorge, wie er behauptete – Currie hegte allerdings seine Zweifel –, war er hineingegangen und hatte den Bewohner tot im Wohnzimmer vorgefunden.
Alex Cardall.
Es hatte eine Zeit gegeben, noch nicht einmal so lange her, als Sam Currie für fünf Minuten allein mit Charlie Drake oder Alex Cardall seine Karriere, vielleicht sogar sein Leben gegeben hätte. Nachdem Neil gestorben und Linda ausge-

zogen und er mit dem verlotterten Haus voll leerer Räume allein geblieben war, kam es schließlich so weit, dass er an nichts anderes mehr denken konnte.

Die Drogendealer, die seinen Sohn mit Stoff versorgt hatten.

Die Leute, die verantwortlich waren.

Eines Nachts fuhr er ins Grindlea Estate und parkte auf halber Höhe des Hügels. Er hatte getrunken, aber nur wenig, und war konzentriert und klar im Kopf. Er bemühte sich, seine Gedanken nüchtern und frei von den Emotionen zu halten, die unter der Oberfläche brodelten. Obwohl er keinen klaren Entschluss gefasst hatte, was er tun wollte, war er einfach einem Impuls gefolgt und hierhergekommen. Seinem Verstand redete er ein, hier geschehe etwas mit ihm, er handle gar nicht selbst. Etwas unterhalb von Charlie Drakes Haus hatte er im Auto gesessen und am Rande des Abgrunds gestanden. Aber nach einer Weile, Minuten oder Stunden, die er eigentlich nicht als Zeit empfand, hatte er schließlich den Motor angelassen und war wieder nach Hause gefahren, denn er konnte das nicht ausführen, was er im Sinn gehabt hatte.

Zuerst kam er sich wie ein Feigling vor und hielt seine Unfähigkeit zu handeln für ein weiteres Beispiel dafür, dass er seinen Sohn im Stich ließ. Aber als er in den darauffolgenden Monaten daran zurückdachte, sah er den Vorfall in einem anderen Licht. Currie verstand Gewalt und die Motive dahinter sehr gut. Menschen verletzten andere aus vielen Gründen, aber der bei weitem häufigste war das Handeln aus Schwäche und dem Gefühl der Unzulänglichkeit. Gewalt hatte oft damit zu tun, dass man der Welt den Stempel seiner Autorität aufdrücken wollte. Man konnte den Schatten im eigenen Inneren keinen Schlag versetzen und schlug deshalb auf einen anderen ein. Jemand, der eine Kneipenschlägerei anfängt, kennt wahrscheinlich die Person gar nicht, auf die er eindrischt, sie ist ihm völlig egal, und jeder zornige Schlag ist auf etwas viel Unbestimmteres gerichtet als den Menschen, den er vor sich hat. Currie begriff das, genauso wie er Monate später, als er Mary Carroll traf, begreifen sollte, dass die Wunden an ihrem Bein etwas Ähnliches waren.

Und er wusste, dass sein Unvermögen, Charlie Drake umzubringen, der vage Gedanke, den zu erwägen er sich nicht erlaubt hatte, auf diese Einsicht hinauslief. Currie wollte nicht so sein. Er lehnte es ab, sich von seinem eigenen Versagen, seiner eigenen Schuld abzuwenden und auf andere einzuschlagen. Er wollte Verantwortung übernehmen, seine Fehler zugeben und aus ihnen lernen. Er wollte nicht anderen die Schuld dafür geben, dass im Lauf der Jahre Dinge aus seinem Haus verschwunden waren.

Aber jetzt wusste er nicht, was er empfinden sollte. Er war froh, dass er sich von diesem Hass gegen sich und andere etwas entfernt hatte, weil er sich mit solchen Gefühlen nicht identifizierte. Aber als sie den Hügel hinauffuhren, war ihm klar, dass er sich an diesem Tatort trotzdem anders fühlen würde als sonst. Er betrachtete diese Sache nicht als eine Tragödie. Im Moment war er ohnehin eher mit praktischeren Problemen beschäftigt, wie zum Beispiel der Beherrschung der Situation.

Sie näherten sich dem ersten Wohnblock. Als der Fall ihnen per Funkgerät gemeldet wurde, waren schon Schaulustige am Tatort. Currie hatte sofort ein Reserveteam angefordert, das in die Siedlung fahren sollte, um die Lage so gut wie möglich im Griff zu behalten, bis sie kamen. Auf den ersten Blick sah es allerdings so aus, als hätten sie ein hartes Stück

Arbeit vor sich. Vier Mannschaftswagen waren da und mehrere Polizisten an den Eingängen zum Wohnblock verteilt. Andere standen bei Gruppen wütender, gestikulierender Bewohner und sprachen ruhig mit ihnen, versuchten sie zu besänftigen und unter Kontrolle zu halten. Die meisten vermuteten wahrscheinlich, dass es um eine Razzia ging.
Sie stiegen aus und vollzogen ihr altes Ritual.
»Kaugummi?«, sagte Swann und bot ihm einen an.
»Danke.«
»Aber das heißt dann, dass du vorn bist.«
»Ach ja?« Der Teil war neu. »Wie soll das gehen?«
Swann zuckte mit den Schultern. »Ich weiß auch nicht, wie mein Fernseher funktioniert, aber er läuft jedenfalls.«
Currie übernahm die Führung, ging schnell durch die Grüppchen von Herumstehenden durch und zeigte einem ziemlich nervösen jungen Beamten am Haupteingang des Wohnblocks seinen Ausweis. Dann duckten sie sich unter dem Absperrband durch und stiegen in den fünften Stock hinauf, wobei ihre Schritte in dem kärglichen Treppenhaus widerhallten. Im Flur standen zwei Polizisten Wache, und als sie zu Cardalls Wohnung kamen, warteten dort zwei weitere an der Tür.
Currie sah zwischen ihnen hin und her. »Helliwell?«
Der eine nickte: »Das bin ich, Sir.«
»Niemand sonst ist drin gewesen? Stimmt das?«
»Ja, Sir. Ich habe alle anderen Räume überprüft, und seitdem stehe ich hier draußen.«
»Gute Arbeit.«
Er wandte sich zu Swann um. *Sind wir so weit?*
Sein Partner nickte.
Da Helliwell gesagt hatte, er hätte die anderen Räume daraufhin überprüft, dass niemand sonst da war, beschränkten

sie sich auf das Wohnzimmer. Später würde die ganze Wohnung auseinandergenommen werden, und in Anbetracht von Cardalls und seiner Gefolgsleute Tätigkeit würde eine ganze Anzahl von Ermittlern sehr großes Interesse an dem Untersuchungsergebnis haben. Auch Currie gehörte zu ihnen, aber für den Moment rief er sich die *Prioritäten* ins Gedächtnis.

»Mein Gott«, sagte Swann.

Sie fanden Cardall auf dem Rücken liegend auf der anderen Seite des Zimmers, Arme und Beine ausgestreckt wie ein Schnee-Engel. Zwei seiner Finger waren offensichtlich gebrochen, aber der größte Schaden war vom Hals aufwärts angerichtet worden. Sein Gesicht war so mit Schlägen traktiert worden, dass es aussah, als wäre es in den billigen Teppich darunter hineingeprügelt worden. Als sie um die Leiche herumgingen, sah Currie in dem Blut das weiße Glänzen eines Auges.

»Ich bin ziemlich sicher, dass er es ist«, sagte Currie.

Sein Partner nickte düster. »Da hat jemand wohl nicht sehr viel von ihm gehalten.«

»Bitte links in die Warteschlange einreihen.«

»Sam, so wenig hast nicht mal du ihn gemocht.«

»Nein«, sagte Currie. »Nicht mal ich.«

Er wandte seine Aufmerksamkeit von der Leiche ab und dem Zimmer selbst zu. Es war fast völlig leer. Alte abgewetzte Möbel, ein Teppich, der nicht bis zu den Wänden reichte. Schief vor der Wand stand eine Kommode mit offenen Schubladen, die Kleider waren auf dem Boden verstreut. Ein winziger Fernseher und ein tragbarer CD-Player waren beide auf dem Boden zerschmettert.

»Sieht aus, als hätte jemand die Bude gefilzt«, sagte er.

Der Geruch von Marihuana hing neben dem von Blut in

der Luft, und Curries Gedanken wandten sich Cardalls Betätigung zu. Sie war eine möglich Erklärung für das, was hier passiert war, aber das schien nicht genug.

Swanns Handy klingelte. Er nahm es heraus und hielt es ans Ohr.

»Ja?« Er horchte ein paar Sekunden. »Unten? Lasst sie nicht in die Nähe ... Ich weiß nicht. Wir kommen runter, sobald es geht. Macht eure Arbeit, verdammt noch mal.«

Er klappte sein Handy zu.

»Drake?«, riet Currie.

»Draußen. Mit fast dem ganzen Trupp.«

»Scheiße.« Es war ja nur eine Frage der Zeit gewesen. »Wir müssen sowieso mit ihm reden.«

»Wir sollten uns verkrümeln«, sagte Swann. »Lassen wir die Spurensicherung herkommen, außerdem die Sache eventuell an jemand anderen abgeben. Wir haben keine Zeit dafür. Es riecht förmlich nach Krieg. Was meinst du?«

Currie nickte. Trotzdem konnte er nicht widerstehen und warf einen Blick zurück, als sie das Zimmer verließen. Er wollte sich klar werden über seine Reaktion auf das, was hier geschehen war.

Niemand verdient so etwas.

Currie versuchte es mit diesem Gedanken. Er passte nicht ganz, war aber nah genug dran, und das war immerhin etwas, fast eine Erleichterung. Lange hatte er Sorge gehabt, dass er nie wieder solchen Gedanken zustimmen würde.

Draußen vor dem Wohnblock drohte es gefährlich zu werden.

Er sah gleich, welche Männer zu Choc gehörten. Zwar nur fünf oder sechs, aber es waren große Kerle, die sehr handfest aussahen und sich verteilten, um ihre Anwesenheit zu unterstreichen: Zwei auf einen Polizisten, breiteten sie die Arme aus und gestikulierten. Eine Meute, die nach Schwachstellen in der Kette suchte. Sie wollten hinein. Ihr Freund lag tot dort drin, und dies hier war ihr Territorium. Sie waren nicht an die Einmischung der Polizei gewöhnt und hatten weder Respekt davor, noch konnten sie etwas damit anfangen.

Angst hatten sie auch keine. Nur ein Quentchen Vernunft hielt sie davon ab, direkt hineinzustürzen. Die Aufdringlichkeit der Polizei schien sie genauso zu empören wie alles andere. Wofür hielten sich die Scheißbullen eigentlich?

Wir sind hier eine Minute vom absoluten Chaos entfernt.

»Wir müssen das unter Kontrolle kriegen«, sagte Swann.

Currie nickte.

»Sag Bescheid. Ich werde mit Drake reden. Mal sehen, ob ich 'n bisschen Ruhe hier reinkriegen kann.«

»Du wirst aber nett zu ihm sein, hoffe ich?«

»Ja«, sagte Currie. »Vielleicht.«

Er ging über den Parkplatz. Charlie Drake selbst sprach mit niemandem und sorgte nicht für Aufruhr. Er stand an seinen Wagen gelehnt, die Füße überkreuzt, und kaute an einem Fingernagel. Beinahe entspannt, aber nicht ganz, dafür starrte er zu unverwandt auf den Wohnblock, als konzentriere er sich darauf, ihn mit seinen Gedanken zum Einstürzen zu bringen.

Currie war ihm einige Male begegnet, und seine Reaktion, wenn er ihn sah, war immer die gleiche. Wenn man nicht wusste, wie Drake seinen Unterhalt verdiente, hätte man es nie erraten. Er trug eine alte Anzughose, darüber ein teures weißes Hemd, das etwas angeschmutzt war. Wenn man die Augen ein bisschen zukniff, sah er wie ein Oberprimaner aus, der die Schule schwänzte. Wie die spärliche Einrichtung von Cardalls Wohnung passte auch er überhaupt nicht zum Klischee des Dealers mit Anzug, Stiefeln und dem glitzernden Charisma, das die Leute wohl mit den ranghöchsten Drogenbaronen verbanden.

Currie blieb vor ihm stehen und nickte.

»Charlie.«

Drake sah ihn an. Nur in seinen Augen konnte man das wahrnehmen, was ihm im Leben Erfolg gebracht hatte, wenn man es so nennen konnte. Genau dort sah man, dass er zu den Menschen gehörte, die jemanden töten konnten, ohne dass es sie hinterher großartig belastete. Wenn man das kapiert hatte, ging es nur noch um Beschaffung und Lieferung.

Currie starrte zurück.

»Ich erinnere mich an Sie«, sagte Drake.

»Ja, Sie haben meinen Sohn gekannt.«

»Neil.«

»Stimmt. Guter Kunde von Ihnen.«

Drake sah ihn noch ein paar Sekunden an und betrachtete dann wieder den Wohnblock.

»Mein Junge ist da drin, oder?«

»Ja.« Er war selbst überrascht, dass er sagte: »Tut mir leid.«

Drake schnalzte mit der Zunge. »Ihr springt doch wegen der Sache vor Freude an die Decke, verdammt noch mal.«

Currie schwieg.

»Besonders Sie.«

»Nein, da irren Sie sich. Die Sache wird wahrscheinlich an andere übertragen werden. Wenn nicht, werde ich alles tun, was ich kann, um den zu finden, der Alex umgebracht hat. Niemand verdient das, was mit ihm passiert ist.«

»Bemühen Sie sich nicht. Es ist nicht Ihre Sorge.«

»Es ist Sache der Polizei, Charlie. Ob Ihnen das passt oder nicht. *Wir* werden uns darum kümmern.«

Drake lächelte böse. *Sicher. Wir werden ja sehen.*

»Fällt Ihnen jemand ein, der Alex hätte verletzen wollen?«

»Vielleicht.«

Aber das kam Currie eher wie Angeberei vor. Hinter Drakes gespielter Ruhe spürte er die gleichen menschlichen Gefühle, die jeder haben würde. Kummer und Zorn. Auch Verwirrung. Als wäre er schon eine Liste von Feinden durchgegangen und sei für diesen Vorfall nicht fündig geworden. Der Mann war verletzt und tat, was ein Raubtier unter solchen Umständen immer tut, er verbarg es.

»Waren Sie gestern Abend mit Alex zusammen?«

»Ja. Er hat mich gegen elf zu Hause abgesetzt.«

»Wo waren Sie davor?«

Drake gab keine Antwort.

Currie löste sich vom Wagen und stellte sich vor Drake hin. Er behielt die Hände in den Taschen, blockierte bewusst die Sicht auf die Wohnungen und sorgte damit zugleich dafür, dass Drake für alle anderen nicht sichtbar war.

»Sie werden reden«, sagte er leise.

»Echt?«

»Es kommt darauf an, wie Sie es haben wollen.« Er wies mit einer Kopfbewegung auf den Wohnblock. »Wir werden jeden Bekannten, jede einzelne Wohnung, jede Schublade und jeden Schrank überprüfen.«

Drake sah ihn wütend an. Currie schüttelte den Kopf.

»Und glauben Sie ja nicht, dass Sie mich einschüchtern, Charlie, das tun Sie nämlich nicht. Wenn Ihre Jungs da weiter Ärger machen, lassen wir euch alle auf die Wache kommen. Niemand kann Sie jetzt sehen oder hören, deshalb frage ich Sie noch einmal. Wo waren Sie gestern Abend?«

Wenn Blicke töten könnten.
Aber Drake war schlau. Einen anderen Polizisten hätte er vielleicht mit einem Lachen abgefertigt. Er erinnerte sich jedoch an Neil und wusste, dass Currie ihn hasste. Obwohl er nicht wissen konnte, wie weit Currie fast gegangen wäre, war ihm doch klar, dass er seine Drohung ohne Rücksicht auf Folgen wahrmachen würde.
Er wandte den Blick zur Seite. »Wir waren im Wheatfield.«
Currie hätte fast gelacht. Überall in der Abteilung war »das Wheatfield« für Polizisten, die je mit Drake und seiner Truppe zu tun gehabt hatten, ein Synonym für jedes zweifelhafte Alibi. Es war eine kleine Enklave in der Stadt, wo die üblichen Regeln der Moral nicht zu gelten schienen, ein wenig wie der Beichtstuhl in einer Kirche. Man ging sündenbeladen rein, und wenn man herauskam, waren die Sünden auf wundersame Weise von einem genommen. »Er war im Wheatfield« hieß in etwa, dass jemand für einen Augenblick in einen Raum außerhalb der Gesellschaft getreten war, an einen Ort, wo nichts, was man tat, Folgen hatte. Wo man sich eine Auszeit nehmen konnte von jedem Gedanken an Schuld oder Verantwortung. Currie verachtete die Kneipe.
»Den ganzen Abend?«, sagte er. »Lügen Sie mich nicht an, Charlie. Ich glaube nicht, dass Sie Zeit hatten, das mit dem Wirt abzusprechen, und ich werde jede Kamera in der Stadt überprüfen lassen …«
»Wir sind gegen zehn weggegangen.«
»Da fehlt eine Stunde.«
»Wir halten uns gern an die Geschwindigkeitsbegrenzung, Sir.«
»Komm mir nicht so! Wo seid ihr hingegangen?«

Drake überlegte. »Wir haben einen Bekannten besucht.«
»Wen?«
»'n Typ, der sich Dave Lewis nennt.«
Currie gelang es, den Schock zu unterdrücken, den er kurz empfand. Es war eine riesige Anstrengung. Wieso in aller Welt kannten sich diese beiden?
»Ach ja? Habt ihr was zu klären?«
»Nur Informationen ausgetauscht. Über gemeinsame Freunde geredet. Sie wissen ja, wie das ist.«
»Gemeinsame Freunde.« Currie dachte darüber nach und stellte eine Vermutung an. »Tori Edmonds?«
»Ja, Tori.«
»Ich erinnere mich an sie. Wie geht's ihr?«
»Gut. Dave war beunruhigt wegen ihr. Sagte, er hätte schon 'ne Weile nichts von ihr gehört. Sorgt sich wegen nix.«
Currie nahm wahr, dass der Lärm hinter seinem Rücken weiterging, laute Stimmen, Füße, die frustriert auf der Teerdecke scharrten, aber er verdrängte das alles und dachte nach.
Dave Lewis. Tori Edmonds. Julie Sadler.
Er hätte schon 'ne Weile nichts von ihr gehört.
»Und Sie?«, fragte er. »Haben Sie von ihr gehört?«
»Ja. Ich hab ihr gestern Abend 'ne SMS geschickt. Hab 'ne Antwort bekommen.«
»Zeigen Sie sie mir.«
Drake runzelte die Stirn. »Wieso?«
»Zeigen Sie mir Ihr verdammtes Handy.«
»Alles klar, schon gut.« Er murmelte vor sich hin und fuhr in die ausgebeulten Taschen seines Jacketts. Als er das Handy herauszog, bemerkte Currie, dass es ein teures war, sein einziges Zugeständnis an den Lifestyle. Drake klickte ein paarmal und hielt es ihm dann hin.

»Hier. Aber sehen Sie sich nichts anderes an.«
»Als ob ich den Dreck da durchwühlen würde.«
Currie schaute auf das Display und las den eng zusammengedrängten Text.

> *Hi. Tut mir leid, dass ich mich nicht gemeldet habe. Alles in Ordnung, hab nur zu tun. Hoffe, bei dir auch alles ok. Vielleicht holen wir's bald mal nach. Tori*

Genau die gleichen Formulierungen wie die SMS-Nachrichten, die von Julie Sadlers Handy aus geschickt wurden. Und von denen der anderen Opfer. *Mein Gott.* Alles hatte sich gerade um dreihundertsechzig Grad gedreht, und es fühlte sich an, als seien die Stücke in seinem Kopf entsprechend durcheinandergewirbelt worden.
Er wandte sich wieder an Drake.
»Tut mir leid, Charlie«, sagte er. »Ich glaube, wir werden uns Ihren Dreck doch etwas genauer anschauen müssen.«

18

Freitag, 2. September

Tori lebte im nördlichen Teil der Stadt, und ich musste aus der Stadtmitte hinaus, um den frühen Nachmittagsverkehr zu umgehen. Es war nach zwei, als ich endlich in ihrer Straße anhielt. Das Erste, was ich tat, nachdem ich geparkt hatte, war, noch mal auf dem Handy nachzusehen. Keine Nachrichten. Keine Anrufe in Abwesenheit.
Ich legte das Telefon auf den Beifahrersitz, verschränkte die Arme und stützte mich auf dem Lenkrad ab.
Toris Wohnung war nur ein kurzes Stück weiter vorn. Das Haus war hoch und direkt mit der Rückseite an ein anderes gebaut, in einer ziemlich preiswerten Gegend der Stadt. Die Gebäude hier hatten alle den Bauch ein-, die Schultern hochgezogen und den Gürtel eng geschnallt. Aber sie hatten Charakter. Alle waren verschieden gestrichen, in Weiß- und Grautönen, kein einziges sah genau wie das Nachbarhaus aus. Die Silhouette der Dächer war wie eine Reihe schiefer Zähne. Ihr Haus hatte Fenster, die aussahen, als hätte man sie von den Seiten her zusammengedrückt, um sie einzupassen. Im Moment waren alle Vorhänge – wie ich mich erinnerte, im Schlafzimmer hippie-lila mit gelben Sternen und Monden – zugezogen.
Ein ganzes Netz von Rohren führte von der Regenrinne zu einem Gitterrost neben den Stufen vor der Haustür. An dem Morgen nach unserer Trennung hatte ich oben auf diesen Stufen gestanden, eine Zigarette geraucht, dem Bullern

des Heißwasserspeichers in der Küche hinter mir zugehört und Toris Duschlotion gerochen, die schäumend aus dem Abflussrohr unten in den Gully sprudelte. Er war von Blättern verstopft, und das Wasser staute sich und lief dann in Rinnsalen über den Weg.
Wenn du mich jemals brauchst, werde ich für dich da sein. Egal, worum es geht.
Ein leichthin gegebenes Versprechen. Aber wenn sich die Landschaft einer Beziehung verändert, muss man neue Wege finden. Rob hatte recht gehabt, als er von Belästigung sprach.
Ich war nicht mehr ihr Freund in dem Sinn und hatte eigentlich kein Recht mehr, hier zu sein. Den ganzen Tag hatte ich sie mit SMS-Nachrichten und Anrufen bombardiert, im Büro angerufen, sogar im Krankenhaus, und war jetzt bei ihrer Wohnung aufgekreuzt. Alles aufgrund von … nichts. Was würde sie denken, wenn sie an die Tür kam?
Na ja, das kannst du ja jetzt herausfinden.
Ich schloss den Wagen ab, ging die Straße hoch und klopfte an die Tür.
Keine Antwort. Kein Anzeichen, dass sich drinnen etwas rührte.
Ich wartete eine Minute und klopfte wieder.
Nichts.
Es war eine Enttäuschung. Die Frustration steigerte sich, und ich langte zum Türgriff. Während ich mich noch fragte, was ich verdammt noch mal da eigentlich tat, drehte sich der Griff, und die Tür öffnete sich zur Küche hin und knarrte zweimal, bis sie an die Wand stieß.
»Tori, ich bin's, Dave.«
Ich trat in die Küche und rief noch einmal. Wenn sie hier war, und sie musste hier sein, wollte ich nicht, dass meine

Absichten unklar waren. Ich wollte jedenfalls nicht reinplatzen, wenn sie mit einem anderen im Bett war.
»Hallo?«
Ich hab mir Sorgen gemacht. Keine Antwort, und die Tür nicht abgeschlossen.
Ich horchte genau und hörte nichts als die tiefe, lautlose Stille eines leeren Hauses.
Ich schloss die Haustür, und ein kleiner Stapel Post kam auf dem Küchenboden dahinter zum Vorschein, wie man ihn nach einem Wochenende außer Haus vorfindet. Ich kniete nieder, sammelte die Umschläge auf und ging sie durch. Ein mit der Hand beschrifteter Umschlag, eine Gasrechnung und etwas, das wie ein Kontoauszug aussah. Nicht viel, in anderen Worten, aber es passte nicht zu Tori, die Sachen herumliegen zu lassen.
Ich rümpfte die Nase. Es war auch stickig hier drin. Auf der Seite stand ein Teller mit Krümeln und ein paar trockenen Überresten von etwas, das nach Tomatensauce und nicht frisch aussah.
Vielleicht ist sie verreist, dachte ich.
Ohne die Tür abzuschließen?
Ich ging in das stockdunkle Wohnzimmer, fand den Lichtschalter, und der Raum war von warmem, gelbem Leben erfüllt. Der Anblick weckte eine Flut von Erinnerungen. Als wir noch zusammen waren, saßen wir viel hier herum. Es gab kleine Unterschiede, aber das meiste war noch so, wie ich es in Erinnerung hatte. Die leuchtend gelben Wände, die orangefarbenen Überwürfe auf den Sofas, Nippes auf den Regalen. Und überall waren Bücher. Sie hatte sie immer in der Nähe wie Freunde, als ob sie jeden Moment eines brauchen könne und zumindest ein paar in Reichweite haben müsse.

»Tori?«
Ich ging weiter. Die hintere Tür war zumindest abgeschlossen, und der Schlüssel steckte innen. Am Fuß der Treppe zögerte ich und schaute zum dunklen Treppenabsatz hoch. Ich konnte mir vorstellen, was Rob sagen würde, wenn er mich jetzt sähe. Ich handelte in guter Absicht, letztendlich war es aber doch Stalking. Doch dann dachte ich an Julie, wie sie gefesselt in ihrer Wohnung gelegen hatte. Und niemand gekommen war.
Die Tür stand weit offen, und ich bekam keine Antwort.
Oben auf dem Treppenabsatz blieb ich stehen und horchte, aber alles war still. Die Schlafzimmertür war zu. Ich klopfte leise, aber keine Antwort kam. Selbst wenn sie geschlafen hätte, wäre sie doch inzwischen wach geworden. Ich streckte die Hand aus, schubste die Tür auf und erwartete, das Zimmer leer zu finden.
Und das tat ich auch.
Sofort fühlte ich mich, als laufe mir kaltes Wasser vom Kopf bis zu den Füßen herunter und spüle eine ganze Schicht Spannung weg. Ich lehnte mich an den Türrahmen und holte tief Luft. Einesteils hatte ich doch geglaubt, dass etwas passiert sei. Etwas wie bei Julie.
Idiot.
Ihr Bett war nicht gemacht, die dicke weiße Steppdecke wie eine Zuckerstange zusammengedreht, und auf dem verkrumpelten Kissen war ein alter Abdruck von ihrem Kopf. Das andere Kissen war unberührt, bemerkte ich. Als sie das letzte Mal hier geschlafen hatte, war sie allein gewesen …
Und dann merkte ich, was ich da eigentlich tat, und fand es nicht in Ordnung.
Über dem Bett hing ein Regalbrett mit Büchern. Abendlektüre. Ich erinnerte mich, dass ich eines Nachts, als sie im

Bad war, da lag, ein Buch heruntergenommen hatte und darin blätterte. Es stellte sich als Geschenk eines Ex-Freundes heraus. Er hatte eine Notiz auf die Titelseite geschrieben. Ich stellte es schnell wieder zurück. Denn ich begriff, dass ich einen unerlaubten Blick auf ihre Intimsphäre geworfen hatte, auf eine Zeit in ihrem Leben, in die ich nicht gehörte. Und genau das tat ich auch jetzt.
Ich wollte mich gerade umdrehen und nach unten gehen, als ich es bemerkte.
Ein weißes Kuvert.
Es steckte halb unter dem Kissen. Handschriftlich stand etwas in kleinen ordentlichen schwarzen Buchstaben darauf.

Dave Lewis.

Ich ging langsam zum Bett hinüber, nahm das Kuvert auf, indem ich es sachte zwischen Finger und Daumen an der Ecke packte. Als ich es aufriss, machte das Papier einen kratzenden Laut.
Ein Brief steckte darin. Ich faltete ihn auseinander und hielt ihn mit beiden Händen so fest wie möglich. Die gleiche ordentliche schwarze Handschrift füllte die halbe Seite des einzelnen Blattes. Als ich zu lesen begann, übersprangen meine Augen die Wörter und Zeilen, und ich musste mich setzen und sehr konzentrieren, um aus dem schlau zu werden, was da stand.

Für Dave Lewis
Du meinst, du machst dir etwas aus ihr. Die Menschen tun so, aber nur, wenn es ihnen passt. Du hast Angst, bist egoistisch und, was immer du denken magst, machst

dich wichtig. Das wird sich zeigen, und alle werden es sehen.
Du kannst wie ein Feigling handeln, diesen Brief zur Polizei bringen und alles erklären. Wenn du das tust, ist es vorbei, und du wirst nie wieder von mir hören. Sie wird sterben, und du kannst dein Leben weiterführen, als sei dies nie geschehen, das heißt, genauso wie jetzt. Wenn du sie retten willst, musst du beweisen, dass du dessen so würdig bist, wie du in deinem dummen Kopf zu sein glaubst. Du musst dir das Vorrecht verdienen, sie zu retten. Wir werden sehen. Nimm keinerlei Kontakt mit der Polizei auf und sag ihnen nichts. Dies ist nur der Anfang dessen, was wir gemeinsam tun werden. Sie wird von deinen Erfolgen und von deinem Versagen erfahren, und wenn du sie sterben lässt, wird sie wissen, wie viel Sprüche du geklopft und wie viel Lügen du erzählt hast.
Du wirst von mir hören, und ich werde dich beobachten. Ich lass dir ein Geschenk hier, damit du weißt, dass ich es ernst meine.

Alles im Raum wich leicht zurück.
Ich hatte das Gefühl, von meinem Körper abgetrennt zu sein, als beobachtete ich von innen heraus jemand anderen oder hörte etwas und sei selbst unter Wasser. Das Licht, das durch die Vorhänge drang, beleuchtete still in der Luft schwebende Staubpartikel, und ein paar Augenblicke hätte ich geradeso gut einer von ihnen sein können. Ich hatte wortwörtlich keine Ahnung, was ich mit mir selbst anfangen sollte. Es war, als hätte sich mein Verstand irgendwo im Kopf verflüchtigt.
Ich sah im Kuvert nach und fand das »Geschenk«, das er

mir dagelassen hatte. Es war Toris Halskette. Die dünne, um das kleine Kruzifix geschlungene Silberkette. Die Kette ihrer Schwester.

Sie nahm sie nur ab, wenn sie duschte, oder manchmal, wenn sie im Bett lag. Es war ihr teuerster Besitz, das Erste, was sie jeden Morgen an-, das Letzte, was sie abends ablegte. *Damit du weißt, dass ich es ernst meine.* Ich hielt das Kreuz und ließ die Kette über meiner Hand hinunterhängen ...

Drei laute Schläge von unten, da war ich wieder in meinem Körper, und mein Herz pochte heftig.

Die Haustür.

Ich steckte den Brief und die Kette in das Kuvert zurück und ging dann, so langsam und leise ich konnte, hinunter. Vom Wohnzimmer aus sah ich hinter dem blauen Vorhang gewellte Umrisse, die aussahen, als stünden zwei Personen an der Haustür.

Die Umrisse veränderten leicht ihre Position. *Es klopfte.*

»Niemand zu Hause.«

Ich hörte sie durchs Fenster, brauchte aber einen Moment, bis ich die Stimme erkannte. Der Kriminalbeamte, der mich verhört hatte. Currie.

»Anscheinend nicht.«

»Bei der Arbeit sagte man, sie sei krank.«

Eine Gestalt trat näher ans Fenster heran. Ich konnte erkennen, wie jemand die Hände über die Augen legte, um durch die Vorhänge spähen zu können.

»Das Licht ist an.«

Es klapperte am Briefkastenschlitz. »Ms. Edmonds?«

Mein Gott. Sie brauchten nur am Türgriff zu drehen. Ich entfernte mich rückwärts durchs Wohnzimmer. Was machten die bloß hier?

War es wegen Julie?
»Ms. Edmonds?«
Aus welchem Grund auch immer sie gekommen waren, ich konnte nicht da bleiben, wo ich war. Der Brief hatte eines klargemacht. Wenn ich mit der Polizei sprach, würde Tori sterben. Ich konnte nicht zulassen, dass diese Entscheidung für mich getroffen wurde, bevor ich die Gelegenheit hatte, sie richtig zu überdenken.
Ich ging zur Treppe zurück und schloss die Tür zum Wohnzimmer leise hinter mir. Dann hörte ich, wie die Haustür geöffnet wurde. *Mist.* Aber die hintere Tür ging direkt auf die Gasse an der Rückseite des Hauses. Ich drehte, so leise ich konnte, den Schlüssel um und zog die Tür auf.
Sie klemmte leicht im Rahmen und öffnete sich mit einem lauten Quietschen.
»Ms. Edmonds?«
Sie waren in der Küche und gingen jetzt weiter.
Ich trat ins Freie und sah mich nach rechts und links um. Die Gasse war nach rechts hin kürzer, also rannte ich, so schnell ich konnte, da entlang. Das einzig Wichtige war, dass ich das Ende erreichte. Ich kam an vier Häusern vorbei, fünf, sechs, dann um die Ecke, und drehte mich im Laufen um. Noch niemand auf der Straße. Sie hatten mich nicht gesehen.
Aber überall waren meine Fingerabdrücke.
Ich rannte das kurze Stück bis zur Ecke, wo ich auf Toris Straße stieß, bog dann wieder rechts ab und ging jetzt vorsichtig und langsam weiter. Vor ihrem Haus parkte ein neuer Wagen. Meiner stand etwas näher. Ich ging weiter und blieb dicht an den Hecken – aus keinem vernünftigen Grund, nur weil es mir das Gefühl gab, sicherer zu sein. Ich hätte das Auto einfach stehen lassen können, aber mein

Handy war drin. Ich hatte es auf dem verdammten Beifahrersitz liegen lassen.

Du wirst von mir hören.

Ich erreichte den Wagen und brauchte einen Moment, um die Schlüssel herauszuziehen, dann ließ ich mich hineinfallen. *Fahr los.* Ich ließ den Motor an und sah nicht einmal zur Seite, als ich an Toris Haus vorbeifuhr.

Als ich die Straße hinter mir gelassen hatte, bog ich mehrmals ab, weil es gar nicht anders ging, und fühlte mich erst sicher, als ich auf die Umgehungsstraße kam, die weiter nach Norden führt.

Da erst schaute ich auf mein Handy.

(Ein Anruf in Abwesenheit) stand da. *(Eine neue Nachricht)*

19

Freitag, 2. September

Das Carpe Diem war im wahrsten Sinn des Wortes ein Untergrund-Pub. Von der Straße aus ging man ein paar harmlose Stufen hinunter in eine verräucherte Kneipe, deren Grad an Versifftheit als gerade noch akzeptabel gelten konnte, und befand sich dann unter jungen Punks und alten Rockern. Die Holzverkleidung war verblasst wie altes Bauholz, und das rote Leder der Bänke in meiner Sitznische war hart und rissig. Gelber Schaumgummi quoll aus einem Loch, das wie eine Wunde von einem Luftgewehr aussah. Der Theke gegenüber warteten eine kleine Bühne, Verstärker und Gitarrenkoffer auf später.
Rob und ich kamen manchmal hierher. Ich saß ihm jetzt gegenüber, trank ein Bier und versuchte immer noch, irgendwie meine Gedanken zu ordnen.
Der unbeantwortete Anruf und die Voicemail, die da waren, als ich zum Auto zurückkam, waren von Rob. Zunächst und vor allem wollte er wissen, wo zum Geier ich abgeblieben war. Und, was von meinem Gesichtspunkt aus gesehen wichtiger war, er wollte mir sagen, dass eine E-Mail von Tori angekommen war. Wir hatten verabredet, uns hier auf einen Drink zu treffen.
Ich hatte die E-Mail, die er ausgedruckt und mitgebracht hatte, schon gelesen. »Tori« hatte sie an unsere Büroadresse geschickt.
Es war merkwürdig, hier zu sitzen und so zu tun, als sei

alles ganz in Ordnung, wo ich doch wusste, dass es nicht so war. Ich musste so tun, als fühle ich mich ganz normal, während mir das Adrenalin durch die Adern raste und in meinem Kopf Chaos herrschte. Meine Hände zitterten leicht, und meine Kehle war zugeschnürt.
»Ich hätte sie normalerweise nicht geöffnet«, sagte Rob und nippte lässig an seinem Bier. »Nur wusste ich ja, dass du dich sorgst.«
»Ist schon in Ordnung.«
Ich las sie noch mal.

Dave,
tut mir leid, dass ich dir keine richtige Antwort geschickt habe. Ich hatte einfach zu tun, du weißt ja, wie das ist. Mach dir keine Sorgen um mich. Mir geht es im Moment gut. Ich bin nicht bei der Arbeit wegen einer Infektion, sondern bei meinen Eltern, weil ich sie am Wochenende besucht habe und dann dort krank geworden bin. Fühl mich ehrlich gesagt nicht toll, werd mich aber irgendwie durchschlagen.
Ich bleibe wahrscheinlich ein paar Tage hier und komme danach hoffentlich zurück. Kommt darauf an, wie die Dinge laufen, vermute ich ... Wär vielleicht gut, sich mal zu unterhalten? Ich glaube, du hast gesagt, dein Handy sei außer Betrieb, ich werd dich also später bei deinen Eltern anrufen, okay? Ich weiß, dass du dort rüberfahren willst statt nach Haus.
Reg dich nicht auf, und ich hoffe, dir geht's gut.
Tori
(PS: Tut mir leid, dass ich dein E-Mail-Postfach zuspamme. Du kannst die hier ja löschen.)

»Also«, sagte Rob. »Bist du jetzt zufrieden?«
»Ja.«
Ich lächelte und tat mein Bestes, damit es überzeugend aussah. Nein, ich war überhaupt nicht zufrieden. Immer wieder huschten meine Gedanken zu dem Geist bei der Séance, der sich als jemand anderen ausgegeben hatte. Ich wusste mit Sicherheit, dass die Mail nicht von Tori war. Die SMS kam vielleicht von ihrem Handy, die E-Mail von ihrem E-Mail-Account. Aber ein anderer hatte sie geschickt.
Der Mann, der Julie umgebracht hatte.
Ich versuchte, die Bilder, die sich eingestellt hatten, mit einem Schluck Bier wegzuspülen. Es funktionierte nicht.
»Was ist denn mit deinem Handy?«, sagte Rob.
Außer Betrieb, sah ich auf der Seite vor mir. Das stimmte nicht, aber ich begriff, was der Mann mir damit sagen wollte. Die Polizei war zu Toris Haus gekommen, und ich konnte nur annehmen, dass das meinetwegen geschehen war. Tori war nicht da, und meine Fingerabdrücke waren überall. Sie würden bald nach mir suchen, wenn sie es nicht jetzt schon taten. Ich stellte mir vor, dass es für die Polizei möglich war, ein Mobiltelefon zu orten, wenn es eingeschaltet war, und der Mann warnte mich, ich solle dafür sorgen, dass das nicht passierte.
Ich sagte: »Der Akku ist leer.«
»Na, da wird sie aber erleichtert sein.« Rob sah ohne Interesse zur Bühne hinüber. »Ich wusste nicht, dass du zum Haus deiner Eltern fährst. Brauchst du Hilfe?«
Ich schüttelte den Kopf. »Muss nur ein paar Unterlagen sortieren, die ich übersehen habe.«
»Schön.«
»Keine große Sache.«
Unsicher wandte er sich mir noch einmal zu. Rob hatte

schon immer Geschick darin, den Menschen anzusehen, was in ihnen vorging; andererseits wäre es für jeden offensichtlich gewesen, dass etwas nicht stimmte. Ich sprach in abgehackten Sätzen und konnte ihm nicht in die Augen schauen.

Auf der anderen Seite des Pubs hörte ich, wie Billardkugeln aneinanderknallten, und dann Beifallsrufe. Dankbar für die Ablenkung sah ich hinüber. Ein Skinhead, auf dessen Schädel das Licht glänzte, stand über den Tisch gebeugt. Er setzte langsam einen Stoß und versenkte eine weitere Kugel. Die Gruppe beachtete uns kaum, und mein Blick wandte sich den anderen Gästen zu. Das Paar in der übernächsten Nische. Ein alter Mann stand still an einem hohen Tisch und sah mit nach hinten geneigtem Kopf Sky Sports. Am Spielautomaten sammelte ein Student seinen Gewinn ein, war dazu leicht in die Knie gegangen und hielt sein Glas Bier auf Hüfthöhe.

Alle weit genug weg, dass wir ungestört reden konnten, aber ...

Ich werde dich beobachten.

... man wurde leicht paranoid.

Ich hatte sogar auf der anderen Straßenseite gewartet, bis ich Rob mit seinem vertrauten unbefangenen, federnden Schritt heranschlendern sah. Aber nur weil jemand etwas in einem anonymen Brief schrieb, hieß das noch nicht, dass es zutraf. Man könnte an der Tür irgendeines beliebigen Fremden eine Notiz einwerfen mit dem Text »Ich werde dich beobachten«, und er würde sich dauernd umschauen, ob er nun verfolgt wird oder nicht. Es ist nur allzu leicht, die Menschen zu manipulieren, wenn sie nicht sehen können, was man tut. Und wenn ich diese Sache heil hinter mich bringen wollte, durfte ich das nicht vergessen. Ich hatte zugegebenermaßen nur einige wenige Fertigkeiten, aber da war ich Spezialist.

»Alles in Ordnung?«, sagte Rob. »Du benimmst dich wirklich komisch.«

»Mir geht's gut.«

»Ach, das stimmt doch nicht. Woran denkst du?«

»Ich hab mich wie ein Idiot benommen. Das ist alles.«

»Ja, aber das kommt ja öfter vor. Es erklärt nicht, wieso du dich seltsamer als sonst benimmst.«

»Vielleicht ärgere ich mich über mich selbst.«

Er lehnte sich zurück. Die Antwort schien ihn zufriedenzustellen. Ich hatte ein schlechtes Gewissen wegen der Lüge, aber sie war nötig. Und bei dem Gedanken an Lüge fiel mir Sarah ein.

Unsere Verabredung zum Essen. *Scheiße.*

Ganz sicher würde ich nicht in der Lage sein, ins Olive Tree zu gehen. Und noch schlimmer war, ich konnte es nicht einmal riskieren, mein Handy anzuschalten, um ihr Bescheid zu geben, und schon gar nicht, zu erklären, warum. Sie würde also um halb acht allein im Restaurant sitzen und sich fragen, wo ich sei. Vielleicht war das komisch, angesichts der anderen Dinge, die passiert waren, aber diese Vorstellung erfüllte mich mit Panik.

Vergiss es für den Moment. Konzentriere dich.

Aber es erinnerte mich daran, dass die Polizei mich vielleicht über mein Handy orten könnte. Ich musste sofort gehen.

Ich hatte jedoch über etwas nachgedacht, und wenn ich es tun wollte, war jetzt die rechte Zeit dafür.

»Rob«, sagte ich. »Erinnerst du dich, wie wir uns kennengelernt haben?«

Er runzelte die Stirn, das Bierglas am Mund. »Ja.«

»Erinnerst du dich, wo wir waren? Sag mir's nicht. Sag mir nur, ob du dich erinnerst.«
Er stellte langsam das Glas ab.
»Wovon redest du?«
»Hör mir einfach zu. Erinnerst du dich daran?«
Ich war sicher, dass er sich erinnerte: Es war in der Bar des Studentenwerks gewesen. Er führte seine Gedankenleser-Nummer vor, und als er an meinem Tisch stehen blieb, unterhielten wir uns.
»Ja, ich erinnere mich. Aber was hat das ...«
»Nichts, aber ich will, dass du mir einen Gefallen tust. Was immer geschieht, will ich, dass du dich daran erinnerst. Okay?«
Er starrte mich an.
»Dave – was zum Teufel ist los?«
»Tu das einfach für mich.«
Ich faltete die E-Mail, steckte sie in die Tasche und stand dann auf.
»Du gehst wieder?«
»Ja, sagte ich. »Sachen treffen, Leute erledigen.«
»Aber ...«
»Bis morgen.« Ich grüßte mit erhobener Hand, drehte mich nicht um, als ich wegging, und dachte: *Um Gottes willen, komm mir nicht nach.* »Mach's gut, Rob.«

Ich ließ den Wagen in der Tiefgarage unter dem Einkaufszentrum und ging durch die Straßen der Stadtmitte. Es war nach sechs, der Himmel schon dunkelblau, und die ersten Pünktchen nächtlicher Sterne erschienen. Die beleuchteten Schaufenster hoben sich in der Dämmerung ab, und die Straßen waren voller Menschen.
Als ich oben an der gepflasterten Gasse ankam, in der unser

Büro lag, blieb ich stehen und schaute die Straße hinunter, an der Blue Bar und dem Feinkostladen vorbei. Ein paar Grüppchen näherten sich aus beiden Richtungen, aber ich sah keine Polizei auf mich warten. Und Rob war erst vor einer halben Stunde weggegangen. Ich war ziemlich sicher, dass er es erwähnt hätte, wäre die Polizei schon da gewesen.
Aber bald würden sie da sein. Ich begriff immer noch nicht ganz, was passierte, war aber sicher, dass sie mich bald suchen würden. Der Mann hatte mir gesagt, ich solle zum Haus meiner Eltern fahren, was bedeutete, dass sie zu meiner Wohnung kommen würden. Wenn sie das taten, würden sie wahrscheinlich auch ins Büro kommen. Vielleicht wussten sie noch nichts vom Haus meiner Eltern.
Ich ging in Richtung Büro.
Tut mir leid, dass ich dein E-Mail-Postfach zuspamme.
Du kannst die hier ja löschen.
Seit der Zeit, als ich in Toris Wohnung auf den Brief gestoßen war, hatte ich mich ein wenig beruhigt und die Gelegenheit gehabt, alles zu durchdenken. Und ich hatte mich dafür entschieden, zunächst das zu tun, was der Mann mir befohlen hatte. Wenn man erst einmal beschlossen hat, wie man vorgehen will, muss man sich wenigstens über eine Sache weniger Gedanken machen. Ohne meine Panik zu beachten, musste ich mir jetzt eine Reihe von Aufgaben vornehmen und dabei die Dinge analysieren und bewerten.
Kurzfristig hieß das, der Polizei auszuweichen, zum Haus meiner Eltern zu fahren und abzuwarten, was sich tat. Im weiteren Verlauf würde ich nach Gelegenheiten suchen, durch Abklopfen der Schwachstellen etwas herauszubekommen. Mal sehen, was sich machen ließ, wenn der Mann gerade nicht aufpasste.

Aber das Wichtigste zuerst. Ich musste diese E-Mail loswerden.

Das Licht in der Rezeption brannte noch, aber ich warf einen Blick hinein und sah, dass die junge Frau schon nach Hause gegangen war. Und die Tür vorn war abgeschlossen, ein weiteres gutes Zeichen. Ich nahm meine Schlüsselkarte heraus und ging hinein, die Tür schloss sich hinter mir, und der magnetische Verschluss rastete ein.

Ich horchte einen Moment.

Von irgendwo auf den oberen Stockwerken erscholl das Zuschlagen einer Korridortür. Danach nichts mehr.

Ich ging die Treppe hoch und nahm mir vor, mich zu entspannen. Ruhig bleiben. Gleichmäßig atmen. Ich hatte jede Menge Zeit.

Unser Büro war dunkel und still, nur zwei grüne Standby-Lämpchen an den Computern waren sichtbar, und das leise Summen elektronischer Geräte lag in der Luft. Ohne das Licht anzuschalten, ging ich hinüber und bewegte die Maus, damit der Monitor aufleuchtete. Sofort war der Bildschirm in dem schummrigen Raum fast schmerzhaft hell. Nachdem ich meinen Usernamen und mein Passwort eingegeben hatte, begann der Computer mit dem langen, schwierigen Prozess, über das Leben nachzusinnen und sich zu fragen, was es damit auf sich hatte.

Ein schriller, unangenehmer Ton erklang im Büro.

Über der Tür blinkte das rote Lichtsignal der Sprechanlage, das hieß, jemand klingelte und wollte herein.

Als unten auf den Knopf gedrückt wurde, fühlte es sich an, als setze er mich unter Strom. Der Klingelton erklang noch ein paar Sekunden, dann brach er ab, und mein Herz raste. Der Computer zeigte jetzt den Desktop, aber die Piktogramme erschienen qualvoll langsam – eins nach dem ande-

ren. Die Festplattenanzeige am Rechner blinkte wie verrückt. *Zu viel zu tun.*
Ich hob eine der Jalousielamellen ein winziges bisschen und spähte hinunter. Zwei uniformierte Polizisten standen draußen auf der Straße. Einer schaute zum Fenster herauf, und ich trat zurück, die Lamelle glitt an ihren Platz.
Bleib ruhig und geh bedachtsam vor.
Eins nach dem anderen.
Ich öffnete unseren gemeinsamen E-Mail-Account und sah Toris Nachricht gleich oben. Aber statt sie zu löschen, öffnete ich das Fenster des Internet-Browsers und ging direkt zu Yahoo. Die Konten dort waren anonym genug und ließen sich schnell einrichten.
Während ich die Felder ausfüllte und irgendeine Identität erfand, klingelte wieder die Sprechanlage. Ich sah hinüber und dann wieder auf den Bildschirm. Sie würden es bald bei einem anderen Büro versuchen, und jemand würde ihnen öffnen.
Tief durchatmen.
Als ich den Account eingerichtet hatte, ging ich ins E-Mail-Programm zurück und auf »weiterleiten«, um Toris E-Mail an meinen neuen Account zu schicken. Dann löschte ich sie zusammen mit der neuen Version in meinem Gesendet-Ordner und leerte den Papierkorb. Wenn ich die E-Mail brauchte, würde ich so, wenn nötig, eine Kopie haben.
Noch eins war zu tun. Wieder im Internet, entfernte ich die Seiten des Browsers, die ich gerade aufgerufen hatte. Ein Techniker würde trotzdem in der Lage sein, sie wiederzufinden, aber ich gewann dadurch etwas Zeit …
Von unten hörte ich einen dumpfen Ton.
Die Polizei hatte es bei einem anderen Büro versucht und Erfolg gehabt.

Ich schaltete den Computer aus, ging dann in den Korridor zurück und schloss die Bürotür hinter mir. Der Korridor war L-förmig und die Treppe gleich rechts von mir. Ich hörte die Schritte nach oben trapsen, rannte in die entgegengesetzte Richtung und noch rechtzeitig um die Ecke. Am Ende war die Feuerschutztür. Als ich die Hand auf die Eisenstange legte, hörte ich jemanden an eine Tür im Flur klopfen. Eine Sekunde hallte das Klopfen wider, wurde aber dann von dem durchdringenden Alarm übertönt, als ich den Hebel hinunterdrückte und mich in ein zugiges Betontreppenhaus hinausdrückte.

Zwei Treppen hinunter, meine Schritte polterten, ein Griff ans Geländer, ich schwang mich auf jedem Absatz um die Biegung herum. Unten war eine weitere Tür mit Hebel, und ich stürzte in den Hof hinter dem Gebäude hinaus, zwischen Mülleimer und Abflussrinnen.

Bleib ruhig.

Ich drückte die Tür hinter mir zu, zog einen großen Mülleimer davor und rannte.

Die Tiefgarage am Sphere hatte sechs Stockwerke, und mein Wagen stand im Untergeschoss. Ich fuhr im Aufzug hinunter und zahlte meinen Parkschein am Automaten.

Es war Viertel vor sechs. Hinter mir an der Wand lief Kinowerbung auf großen farbigen Tafeln, und ein Paar stand davor; sie diskutierten offenbar, was sie sehen wollten. Ich beneidete sie und wünschte, ich könnte jetzt etwas so Banales und Unkompliziertes tun wie mir einen Film ansehen.

In meinem Wagen saß ich im Dunkeln und horchte auf das schrille Quietschen der Reifen, das auf den höheren Stockwerken der Garage widerhallte. Jeder Laut klang hier unten verstärkt und bedrohlich.

Sarah befände sich jetzt auf dem Heimweg vom Studio, wenn sie nicht schon zurück war, und würde erwarten, mich in einer Stunde im Olive Tree zu sehen.

Ich dachte nach. Die Polizei wusste, dass ich in der Stadtmitte gewesen war. Sollten sie mir folgen, würde es keinen großen Unterschied machen, wenn sie dieses Parkhaus als meinen letzten Aufenthaltsort kannten. Wenn ich fort war, konnten sie nicht wissen, welche Richtung ich eingeschlagen hatte.

So schaltete ich mein Handy wieder an.

Tut mir leid, gab ich ein. *Etwas ist dazwischengekommen, ich schaffe es heute Abend nicht. Wir werden bald reden, ich versprech's. Mach's gut, bis dann.*

Ich starrte die Nachricht an, die mir unvollständig und lächerlich vorkam, und stellte mir vor, wie Sarah reagieren würde, wenn sie sie bekam. Wäre es ein Brief, würde sie ihn vielleicht zusammenknüllen und wegwerfen. Frustration stieg in mir hoch, ich drückte auf »senden«, bevor sie mich überwältigte.

Dann schaltete ich das Handy wieder aus, ließ den Motor an und fuhr hinaus. Als ich die Rampe halb oben war, wurde ich durch ein Schild erinnert, die Scheinwerfer anzuschalten; dann holperte der Wagen hinaus in die Nacht, und ich war auf dem Weg nach Hause.

20

Freitag, 2. September

Du rauchst zu viel, sagte sich Mary.
Aber das war in Ordnung.
Als Teenager hatte sie den unbekümmerten, sicheren Flirt mit dem Tod genossen. Jedes Mal spürte sie das Einsaugen des Gifts auf ähnliche Weise wie den feinen Schnitt der Rasierklinge auf ihrer Haut. Ohne dass sie bewusst darüber nachzudenken brauchte, war ihr Rauchen immer als etwas erschienen, das sie in einem gewissen Gemütszustand hielt, als sorgte ein Teil von ihr immer dafür, dass sie bestraft wurde. Und dass sie sich langsam umbrachte, reichte meistens aus, um dieses Bedürfnis zu befriedigen.
Einmal hatte draußen vor einer Bar ein Mann mit ihr gesprochen und zu ihr gesagt, dass nur interessante Leute rauchten. Er hatte gemeint, es hätte mit dem »Drang zur Selbstzerstörung« zu tun, als sei etwas Faszinierendes und sogar Romantisches daran und als sollten sich ihm vielleicht mehr Leute hingeben. Sie hatte sich einen Moment gefragt, wie interessant er es wohl finden würde, wenn sie die Zigarette auf ihrer Hand ausdrückte.
Mary schnippte Asche aus ihrem Schlafzimmerfenster.
Sie saß am einen Ende der Fensterbank und hatte die Beine ausgestreckt, so dass ihre kleinen Füße nebeneinanderlagen. Es war ein altes Haus. Das Fenster war eins von diesen altmodischen, die man einfach hochdrückte, dann blieb es wie durch Zauberei oben, bis man es wieder herunterzog.

Rechts von ihr war etwa ein Meter kalte Nachtluft. Unten ein gepflasterter Hinterhof mit aufgerissenen Müllsäcken. Alle Häuser in dieser Straße hatten solche kleinen Höfe voller Dreck, weil man die Mülleimer zur Leerung nach vorn bringen musste und die meisten Leute zu faul dazu waren. Den meisten war es wohl egal.
Sie nahm einen letzten Zug und warf die Zigarette in die Nacht hinaus. Aber sie blieb noch einen Moment länger sitzen. In der Gasse hinter den Häusern gab es keine Straßenlaternen. Alles sah blau oder schwarz aus, außer dem matten roten Punkt ihrer Zigarettenkippe.
Mary konnte sich vorstellen, wie ihr Vater jetzt dort unten stand, sich in einer dunklen Ecke versteckte und sie beobachtete. Sie saß im hellen Licht. Er würde sie gut sehen können.
Bist du da draußen?, dachte sie.
Es hatte lange gedauert, bis sie sich beruhigte, nachdem er sie an jenem Tag vor seinem Haus gesehen hatte. Sie war außer sich gewesen, weil es klar war, dass sie allein nicht mit ihm fertig werden würde, und doch musste sie das. Wenn er heute Abend nicht da unten war, dann würde er morgen dort sein. Und niemand würde ihn aufhalten.
Aber nach und nach hatte sie eine Art Frieden mit dem Gedanken geschlossen. Das war die eine Möglichkeit; die andere war, verrückt zu werden. Statt des Schreckens, den ihr Körper bei dem Gedanken an ihn verspürte, versuchte sie sich zur Entschlossenheit zu zwingen, und es schien funktioniert zu haben. Letztes Mal hatte sein Anblick gewirkt, als sei ein Schlüssel in ihrem Inneren ins Schloss gesteckt worden, habe aufgeschlossen und alles herausgelassen. Das nächste Mal würde sie besser vorbereitet sein. Er war nur ein Mann.

Das sagte sie sich immer wieder. Ein Mantra, das ihr durch den nahenden Wahnsinn hindurchhelfen würde.
Nur ein Mann.
Mary hüpfte hinunter und schloss das Fenster. Es glitt ruckelnd und quietschend herunter, und dann legte sie den Riegel vor. Trotz ihrer Anstrengungen roch das Schlafzimmer nach Rauch. Sie wusste nicht, warum sie sich überhaupt die Mühe machte ...
Das Telefon klingelte.
Sie hielt ganz still und horchte auf das Geräusch, das durch das Haus gellte. Es gab keinen einzigen Menschen auf der Welt, der, soweit sie wusste, einen Grund hatte, sie anzurufen.
Plötzlich war sie sich ihrer selbst nicht mehr so sicher.
Das Geräusch wiederholte sich immer wieder hartnäckig und beunruhigend.
Du musst es tun.
Sie ging durch den Flur ins Wohnzimmer.
Das Telefon hier hatte Anruferkennung, aber die Nummer auf dem Display war ihr unbekannt ... und dann konnte sie sie einordnen. Die Vorwahl von Rawnsmouth. Die Nummer ihres Bruders.
Zorn kam in ihr auf, als sie sich erinnerte, wie die Polizei sie gefunden hatte. Sie wollte eigentlich nicht mit ihm sprechen. Aber sie nahm trotzdem ab.
»Hallo?«
»Mary?«
Sie gab keine Antwort, war sich nicht sicher, warum. Stattdessen zog sie mit der freien Hand den Vorhang zu und schottete sich damit von der Straße unten ab.
»Bist du dran?«
»Ja«, sagte sie.

»Ich bin's.«
»Ich weiß. Warum rufst du mich an?«
Er stockte, klang unsicher.
»Die Polizei hat sich gemeldet ...«
»Das weiß ich auch.« Der Zorn kam hoch. »Und du hast ihnen meine Nummer gegeben. Wie konntest du das tun? Habe ich dir etwa erlaubt, irgendwelchen Leuten von meinen Angelegenheiten zu erzählen? Kannst du dich an so etwas erinnern?«
»Nein.« Seine Stimme klang fast weinerlich. »Es tut mir leid.«
»Du hast keine Ahnung, wie schwer es für mich war, mein Leben geheimzuhalten. Keine Ahnung. Und mit einem ... du hast mich in Gefahr gebracht.«
»Moment mal ...« Er klang, als wolle er anfangen, mit ihr zu streiten, aber dann schien er sich zu besinnen. Er schwieg. »Hör mal. Es tut mir leid, okay? Ich wusste nicht, dass es so wichtig ist.«
»Das ist es aber.«
»Ich sagte, es tut mir leid. Was erwartest du sonst noch? Er wollte wissen, wo er dich finden könnte, und klang kaum so, als würde er bald aufgeben.«
Mary machte die Augen zu und rieb sich die Stirn, sie wollte auflegen. Wollte einfach, dass all dies zu Ende wäre. Aber sie konnte nicht.
Im Lauf der Jahre hatte sie zahlreiche Emotionen durchlebt. Sie hatte Zorn empfunden gegenüber den Menschen, die nichts taten, Angst vor dem, was ihr Vater als Nächstes tun würde, und es hatte sogar Hoffnung gegeben, dass irgendwo irgendjemand ihnen helfen würde, denn das taten gute Menschen doch. Aber ein Gedanke war die ganze Zeit immer präsent gewesen. Er hatte sie in jener Nacht der Ver-

zweiflung im Schnee erfüllt, war fast das Einzige gewesen, das sie noch fühlen konnte. *Ich muss ihn beschützen.* Ihren lieben kleinen Bruder. *Ich muss dafür sorgen, dass ihm nichts passiert.*

Dieser Wunsch war das Einzige gewesen, das sie weitermachen ließ.

»Mary?«

Sie machte die Augen auf und sagte: »Ist das der einzige Grund, weshalb du anrufst? Um mir zu sagen, dass die Polizei dich angerufen hat?«

»Nein …« Er zögerte. »Ich … brauche noch Geld.«

Das hätte sie sich eigentlich denken können. Warum sonst sollte er anrufen?

»Geld«, sagte sie.

»Ja. Ich … ich brauch eben etwas.«

Mary stellte sich ihren Bruder vor. Was immer er sagte oder tat, sie sah ihn immer auf die gleiche Weise vor sich, und das würde auch immer so bleiben. Seine Augen waren groß und blau, sein Gesicht so reglos, dass es nicht einmal zitterte. Nur ein kleiner Junge, der sich vor den schrecklichen Dingen versteckte, die er sah, der sich manchmal so in sich selbst verkroch, dass sie ihn geduldig wieder hervorlocken musste. Und sie fühlte sich dann bei jedem tröstlichen Wort, das sie sagte, verantwortlich. Egal, was er tat, er würde immer dieser kleine Junge sein, und sie würde immer genauso fühlen.

»Mary?«

Sie sagte: »Wie viel brauchst du?«

Später saß sie mit untergeschlagenen Beinen im Wohnzimmer auf der Couch und dachte noch über ihren Bruder nach, als das Telefon wieder klingelte. Diesmal sah sie nicht nach der Nummer, da sie dachte, das sei er wieder, und nahm einfach ab.

»Hallo?«

Niemand antwortete.

Sie schaute auf das Display. Die Nummer war unterdrückt.

Marys Haut kribbelte plötzlich. Sie spürte jedes Härchen, jede feine weiße Narbe, die es irgendwo versteckt auf ihrem Körper gab.

Langsam, als befinde sich etwas Gefährliches bei ihr im Zimmer, streckte sie die Beine aus und stand auf.

Sie sagte nichts mehr, hielt aber den Hörer fest ans Gesicht gepresst und horchte aufmerksam auf das Schweigen am anderen Ende.

Da war jemand.

Jemand, der genauso horchte.

Sie ging die Checkliste im Kopf durch. Dieses Fenster, das Fenster dort, die Haustür, alle abgeschlossen. Der nächste Fluchtweg war, sollte es nötig sein, das Geflecht von Rohren draußen vor ihrem Schlafzimmerfenster. Die Checkliste war ihr in Fleisch und Blut übergegangen. Mary prüfte sie jedes Mal, wenn sie in der Nacht ein Knarren oder einen dumpfen Laut von den Rohrleitungen oben hörte.

Sie ging durchs Zimmer, horchte auf das tiefe Schweigen am Telefon, schaltete das Licht im Wohnzimmer aus und kam wieder ans Fenster zurück.

Sie kauerte sich zusammen und schob den Vorhang ein bisschen zur Seite.

Da stand ein Auto. Direkt gegenüber vom Haus.

Sie spähte hinunter, konnte aber zuerst die Einzelheiten nicht erkennen. Das Wageninnere war dunkel, aber durch die Windschutzscheibe sah sie genug, um sicher zu sein,

dass jemand drinsaß. Sie konnte sein Bein sehen. Eine Trainingshose.
O Gott, bitte nicht jetzt. Die Panik überwältigte sie. *Noch nicht.*
Sie wollte den Anruf beenden, doch ihre Finger zitterten so sehr, dass sie zweimal, dreimal auf die Taste am Hörer drücken musste. Dann sah sie auf das Auto hinunter, beobachtete es durch den kleinen Spalt, den sie zu machen wagte, indem sie den Vorhang mit dem Finger ein Stück zurückschob.
Nichts.
Und dann das Brummen des Motors, das durch die Fensterscheibe leicht gedämpft war. Eine Sekunde später leuchteten die Scheinwerfer auf, der Wagen fuhr an und die Straße hinunter.
Mary sah zu, wie er verschwand, und ließ dann den Vorhang zurückfallen, der sich noch leicht bewegte und dann wieder an der alten Stelle hing.
Sie legte das Telefon vorsichtig und bedachtsam auf den Tisch. Es fühlte sich an, als fülle eine Unmenge von Sternen ihren Kopf und als seien alle ihre Gedanken verschwunden. Sie setzte sich auf die Couch, zog die Knie ans Kinn und schloss die Augen. In ihrem Inneren versuchte sie die Entschlossenheit und Standhaftigkeit wiederzufinden, über die sie vorher verfügt hatte. Aber stattdessen hatte sie nur das Gefühl, als umschließe Leder ihre Handgelenke und ihr Körper widersetze sich jeder Bewegung.
Nur ein Mann, sagte sie sich, aber das stimmte nicht.
Sie wusste jetzt, dass sie sich getäuscht hatte. Es war ihr unmöglich, sich damit auseinanderzusetzen. Schon ein einziger Anruf konnte sie kleinkriegen. Wenn sie ihren Vater aus der Nähe sah und seine Stimme hörte … wäre es un-

möglich. Etwas in ihrem Inneren würde bei dem Versuch der Selbstverteidigung zerbrechen, so zerspringen, dass niemand die Stücke je wieder zusammenfügen konnte.
Einen Moment danach beugte sie sich mit zitternder Hand hinüber und nahm ihr Buch vom Couchtisch. Es war früher etwas Schönes und ganz Besonderes gewesen für sie, aber jetzt fühlte es sich bei der Berührung trügerisch an. *Du bist zurückgekommen, um mich zu retten.* Ihr Vater hatte mit Vergnügen alles Gute, das sie darin sah, abgetötet, und trotzdem hatte sie nie die Hoffnung aufgegeben. Nicht einmal den Glauben. Wenn der nicht galt, dann war nichts mehr übrig.
Deshalb klammerte sich Mary jetzt daran: das Bild mit Ana und dem Messer, das sie über ihrer Brust gezückt hatte, errettet im letzten Moment, gerade als alles verloren schien. Sonst hatte sie nichts mehr. Sie konnte ihrem Vater nicht allein gegenübertreten, aber das würde sie auch nicht müssen. Ihr Mantra änderte sich; es war jetzt kein trotziger Schrei mehr.
Es wird jemand kommen, sagte sie sich.
Immer wieder sagte sie sich das, bis die Worte ihren Kopf erfüllten.
Es muss jemand kommen.

21

Freitag, 2. September

Um acht hätte ich mit Sarah beim Essen sitzen sollen, aber ich saß in der Küche meines Elternhauses, an dem kleinen Holztisch an der Wand.

Mein Auto stand draußen neben dem Müllcontainer am Ende der geteerten gewundenen Einfahrt, neben den zu einem Bogen zusammengewachsenen Bäumen, auf die zu klettern ich jetzt zu groß war. Als ich angekommen war, hatte ich als Erstes überall nachgesehen, ob das Haus sicher war. Das schien gegeben. Soweit ich es beurteilen konnte, war niemand hier gewesen, seit Rob, Sarah und ich angefangen hatten auszuräumen.

Als Nächstes war ich in die Küche gekommen und hatte in den Schubladen unter der Arbeitsfläche ein Messer gesucht, das in meine Manteltasche passte.

Es war verrückt zu glauben, dass ich je in der Lage sein würde, das Ding zu benutzen, aber ich tat es trotzdem. Ich konnte sein Gewicht jetzt deutlich spüren, und in meinem Kopf hämmerte beharrlich die surreale Frage: *Was zum Teufel machst du da?*

Die kurze Antwort war: nichts. Ich trank ein Glas Wasser und wartete ab, was geschehen würde. Es gab hier kein Telefon. Das war mir während der Fahrt eingefallen. Nach dem Tod meines Vaters war es abgemeldet worden. In seinem alten Büro stand ein Faxgerät, das noch zu kopieren schien, aber die Telefonfunktion ging nicht mehr. Was im-

mer Toris Entführer in der E-Mail geschrieben hatte, hier würde er mich jedenfalls nicht anrufen.
Und das hatte wohl heißen sollen, dass ich ihn treffen würde.
Persönlich.
Ich versuchte die Panik zu unterdrücken, die mir das verursachte, und zu denken. So sorgfältig und rational zu denken, wie ich konnte.
Das Einzige, was ich mit Sicherheit wusste, war, dass jemand Tori entführt hatte. Es war natürlich anzunehmen, dass es der gleiche Mann war, der Julie und die anderen Mädchen ermordet hatte, aber das warf eine Reihe unbequemer Fragen auf. War es ein Zufall, dass er Julie und dann Tori geholt hatte? Wenn ja, dann war es ein sehr großer Zufall. Und wo war sie? Die Medien hatten gemeldet, dass alle bisherigen Opfer gefesselt in ihren Wohnungen zurückgelassen wurden. Aber vielleicht war es gar nicht so. Wenn einer ihrer Freunde rechtzeitig zu ihrer Wohnung gegangen wäre, hätte er vielleicht genau wie ich einen Brief gefunden.
Aber es brachte nichts, solche Überlegungen anzustellen. Man musste sich mit dem befassen, was man wusste. Und das beschränkte sich auf den Brief, die E-Mail und die Dinge, die er mich bis jetzt zu tun gezwungen hatte. Zwei meiner ehemaligen Freundinnen waren verwickelt, meine Fingerabdrücke waren an einem der Tatorte, und ich war gezwungen gewesen, vor der Polizei zu fliehen. Hatte er die Absicht, mir irgendwie eine Falle zu stellen? Er musste doch merken, dass das nicht funktionieren würde …
Was machst du bloß?
Ich stand auf und ging über den Flur zu Owens Zimmer. Dann schaltete ich das Licht an, und die graue vergessene Welt dort drin kam zum Vorschein.

Das einzig Vernünftige und Rationale wäre, jetzt zur Polizei zu gehen. Ich erinnerte mich, ein Buch über Verhandlungen mit Geiselnehmern gelesen zu haben, und die Hauptregel war immer die gleiche: Der Entführer durfte nicht entkommen, selbst wenn das hieß, dass alle Geiseln starben. Die Situation musste unter Kontrolle gehalten werden. Wenn ich so eigenständig handelte, konnte ich mich und Tori in Lebensgefahr bringen und riskierte es, dass Toris Entführer nicht gefasst wurde und noch andere verletzte. Wenn ich zur Polizei ginge, hätte man zumindest eine Chance, ihn zu erwischen.

Das wusste ich.

Aber ich konnte es trotzdem nicht tun.

Ich ging zu Owens Schreibtisch und stieß mit dem Finger ein Buch an. Es rutschte mit einem kratzenden Laut zur Seite, und mitten in dem Grau war ein helles Viereck auf dem glatten Holz zu sehen. Ich fuhr mit dem Finger am Bettpfosten herunter, und auf der Fingerspitze sammelte sich ein ovaler Staubfleck.

Da fiel mir etwas ein.

Es stimmte nicht, dass niemand in diesem Zimmer gewesen war. Ich selbst war ungefähr ein Jahr nach Owens Tod hier hereingekommen. Ich hatte dagestanden und an den Schuss gedacht, den ich zu hören geglaubt hatte, und ich war voller Schuldgefühle. Denn wenn die Dinge stimmten, die meine Eltern glaubten und mit denen sie sich zu beruhigen versuchten, dann hätte ich ihn an jenem Tag retten können, hatte es aber nicht getan. Nicht lange danach fing ich an, gegen sie zu rebellieren, aber die Lektion war mir immer im Gedächtnis geblieben. Er war entschwunden, und ich hatte es zugelassen.

Es fiel mir wieder ein. Ich hatte auf dem Bett gesessen und

mich umgeblickt, und mein Bruder fehlte mir mehr, als ich irgendjemandem sagen konnte. Sollte er noch irgendwo sein und ein Bewusstsein haben, hatte ich gehofft, dass er mich nicht hasste für das, was ich an jenem Tag unterlassen hatte. Und ich fragte mich, ob meine Eltern mich je wieder liebhaben würden.

Die Zeit zog sich in die Länge, und nichts geschah.
Ich fing an, mich zu sorgen, dass ich etwas verpasst haben könnte. Langsam kam Angst in mir auf, die Sache irgendwie vermasselt zu haben; dass ich zu spät dran war oder zu dumm, um den Ball aufzufangen, den er mir zugeworfen hatte. Oder dass bei den Plänen des Mannes etwas dazwischengekommen war. Vielleicht hatte er nicht gewusst, dass das Telefon in meinem Elternhaus nicht angeschlossen war. Ich hatte keine Ahnung, was sich in seinem Kopf tat.
Mit der Zeit traten Frustration und Wut an die Stelle der Angst. Ich hatte nichts verpasst, er ließ mir nur einfach die Gelegenheit zu schmoren, und es funktionierte. Sosehr ich auch versuchte, ruhig zu bleiben und meine Gefühle zu verdrängen, waren sie doch da. Bald würde die Polizei kommen. Ich würde ins nächste Zimmer gehen, und da würde er einfach mitten im Raum stehen; Tori war dabei zu sterben …
Jetzt, wo ich im Haus meiner Eltern allein war, vermehrten sich die Emotionen wie Bakterien, und um elf war ich praktisch so weit, dass ich fast an der glatten Wand hochging, überdreht und bereit zu Kampf oder Flucht, aber es war niemand da, dem ich entgegentreten konnte, und es gab keine Möglichkeit wegzulaufen. Ich ging ziellos im Wohnzimmer auf und ab, als ich es hörte.
Ein Telefon klingelte.

Einen Moment stand ich ganz still, schockiert von dem Geräusch. Dann trat ich auf den Flur hinaus.

Woher kam das? Das Geräusch war gedämpft, deshalb fing ich an, zum anderen Ende des Hauses zu gehen, aber so wurde das Klingeln leiser, deshalb blieb ich stehen und kehrte um.

Die Haustür. Das Geräusch kam von dort.

Ich ging zur Tür und schaute durch den Spion. Es war nichts zu sehen. Aber es war so dunkel draußen, dass ich kaum den Garten erkennen konnte.

Tu's.

Ich holte das Messer heraus und hielt es seitlich nach unten. Mit der anderen Hand nahm ich die Kette ab, dann trat ich zurück und zog die Tür auf.

Die kalte Nachtluft wehte an mir vorbei nach drinnen.

Sprühregen. Sonst nichts.

Das Telefon lag mit matt leuchtendem Display auf der Treppe. Statt es aufzuheben, trat ich in den Regen hinaus und sah mich um. Der Garten war voller Schatten, verschlungenen Formen, die sich fast nicht von der Dunkelheit abhoben. Die Bäume standen nur als graue Skelette zitternd vor dem schwarzen Hintergrund. Trotz des Regens war die Brise fast mild. In der Ferne rauschte und raschelte es.

Ich steckte das Messer in die Tasche und nahm das Handy.

(Nummer unterdrückt)

Ich drückte den Knopf, hielt es ans Ohr und suchte mit den Blicken die Dunkelheit ab. Wenn er in der Nähe war, hätte ich das Leuchten seines Telefons sehen müssen. Aber da war nichts.

»Hallo?«, sagte ich.

Vom anderen Ende kam nicht gleich eine Antwort, aber ich merkte, dass jemand dran war. Ich hörte ein Geräusch wie Wind in der Leitung.
»Beeil dich nächstes Mal 'n bisschen«, sagte er.
Die Stimme war barsch, ungeduldig und hörte sich nicht an, als verstelle sich der Sprecher. Hatte ich diesen Mann jemals zuvor gehört? Sicher war ich nicht, aber ich erkannte ihn nicht.
»Wo ist sie?«, fragte ich.
»Nirgends.«
»Ich will mit ihr sprechen.«
Er lachte. Es klang sehr weit entfernt. »Nein.«
»Wie kann ich wissen, dass sie nicht tot ist?«
»Weil ich kein Mörder bin.« Er spuckte mir die Worte voller Verachtung entgegen. »Sie ist erst seit anderthalb Tagen weg. Weißt du nicht, wie lange es dauert, bis jemand verdurstet?«
Ich erinnerte mich an einen Spruch aus einer Survival-Doku im Fernsehen. Etwas über eine Dreier-Regel. Drei Minuten ohne Luft, drei Stunden ohne Unterschlupf, drei Tage ohne Wasser, drei Wochen ohne Essen. Aber der Körper fing lange davor an abzubauen, und der Schaden wurde immer schwerer. Unumkehrbar. Gar nicht zu reden von den Schmerzen.
Ich verdrängte Toris Bild aus meinem Kopf, gab jedoch keine Antwort.
»Du brauchst nur zu wissen, dass sie allein ist und leidet und dass es so bleiben wird, bis du ihr hilfst. Aber du wirst ihr nicht helfen.«
»Warum tun Sie das?«
»Ich tu gar nichts. Genau wie du.«
»Ich verstehe nicht.«

»Dann streng dich an. Es geht darum, ob du dich dafür entscheidest, ihr Sterben aufzuhalten. Das ist alles. Es ist nicht *kompliziert*, Dave. Wenn du entscheidest, es nicht zu tun, wirst du nie wieder von mir hören.«
»Bis Sie gefunden werden.«
»Selbst wenn sie mich rechtzeitig erwischen, würde ich ihnen nie sagen, wo sie ist. Du hättest sie also dann getötet, oder? Das ist die einzige Chance, die sie je haben wird, am Leben zu bleiben. Du wirst selbst herausbekommen müssen, was wichtig ist.«
»Ich lege nicht auf«, sagte ich.
»Noch nicht.«
Seine Worte klangen einen Moment nach, und ich ahnte hundert andere, die er zurückhielt. In seiner Stimme lag ein solcher Hass, solcher Zorn auf mich. Ich konnte spüren, wie das Gift in der Stille brodelte.
»Was wollen Sie?«, sagte ich.
»Hast du den Brief?«
Ich nickte und fragte mich, ob er mich sehen konnte.
Keine Antwort.
»Ja«, sagte ich.
»Und die E-Mail?«
»Ich habe sie gelöscht.«
»Das weiß ich. Aber dein fetter Freund hat sie doch ausgedruckt.«
Woher wusste er *das*? Ich versuchte, mich an einige der Leute zu erinnern, die ich im Carpe Diem gesehen hatte oder die in der Nähe des Büros vorbeigegangen waren, aber ihre Gesichter waren mir nicht mehr gegenwärtig. Ich wusste nur, dass mir niemand aufgefallen war.
»Den Ausdruck hab ich auch«, sage ich.
»Dann ist das Erste, was du jetzt tust, das Haus zu verlassen

und zu deinem Auto zu gehen. Mach die Haustür zu, du brauchst nicht abzuschließen, die Polizei wird sie doch nur eintreten müssen.«
»Okay.«
Der Regen prasselte auf mich herunter, als ich den Weg hochging und an das lange, dunkle Stück Garten hinter mir dachte. Ich schaute mich um, aber die Dunkelheit da unten war unerbittlich. Als meine Schuhe auf den Steinstufen scharrten, erwartete ich fast, dass jemand von dem Blätterbogen über mir herunterspringen würde, aber es war niemand da – nur der Regen, der leise auf die Blätter fiel.
Mein Wagen stand noch unten an der Einfahrt, aber da war jetzt noch etwas anderes.
Jemand hatte neben das Hinterrad einen Karton gestellt.
Ich zwang mich hinüberzugehen. Der Deckel war geschlossen, aber nicht mit Paketband zugeklebt, sondern die vier Laschen waren ineinandergesteckt, so dass man eine zurückbiegen musste, wenn man es richtig machen wollte. Er war rutschig vom Regen. Feuchtigkeit stieg an den Seiten hoch, wo der Karton auf der Einfahrt stand.
»Was ist das?«
»Mach es noch nicht auf.«
Frustriert drehte ich mich auf dem Absatz um und sah in verschiedene Richtungen. Überall nur Dunkelheit. Kein Lichtschimmer von einem Handy.
»Also, was soll ich denn jetzt tun?«
»Stell den Karton auf den Beifahrersitz, dann steig ein und lass den Motor an. Am Ende der Einfahrt biegst du links ab. Fahr die Straße etwa zwanzig Meter runter, dann halt an.«
Ich nahm meine Schlüssel heraus. Das Lenkradschloss knackte.

»Ich brauche zwei Hände für diese Schachtel.«
Er legte auf.
Der Karton hatte etwa die Größe der Schachteln mit Papier, die wir fürs Büro bestellten, aber was auch immer darin sein mochte, es war jedenfalls kein Papier. Dafür war die Schachtel zu leicht.
Ich stellte sie auf den Beifahrersitz und ließ den Wagen an. Die Gänge ruckelten, als ich im Bogen zurückstieß, dann fuhr ich den steilen Hang zur Straße hoch.
Oben bog ich nach links ab und hielt dann etwas weiter vorn am Straßenrand. Die Scheibenwischer quietschten über die Scheibe.
Ich sah in den Rückspiegel.
Mein Elternhaus stand in einer ruhigen Straße einer Wohngegend, wo es nachts zu dieser Zeit totenstill war. Aber dort hinten, gleich jenseits der Einfahrt, stand ein einzelnes Auto. Die Scheinwerfer waren an, aber nur Standlicht. Die Scheibenwischer huschten stetig und lautlos hin und her.
Ich konnte die dunkle Gestalt eines Mannes hinter dem Lenkrad erkennen.
Ich beobachtete ihn im Spiegel und fragte mich, was geschehen würde, wenn ich aussteigen und auf ihn zurennen würde. *Oder schnell zurückstoßen,* dachte ich. *Auf ihn draufknallen.*
Aber selbst wenn ich ihn erwischte, was genau wollte ich dann tun? Ich hatte ein Messer, aber ich vermutete, er auch. Selbst wenn ich es schaffte, ihn zu kriegen, was wäre, wenn er mir nicht sagte, wo Tori ...
Das Handy klingelte.
Ich nahm ab und beobachtete das Auto hinter mir. Ein kleines grünes Lichtpünktchen war hinter der Windschutzscheibe sichtbar.

»Der Brief und die E-Mail – knüll sie zusammen und wirf sie aus dem Fenster.«
»Ich muss das Telefon hinlegen.«
Ich fasste das Schweigen als Zustimmung auf, legte also das Handy auf den Beifahrersitz, knüllte die beiden Blätter zu einem Ball zusammen und warf ihn hinaus. Er flog bis zum anderen Abflussgraben hinüber.
»Ist das okay?«
»Da hat sie Glück gehabt, dass es nicht in den Scheißabfluss gefallen ist. Sei nächstes Mal vorsichtiger.«
»Was jetzt?«
Die Scheinwerfer des Wagens hinter mir wurden aufgeblendet.
»Fahr ein bisschen weiter. Ungefähr zwanzig Meter. Dann bleib wieder stehen.«
Ich löste die Handbremse und fuhr vorsichtig etwas vorwärts. Während ich das tat, begann sein eigenes Fahrzeug sich langsam zu bewegen, aber der Abstand zu mir blieb gleich.
Als er das zerknüllte Papier erreichte, fuhr er näher an den Rand und hielt an, dann ging die Tür an der Fahrerseite auf. Ich versuchte krampfhaft, einen Blick auf ihn zu erhaschen, aber hinter dem Schutzschild seiner Scheinwerfer konnte ich nichts erkennen, hatte nur das Gefühl, dass sich etwas bewegte wie Vögel, die in einem Lichtstrahl flattern. Die Tür schloss sich, und ich sah ihn wieder hinter dem Steuerrad sitzen.
»Und jetzt?«, sagte ich.
»Warte.«
Im Spiegel verschwand das grüne Lichtchen. Er hatte das Handy hingelegt.
Ich brauchte einen Moment, bis mir klar wurde, dass er

überprüfte, ob ich ihm mit dem zerknüllten Papier einen Streich gespielt hatte. Die Verachtung und der Zorn in seiner Stimme standen in krassem Gegensatz zu der Sorgfalt und Genauigkeit, mit denen er vorging. Er hatte dies alles sorgfältig geplant und kannte sich aus.

»Jetzt machen wir eine Fahrt«, sagte er.

22

Freitag, 2. September

Es war halb zwölf nachts, und das Einsatzzentrum wimmelte vor Aktivitäten. Es wurden Anrufe getätigt, getippt, Stöße von Unterlagen zwischen den Schreibtischen hin und her getragen, und alle schienen etwas schneller als sonst zu arbeiten. Die Tür ging ständig auf und zu, und die Beamten brachten entweder neue Informationen oder gingen mit dringenden Aufträgen wieder hinaus. Die Büroluft flirrte geradezu vor Energie. Das Team arbeitete jetzt angestrengter, denn alle wussten, dass sich in den letzten paar Stunden alles geändert hatte.
Currie sah sich um und dachte:
Eigentlich sollte ich das Gefühl haben, dass wir ihm dicht auf den Fersen sind.
Normalerweise wäre es so gewesen, aber trotz all der Aktivitäten um ihn herum war er frustriert. Er brannte darauf, etwas zu unternehmen.
Am Ende des Raums saßen er und Swann sich unter der weißen Tafel gegenüber. Currie hatte die letzten zwanzig Minuten damit verbracht, sich auf dem Block, der immer auf seinem Schreibtisch lag, Notizen zu machen, aber das, was er zustande gebracht hatte, sah ziemlich wirr aus.
Er legte den Kuli hin und schaute auf die Informationen an der Wand.
Swann hob den Blick von seinem Bildschirm. »Alles klar?«
»Ich hab das Gefühl, dass wir mehr tun sollten.«

»Hat man dieses Gefühl nicht immer?«
Eine rhetorische Frage.
Currie sagte: »Schon irgendwas Interessantes gefunden?«
Sein Partner brummte nur – *was denkst du denn?* – und fuhr mit seiner Arbeit am Computer fort. Vorher hatte der IT-Techniker ihnen eine CD mit Standfotos von dem Platz vor dem Einkaufszentrum gegeben, wo mit Julie Sadlers Telefon telefoniert worden war. Swann klickte jetzt gerade alle an, eins nach dem anderen. Er suchte nichts Bestimmtes, schaute sie aber trotzdem an, weil es getan werden musste.
Diese Aufgabe war typisch für die ganzen Ermittlungen. Immer wieder waren sie auf Zeugenaussagen, Meinungen, Mutmaßungen zurückgeworfen, verfolgten alle möglichen Hinweise, egal wie unbedeutend. Currie hatte sich bisher damit zufriedengegeben, weil ein systematisches Vorgehen letzten Endes Ergebnisse bringen würde. Wenn sie alles genau untersuchten, musste der Täter nur einen Fehler machen, und sie würden ihn aufgrund dessen fassen können. Trotzdem hatte er im Moment das Gefühl, dass sie aktiver sein sollten.
»Aber wir tun doch alles, was wir können«, sagte Swann.
Currie nickte, war aber nicht wirklich überzeugt.
Es gab zwei neue Namen, die jetzt dazugekommen waren. Der erste war TORI EDMONDS. Mehrere Mitarbeiter im Raum versuchten gerade, ihren Aufenthaltsort herauszufinden, bis jetzt jedoch ohne Erfolg. Es konnte natürlich noch eine harmlose Erklärung für ihr Verschwinden geben, aber er war sicher, dass ihr etwas passiert war, und vor allem diese Überzeugung drängte Currie zu handeln. Man sondierte bereits Möglichkeiten, um Zugriff auf die Daten ihrer Mobilfunkgespräche zu bekommen, aber dass so viel Zeit

verging, um es in die Wege zu leiten, war genauso frustrierend wie alles andere an dem Fall.

Der andere neue Name, mit dem sie zu tun hatten und der ihn auf seine Art und Weise genauso beunruhigte, war DAVE LEWIS.

Als sie Lewis wegen des Mordes an Julie Sadler befragten, war Currie sicher gewesen, dass er den Namen schon gehört hatte, konnte sich aber nicht erinnern, wo. Heute Nachmittag hatte er ihn endlich gefunden. Als Alison Wilcox umgebracht worden war, hatten sie die Entführung von Eddie Berries an ein anderes Team abgegeben. *Prioritäten.* Das andere Team hatte sich den Fall kurz angeschaut und dann zurückgestellt. Eine Woche später hatte Currie in einem freien Moment die Einzelheiten durchgesehen und war erfreut gewesen herauszufinden, dass sie wenigstens mit Drake und Cardall *gesprochen* hatten. Beide hatten Tori Edmonds am Nachmittag, nachdem Eddie verschwand, im Krankenhaus in Staunton besucht und waren dann – wohin sonst – ins Wheatfield gegangen. Eine Fotokopie der Anmeldungsliste für Besucher im Krankenhaus lag der Akte bei, um ihre Aussage zu bestätigen. Auch Dave Lewis war dort gewesen, sein Name erschien direkt unter ihren, und er war zur gleichen Zeit weggegangen. Er hatte also Verbindung zu den Ermittlungen und jetzt auch eine doppelte Verbindung zu den Morden.

Die Person, die aus Tori Edmonds Wohnung geflohen war, als er und Swann dort aufkreuzten, war noch nicht identifiziert, aber Currie hätte wetten können, dass es Lewis gewesen war.

Seit damals war er nicht in seine Wohnung zurückgekehrt, und sein Handy war abgeschaltet. Jemand war auch in seinem Büro gewesen und hatte sich davongemacht, als die

Polizei kam. Keine Anzeichen, dass er sich mit Gewalt Zutritt verschafft hatte. Sie würden bald grünes Licht für eine Durchsuchung seiner Wohnung haben, aber darüber machte sich Currie im Moment nicht so viele Gedanken, als wo Lewis und Edmonds jetzt waren.

»Wie läuft's bei dir da drüben?«, sagte Swann. »Hast du irgendwelche Durchbrüche geschafft?«

»Ha.«

Currie hatte mitten auf das Blatt auf seinem Tisch Lewis' Namen geschrieben. Linien liefen in Spiralen zu anderen Namen, die meisten waren mit Fragezeichen und hingekritzelten Fragen versehen. Manche waren durchgestrichen. Andere Linien führten nirgends hin.

»Okay«, sagte Swann. »Das Übliche. Sag mir mal alles, was wir wissen.«

»Wir wissen, dass Dave Lewis mindestens mit einem der ermordeten Mädchen ausgegangen ist.«

»Julie Sadler.«

»Er hatte auch Verabredungen mit Tori Edmonds, die jetzt von unserem Mörder entführt worden zu sein scheint.«

»Einverstanden. Und wo ist Lewis jetzt?«

»Wir wissen es nicht. Aber wir wissen, dass er mindestens einmal vor uns weggelaufen ist, wahrscheinlich zweimal, und er taucht nicht an den Orten auf, wo er sein sollte. Was wir nicht wissen, ist, warum.«

Swann klickte mit der Maus. »Treffer.«

»Und dann ist da noch die Tatsache, dass Lewis außer Charlie Drake die letzte Person war, die Alex Cardall gestern Abend noch lebend gesehen hat. Und das bringt uns auf Eddie Berries.«

»Sam, du hörst mir nicht zu. Ich sagte: ›Treffer.‹«

Swanns Gesicht sah im Licht des Bildschirms blassblau aus,

er hatte aufgehört, mit der Maus zu klicken. Er blinzelte nicht einmal.

Currie ging um den Schreibtisch seines Partners herum, stützte sich auf die Ecke – und erstarrte, als er das Bild auf dem Monitor sah.

Dave Lewis, in Schwarzweiß, leicht der Kamera zugewandt. Von seinem Gesicht war gerade so viel zu sehen, dass man sicher sein konnte: Er war es.

»Betrat das Einkaufszentrum um 11:57. Verließ es wieder um 12:09.«

Sie verschwenden Ihre Zeit mit mir, wo Sie doch draußen sein sollten, um den Mann zu fassen, der es war.

»Wir hatten ihn«, sagte Currie. Er begriff, dass genau diese Tatsache ihn am meisten beunruhigt hatte, als sie Lewis' Namen auf die Tafel geschrieben hatten.

»Jawoll.« Swann verschränkte die Arme und atmete tief aus. »Und wir werden ihn wieder kriegen.«

Die Kripo hatte auf diesem Stockwerk nichts so Großartiges wie eine Kantine. Stattdessen gab es einen kleinen Raum, der, wie Currie sich erinnerte, früher mal eine Toilette gewesen war. Man hatte die meisten Rohre herausgerissen, einen Kühlschrank und neben dem Waschbecken Schränke mit einer Arbeitsfläche hineingestellt und einen Kaffeeautomaten und einen Wasserkühler an der hinteren Wand angebracht. Currie wählte am Automaten »schwarz, ohne Zucker«. Es zischte und spuckte, und die Flüssigkeit blubberte in die kleine Plastiktasse.

Er hatte es natürlich nicht wissen können, aber er war trotzdem wütend auf sich selbst. Voller Zorn und Frust. Sie hatten Lewis dagehabt, direkt vor der Nase, und hatten ihn laufen lassen. So einfach war das. Und jetzt war Tori

Edmonds verschwunden. Currie durchdachte noch einmal, was geschehen war, und alles schien ihm so offensichtlich. Wenn sie weit genug zurückgingen, war er sicher, dass sie etwas finden würden, das Lewis auch mit den anderen Opfern verband. So wie es jetzt stand, hatten sie ihn erst bei Julie Sadler bemerkt. Während des Verhörs hatte Currie den Schock, den er auf Lewis' Gesicht sah, als Überraschung wegen Julies Tod missverstanden; aber jetzt sah er sehr klar, wie es wirklich gewesen war: nämlich, dass Lewis anfing, in Panik zu geraten. Er hatte gedacht, dass sie ihn nun in die Enge trieben. Als sie ihn freiließen, hatte er vermutet, er werde nicht mehr allzu viel Zeit haben, und hatte deshalb durchgestartet.

Er schob die erste Tasse weg und stellte eine zweite daneben.

Klick, *blubber*.

Natürlich war es immer leichter, sich im Nachhinein Vorwürfe zu machen. Aber Tori Edmonds war jedenfalls verschwunden. Wenn sie starb, würde es ihretwegen sein, wegen der Dinge, die sie nicht getan hatten. Ja, in der Rückschau erkannte man die Dinge besser, aber es bedeutete nicht, dass die Auswirkungen weniger vernichtend oder die Fehler, die zu ihnen führten, leichter zu entschuldigen waren. Diese Art von Argumentation änderte gar nichts. Hatte es nie getan und würde es auch nie tun.

Als er die zwei Tassen Kaffee den Flur entlangtrug, betrafen die einzigen Fragen, die noch blieben, Eddie Berries und Alex Cardall. Er verstand nicht, wie sie dazu passten. Es war möglich, dass sie nichts mit den Morden zu tun hatten, aber Currie glaubte das nicht. Lewis war an dem Tag da gewesen, als Drake und Cardall Eddie entführten, und Cardall hatte sich, kurz bevor er umgebracht wurde, mit

Lewis getroffen. Es konnte kein Zufall sein, aber er hatte keine Ahnung, wie diese Stränge zusammenhingen.
Sie würden mehr wissen, wenn sie Lewis festgenommen hatten.
Und wenn Tori Edmonds gesund und munter zu Hause war.
Er schob die Bürotür mit dem Fuß auf und stellte Swanns Kaffee neben ihm auf den Tisch. Sein Partner hatte die Ellbogen auf den Schreibtisch gestützt und das Gesicht in die Hände gelegt. Currie wusste, dass Swann sich genauso wie er über sich selbst ärgerte, denn er zerzauste sein Haar, anscheinend ohne es zu merken.
»Kaffee«, sagte er.
Swann sah langsam auf.
Currie runzelte die Stirn. »Was ist los?«
»Peter Dwyer hat gerade angerufen. Sein Team hat jetzt alle Gegenstände in Alex Cardalls Wohnung aufgenommen.«
Currie blies auf seinen Kaffee. »Und?«
»Sie haben Heroin und Geld unter losen Fußbodenbrettern im Schlafzimmer gefunden. Und rat mal, was noch?«
»Dave Lewis?«
Swann schüttelte den Kopf und lachte fast.
»Noch besser«, sagte er. »Alison Wilcox' Handy.«

23

Freitag, 2. September

Der Mann blieb während der ganzen Fahrt am Telefon. Wann immer wir auf eine Kreuzung zufuhren, gab er einfache Anweisungen und schwieg den Rest der Zeit. Als wir uns den größeren Straßen näherten, blieb er etwas zurück und hielt vorsichtig einen Sicherheitsabstand zwischen uns ein, und als wir auf die Umgehungsstraße fuhren, befahl er mir, eine konstante Geschwindigkeit einzuhalten, und blieb mit seinem Wagen noch weiter hinter mir zurück. Obwohl sonst relativ wenig Verkehr war, konnte ich sein Auto zwischen den anderen Fahrzeugen bald nicht mehr sehen.
Wenigstens bekam ich dadurch die Chance zu denken. Die Gefahr lag förmlich greifbar in der Luft, aber ich versuchte trotzdem, noch rational zu bleiben. Ich speicherte alles, was mir über ihn bekannt war.
Ich wusste, dass er männlichen Geschlechts war, dass er Auto fuhr, dass er entweder ein Auto besaß oder eines gestohlen hatte. Er verstand etwas von Technik, Computern und Mobiltelefonen. Er hatte alles durchdacht und war peinlich genau und vorsichtig bei der Ausführung. Zugleich spürte ich, dass er hinter dieser Genauigkeit voller Verachtung und Hass auf mich war. So wie er redete, klang es, als sei ich für all dies verantwortlich. Genau wie in dem Brief, den er mir in Toris Wohnung hingelegt hatte, in dem die ordentliche Handschrift mit der chaotischen, nur mühsam

kontrollierten Grammatik kontrastierte, als verliere er oft die Beherrschung.

Bis jetzt waren das nur kleine Einzelheiten und Eindrücke. Aber ich war daran gewöhnt, bei meinen Auftritten solche Dinge weiter auszuarbeiten. Wenn man genug von ihnen hatte, fügten sie sich schließlich zu einem größeren Bild zusammen.

»An der nächsten Ampel rechts.«

»Okay.«

Wir verließen die Umgehungsstraße und begannen, auf kleinen Straßen vom Rand einer Siedlung her in sie hineinzufahren. Die Rollläden einer Reihe von Geschäften auf der linken Seite waren längst geschlossen, die Rippen der Rollos waren mit Graffiti befleckt. Die Häuser waren alle niedrig und flach, langweilige Gebäude, die aussahen, als sei ihnen einmal zu oft der Kopf getätschelt worden und bei der nächsten Berührung würden sie beißen. Einen Moment später sah ich, dass sein Wagen wieder im Rückspiegel erschienen war, in der gleichen Entfernung, was mich ganz verrückt machte. Er hatte all dies abgewägt und perfekt geplant.

»Hier links rein«, sagte er. »Unter der zweiten Straßenlaterne parken, dann den Motor abstellen.«

Ich fuhr um die Ecke, bremste etwas ab, als ich an die erste Laterne kam, dann hielt ich unter der zweiten an. Bernsteingelbes Licht fiel durch die Windschutzscheibe herein. Ich stellte den Motor ab, und das plötzlich hörbare Trommeln des Regens auf dem Dach schreckte mich auf. Auf der Windschutzscheibe begannen Wassertropfen als Flecke zu erscheinen, die sich zu gelben Spinnennetzen verzerrten.

Hinter mir parkte der Mann gleich um die Ecke in der Querstraße und ließ diesmal einen größeren Abstand zwischen uns.

Ich schaute zu beiden Seiten aus den Fenstern, hatte aber keine Ahnung, wo wir waren. Auf der linken Seite standen Wohnhäuser mit strengen grauen Fassaden. Auf der anderen Straßenseite lagen hinter spitzen Eisenzäunen abschüssige Teerflächen, die sich bis zu einstöckigen Lagerhäusern hin erstreckten. Eine Telefonzelle mit eingeschlagenen Scheiben stand direkt hinter einem Briefkasten auf dem durchnässten Grasstreifen.
»Warum diese Stelle hier?«
»Wirst du noch herausfinden.«
Ich blickte in den Spiegel und sah es. Eine Überwachungskamera an dem ersten Laternenpfahl, die zu mir hin zeigte. Kurz davor hatte er geparkt.
»Also, was passiert jetzt?«
»Jetzt machst du die Schachtel auf.«
»Okay.«
Ich war nervös, was ich wohl finden würde, aber ich zog an den Laschen, und sie ließ sich leicht öffnen. Auf den ersten Blick schien die Schachtel leer zu sein. Erst als ich sie schief hielt, raschelte etwas, und dann sah ich die Umrisse einiger Gegenstände. Mir wurde klar, worin der Inhalt bestand, und ich schob den Karton wieder auf den Beifahrersitz.
Kleider.
»Die Polizei macht eine Bestandsaufnahme«, sagte der Mann. »Jemand, der dem Opfer nahesteht, soll dann sagen, ob etwas fehlt.«
Ich versuchte, den Schrecken zu unterdrücken, den ich fühlte.
»Aber wer bemerkt schon ein Paar Jeans?«, sagte er. »Oder ein Oberteil? Besonders wenn es jemand ist, dem so wenig daran lag.«
»Warum haben Sie sie behalten?«

»Weil sie wertvoll für mich waren. Nimm das Telefon heraus.«
»Was?«
»Das Scheißhandy. Es liegt oben drauf.«
Ich griff hinein und fand es. Als ich es herausholte, streiften meine Finger etwas Weiches, und ich zuckte zurück. *Nur Kleider*. Aber sie waren befleckt von den Umständen, unter denen sie hierhergekommen waren. Er hatte sie genommen, während ein Mädchen ausgezehrt und tot neben ihm im Zimmer lag. Julie ...
»Schalt es an.«
Es war ein altes Modell von Nokia. Man musste einen Fingernagel oben reinstecken, um es zu aktivieren. Ich drückte die Taste und wartete dann, während das Handy startete und ein Bild auf dem Display erschien.
»Geh zu ›gesendete Nachrichten‹. Es gibt nur eine. Öffne sie.«
Ich klickte weiter und wählte sie aus. Die Nachricht erschien.

Hi. Tut mir leid, dass ich mich nicht gemeldet habe. Alles in Ordnung, hab nur zu tun. Hoffe, bei dir auch alles ok. Vielleicht holen wir's bald mal nach. Tori

Oh Gott.
»Ist das ihr Handy?«
Er beachtete mich nicht. »Drück ›weiterleiten‹, dann geh zu ›Kontakte‹. Du wirst da ein Mädchen namens Valerie finden. Schick ihr die Nachricht.«
Ich hatte also recht gehabt. Der Mann versuchte mich in die Pfanne zu hauen. Aber man konnte nicht einfach Schuld von einer Person zu anderen verlagern. Die Polizei würde

das merken. Er glaubte doch sicher nicht, dass ihm so etwas gelingen würde.
Vielleicht doch, wenn er verrückt ist.
»Aber ...«
»Tu's jetzt. Halte die Handys nahe nebeneinander, damit ich den Ton hören kann.«
Ich scrollte nach unten, bis ich Valeries Namen fand, und sah im Spiegel wieder zur Überwachungskamera. Deshalb war ich hier, damit ich mich selbst belastete und dies auf Film aufgezeichnet wurde. Die Polizei würde lokalisieren, von wo die Nachricht geschickt wurde, dann die Aufnahmen der Überwachungskamera überprüfen und meinen Wagen sehen.
Ich scrollte Toris Kontakte-Liste hoch und markierte stattdessen meinen eigenen Namen.
Das würde funktionieren. Der Mann würde den Ton hören und glauben, ich hätte die Nachricht geschickt. Und wenn die Polizei mich als Verdächtigen betrachtete und mein Handy ortete, würde dies als deutlicher Widerspruch erscheinen.
Mein Daumen berührte schon die Taste ›Auswählen‹.
Dann hielt ich inne, denn etwas Schreckliches fiel mir ein.
Wie vorsichtig wird er wohl sein?
»Was dauert so verdammt lange?«
»Ich bin dieses Handy nicht gewohnt«, sagte ich. »Tut mir leid.«
Ich drückte ›Abbrechen‹, dann das Menü und dann ›Kontakte‹. Scrollte hinunter, *Valerie*, *Valerie*, Valerie ...
›Auswählen‹.
»Wenn du die SMS nicht schickst«, sagte der Mann, »lege ich auf und fahre weg. In den nächsten fünf Sekunden bringst du sie dadurch um.«

Das Display zeigte an, dass ich Valeries Nummer anwählte. Ich konnte das Klingeln nur gedämpft hören und brach den Anruf sofort ab. Einen Moment hatte ich den schrecklichen Verdacht gehabt, dass es keine Valerie *gab*, dass Valeries Handy das in der Hand des Mannes dreißig Meter hinter mir war und dass er mich nur testete. Ich hatte mich vergewissern müssen.
»Okay.«
Schwitzend klickte ich schnell wieder weiter und schickte die Nachricht an mich selbst.
Das Gesendet-Signal ertönte.
»Haben Sie das gehört?«
»Ja. Ich hab's gehört. Schalt das Handy ab.«
»Was jetzt?«
»Steig aus«, sagte er, »und geh die Straße runter. Nummer sechsundzwanzig ist ungefähr fünf Häuser weiter von da, wo du jetzt stehst. Die Haustür ist offen. Geh rein.«
»*Was?*«
»Tu einfach, was ich dir sage, verdammt noch mal. Schau dich nicht um und tu das Handy weg, damit man es nicht sieht.«
Er legte auf.
Ich stieg aus und stand sofort im Regen, der mich weiter verfolgte, als ich die Straße hinunter an einem Haus nach dem anderen vorbeiging.
Jetzt hatte ich Angst. Warum wollte er, dass ich in einem Gebäude war? Würde er mir nachkommen? Aber ich wollte mich seinen Anordnungen nicht widersetzen, indem ich mich umdrehte. Ich war froh, dass ich das Messer bei mir hatte, und hoffte nur, dass ich Gelegenheit haben würde, es zu benutzen.
Was machst du da bloß?

Nummer sechsundzwanzig.

Es war eine kleine, triste Doppelhaushälfte, deren betonierter Vorgarten durch ein Eisentor von der Straße abgetrennt war. Das Tor quietschte laut und kratzte beim Öffnen über den Boden, und als ich es losließ, sackte es klappernd hinunter. An der Haustür sah ich nach oben. Kein Licht. Kein Geräusch von drinnen. Das Haus war leer und still, genau wie es Toris Haus gewesen war.

Tief atmen.

Es war nicht abgeschlossen, ich drehte den Griff und trat in einen schmalen Flur. Der Wind fegte hinter mir herein und ließ ein neben der Tür hängendes Windspiel klirren. Eine Treppe führte rechts nach oben, geradeaus ging es zu einer dunklen, vom Mondlicht erhellten Küche. Vom Flur gingen zwei Türen links ab, beide waren zu.

Ich schloss die Haustür, er hatte mir nicht gesagt, ich solle das nicht tun, nahm mit einer Hand das Messer heraus, mit der anderen das Handy und wartete darauf, dass er anrief. Sekunden verstrichen, und nichts passierte. Das Handy blieb so dunkel und stumm wie das Haus um mich herum. Dann hörte ich es und schaute die Treppe hoch.

Ein gedämpfter Klagelaut von oben.

Tori. Ich zögerte keinen Moment.

Oben war das Summen von Fliegen in der Luft lauter, und der Geruch kam mir entgegen. Es war, als stiege man in eine schwarze Wolke. Ein ekelhafter Dunstschleier in der Luft, auf den ich unwillkürlich mit Abscheu reagierte. Es erinnerte mich an damals, als ich meinen Vater zum letzten Mal im Hospiz besucht hatte, als seine Haut gelb war und er ausgesehen hatte, als schwitze er den Tod aus. Der gleiche widerlich-süße Krankheitsgeruch, von dem hier die Luft geschwängert war.

Ich hielt mir den Ärmel vors Gesicht und stieß die Schlafzimmertür auf.
Die Vorhänge waren zurückgezogen und ließen einen Lichtstreifen hereinfallen, der wie eine Decke über dem Mädchen auf dem Bett lag. Fliegen surrten wie kleine schwarze Blitze hindurch.
Oh Gott.
Ich wäre fast hingefallen.
Es sah nicht einmal wie ein richtiger Mensch aus. Sie war zu reglos, eine Sache statt eines menschlichen Wesens. Eine Wachspuppe, die nackt und mit ausgestreckten Gliedern auf dem Bett lag. Ich bemerkte die dicken Lederbänder, mit denen ihre Handgelenke unter den schrecklich gespreizten Fingern an die Bettpfosten gefesselt waren. Ein Strick war um ihren Kopf gebunden, der ihr in den Mund schnitt.
Eines ihrer Augen war geschlossen. Das andere stand einen kleinen Spalt offen, und ein weißer Halbkreis war zu sehen.
Alles vollkommen reglos.
Ganz benommen machte ich einen Schritt auf das Bett zu, um das Gesicht deutlicher zu sehen und mich zu vergewissern ... und als ich sicher war, stolperte ich rückwärts, das Herz schnürte sich mir zusammen. Emma.
Das Handy klingelte.
Meine Hand zitterte, als ich es ans Ohr hob. Ein paar Sekunden hörte ich nichts außer Fliegen auf ihren sirrenden schrägen Bahnen in der Luft. Als seine Stimme endlich zu hören war, war sie kälter und gefühlloser als alles, was ich je gehört hatte.
»Du hast sie sterben lassen.«
Es stimmte ja nicht, aber die Brutalität seiner Worte durchdrang alle rationalen Argumente, die ich mir vorsagen

konnte. Emma, die hier die ganze Zeit vergessen gelegen hatte, ohne dass jemand sich um sie kümmerte. An die ich kaum jemals gedacht hatte, seit sie weggegangen war. Nicht einmal mehr ein Mensch. Nur ein Ding, das jemand auf dem Bett hatte liegen lassen.
»Warum?«, sagte ich leise.
»Du hast gedacht, du wärst ein besserer Mensch.« Und so schroff er auch weiterhin klang, konnte ich erraten, dass ihm dies hier irgendwie Vergnügen bereitete. »Aber du siehst jetzt, dass du nicht besser bist als alle anderen. Dass du dich überhaupt nicht um Menschen kümmerst, wenn es schwierig für dich wird.«
»*Warum tun Sie das?*«
»Das hättest du dich selbst fragen sollen. In jeder Sekunde, in der du nichts getan hast.«
Ich schloss die Augen.
Obwohl ich Emma jetzt nicht sehen konnte, roch ich doch die Verwesung. Und ich fühlte etwas Bedeutsameres, das in der Luft hing. Ich fühlte mich wie ein Sünder, der allein in der würdevollen, widerhallenden Stille einer Kathedrale stand.
»Was wollen Sie von mir?«, sagte ich.
»Nichts.«
»Was?«
»Nichts. Du hast sie schon einmal verlassen. Jetzt musst du es nur wieder tun. Geh hinaus, setz dich in dein Auto und fahr weg.«
»Was? Ich soll sie einfach hier liegen lassen?«
»Genau wie du es vorher gemacht hast.«
Ich öffnete die Augen, zwang mich, sie anzusehen, und versuchte, das Mädchen, das ich gekannt hatte, ganz bewusst aus meinem Kopf zu verbannen. Dies war nicht Emma. Ich

konnte jetzt nichts für sie tun. Alles, was ich hätte tun können, wäre in der Vergangenheit gewesen.
»Oder kannst du dich nicht aufraffen, dich um Tori zu kümmern?«
Es tut mir leid, Emma.
»Gut.«
Ich drehte mich um und verließ das Schlafzimmer. Ging die Treppe hinunter. Die Haustür war noch zu.
»Ich komme jetzt raus, ja?«, sagte ich. »Und dann?«
Ein paar Sekunden antwortete der Mann nicht.
»Wir sind fertig für heute Abend«, sagte er. »Wir werden morgen wieder Spaß haben. Es ist mir egal, wo du inzwischen hingehst. Aber die Polizei wird nach dir suchen. Wenn du mit ihnen Kontakt aufnimmst, wirst du nie wieder von mir hören. Ich werde dich beobachten.«
»In Ordnung.«
»Denk dran, Dave«, sagte er schnell. »Streng dich wirklich an. Du meinst vielleicht, du bist so *verdammt schlau*, aber das bist du nicht. Du hast keine Ahnung, was ich alles kann.«
Ich machte die Haustür auf und trat hinaus. Lohnte es sich, meine Fingerabdrücke wegzuwischen? Ich wusste nicht, ob mich das eher weniger oder mehr belasten würde. Es war wohl besser, nichts zu tun.
»Ich verstehe«, sagte ich.
Er lachte mich aus, machte sich lustig über diesen Gedanken.
Und dann brach die Verbindung ab.
Ich trat wieder in die Nacht hinaus. Das leise Trommeln des Regens, das sofort wieder da war, erschreckte mich, und ich zitterte. Ein letzter Blick auf das in tiefem Schweigen dastehende Haus – *es tut mir so leid* –, und dann ging ich zu

meinem Wagen zurück, die ganze Zeit der Überwachungskamera zugewandt.

Weiter vorn war die Straße schon leer, der Mann war weggefahren.

Und doch spürte ich bei jedem Schritt seinen Blick auf mir.

Vierter Teil

24

Samstag, 3. September

Als ich wieder am Wagen war, wusste ich nicht, was ich als Nächstes tun sollte. Wohin konnte ich gehen? Alle Räume, zu denen ich Schlüssel hatte, waren nicht sicher. Auch den Tank füllen und weiterfahren konnte ich nicht, denn die Polizei würde nach dem Auto Ausschau halten und vielleicht sogar mein Konto überwachen. Der Tank war noch viertel voll, ich hatte etwa zehn Pfund im Geldbeutel, und es gab auch keine einfache Möglichkeit, ihn aufzufüllen. Aber ich fuhr, ohne weiter nachzudenken, trotzdem los, denn hier sollte ich jedenfalls nicht bleiben.
In chaotischer Verfassung fuhr ich zunächst ziemlich ziellos umher, bis mir etwas einfiel. Ich packte das Lenkrad fester.
Du hast keine Ahnung, was ich alles kann.
Ich wusste nicht, wie oder warum, aber der Killer hatte mich aus irgendeinem Grund bewusst gewählt. Und wenn er über Julie und Emma Bescheid wusste, wusste er vielleicht auch von Sarah.
Sofort setzte ich den Blinker und bog an der nächsten Kreuzung ab. Aber dann, als ich fast dort war, kamen mir Zweifel an dem, was ich im Begriff war zu tun. Was war, wenn er gar nichts von ihr wusste? Wenn ich bei ihr vorbeiging, selbst wenn ich sie nur anrief, brachte ich sie vielleicht damit in Gefahr.
Ich wusste nicht, was ich tun sollte.

Eigentlich wollte ich nur anhalten und mich fallen lassen. Jemand anderen sich mit all diesen Dingen befassen lassen. Letztendlich fuhr ich ihre Straße hinunter und behielt das Haus im Auge, mit der Absicht, schnell daran vorbeizufahren und nachzusehen, ob irgendetwas daran verdächtig aussah oder nicht stimmte. Aber da hatte ich Glück: Nicht weit von ihrem Haus entfernt gab es einen Parkplatz. Er war weit genug weg, dass der Mörder, sollte er mich beobachten, nicht wissen konnte, warum ich da war, aber so nah, dass ich schräg auf die Vorderseite des Gebäudes und die Tür schauen konnte. Ich hielt an. Im Zusammenhang all dessen, was passiert war, kam ich mir vor, als hätte ich das große Los gezogen.

Ich saß benommen da, war aber entschlossen. Es würde nichts bringen, wenn ich zu schlafen versuchte, und sonst konnte ich nirgends hingehen. Ich würde also die Nacht über hier sitzen und, soweit möglich, sicherstellen, dass Sarah nichts passierte.

Der Regen klang jetzt fast friedlich. Ich fing an, über das Geschehene nachzudenken, und versuchte das, was ich erfahren hatte, in ein größeres Bild einzupassen.

Der Mörder hatte gelacht, als ich sagte, ich verstehe, aber es war offensichtlich, dass ich mich in großen Schwierigkeiten befand. Vielleicht würde es ihm am Ende doch nicht gelingen, mir auf diese Weise etwas anzuhängen, das auf lange Sicht einer genauen Untersuchung standhalten würde. Andererseits hatte ich vielleicht die Möglichkeit unterschätzt, eine überzeugende, komplette Illusion zu erzeugen. Eine Handvoll kleiner Einzelheiten. Nicht so schwer.

Aber warum ausgerechnet ich?

Du meinst vielleicht, du bist so verdammt schlau, aber das bist du nicht.

Da täuschte er sich. Ich kam mir gar nicht schlau vor. Im Gegenteil, so wie ich da saß, kam ich mir vor wie der dümmste Mensch auf der Welt.

Ich wusste, ich sollte zur Polizei gehen, mich stellen und alles zu erklären versuchen – und jedes Mal, wenn ich die Augen schloss, sah ich Emmas ausgemergelten Körper vor mir. Ihr Gesicht schien zu fragen, warum ich sie vergessen hatte und wie ich es über mich bringen konnte, sie jetzt abermals zu verlassen.

Aber die Erinnerung ließ mich auch an Tori denken. Wenn ich aufgab, würde irgendjemand sie genauso finden. Solange ich glaubte, dass sie noch lebte, musste ich weitermachen. Ich würde nie mehr in den Spiegel schauen können, wenn ich es nicht versuchte.

So verbrachte ich die Nacht im Wagen zusammengekauert, und all diese Gedanken gingen mir immer und immer wieder durch den Kopf. Irgendwann hörte es auf zu regnen, außer dem Geräusch des Windes war alles still. Schließlich hörte ich Vögel und sah, dass der obere Rand der Sonne am Horizont erschienen war. Sie stieg langsam weiter hoch, und ein gelber und orangefarbener Wolkenschleier breitete sich aus und ließ die Überbleibsel des Unwetters vom Abend sehen: Wolkenfetzen wie Blutergüsse am Himmel. Kurz nach sieben ging in Sarahs Wohnung ein Licht an. Ich beobachtete weiter, und ein zweites erschien daneben.

Es war ihr nichts passiert.

Leicht zitternd ließ ich den Motor an und fuhr davon.

Um halb neun saß ich in einem großen Café außerhalb der Stadt. Es war ein typisches billiges Schnellrestaurant, an jeder Oberfläche schienen Schmutz und Fett zu haften. Flaschen mit verkrusteten braunen Soßenresten und Ketchup standen auf den Resopaltischen. Kostproben von beidem klebten als hilfreiche Hinweise an den eingeschweißten Speisekarten.

Das Café lag an der Straße, die am Haus meiner Eltern vorbeiführte, ein paar Meilen entfernt. Ich erinnerte mich daran von den Fahrten im Schulbus her, weil es immer so aussah, als sei es voller Lkw-Fahrer, und als Mutprobe wagten sich manchmal die couragiertesten Oberstufenschüler hinein. Damals war dem Lokal eine merkwürdige und fast exotische Gefährlichkeit eigen. Jetzt hatte ich das Café zum ersten Mal wirklich betreten, und es erwies sich als eine ganz normale Imbissstube. Zu dieser Tageszeit standen nur ein paar wettergegerbte Fahrer, die Auslieferungen machten, am anderen Ende des Tresens, lachten laut über ihre eigenen Witze und schäkerten gelegentlich mit der Bedienung. Von jenseits des Tresens hörte ich Speck brutzeln, Pfannen wurden ausgekratzt, und eine Kaffeemaschine klang, als wolle sie Schleim hochhusten.

Beim Vorbeifahren hatte mein Körper mir den spontanen Entschluss eingegeben, hier anzuhalten und etwas zu essen. Erst als ich neben dem Briefkasten geparkt hatte, wurde mir klar, wie hungrig ich war.

Ich trank langsam einen schwarzen Kaffee. Die Überreste meines Frühstücks standen neben den drei Handys – mein eigenes, das von Tori und dasjenige, das der Mörder mir überlassen hatte – vor mir auf dem Tisch. Der Kaffee war heiß, bitter und stark. Nach jedem Schluck hing mir der Geschmack im Mund wie eine Farbschicht.

Wenigstens gab mir dies die Möglichkeit, mich zu beschäftigen, denn außer auf den Anruf des Mörders zu warten, hatte ich keine Ahnung, was ich tun sollte mit diesem wunderbaren Tag, der vor mir lag. Ich wärmte meine Hände an

dem langsam abkühlenden Becher, als die Bedienung zu mir herüberkam.
»Sind Sie fertig?«
»Ja. Es war gut, danke.«
Sie lächelte und fing an abzuräumen. Wenn sie es merkwürdig fand, dass ich drei Handys auf dem Tisch liegen hatte, war sie so nett, es nicht zu erwähnen.
Als sie fertig war, nahm ich mein Handy und starrte das leere Display an. Ich war völlig von meinem alten Leben abgeschnitten. Das Ich, das es vor einer Woche gegeben hatte, war wie etwas auf der anderen Seite eines Spiegels. Der Kaffee hatte mich aus meinem traumähnlichen Zustand geweckt, in dem ich während der Nacht gewesen war, und ich spürte unter der Oberfläche hin und wieder Panik. Traurigkeit ergriff mich. Mehr als alles in der Welt wollte ich eine Art Rückblende ... Ich wünschte mir einfach die Normalität zurück.
Ich schaltete mein Telefon an. Von hier würde ich ja sowieso bald verschwinden.
Es quälte mich, wie lange das Handy brauchte, um hochzufahren und das Netz zu finden. Es sah aus, als tue es nichts. Ich wartete und spürte eine lächerliche Erregung, ein Brennen im Herzen.
Piep.
Zwei neue Nachrichten.
Ich wartete noch zwei Sekunden, aber das war wohl alles.
Die erste Nachricht war die, die ich gestern Abend von Toris Handy geschickt hatte.
Die andere war von Sarah. Sie hatte sie geschickt, als ich in der Küche meiner Eltern saß und das Handy schon abgeschaltet hatte.

Hi. Wär gut, mit dir zu reden, wenn du Zeit hast. Mach mir etwas Sorgen. Alles kam mir so schön vor, jetzt bin ich ehrlich gesagt 'n bisschen verwirrt. Alles ok mit uns? Wir reden bald. Mach's gut xSx

Absurderweise spürte ich ein leichtes Stechen von Tränen in den Augen und musste schnell ein paarmal blinzeln, um sie zurückzuhalten. *Nimm dich zusammen.*
Das Handy vibrierte.

(Unterdrückte Nummer)

Ich sah mich um. Die anderen Gäste waren alle schon hier gewesen, als ich kam, und sie saßen so weit weg, dass sie mein Gespräch nicht hören würden. Aber ich wandte mich doch leicht ab, als ich mich meldete.
»Hallo?«
»Dave Lewis?«
Ich erkannte ihn gleich. *Verdammt.*
»Detective Sam Currie. Wir haben vor ein paar Tagen miteinander gesprochen.« Er klang wissbegierig, fast freundlich. »Wo sind Sie im Moment, Dave?«
Es brachte nichts zu lügen. Er würde es sowieso bald wissen. »Ich bin in einem Café.«
»In welchem? Wir müssen wirklich mit Ihnen reden. Sagen Sie, wo Sie sind, wir kommen dann vorbei und holen Sie ab.«
»Nein«, sagte ich. »Das kann ich nicht tun.«
»Dave, wir haben einen Haftbefehl gegen Sie. Sie machen es nur schwierig für sich selbst, wenn Sie uns nicht verraten, wo Sie sind. Wir können kommen, Sie holen und die ganze Sache klären. Was sagen Sie dazu?«

Ich sagte nichts. Es *gab* nichts zu sagen. Er hatte recht, aber das spielte keine Rolle. Und ich konnte nicht erklären, wieso.
»Okay«, sagte er und änderte seine Taktik. »Wie wär's, wenn Sie mir stattdessen sagen, wo sie ist?«
»Wer?«
»Sie wissen, wer.« Eine Pause. »Tori Edmonds. Kommen Sie doch beide zusammen her. Wir können das alles jetzt zu Ende bringen. Sie wollen ihr doch nicht weh tun, oder?«
Ich sagte: »Nein.«
»Wir wissen, dass Sie gestern in ihrer Wohnung waren.«
Ich sagte nichts.
»Warum waren Sie dort, Dave? Helfen Sie mir. Ich will es verstehen.«
»Ich kann jetzt nichts erklären.«
»Warum nicht?«
Ich machte den Mund auf, um etwas zu sagen, ich wusste nicht, was, aber dann schloss ich ihn sofort wieder. Seine letzte Frage störte mich plötzlich.
Warum war ich in Toris Wohnung gewesen?
Bei all dem, was passierte, war ich zu sehr damit beschäftigt gewesen, die Ereignisse, wie sie nacheinander geschahen, zu analysieren. Ich hatte nicht genug Zeit drauf verwendet, über die Situation als Ganzes nachzudenken. Es war fast einen Monat her, seit ich Tori zuletzt gesehen hatte. Davor, ausgenommen Staunton, war es nahezu ein halbes Jahr gewesen. Der Brief des Mörders hätte ewig da liegen können, wenn ich nicht vorbeigekommen wäre. Warum also war ich hingegangen?
»Dave«, sagte Currie. »Zum letzten Mal. Sagen Sie mir, wo …«
Ich brach den Anruf ab.

Wie hatte ich nur vorher nicht daran denken können? Ich musste mich aufmachen. Statt keinen Ort zu haben, wo ich hinkonnte, gab es doch einen, an dem ich vor Stunden schon hätte sein sollen. Der erste verdammte Ort, an den ich hätte gehen sollen.
Ich nahm die Telefone und steckte sie in die Tasche, dann machte ich mich auf den Weg zum Wagen.
Der Briefkasten und der Imbiss schwangen im Rückspiegel zur Seite, dann verschwanden sie, als ich anfuhr und davonrauschte. Und dann, während ich mich noch dafür verfluchte, wie dumm ich gewesen war, schaltete ich einen Gang höher und fuhr in die Stadt.

25

Samstag, 3. September

Sam Currie nahm einen Schluck Kaffee und versuchte, seine Gedanken zusammenzuhalten.
Es war nicht leicht. Er und Swann hatten die Nacht durchgearbeitet, und irgendwann in den frühen Morgenstunden hatte er den Punkt absoluter Erschöpfung überschritten. Jetzt kam er sich wie ein Schlafwandler vor und konnte sich kaum auf etwas konzentrieren. Es geschah zu viel, und jedes Mal, wenn er versuchte, einen einzelnen Teil der Ermittlung anzupacken, schienen ihm die anderen zu entgleiten.
Der eine Gedanke, an dem er festhalten konnte, war:
Wir hatten ihn. Und wir haben ihn gehen lassen.
Das was der einzige, der wichtig war, oder?
Er ging durch das Büro der Zeitschrift *Anonymous Skeptic* und starrte aus dem Fenster auf die Straße hinunter. Die Leute dort schienen beim Vorbeigehen Muster zu bilden. Wenn er lange genug hinstarrte, verschwamm alles vor seinem Blick, und sie lösten sich alle in vage Formen und Farben auf.
Mein Gott.
»Sir?«
Er drehte sich um. Einer seiner Mitarbeiter zeigte auf einen Stapel Festplatten an der Wand.
»Wollen Sie die alle haben?«
Er nickte. »Alles.«

Auf der anderen Seite des Zimmers lehnte Lewis' Kollege Rob Harvey sich auf seinem Stuhl zurück und sah nicht gerade glücklich aus über das, was sich um ihn herum tat. Denn vier Polizisten waren dabei, die meiste Hardware und die Unterlagen aus dem Büro mitzunehmen, und – wie Harvey mehrmals erwähnt hatte – der Redaktionsschluss für die nächste Ausgabe nahte. Currie erklärte, das sei eben Pech, und es sei ihm ziemlich egal. Harvey hatte ihn nur angestarrt. Currie hatte sich kurz gefragt, ob der Mann am Asperger-Syndrom leide.

Später hatte es ihm leid getan. Nach seinem anfänglichen Ärger hatte Currie erklärt, wie wichtig es war, dass sie Dave Lewis fanden, zu seinem eigenen Besten genauso wie dem anderer, und Harvey hatte ein wenig eingelenkt. Er hatte sich bereit erklärt, noch eine Weile hierzubleiben, für den Fall, dass Lewis versuchte, telefonisch Kontakt aufzunehmen. Wenn er das tat, würde Harvey abnehmen, so tun, als sei alles normal, und versuchen, Lewis lange genug ins Gespräch zu verwickeln, dass der Anruf lokalisiert werden konnte.

Und zumindest hatten sie einen Ausgangspunkt durch das Gespräch, das er gerade selbst mit Lewis geführt hatte.

Ich kann jetzt nichts erklären.

Was zum Teufel sollte das heißen? Er wusste, dass er sich hinsetzen und sich die Aufnahme dieses Gesprächs anhören und analysieren sollte, wie Lewis klang, damit sie herausarbeiten konnten, was in seinem Kopf vorging und wie sie ihn überreden könnten, zu ihnen zu kommen. Aber es war eine anstrengende Nacht gewesen. Die Ermittlung hatte den Siedepunkt erreicht, und neue Entwicklungen ergaben sich schneller, als er sich mit ihnen befassen konnte. Ja, der Druck fühlte sich an, als würde er selbst langsam gekocht.

Gleich nachdem Dave Lewis auf den Aufnahmen der Überwachungskamera erkannt wurde, hatte ein Team damit begonnen, seine Wohnung zu durchstöbern. Sie hatten seinen Laptop zur weiteren Überprüfung mitgenommen und waren jetzt mit einer gründlichen Durchsuchung all seiner Habe beschäftigt. Bis jetzt hatten sie nichts gefunden.
Andere Beamte befassten sich mit älteren Fällen und versuchten, eine Verbindung herzustellen. Bis jetzt auch hier nichts.
Aber die Nacht hatte auch neue Entwicklungen gebracht. Zunächst gab es die SMS, die Lewis von Tori Edmonds' Handy aus geschickt hatte. Unter normalen Umständen wäre Currie über eine solche Neuigkeit hocherfreut gewesen, aber das war ja tatsächlich nur das Wenigste gewesen. Denn sie hatten nicht nur Lewis auf Film, wie er eine SMS verschickte, sondern die Kamera hatte ihn auch dabei erfasst, wie er in das Haus ging. Und über das, was sie dort gefunden hatten, konnte man sich nicht freuen.
Sie hatten Emma Harris' Identität bestätigen können und wussten, dass auch sie mit Dave Lewis bekannt gewesen war. Ihre Freunde hatten die nun schon vertrauten SMS-Nachrichten bekommen. Lewis schien immer schneller zu handeln und sich kaum mehr etwas aus den Fehlern zu machen, die ihm dabei unterliefen, was auf einen baldigen Zusammenbruch hindeutete. Currie wusste nicht, was der Mann vorhatte, aber er war sicher, es würde für Tori Edmonds nicht gut sein, wenn er sein Ziel erreichte.
Du hattest ihn. Du hattest ihn, verdammt noch mal.
Curries Telefon klingelte und irritierte ihn. Er stellte seinen Kaffee auf den Tisch und ging dann in den Flur hinaus, um das Gespräch anzunehmen.
»Sam? Hier James. Wie läuft's dort bei euch?«

Swann war im Büro und koordinierte die Aktivitäten an den verschiedenen Orten.

»Es geht.« Currie rieb sich die Augen und kniff sich leicht in die Nasenwurzel. »Wie steht's bei dir?«

»Ein paar Fingerabdrücke in Emma Harris' Wohnung. Natürlich werden wir nicht wissen, ob sie von Lewis sind, bis wir von dem Scheißkerl Abdrücke nehmen können.«

»Wir wissen, dass er dort war.«

»Ja. Und natürlich sind wir in der gleichen Situation wie bei den Abdrücken in Cardalls Wohnung.«

Currie nickte. Sie waren noch nicht sicher, wie Alison Wilcox' Handy dort unter die Dielen gekommen war. Das einzige schlüssige Szenario war, dass Lewis Drake und Cardall nachgegangen war, nachdem sie bei ihm gewesen waren, dass er Cardall getötet und das Handy dort hingelegt hatte. Aber sie hatten keine Ahnung, warum.

Die Frage stand neben einer anderen im Raum, die ihm im Lauf der Nacht eingefallen war. Wenn Lewis Tori Edmonds entführt hatte, warum hatte er dann zu Charlie Drake gesagt, er mache sich Sorgen um sie? Eine der Antworten lag auf der Hand, nämlich dass Lewis gern seinen Spaß mit anderen trieb. Das hatte er doch auch während der vorhergehenden Morde getan, oder?

Aber trotzdem. Etwas daran fühlte sich einfach nicht richtig an.

»Irgendein Anzeichen von Charlie Drake?«

»Spurlos verschwunden«, sagte Swann. »Er ist nicht mal im Wheatfield, um seinen Kummer zu ertränken.«

»Mist.«

»Aber wir haben einen Bericht von dem Team in Lewis' Elternhaus bekommen.«

»Gibt's da irgendwas?«

»Niemand dort, allerdings sieht es aus, als hätte er einiges eingepackt. Ein paar Lampen waren an. Scheint ziemlich wahrscheinlich, dass er zumindest einen Teil der Nacht dort verbracht hat.«

Erst als sie am Morgen versuchten, seine Familie zu finden, hatten sie herausbekommen, dass Lewis zusätzlich zu seiner Wohnung, die er gemietet hatte, noch eine Immobilie besaß. Eine weitere Gelegenheit, die sie verpasst hatten.

»Das Team ist noch dort. Sie durchsuchen alles, aber bis jetzt haben sie nichts offensichtlich Verdächtiges gefunden.«

»Das hört sich ja deprimierend bekannt an.«

»Aber wir haben einen Durchbruch, was sein Handy betrifft.«

Das munterte Currie etwas auf. »Ja?«

»Ja. Er hat es angeschaltet gelassen, und wir verfolgen den Standort laufend. Sieht aus, als säße er in einem Auto.« Er unterbrach wieder. Currie bekam nicht mit, was er sagte, aber er sprach mit jemandem im Büro. »Die Kollegen sind unterwegs und dürften ihn in Kürze aufgreifen.«

»Das ist doch schon was.«

Aber was werden sie vorfinden, wenn sie hinkommen?

»Noch etwas. Aber das ist merkwürdig«, sagte Swann. »Wir wissen doch, dass er gestern Abend eine SMS von Tori Edmonds' Handy aus geschickt hat, als er mit der Überwachungskamera erwischt wurde.«

»Weiter.«

»Wir haben die Nummer festgestellt. Weißt du, wohin er die SMS geschickt hat? An sein eigenes Telefon.«

Currie dachte darüber nach. Runzelte die Stirn. Warum hätte er das tun sollen?

»Das ist wirklich merkwürdig.«

»Merkwürdig und ungewöhnlich. Hoffentlich können wir ihn in Kürze fragen, warum.«
»Ich freu mich drauf.«
Swann zögerte. »Mit dir alles in Ordnung, Sam? Du klingst müde.«
»Ich bin nicht müde. Hör zu, gib mir Bescheid, wenn sie Lewis finden. Und sie brauchen vielleicht bewaffnete Verstärkung. Oder einen Vermittler.«
»Ich bleib dran. Was ist mit dir?«
»Ich schließe hier ab und komme dann zu dir rüber.«
»Okay. Bis gleich.«
»Mach's gut.«
Currie legte auf.
Ich bin nicht müde, hatte er gerade gesagt, wo doch nichts weiter von der Wahrheit entfernt war. Aber selbst wenn er jetzt die Gelegenheit gehabt hätte, sich hinzulegen und zu schlafen, hätte es nicht funktioniert. Sein Kopf war zu voll von Gedanken an Tori Edmonds und was mit ihr passieren konnte oder vielleicht schon passiert war. Und er wusste auch, woran ihn dieses Gefühl erinnerte – an das Zeitfenster, in dem er die Gelegenheit gehabt hatte, seinen Sohn zu besuchen, und es nicht getan hatte. In seinem Kopf war Tori Edmonds wie Neil geworden. Jedes Hindernis auf dem Weg zu ihrer Auffindung, sei es tot oder lebendig, erinnerte ihn an sein eigenes Zögern. Jede verwirrende Neuigkeit ließ ihn noch angespannter werden.
Als er ins Büro zurückkam, dampfte sein Kaffee noch, und er nahm ihn und trank einen Schluck. Koffein sollte einen angeblich aufmöbeln, aber er war sicher, dass das ein Mythos war. Auf ihn hatte Kaffee nie diese Wirkung, sondern schien nur einen schlechten Geschmack im Mund zu hinterlassen, auf den er sich dann konzentrieren konnte.

Er trug ihn zu Rob Harvey hinüber. »Tut mir leid wegen all der Umstände.«

Harvey zuckte mit den Schultern und lächelte ein wenig verlegen.

»Ist schon in Ordnung. Natürlich mach ich mir einfach Sorgen. Er ist ja mein Freund, wissen Sie.«

»Ja. Das verstehe ich. Aber Sie verhalten sich richtig.«

Natürlich brauchten sie jetzt nach Swanns Nachricht über das Handy Harvey wahrscheinlich nicht mehr.

»Wenn Sie gehen müssen, tun Sie das ruhig«, sagte Currie.

»Im Moment ist es hier okay.«

»Also ...«

Sein Handy klingelte schon wieder. *Mist.*

»Ich muss das Gespräch annehmen, tut mir leid.«

Er ging wieder auf den Korridor, um abzunehmen, denn er hoffte, dass es um Nachrichten über die Verfolgungsjagd ging. Um eine *gute Nachricht*. Aber er erkannte die Stimme am anderen Ende nicht.

»Sam Currie?«

»Am Apparat.«

»Tut mir leid, dass ich Sie stören muss. Hier ist Dan Bright. Sie haben eine Nachricht hinterlassen, ich solle Sie anrufen?«

»Ah ja«, sagte Currie. Der Polizist, der vor zwölf Jahren Frank Carrolls Fall bearbeitet hatte.

Der Anruf in Richmond schien lange zurückzuliegen, und eigentlich konnte er das jetzt nicht brauchen. »Danke für den Rückruf.«

»Tatsächlich hab ich mehr als das unternommen. Ich stehe im Moment in Ihrem Einsatzzentrum. Detective ... Swann? Er hat mir Ihre Nummer gegeben.«

»Gut.«

Es trat eine kurze Pause ein, als sehe sich Bright etwas an und überprüfe zum dritten oder vierten Mal die Tatsachen, bevor er sich festlegte.

»Ich schaue mir gerade Ihr Whiteboard hier an«, sagte er. »Und ich glaube, wir müssen wirklich reden.«

26

Samstag, 3. September

Eine Stunde später stand ich in Park Row in der Stadtmitte vor einer unscheinbaren, unbeschrifteten Tür. In den meisten der hohen Gebäude hier waren Banken und Büros großer Firmen untergebracht, aber ein paar waren in Wohnfläche umgewandelt worden, weil man vom aktuellen Boom für Wohnraum in der Stadtmitte profitieren wollte. Dieser schmale zehnstöckige Bau war ein angesehenes neues Projekt im Herzen der Stadt. Angebote für die billigsten Wohnungen hier hatten bei etwa einer halben Million und aufwärts gelegen.
Thom Stanley konnte sich das leisten. In den letzten paar Jahren hatte er mit seinen Auftritten, den zwei Büchern, die er geschrieben hatte, und einer ziemlich abscheulichen Fernsehsendung ein kleines Vermögen angehäuft. Aber aus irgendeinem Grund war es ihm nicht recht, dass diese Tatsache bekannt wurde, als sei das Geld, das er verdient hatte, ein etwas schmutziges und übles Nebenprodukt einer Tätigkeit, die er in Wirklichkeit aus der Güte seines Herzens heraus ausübte.
Ich drückte auf den unbeschrifteten Klingelknopf für Wohnung zwölf und wartete dann. Hinter mir eilten Geschäftsleute vorbei. Es war ein schöner Tag geworden. Ich schaute ans Ende der Straße und sah zwischen den Hochhäusern den blauen Streifen Himmel. Die Scheiben der Autos blitzten, als nehme das Blitzlicht einer Kamera jedes einzelne

beim Vorbeifahren auf. Wo ich stand, reichte die Sonne nicht ganz bis auf Erdgeschosshöhe. Die zwei wogenden Reihen von Bussen und Autos bewegten sich im Schatten, und alles von der Straße bis zu den Schlipsträgern und der Teerdecke war eintönig grau.

Als nach einer Minute keine Reaktion gekommen war, drückte ich wiederholt in einem Rhythmus auf den Knopf, von dem ich mir erhoffte, dass er irritierend wirkte.

Stanley war höchstwahrscheinlich zu Hause.

Die erste Vorstellung seiner nationalen Tournee war morgen in Albany, und eine dezente Anfrage bei seiner Presseagentin hatte ergeben, dass er erst später am Vormittag abreisen würde. Sie hatte betont, dass er während der Vorbereitungen für seine Reise auf keinen Fall Kontakt mit der Presse wünsche, und ich hatte gesagt: *Ja, natürlich,* als hätten wir nicht seine Adresse und Telefonnummer schon vor einiger Zeit von Robs »Freund bei der Telefongesellschaft« bekommen.

Es knackte in der Sprechanlage. »Was gibt es?«

»Mr. Stanley? Ich wollte fragen, ob Sie ein paar Minuten erübrigen könnten, um mit mir zu sprechen.«

»Wer ist da?«

»Mein Name ist Dave Lewis. Ich gebe eine Zeitschrift heraus, den *Anonymous Skeptic*. Sie haben wahrscheinlich schon einmal von uns gehört.«

Eine Sekunde lang nichts.

Dann: »Wie kommen Sie zu dieser Adresse?«

»Ihre Agentin hat sie mir gegeben.«

»Das ist aber komisch.«

»Ich hatte gehofft, mit Ihnen über Ihre Vorstellung im Western am Freitag sprechen zu können. Um Zitate für unseren Artikel zu bekommen.«

Zuerst kam keine Antwort. »Wir haben uns nichts zu sagen.«
»Es wäre in Ihrem eigenen Interesse. Wir haben ziemlich belastendes Material.«
Wieder Schweigen. Aber Stanley war ein intelligenter Mann. Vermutlich hatte das Wort »Material« ihn aufmerksam gemacht, und ich konnte ihn mir jetzt da oben in seiner schönen Wohnung vorstellen, wie er mit ratlosem Gesichtsausdruck neben der Sprechanlage stand.
Und wie er alles, was er gesagt und getan hatte, noch einmal durchging.
»Es wird nicht lange dauern«, log ich.
»Na gut.«
Die Sprechanlage wurde abgeschaltet. Eine Sekunde danach summte die Tür wie eine angeschlagene Stimmgabel und ging dann mit einem Klicken auf. Ich trat ein.
Der Boden im Empfangsbereich war aus glänzendem Holz, an den hellen cremefarbenen Wänden hingen Briefkästen mit Glastüren. Daneben stand ein halb leeres Gestell mit ordentlich gefalteten Zeitungen. Ich nahm einen von Gold und Spiegeln glänzenden Aufzug zum vierten Stock und kam auf einen Korridor, wo eine Reinigungskraft einen langsamen, leisen Staubsauger an den Fußleisten entlangschob. Es war wirklich traurig. Rob hätte wahrscheinlich eine überzeugendere spontane Gedankenleser-Vorstellung geben können als Thom Stanley, und wir machten oft Witze darüber, wie wir unsere Macht zu bösen Taten einsetzen könnten. Wenn man hier hereinkam, schien diese Idee gar nicht mehr so schlecht.
Stanleys Tür war geschlossen, als ich dort ankam, also klopfte ich und trat nervös etwas zurück.
Meine Anwesenheit hier war für mich in verschiedener

Hinsicht ein Risiko. Je nachdem, was die Medien berichtet hatten, wusste Stanley vielleicht, dass ich von der Polizei gesucht wurde. Er konnte im Moment schon dabei sein, dort anzurufen.
Die andere Gefahr war unmittelbarer, und die Angst machte mich unruhig. Nachdem er Toris Namen während der Vorstellung in diesem ganz bestimmten Zusammenhang gebraucht hatte, fing ich an, mir Sorgen um sie zu machen, denn ich hielt es für keinen Zufall. Da ich ihm auch nicht abnahm, dass er übersinnliche Fähigkeiten hatte, hieß das, dass er etwas wusste. Ich konnte ihn mir nicht als Mörder vorstellen; dass er vielleicht auf Kundenfang aus war, ja, aber es gab doch bestimmt einen Grund dafür, dass er ihren Namen gebracht hatte, und sicher hing der nicht mit irgendwelchen bescheuerten Geistern zusammen.
Wieder war ich froh, dass ich das Messer hatte.
Er öffnete die Tür.
Ich war etwas bestürzt darüber, wie er aussah. Sein Haar war zerzaust, seine Haut leicht fleckig, und unter den Augen traten schwarze Ringe und die Tränensäcke hervor, als hätte er zu wenig geschlafen. Vielleicht war es nur der Schock, ihn in einem Morgenmantel zu sehen statt in seinem schicken Hemd und Jeans. Wie immer die Erklärung lautete, die Figur des großartigen Schauspielers war heute früh in der Garage geblieben. Ich hatte einen Mann vor mir, der krank aussah wie ein ganz normaler Typ mit einer Erkältung.
»Kommen Sie herein.«
Er wandte mir den Rücken zu, ich folgte ihm nach drinnen und steckte lässig die Hände in die Taschen, so dass ich das Messer leicht in Bereitschaft halten konnte.
Aber Stanley ging einfach voran in die Küche.

Die Wohnung war ganz offen gestaltet und alles war sehr ansehnlich. Hier oben kam zumindest die Sonne hin, sie schien durch eine Fensterfront, die sich über die ganze Länge der Wohnung erstreckte, und ließ jedes Möbelstück schöner erscheinen: die vornehmen Couchen, die sauberen, kurzflorigen Teppiche, das Mahagoniholz der Einrichtung. Es war, als stünde man in einem Ikea-Katalog. Mit all den Dingen, die ich in Stanleys Wohnung sah, hätte man wahrscheinlich an Ort und Stelle einen Werbespot drehen können.
Die Küche war groß, durch Strahler erhellt und voller Kochgerätschaften aus Edelstahl. Er ging auf die gegenüberliegende Seite einer Kücheninsel, und wir standen uns an der Arbeitsfläche gegenüber. Das war mir gerade recht.
»Ich hoffe, Sie hatten keinen Drink erwartet.«
»Nein, danke. Ist schon gut.«
Er verschränkte die Arme. »Also. Worum geht es bei dem Material?«
Auf dem Weg hierher hatte ich nachgedacht und beschlossen, nicht sofort mit Tori anzufangen. Ich wollte am Anfang ganz normal mit ihm reden und seine Reaktionen beurteilen. Es war möglich, dass ich ihn durch das Versprechen, den geplanten Artikel zu streichen, dazu bekommen konnte, die Wahrheit zu sagen.
»Erinnern Sie sich an das Paar, mit dem Sie am Freitag gesprochen haben?«, sagte ich. »Nathan und Nancy Phillips.«
Er legte die Stirn in Falten. »Nein.«
»Sie sprachen in der ersten Hälfte mit ihnen über ihren Sohn Andrew.«
Die Falten wurden tiefer. Er begann mit dem Zeigefinger an seinen Ellbogen zu tippen.
Ich vermutete, dass er schnell kombinierte und zu schließen

versuchte, in welche Richtung das Gespräch lief, bevor wir am Ziel waren.

»Ach, ja«, sagte er. »Andrew.«

»Den wir erfunden haben.«

Der Finger hörte auf zu tippen. Nur ganz kurz.

»Wir haben Ihre Vorstellung auf Band«, sagte ich.

Er gab keine Antwort.

»Wir haben auch das Filmmaterial, wie Sie die Kette versteckten, als Sie die beiden zu Hause besuchten. Möchten Sie das kommentieren?«

Nichts als ein Stirnrunzeln. Er begann mich zu nerven.

»Nein? Vielleicht sollten Sie sich ausrechnen, welchen Schaden dies Ihrer Karriere zufügen wird«, sagte ich. »So wie ich es sehe, ist das eine ziemlich einfache Rechnung.«

Er schüttelte den Kopf. »Als ob es darauf ankäme.«

»Sie geben also zu, die ganze Geschichte erfunden zu haben?«

»Natürlich.« Er schnaubte. »Wir sind doch beide Profis. Wir wissen doch, wie es funktioniert, oder?«

»Ich weiß, dass Sie ein Schwindler sind.«

»Du meine Güte.« Er lehnte sich an den Tisch, starrte zwischen seinen Händen hinunter und versuchte sich zu sammeln. Als er aufsah, war sein Gesicht voller Abscheu. »Meinen Sie, ich mache mir etwas daraus, was jemand wie *Sie* denkt? Ich bin nicht so wie Sie. Was ich mache, tut niemandem weh. Ich habe immer nur Trost gespendet.«

»Sie beuten die Leute aus.«

»*Ich?*« Er lachte fast. »Sie widern mich an. Gehen Sie.«

Sein Gesicht war hassverzerrt, aber ich sah auch tiefere Gefühle.

Plötzlich wurde mir klar, dass ich keine Ahnung hatte, was hier eigentlich lief.

Er hatte die Nachricht über Nathan und Nancy nicht erwartet, aber tat so, als sei sie unerheblich.

Meine Hand war immer noch ganz nah am Messer. Ich bewegte sie leicht, um den Griff zu packen. Für alle Fälle.

»Mr. Stanley ...«

»Nein«, sagte er. »Nein. Wir beide kennen den wirklichen Grund, warum Sie hier sind. Sie sind sehr schlau, nicht wahr? Aber am Ende werden Sie genauso schlecht dastehen. Dafür werde ich sorgen. Jetzt gehen Sie einfach.«

»Wovon sprechen Sie?«

»Sie sind Abschaum.«

»Ich verstehe ...«

»Sie wissen ganz genau, wovon ich spreche«, sagte er. »Von *ihr*.«

»Tori?«

Sofort sah er wieder auf den Tisch hinunter.

Ich wich einen Schritt zurück. »Ich weiß wirklich nicht, wovon Sie sprechen.«

»Sie haben mich hereingelegt, damit ich ihren Namen sage. Tun Sie nicht so, als wäre es nicht so gewesen. Und dann habe ich ihr Bild gestern Abend im Fernsehen gesehen. Ein böser kleiner Trick. Aber sehr schlau.«

Die Rädchen in meinem Kopf begannen sich zu drehen, und einzelne Teile fingen an zusammenzupassen.

»Ich war es nicht, der Sie hereingelegt hat«, sagte ich.

»Ach ja. Wer denn dann?«

Als ich nach ein paar Sekunden nicht antwortete, sah er zu mir auf. Und ich erkannte zumindest eines der Gefühle, die sich hinter seinem Zorn verbargen. Es war Angst.

Ich sagte: »Ich glaube, Sie sollten mit mir sprechen, Thom.«

Es fing mit einem einfachen weißen Briefumschlag an. Er war Donnerstagmorgen abgegeben worden und lag unten bei der Rezeption in Stanleys Fach. Er war unfrankiert, ohne Hinweis auf den Absender, und trug nur seinen Namen auf der vorderen Seite.

»Was war drin?«, sagte ich.

»Geld. Viel Geld. Fünftausend Pfund.«

Aber das war alles, keine beiliegende Erklärung, und er sagte mir, das habe ihn verwirrt. Er hatte keine Ahnung, wer das Geld geschickt hatte oder wofür es sein sollte, und sah auch keinen naheliegenden Weg, es herauszubekommen. Da seine Adresse nicht öffentlich bekannt war, nahm er an, dass es etwas von seiner Agentin sein musste, eine überfällige Zahlung, die sie vergessen hatte; aber als er sie anrief, wusste sie nichts davon.

»Und dann bekam ich einen Anruf.«

Auf seiner Festnetznummer, und der Anrufer lehnte es ab, seinen Namen anzugeben. Er hatte Stanley gesagt, er sei ein Geschäftsmann, der ihm einen Vorschlag unterbreiten wolle, sonst nichts, und dass ihm noch einmal fünftausend Pfund zukommen würden, wenn er ihm einen kleinen Gefallen tue. Aber er dürfe keine Fragen dazu stellen.

»Er erzählte mir, seine Tochter würde an jenem Abend im Publikum sein. Dass sie fest an das glaube, was ich tue«, sagte Stanley. Er lachte, aber eher bitter als humorvoll. »Dadurch, wie er das sagte, wurde mir klar, dass er selbst durchaus nicht daran glaubte. Aber andererseits hörte ich ihm ja zu, nicht wahr? Ich nehme also an, es war gerechtfertigt.«

Ich sagte nichts dazu, obwohl der logische Widerspruch in dem, was er sagte, erstaunlich war.

»Was sollten Sie tun?«

»Er sagte, Tori sei der Name seiner Frau. Seine Tochter hätte sich ihr im vergangenen Jahr entfremdet, und besonders seine Frau sei untröstlich. Er dachte, wenn man die Tochter ermutigte, sich wieder zu melden, sei dies vielleicht ein Weg, die beiden wieder zusammenzubringen. Er sagte, sie würde es glauben, und ihm falle nichts mehr anderes ein. Er sagte, er sei verzweifelt.«
»Ich wette, das hat Sie zu Tränen gerührt.«
»Ja, so war's.«
»Aber das Geld rührte Sie noch mehr.«
Er ignorierte mich. »Es schien so leicht, jemandem damit zu helfen. Ich hatte eine kurze Nummer vorbereitet, für den Fall, dass seine Tochter die Hand hob, aber natürlich meldete sich niemand.«
»Und dann?«
»Das Geld sollte gestern kommen.«
»Aber es kam nicht.«
»Stimmt. Und dann war sie in den Nachrichten. Es ist ein so ungewöhnlicher Name, dass ich ihn gleich bemerkte.«
»Und Sie dachten, dass wir Sie hereingelegt hätten.«
»Ja, natürlich.«
Sein Aussehen bei meiner Ankunft und der offensichtliche Mangel an Schlaf waren jetzt eher verständlich. Stanley meinte, er sei beeinflusst worden, einen Namen zu nennen, der bereits öffentlich bekannt war. Hätte sich jemand im Publikum den Namen an jenem Abend gemerkt und die Verbindung hergestellt, hätte es geschmacklos gewirkt. Selbst jetzt bestand noch die Gefahr, dass jemand sich erinnern könnte. Er müsste entweder erklären, dass er Geld genommen hatte, damit er seinen Auftritt manipulierte, oder damit weitermachen und riskieren, dass seine Entlarvung dann noch schlimmer sein würde. Als ich geklingelt und

»Material« erwähnt hatte, musste er geglaubt haben, ich sei gekommen, um ihn deswegen zur Rede zu stellen.
»Sie dachten nicht daran, mit der Polizei Kontakt aufzunehmen?«, sagte ich.
»Warum sollte ich das tun?«
Er sah mich mit einer Mischung aus Schrecken und Selbstmitleid an. Die Macht der Leugnung. Vielleicht erwartete er Mitgefühl für die grässliche Situation, in die er ohne eigene Schuld geraten war.
»Sie haben nicht überlegt, wer es sonst hätte sein können?«
»Nein.«
Aber er sagte das zu schnell, und ich wusste, dass es ihm zumindest durch den Kopf gegangen war. Es war ja auch kaum möglich, *nicht* daran zu denken. Selbst wenn er vielleicht nicht verstand, *warum* ihn jemand dazu gebracht hatte, den Namen zu sagen.
Er hatte nicht einfach Angst, als Betrüger entlarvt zu werden. Er war erschrocken, weil er wusste, dass er vielleicht zum ersten Mal im Leben den Abgrund der Finsternis berührt hatte.
»Haben Sie noch das Kuvert, in dem das Geld war?«
Er nickte. »Hier drin.«
Wir gingen ins Wohnzimmer zurück, und er nahm es vom Fensterbrett und reichte es mir.
Fingerabdrücke.
»Ich möchte es nicht berühren. Ich will es nur von vorn sehen.«
Er hielt mir die Vorderseite hin. Kleine ordentliche schwarze Buchstaben.
Die gleiche Handschrift.
»Was ist mit dem Anruf?«, sagte ich. »Haben Sie die Nummer des Anrufers?«

»Es war eine unterdrückte Nummer.«
»Na schön. Er kam also am Donnerstag, oder? Um wie viel Uhr?«
»Ich weiß nicht. Gegen elf, glaube ich.«
Nach seiner anfänglichen Zurückhaltung schien er mir jetzt bereitwillig alles sagen zu wollen. Merkwürdig. Als ob er mir durch das Weitergeben der Information auch die Verantwortung dafür übertragen könne. Es war erbärmlich, aber ich wollte versuchen, seine Schwäche zu nutzen.
»Sie wissen, dass Sie bis zum Hals im Schlamassel stecken, oder?«, sagte ich.
Er sah elend aus. »Ich habe die letzten vierundzwanzig Stunden damit zugebracht, dass ich wünschte, ich könnte es zurücknehmen. So tun, als sei es nie geschehen.«
»Ja, aber so laufen die Dinge im Leben nicht, Thom.«
Ich starrte ihn an, bis er wegsah. Er stand vor dem Fenster, und hinter ihm war es unangenehm hell, aber er wandte trotzdem zuerst den Blick ab.
Ich sagte: »Ich werde jetzt von hier aus telefonieren.«

27

Samstag, 3. September

Was ist mit deinen Händen passiert?
In den lichteren Momenten wusste Tori, dass sie in einem qualvoll beengten Raum auf der linken Seite lag. Der Platz war so knapp, dass ihre Beine angezogen und die Knie an die Brust gedrückt waren, und trotzdem berührten ihr Kopf und die Füße die Wände. Alles war taub. Etwas war über ihren Mund gebunden.
Wo war sie? Was ...
Was ist mit deinen Händen passiert?
Sie wusste nicht, was das alles zu bedeuten hatte, aber es machte ihr Angst. Was war bloß mit ihren Händen passiert? Sie schienen hinter ihrem Rücken eingeklemmt, und sie konnte sie nicht voneinander lösen. Und wenn sie die Finger bewegte, streiften sie etwas Hartes, das mit rauhem Stoff bedeckt war. Beides fühlte sich nicht gut an, aber es erklärte nicht, warum sie diesen Schrecken empfand, als die Frage in ihrem Bewusstsein auftauchte.
Wo war sie?
Sie wusste es, aber sie konnte sich nicht erinnern. Die Luft hier war stickig und schrecklich warm. Eine Reihe kleiner Öffnungen wie Brandlöcher von Zigaretten ließ Tageslicht herein, aber sie konnte den Kopf nicht bewegen, um sich ihnen zu nähern. Sie kam nur so nah heran, dass ein Hauch frischer Luft ihre Nase streifte und vorbeizog.
Sie würde hier drin sterben.

Tori begann zu weinen, und sofort wurde ihr Körper lebendig – wie eine Alarmanlage, die auf eine eingeschlagene Fensterscheibe reagiert. Jede Nervenfaser rebellierte vor Schmerz. Muskeln verkrampften sich, wurden unbeweglich, zuckten oder peinigten sie mit qualvollem Zwicken. Im Bauch brannte es. Sie hörte sich selbst, wie sie zu rufen versuchte, aber ihre Zunge war so geschwollen und trocken, dass sie am Gaumen festklebte, und sie musste würgen und konnte nicht schlucken, weil in ihrer Kehle Sand und Eisenspäne saßen.
Atmen ...
Langsam und flach.
Dann begann alles zu rütteln und ruckeln. Sie hörte einen dumpfen Laut und ein Dröhnen, dann ein tickendes, rollendes Geräusch. Benzindämpfe kamen durch die Luftlöcher herein und bildeten seidige, lila Bänder in der Dunkelheit. Sie konnte sie dort sehen. Nein ... riechen.
Der Kofferraum eines Autos. Jetzt erinnerte sie sich.
Es gab ein schrilles, pfeifendes Geräusch, dann rutschte sie nach hinten, und der Schmerz wurde noch schlimmer.
Sie befand sich in einem Auto, und es kam ihr vor, als sei sie schon ewig da. Unzählige schwarze Stunden lagen hinter ihr. Welcher Wochentag war heute? Nicht mehr Donnerstag. Das war das Letzte, an das sie sich erinnern konnte ...
Das Fahrzeug schaukelte heftig, als es über eine Rüttelschwelle fuhr, und während Tori das Bewusstsein verlor, blitzte diese Erkenntnis kurz in ihr auf.

Der Verkehr war so dicht.
Ihr kleiner Wagen schlich die Umgehungsstraße entlang, und die Fahrzeuge um sie herum machten sie defensiv, sogar etwas nervös. Alle waren so ungeduldig. Weiter vorn

plärrten Hupen, gefolgt von antwortendem Tuten. Autos drängten sich von der Seite herein. Die Leute drängelten und schoben sich dazwischen, stießen Rufe aus und hoben die Fäuste. Wichtig, wichtig. Jetzt, sofort, jetzt.
Sie schaltete das Radio an, legte eine Kassette ein und hörte, wie sie mit einem beruhigend kräftigen Geräusch einrastete. In nächster Zeit würde sie endlich auf einen CD-Player umsteigen müssen. Man konnte ja Kassetten nicht einmal mehr kaufen, oder? Aber sie hatte es immer aufgeschoben. Sie mochte ihre alten Kassetten mit den Sammlungen von Titeln trotz der Mängel des Mediums oder vielleicht gerade deshalb. Das Rauschen des Bandes war so beruhigend wie die Songs selbst. Die vertraute, verblasste blaue Beschriftung unter dem Deckel erinnerte sie an die Vergangenheit, die sie mit der Musik teilte. Sie mochte sogar das sorgfältige Reparieren, ein Stift wurde durch die Spule gesteckt, wenn das Band nicht mehr durchlief, so spulte man es in das Gehäuse zurück. Eines Tages würden sie kaputtgehen und überhaupt nicht mehr zu gebrauchen sein. Die Songs selbst konnte sie ersetzen, aber irgendwie wäre es nicht dasselbe.
Tori entspannte sich etwas, als *The Heart Asks Pleasure First* die ruppige Welt um sie herum übertönte. Sie dachte kurz an Dave und wie sie ihn angelogen hatte, sie erinnere sich nicht an seinen Besuch im Krankenhaus, ohne sicher zu sein, warum sie das getan hatte. Sie rückte eine weitere Autolänge vor, die roten Bremslichter vor ihr leuchteten grell im orangefarben blendenden Licht der Unterführung. Sie erinnerte sich an ihren Tag bei der Arbeit und dachte: *Valerie vertraut mir nicht mehr.*
Sie wünschte, dass sie vor drei Wochen wegen eines Knochenbruchs, eines Autounfalls oder zumindest eines kör-

perlichen Problems im Krankenhaus gewesen wäre. Vielleicht sogar wegen einer guten, altmodischen kräftezehrenden Krankheit. Wenn man einen physischen Schaden hatte, konnten die Leute das nachvollziehen und verstehen. Selbst wenn sie selbst nie das gleiche Gebrechen gehabt hatten, leuchtete es ihnen ein. Wenn man nach einem gebrochenen Handgelenk wieder zur Arbeit kam, musste man sich nicht mit Kollegen abfinden, die immer verstohlene Seitenblicke darauf warfen, als werde man plötzlich außer Kontrolle geraten und die Kaffeetassen durcheinanderwerfen.
Tori hatte an Valeries gesenktem Blick und hastig gemurmelten Worten beim Weggehen erkannt, dass sie das Gefühl hatte, sie sei getäuscht worden. Es war, als hätte Tori ihr eine kriminelle Vergangenheit verschwiegen und als wäre Valerie jetzt in Gefahr, als Komplizin fertiggemacht zu werden. Tatsächlich hatten sie heute alle ausgegrenzt. Weil sie glaubten, sie werde es nicht bemerken, hatten sie sogar ihre Arbeit überprüft. Die Situation war verfahren, in den Augen der anderen haftete ihr jetzt ein Makel an, sie war nicht mal mehr ein normaler Mensch. Wenn man sich das Handgelenk brach, konnten die Leute sehen, wie es heilte. Verletzte man eine weniger sichtbare Stelle, nahmen die Leute an, sie sei für alle Zeit verletzt und auch schon immer so gewesen.
Manchmal war es so schwer.
Atmen ...
Langsam und flach.

Später, nachdem sie die Vorhänge zur Welt draußen vorgezogen und die Wohnung in warmen, strahlenden Farben beleuchtet hatte, aß Tori ein karges Abendessen, Bohnen in Tomatensoße auf Toast. Als sie fertig war, wischte sie die

Krümel in den Mülleimer – und hielt unvermittelt inne. Von oben war ein Geräusch gekommen.
Sie stand still und legte den Kopf leicht zur Seite.
Die Bodenbretter hatten geknarrt.
Aber das Geräusch wiederholte sich nicht, so räumte sie ihren Teller vom Tisch und stellte ihn auf die Arbeitsfläche.
Sie wollte sich gerade umdrehen und heißes Wasser in die Spüle laufen lassen, als sie es wieder hörte. Es klang, als käme es vom Gästezimmer, das direkt über ihr lag, und obwohl sich das Geräusch nicht mehr wiederholte, behielt sie den feinen Haarriss im Gips im Auge.
Natürlich knarrte hier alles. Das Holz war alt, und die Wände waren dünn. Gelegentlich hörte sie es sogar, wenn das Paar nebenan miteinander schlief, und fühlte einen Anflug von Neid. Nicht wegen des Sex, vielmehr wegen der stillen Momente danach, wenn sie sich vorstellte, wie sie sich aneinanderkuschelten. Das wäre schön. Jemand, der sie im Arm hielt.
Es knarrte wieder.
Es war nichts. Die Bodenbretter bogen und verzogen sich dauernd im Lauf des Tages. Aber etwas zog sie trotzdem aus der Küche ins Wohnzimmer zurück und von dort zum Treppenhaus bei der Hintertür. Sie horchte wieder und hörte nichts. Auf dem Treppenabsatz oben war es ganz still.
Sie ging hinauf.
Die Tür zum Gästezimmer stand weit offen. Tori konnte nach drinnen sehen, und natürlich war niemand da.
Oh Gott, sie musste aber wirklich etwas mit diesem Zimmer machen. Sie trat hinein und schaltete das Licht an, und der Anblick der nackten Bodenbretter und des Schranks an der hinteren Wand, dessen Türen schief in den Angeln hingen, traf sie. Eine einzelne nackte Glühbirne hing von der

Decke, und die lila Vorhänge reichten nicht ganz, um das Fenster zu verdecken. Sie schaute hinüber und sah sich in dem Glasstreifen am Rand gespiegelt und genauso das Spiegelbild des Mannes, der hinter der Tür stand.

Mit einem gezielten Tritt ließ er die Zimmertür hart gegen Toris Seite krachen, und als Nächstes nahm sie wahr, dass sie an den Schrank knallte und auf den Fußboden stürzte.

Sie erwachte in panischer Angst und merkte dann, dass sie geträumt hatte. Der Wagen schaukelte und erinnerte sie daran, wo sie war. *Oh Gott.* Immer noch im Kofferraum. Was wollte er? Wohin brachte er sie? Es war so weit gekommen, dass sie fast sterben wollte, weil dann zumindest diese Qual zu Ende wäre. Ihre Muskeln, die schon wie Feuer brannten, schmerzten bei jedem Stoß der Radaufhängung noch schlimmer. Es war unerträglich, aber trotzdem war sie gezwungen, es zu ertragen.

Atmen.

Sie ignorierte die Qualen, die sie peinigten, und versuchte, sich mit dem Kopf wieder näher an die Luftlöcher heranzuarbeiten, reckte den verkrampften Hals und streckte sich, so weit sie konnte. Aber es bewirkte nur, dass der Benzingeruch stärker wurde und sie nur noch eine stinkende lila Wolke vor sich sah. Es war ein Fehler gewesen, ihre Sinne verwirrten sich. Sie würde wieder das Bewusstsein verlieren.

Aber dann fuhr das Auto langsamer und hielt an, und sie hörte das Knacken der Handbremse. Sie waren irgendwo hineingefahren. Sie horchte angestrengt und versuchte mitzubekommen, ob irgendjemand in der Nähe war, hörte aber nichts. Trotzdem trat sie um sich, stieß an die Seite des Wagens, so fest sie konnte.

Aber ihre Beine bewegten sich nicht. Sie wollte ...
Stimmen.
Tori riss sich zusammen und horchte. Es waren auf jeden Fall Leute. Oder jedenfalls eine Person. Ein halbes Gespräch. Es dauerte nur einen Moment, bis ihr klar wurde, dass der Fahrer auf einem Handy telefonierte, aber die Geräusche wurden von den Sitzen hinter ihr gedämpft. Sie versuchte zu hören, was er sagte, konnte es aber nicht ganz verstehen. Die Worte zogen an ihr vorbei wie die frische Luft aus den Bohrlöchern und bildeten in ihrem Kopf verschwommene Abdrücke einer Sprache, die sie nicht entziffern konnte.
Und dann hörte sie es und dachte:
Was ist mit deinen Händen passiert?
Oh Gott, jetzt erinnerte sie sich, was es bedeutete.
Tori begann lautlos zu schreien, die trockenen Eisenspäne und der Staub in ihrer Kehle waren ihr egal, bis der Schmerz aufbrach und die Dunkelheit sie wieder umfing.

28

Samstag, 3. September

Es gibt eine gute Faustregel, wenn man einen Zaubertrick analysieren möchte. Man fängt mit dem letzten Effekt an, mit dem, was einem unerklärlich ist. Dann geht man weiter zurück, arbeitet die Einzelheiten durch, die man sicher weiß, und sucht dazwischen nach Anhaltspunkten. So spürt man das Geheimnis auf. Man legt die Vorgaben des Tricks fest und arbeitet dann heraus, wie er im Rahmen dieser feststehenden Größen zustande gebracht werden konnte.

Wenn ein Ring in einem Blumentopf bei der Tür auftaucht, muss ihn jemand dorthin gelegt haben. Wenn nur eine Person in der Nähe der Tür war, dann muss sie es gewesen sein. Wenn es nur einen Moment gibt, in dem sie den Ring genommen haben könnte, dann muss es in diesem Moment geschehen sein. Indem man die Fakten durchgeht, die man sehen kann, arbeitet man die Teile heraus, die unsichtbar sind.

Das Prinzip bewährt sich auch bei allem anderen. Wenn ich herausfand, wie der Mörder das schaffen konnte, was er getan hatte, würde ich einiges über ihn erfahren.

Es war offensichtlich, dass er viel über mich wusste, und diese Informationen hatte er nicht aus der Luft herbeigezaubert. Also, wie hatte er's gemacht? Er kannte drei meiner Ex-Freundinnen. Es war möglich, dass entweder Julie oder Emma ihm von Tori erzählt hatte, weil meine Beziehung zu ihr mir am wichtigsten war und beide sie kennengelernt hatten. Aber sie kannten einander nicht. Er konnte nicht Julie entführt und etwas über Emma gehört haben oder umgekehrt. Und deshalb musste er von ihnen auf anderem Wege gehört haben. Die wahrscheinlichste Erklärung war, dass ich selbst den Ausgangspunkt bildete und er mich aus irgendeinem Grund als Zielperson ausgewählt hatte. Wäre ich mit anderen ausgegangen, hätte er diese verschleppt.

Er wusste mindestens zwei Jahre in die Vergangenheit zurückreichend über meine Ex-Freundinnen Bescheid. Er wusste, wo das Haus meiner Eltern war. Und er hatte Thom Stanley bestochen, mir im Varieté am Donnerstagabend eine Nachricht zu übermitteln, also hatte er gewusst, dass ich dort sein würde.

Vom Trick zum Geheimnis. So wenig ich es auch wahrhaben wollte, fiel mir doch nur eine Person auf der Welt ein, die all dies wissen konnte.

Samstags in der Mittagspause war der Campus der Universität fast ganz menschenleer. Ich saß in einiger Entfernung vom Hauptgebäude auf einer Betonmauer und beobachtete den Eingang. Die Straße wurde davor breiter und bildete ein Auge mit einem runden, mit Blumen bepflanzten Fleck in der Mitte als Iris. Das Studentenwerk stellte die Augenbraue dar, wobei die Straße schmaler wurde und sich auf beiden Seiten verzweigte wie Lachfältchen.

Hin und wieder schlenderten ziellos ein paar Studenten vorbei, sahen auf ihre Handys oder setzten ihre Kopfhörer zurecht, aber es war kaum jemand da. Die Teerdecke und das Gras waren mit Handzetteln übersät, Überreste von den Veranstaltungen am vergangenen Abend. Nasse Blätter waren vom Regen an den Boden gedrückt und dann fest wie Aufkleber darauf angetrocknet. Im ersten Stockwerk über dem Haupteingang war ein Bogenfenster offen. Zwei große Lautsprecher standen auf dem Fenstersims, ohne dass ein Ton zu hören war.

Als ich Rob von Thom Stanleys Wohnung aus anrief, sagte ich ihm nicht, wo er mich treffen sollte. Ich hatte gehofft, dass er noch an das dachte, was ich ihm im Carpe Diem gesagt hatte. *Erinnerst du dich, wie wir uns kennengelernt haben?* Wenn jemand von der Polizei zuhörte, hätte er nur jemanden von Thom Stanleys Nummer aus anrufen hören und nichts mitbekommen als ein harmloses Gespräch über ein schon vorher vereinbartes Treffen zum Lunch.

Wenn die Polizei jetzt hierherkam, hieß das entweder, dass sie Rob gefolgt war oder dass er mich verpfiffen hatte. Wenn ich recht hatte, war es ausgeschlossen, dass er das tun würde. Und trotz der Tatsache, dass ich die Stimme des Mannes gestern Abend nicht erkannt hatte, konnte ich mir keine andere Erklärung vorstellen. Denn niemand außer Rob wusste all diese Dinge über mich.

Er kam ungefähr fünf Minuten später. Ich beobachtete, wie er die lange Straße auf der linken Seite herunterkam, mit seinem vertrauten, etwas schleppenden Gang, als erwarte er, dass jemand ihn auslache und er wolle darüberstehen, wenn es so weit war. Sonst niemand, soweit ich sehen konnte.

Als er am Studentenwerk ankam, hüpfte ich von der Mauer.

»Rob.«

Er schaute sich verwirrt um, dann sah er mich.

Ich nickte ihm zu. »Hier drüben.«

Während er herüberkam, betrachtete ich sein Gesicht genau

und fragte mich, ob das, was ich gedacht hatte, möglicherweise wahr sein konnte. Ich wollte nicht, dass es stimmte, und konnte es mir kaum vorstellen. Er war seit fast zehn Jahren mein bester Freund, war immer für mich da gewesen, hatte mir immer den Rücken freigehalten. Es schien absurd zu glauben, dass er damit zu tun haben konnte, aber die Tatsachen sprachen eine andere Sprache.
Ich versuchte, meinen neutralen Gesichtsausdruck beizubehalten.
»Dave«, sagte er. »Mensch, wie geht's dir denn?«
Ich schüttelte den Kopf.
»Nicht hier.«
»Wo dann?«
»Folge mir.«

St. John's Field war eine große Grasfläche, die sich zwischen dem Campus der Universität und der Straße erstreckte. An Wochentagen war es friedlich und still dort. Im Moment waren wir, soweit ich erkennen konnte, die einzigen Leute weit und breit.
Es war sogar bei Tageslicht ein bemerkenswert unheimlicher Ort. In der Mitte lag die Garatty Extension, ein unheilvoll aussehendes Steingebäude, das von Bänken und alten, unnahbaren Statuen umgeben war. Von dort ging ein ganzes Spinnennetz von Wegen aus. Manche führten zu den verschiedenen Passagen zur Universität hinunter, wo Rob und ich hergekommen waren. Andere führten zu kleinen Baumgruppen und zu den Straßen hinaus. Für die Wege selbst waren gewölbte Grabsteine verwendet worden. Als der älteste Teil des städtischen Friedhofs renoviert wurde, brachte man die Steine hierher und legte sie flach hin wie ineinandergefügte Zähne.

Auf jedem waren fünfzehn Namen und Lebensdaten eingemeißelt, viele davon kaum noch lesbar und die meisten von Säuglingen oder Kindern. Auf dem ungeschützten, windumwehten Weg ging man vom einen Ende des Areals zum anderen über eine ganze Schar vergessener Menschen.
»Du musst das gestern Abend schon geplant haben«, sagte Rob. »Wegen der Sache, dass ich mich erinnern sollte, wo wir uns kennengelernt haben.«
Wir gingen langsam, als hätten wir kein bestimmtes Ziel. So hatten wir es auch damals als Studenten gemacht. Ich kniff die Augen zusammen, weil der Wind fortwährend wehte, denn das Gelände war hier so offen. Statt nach vorn zu sehen, schaute ich auf die Steine unter meinen Füßen.
»Nicht ganz«, sagte ich. »Aber ich hatte vorausgedacht.«
»Muss ich dir erklären, in welchen Schwierigkeiten du steckst?«
»Ich bin nicht sicher. Also, dann sag's mir doch.«
Erbitterung hatte sich unbeabsichtigt in meiner Stimme niedergeschlagen, aber Rob schien es nicht zu bemerken. Trotzdem klang er unzufrieden.
»Sie sind im Büro gewesen.«
»Das habe ich mir gedacht.«
»Sie waren dort, als du anriefst. Sie haben vieles mitgenommen. Ich würde sagen, es ist ziemlich ernst.«
Ich nickte. »Sie meinen, dass ich diese Mädchen umgebracht habe.«
»Und auch, dass du Tori entführt hast. Ich habe ihr Bild gestern Abend in den Nachrichten gesehen. Sie wird vermisst.«
»Ich weiß. Ich hab's nicht getan.«
»Ja, das dachte ich mir. Was ist also los, Dave?«
»Hier.«

Ich nahm ein Blatt Papier aus meiner Tasche, faltete es auseinander und gab es ihm. Wir gingen weiter, während er es las, aber ich beobachtete sein Gesicht. Alles an seinem Gesichtsausdruck wies darauf hin, dass er es noch nie gesehen hatte. Ich wollte glauben, dass es stimmte, aber wie konnte das sein?

»Herrgott noch mal, Dave. Was ist das denn?«

»Genau das, wonach es aussieht«, sagte ich. »Der Mann, der Tori entführt hat, ließ das in ihrer Wohnung zurück, damit ich es finden sollte. Er spielt mit mir. Ich weiß nicht, warum. Er hat auch die E-Mail geschrieben, die du mir ins Carpe Diem mitgebracht hast.«

Rob las den Brief noch einmal durch. »Mein Gott.«

Er sah schockiert aus, aber rührte der Schock vom Inhalt des Briefes her? Wenn er wirklich der Mann in dem Auto gestern Abend gewesen wäre oder wenn er etwas über seine Pläne gewusst hätte, dann wäre er doch sicherlich überraschter gewesen, dass ich noch eine Kopie davon besaß? Der Mann hatte schließlich sehr darauf geachtet, den Brief von mir zurückzubekommen.

Nur hatte er ihn nicht bekommen, bevor ich Gelegenheit hatte, ihn zweimal durch das Faxgerät meines Vaters laufen zu lassen.

»Er hat Julie umgebracht«, sagte ich. »Und Tori entführt.«

Die Nutte, dachte ich. *Die Verrückte.*

Wir kamen jetzt an den äußeren Rand der Grasfläche. Vor uns wand sich der Pfad zwischen zwei dichten Baumgruppen durch. Hier standen aufwendiger gestaltete Grabsteine aufrecht wie verwitterte Wachposten. Als wir hineingingen, wurde es dunkel.

Rob gab mir den Brief zurück.

»Aber warum? Warum tut er dir das an?«

Ich blieb stehen. »Ich weiß nicht. Ich hatte gehofft, dass du mir das sagen könntest.«
»Aber ... was?« Er starrte mich an. Plötzlich war er nervös.
Ich sagte nichts.
»Du siehst mich so merkwürdig an, Dave? Was ist los?«
»Wie ich schon sagte, Rob. Sag du's mir.«
»Was ... meinst du etwa, das hat etwas mit mir zu tun?« Er schüttelte den Kopf. »Scheiße! Nachdem ich *die Polizei angelogen habe* und hier rausgekommen bin, um dich zu treffen? Was ist denn bloß los mit dir?«
»Thom Stanley«, sagte ich.
»Was?«
»Ich habe mit ihm gesprochen.«
»Und?«
»Jemand hat ihn am Donnerstagvormittag angerufen«, sagte ich. »Ein Mann. Er gab ihm Geld und hat ihn so dazu gebracht, Toris Namen in seiner Vorstellung zu nennen.«
»Also, ich war's nicht, verdammt noch mal.«
»Wer dann? Wer sonst wusste von Julie und Emma oder was ich für Tori fühlte? Und dass ich an dem Abend dort im Varieté sein würde?«
»Ich weiß nicht, aber ich war es nicht.« Die Entrüstung schien von ihm abzufallen. Er sah verletzt aus, tief enttäuscht. »Warum sollte ich das tun?«
Ich antwortete nicht und suchte in seinem Gesichtsausdruck nach irgendeinem Anzeichen, dass dies alles gespielt war, konnte aber keines entdecken.
Er schüttelte den Kopf. »Seit zehn Jahren sind wir beste Freunde. Wir haben immer füreinander gesorgt. Warum sollte ich ... dir *das* antun?«
»Ich weiß es nicht.«

Es war nicht Rob.
Wie hatte ich das jemals glauben können?
Verzweiflung erfasste mich. Plötzlich holte mich alles ein, und es war zu viel für mich. Ohne nachzudenken, kauerte ich mich nieder, lehnte mich zurück und setzte mich auf den Boden.
Ich schlug die Hände vors Gesicht und konnte ihm nicht in die Augen sehen.
»Es tut mir leid. Es tut mir so leid. Ich konnte es mir einfach nicht anders erklären.«
Er sagte nichts.
»Ich will einfach, dass all dies vorbei ist.«
Einen Moment herrschte Schweigen. Dann spürte ich seine Hand auf meiner Schulter. Ich öffnete die Augen und sah, dass er sich neben mich gesetzt hatte. Seine Stimme war sanft.
»Du musst zur Polizei gehen.«
»Das kann ich doch nicht, oder?«
»Wegen des Briefs? Mein Gott. Meinst du nicht, er wird sie sowieso umbringen? Was immer du tust?«
»Ich weiß nicht.«
»Du *musst*, Dave.«
»Nein.« Ich blieb dabei, ich wollte, dass er das verstand.
»Es spielt keine Rolle, was er tut. Es ist nur wichtig, was ich tue.«
»Aber ...«
»Ich könnte es nicht ertragen, wenn ich sie letztendlich doch hätte retten können.«
Rob war einen Moment still und betrachtete mich von der Seite, dann seufzte er und lehnte sich etwas zurück. Nach ein paar Sekunden machte er den Mund auf und wollte etwas sagen.

Und da klingelte ein Handy.
Es war das, welches der Mörder mir gegeben hatte. Das Geräusch half mir offenbar, mich wieder zu fangen und wie nach einer kräftigen Ohrfeige mein Selbstmitleid zu vergessen. Ich sah Rob an und hielt einen Finger an die Lippen, dann stand ich auf und nahm das Handy aus meiner Tasche.
»Ja?«, sagte ich.
»Willst du sie retten?«, sagte der Mann.
»Ja.«
»Dann musst du nur tun, was ich dir sage.«
»Und das wäre?«
Ich hörte ihn schwer atmen, als könne er kaum die Wut unterdrücken, die er mir gegenüber empfand.
Als er wieder sprach, klang er genauso verächtlich wie am Abend zuvor.
»Was du *gewöhnlich* tust«, sagte er. »Nichts. Ich habe es dir leichtgemacht, verstehst du? Alles, was du tun musst, ist nichts, und sie wird leben. Sag danke.«
»Ich verstehe nicht.«
»*Sag danke*«, schrie er.
»Danke.«
Eine oder zwei Sekunden war es still, während er an sich hielt. Dann sprach er sehr überlegt: »In ein paar Minuten werde ich Sarahs Wohnung einen Besuch abstatten. Um Tori zu retten, musst du einfach gar nichts tun.«
Panik durchfuhr mich. »Sarah?«, sagte ich. »Warten Sie ...«
Und dann hängte er auf.

Ich rannte, ohne ein Wort zu sagen, so schnell los, dass Rob keine Chance hatte, mit mir Schritt zu halten. Ich hatte die Zähne so fest aufeinandergepresst, dass mein Kiefer schmerz-

te und ich anfing, Sterne zu sehen. Alles entglitt mir. Mein Gehirn fühlte sich an, als werde es abstürzen und den Betrieb einstellen.
Und als ich zu meinem Wagen kam, ließ ich alles heraus. Ich fing an, mit den Fäusten auf das Lenkrad zu trommeln. Immer wieder. Es war, als sei ich von der Macht der Gefühle aus meinem Körper verdrängt worden. So musste es sich anfühlen, besessen zu sein. Die Laute, die ich hörte, klangen, als versuche jemand mit zusammengebissenen Zähnen zu schreien, und obwohl ich wusste, dass ich selbst das war, hatte ich keinerlei Kontrolle darüber.
Beruhige dich.
Denk vernünftig nach.
Vernünftig? Was sollte das zum Teufel bringen?
Aber ich hörte zumindest auf, auf das Lenkrad einzuschlagen, stützte mich stattdessen mit den Ellbogen darauf und versuchte, gedanklich einen Weg durch diese Sachlage zu finden. Ich hatte keine Ahnung, was ich tun sollte. Wenn ich das Geschehen nicht aufhalten konnte, würde dieser Mann Sarah verfolgen. Und wenn ich es verhinderte, selbst wenn ich ihn selbst aufhielt, würde er vielleicht niemandem Toris Aufenthaltsort verraten, bis es zu spät war.
Vielleicht würde er das aber sowieso nicht tun.
Ich hielt einen Moment inne. Wenn ich nichts tat, würden vielleicht beide sterben. Wenn ich zu Sarahs Wohnung fuhr, hatte ich eine Chance, sie zu retten. Vielleicht konnte ich diesen Mann aufhalten. Und vielleicht würde er der Polizei sagen, wo Tori war. Aber was immer dabei herauskommen würde, ich konnte es nicht zulassen, dass Sarah oder irgendjemand sonst verletzt wurde. Emma dort liegen zu lassen war eine Sache gewesen, aber dies war jetzt etwas, was ich tatsächlich verhindern konnte.

Tu's.
Ich zog wieder das Handy heraus. Mein erster Impuls war, sie anzurufen, aber dann wurde mir klar, dass ich ihre Nummer nicht auswendig wusste. Sie war auf meinem eigenen Handy gespeichert, und Gott weiß, wo das inzwischen war.
Bei der Polizei hoffentlich.
Ruf stattdessen die Polizei an. Dann fahr hin.
Aber bevor ich etwas tun konnte, fiel ein Schatten auf mich. Ich hob den Blick und sah mich um, und dann wurde plötzlich die Fahrertür aufgerissen. Mein Kopf hatte noch Zeit zu denken: *Polizei ...* bevor ich aus dem Wagen gezogen wurde und zwei riesige Fäuste mich an der Jacke packten. Durch die rohe Gewalt prallte mein Arm an den Türrahmen, und das Handy fiel in den Rinnstein.
Eine Sekunde sah ich mich einem Gesicht gegenüber, dann wurde ich herumgerissen, und ein dicker Arm nahm mich in den Würgegriff.
»Wir haben etwas zu besprechen, Dave.«
Scheiße.
Die Welt schwankte, und ich wurde im Schwitzkasten die Straße hinuntergeführt und dabei so festgehalten, dass ich kaum Luft bekam. Ich sah das Handy auf der Straße liegen und hinter mir verschwinden ... und jetzt tanzten mir richtig die Sterne vor Augen, nicht nur solche, die ich vor Wut gesehen hatte. Ich stolperte, wurde weitergeschleppt ...
»Choc, warte ...«
»Zu spät.«
Ich schaffte es, mich aus dem Griff zu lösen, und schlug wild um mich, landete auch einen Boxhieb, der aber nichts bewirkte. Wer immer mich festhielt, hatte die Ausmaße eines kleinen Berges. Meine Faust glitt ab, und dann explo-

dierte die Seite meines Gesichts wie eine Glühbirne. Gleich danach explodierte auch mein Oberschenkel, und ich merkte, dass mein Gesicht auf dem Boden aufgetroffen war. Wie war das passiert?
»Viel zu spät.«
Und dann fielen sie erst richtig über mich her.

29

Samstag, 3. September

»Wo fahren wir hin?«, fragte ich.
»Halt die Fresse.«
Ich war auf dem Rücksitz zwischen den kräftigsten Mitgliedern von Chocs Truppe eingeklemmt. Sie brachten mich irgendwohin, ich hatte keine Ahnung, wohin. Die Gegend draußen flog vorbei, ein Baum, ein Gebäude. Ich wusste nur, dass mit jeder Sekunde jegliche Wahl oder Entscheidung, die mir möglich gewesen war, hinter mir entschwand. Ich schien auch meinen halben Kopf dort zurückgelassen zu haben. Er kam nur langsam hinterher und heftete sich wieder an.
»Ich muss zurück.«
»Halt dein verdammtes Maul.«
Wir waren im Wagen und schon eine Minute gefahren, bevor ich mich so weit erholte, dass mir klar wurde, was geschah.
Selbst jetzt konnte ich mich noch nicht an alles erinnern. Es hatte am Straßenrand Schläge und Tritte gegeben, Fäuste und Füße, die von allen Seiten auf mich zukamen, und dann war ich einfach ... hier. Ich hatte wirklich geglaubt, sie würden mich dort auf der Straße umbringen, aber sie hatten mich nur weichgeklopft und mir das Diskutieren ausgetrieben.
Der Schmerz hatte jetzt begonnen, sich richtig festzusetzen. Arme und Rippen taten mir weh. Mein Mund war ge-

schwollen und blutete. Die Seite meines Gesichts war gefühllos.
»Hör doch mal ...«
»Ich warne dich, halt jetzt deine verdammte Klappe.«
Ich dachte einen Moment nach, dann schlug ich um mich und rammte den Ellbogen dem Typen rechts von mir ins Gesicht.
Ich traf, war aber offensichtlich viel langsamer als die Kerle, mit denen er es sonst zu tun hatte, und er konnte den Stoß etwas ablenken. Das Nächste, was ich wahrnahm, war, dass mein Gesicht direkt auf die Knie hinuntergedrückt wurde, und eine Hand wie aus Stahl hielt mich am Nacken fest. Dann versetzte mir eine riesige schwere Faust einen so festen Schlag in die Seite, dass ich nicht mehr richtig atmen konnte, an Widerrede oder Gegenwehr war nicht zu denken.
Der stechende Schmerz brannte hell und intensiv, und dann durchliefen kleine Wellen der Qual meinen Körper, als wäre der Schlag ein Stein gewesen, der ins Wasser geworfen wurde. Ich konnte mich nicht einmal mehr zusammenkrümmen. Jedes Mal, wenn ich es versuchte, schlossen sich die Finger um meinen Nacken und pressten mich fester hinunter.
Jemand muss doch gesehen haben, dass sie dich ins Auto gezerrt haben.
Was immer geschah, sie konnten mich nicht umbringen.
Aber andererseits hatte Eddie Berries sich das wahrscheinlich auch gesagt.
Ich versuchte, an nichts zu denken, horchte stattdessen nur auf das Auto. Das Surren und Summen der Reifen, die sich schnell auf einer glatten Teerdecke drehten, das gelegentliche Rütteln der Aufhängung. Und dann das Schrappen und

Quietschen, als der Fahrer die Scheibenwischer anschaltete. Es hatte wieder angefangen zu regnen.
»Choc, bitte ...«
»Sei still. Du kannst gleich reden. Und das wirst du auch.«
Wir fuhren etwas weiter, ich spürte, wie der Wagen langsamer wurde, dann ein heftiger Stoß, als wir so etwas wie eine Rampe hochfuhren. Der Wagen rollte um eine Biegung und hielt an, dann hörte ich das Knacken einer Handbremse.
»Niemand da?«
»Dürfte niemand da sein. Sehe niemanden.«
»Okay. Bringt ihn raus.«
Der Griff an meinem Nacken wurde gelockert, und an beiden Seiten gingen knirschend die Türen auf. Jemand packte hinten meine Jacke und schob und warf mich halb auf den Boden hinaus. Ich landete auf Händen und Knien, der Regen prasselte um mich herum, und dann wurde ich auf die Füße hochgehievt.
Wir standen auf einer kleinen verlassenen Fläche über so etwas wie einem Recycling-Center. Unter mir, jenseits des notdürftigen Geländers, stand eine Reihe riesengroßer Container voller Müll: Säcke mit Abfall, alte Stühle und Holzstücke. Auf der einen Seite sah ich eine Gruppe großer Glascontainer.
Ich hörte unten etwas über die Teerdecke klappern und spürte, wie mich der Regen durchnässte und der Wind mich schubste.
Choc stand direkt vor mir und nickte vor sich hin. Die Energie, die ich in ihm spürte, war beängstigend. Es war nicht so wie damals, als ich ihn mit Eddie gesehen hatte. Damals war es Wut gewesen, die aber etwas künstlich gewirkt hatte, wogegen es jetzt aussah, als hätte er seit Tagen nicht geschlafen oder gegessen. Als sei die Wut etwas, das er

herangezüchtet hatte und von dem er sich nährte. Seine Augen waren hohl und leer.
»Choc ...«
Er griff in seine Jacke und zog eine Pistole heraus. Ich wollte zurückweichen, aber seine Schläger hielten mich fest, so dass nur mein Herz zum Zerspringen hämmerte.
Die Worte kamen so schnell heraus, dass ich sie durcheinanderbrachte: »Ich weiß nicht, was du denkst, aber was immer es ist, du irrst dich.«
Er ignorierte, was ich sagte, und starrte mir in die Augen. »Sag mir verdammt noch mal, was los ist.«
»Ich weiß es nicht ...«
Er hielt die Pistole direkt auf mein Gesicht gerichtet.
Instinktiv blinzelte ich und versuchte mich abzuwenden. Seine Schläger packten mich noch energischer und hielten mich fest.
Der Lauf der Pistole zeigte zur Seite, dann richtete sie sich wieder auf mich.
»Bringt ihn rüber zur Schranke«, sagte Choc.
Ich wehrte mich gegen sie, aber ich hatte keine Chance. *Leg dich nicht mit mir oder meinen Freunden an*, erinnerte ich mich. *Mach mir bloß keine Scherereien.* Ging es hier um Eddie?
»Ich hab's nie jemandem erzählt«, sagte ich. »Ich bin doch nicht bescheuert. Ich hätte doch nie ...«
»Lehnt ihn zurück.«
Ich spürte das Geländer im Kreuz, als sie mich nach hinten drückten. Choc kniff ein Auge zu und richtete die Pistole auf meinen Kopf. Sein Finger legte sich auf den Abzug. Ich schloss die Augen.
»Eine Chance nur«, sagte er. »Wo ist sie?«
Tori.

»Ich weiß es nicht! Ich schwör's bei Gott. Ich bin's doch nicht.«
Mir fiel nichts mehr ein, ich hielt inne und wartete, denn ich glaubte, der Schuss würde jeden Moment losgehen. Würde ich überhaupt Zeit haben, es zu spüren, oder würde alles einfach aufhören? Es brachte nichts, es sich vorzustellen, es war, wie wenn man versucht, sich an die Zeit vor seiner Geburt zu erinnern. Ich würde einfach aufhören …
»Gut«, sagte Choc. »Mach die Augen auf.«
Eine Sekunde später tat ich's. Jetzt hielt er die Pistole locker in der Hand, die er seitlich hinunterhängen ließ, und sah in die Ferne. Die beiden Typen, die mich festhielten, zogen mich hoch, vom Geländer weg, und ließen mich dann los.
Es dauerte eine Sekunde, bis ich erfasste, dass ich nicht tot war. Mein Herz hämmerte so, dass ich dachte, es würde sich überschlagen oder vielleicht ganz stehenbleiben und ich vor Angst einfach abkratzen.
»Ich glaub dir«, sagte er.
Ich beugte mich vor und stützte mich auf die Knie.
»Tief atmen.« Er klopfte mir auf den Rücken.
»Sie ist entführt worden«, sagte ich. »Von dem Kerl in den Nachrichten.«
»Ja, ich weiß.« Er ließ seine Schultern rotieren, um sie zu lockern. »Na, Mensch, komm. Komm wieder hoch.«
Ich machte noch zwei tiefe Atemzüge und riskierte es dann.
Es schien mehr oder weniger zu gehen.
»Ich hab 'ne SMS von ihr gekriegt«, sagte Choc. »Die Polizei war da und war daran interessiert. Zu verdammt interessiert. Und dann später war alles über sie im Fernsehen.«
»Ich weiß.«

»Wir haben den ganzen Tag dein Büro beobachtet und sind dem Dicken nachgegangen, mit dem du zusammenarbeitest.«

»Rob.«

»Ja, wir sind dem Kerl gefolgt. Die Polizei ist bei dir zu Hause und in deinem Büro, und da ist einer dabei, der es auch gestern früh, als sie zu uns kamen, auf dich abgesehen hatte. Der naheliegende Schluss ist, dass sie meinen, du bist es.«

Ich nickte. »Aber ich bin's nicht.«

»Ja. Ich glaub dir jetzt. Wenn ich das nicht täte, wärst du jetzt da unten. Die Frage ist, warum kapieren die Bullen das nicht genauso wie ich? Von den üblichen Gründen mal abgesehen.«

»Ich hab auch 'ne SMS von ihr bekommen, und ich bin hingegangen und hab nachgesehen, ob alles in Ordnung ist. Ich fand einen Brief. Der Typ, der sie entführt hatte, hat mich gezwungen, bestimmte Dinge zu tun. Er sagte, wenn ich es der Polizei sage, würde er Tori umbringen. Er hat es so hingedreht, dass es aussah, als sei ich es gewesen.« Ich dachte wieder an Emma. »Manche von den Dingen, die er mich tun ließ ...«

Choc neigte leicht den Kopf nach hinten und sah mich an. Vielleicht schätzte er mich noch einmal neu ein.

»Ja, aber warum? Und wer ist der Kerl?«

»Ich weiß es nicht«, sagte ich. »Aber er hat Tori in seiner Gewalt und will zur Wohnung meiner Freundin. Wahrscheinlich jetzt im Moment. Wir müssen die Polizei rufen.«

Choc drehte sich um und schüttelte den Kopf.

»So leicht ist das nicht.«

»Was? Du hast gesagt, du glaubst mir ...«

»Alex ist tot.«
Er sagte das leise und erwartete, dass es mich zum Schweigen bringen würde. Das tat es auch. Ich versuchte, die Sache im Kopf zusammenzufügen, aber es gelang mir nicht. Das Einzige, was dadurch erklärt wurde, war, wieso Choc so wütend war. Außerdem konnte ich jetzt seinen Kummer spüren. Er stand mit dem Rücken zu mir, ganz bewegungslos.
»Was ist passiert?«, fragte ich.
»Jemand ist bei ihm vorbeigekommen. Nichts wurde gestohlen, aber er wurde ziemlich übel zusammengeschlagen, als hätte jemand etwas aus ihm herauskriegen wollen.«
»Was denn?«
»Das weiß ich nicht. Aber in unserem Fach lohnt es sich, ein paar Quellen zu haben. Die Polizei hat etwas in seiner Wohnung gefunden. Was immer es ist, es verbindet ihn irgendwie mit dieser Sache. Entweder wollte der Kerl es haben, oder er hat es dort zurückgelassen.«
Warum hatte der Mörder Cardo angegriffen?
Es ergab keinen Sinn.
»Vielleicht hat er mich beobachtet«, sagte ich. Es war das Einzige, das mir einfiel. »Er hat euch vielleicht an dem Abend, als ihr vorbeigekommen seid, von meiner Wohnung aus verfolgt. Aber ich weiß nicht, warum.«
Choc nickte kurz, aber nicht so, als glaube er es. Dann drehte er sich wieder zu mir um. Ich erwartete, in seinem Gesicht etwas zu sehen, selbst wenn es nur Hass oder Wut war, aber da war nichts. Tatsächlich sah er vollkommen ruhig aus, als hätte er die Gefühle, die ich gesehen hatte, fürs Erste weggepackt, bis er sie richtig einsetzen konnte.
»Du sagst, er will zu deiner Freundin?«
Ich nickte. »Wir müssen die Polizei anrufen.«

»Nein«, sagte er. »Wir gehen selbst.«
Er starrte mich an, als wolle er mich herausfordern, ihm zu widersprechen. Ich wollte auch. Aber dann überlegte ich es mir. Falls der Mörder dort war, wenn die Polizei kam, würde er vielleicht sein Wort halten und nicht sagen, wo Tori war. Ich sah auf die Müllhalde hinter mir. Choc würde wahrscheinlich mehr Erfolg haben, ihn zum Reden zu bringen.
»Dann komm«, sagte ich.

30

Samstag, 3. September

Zurück im Einsatzzentrum bemühte sich Sam Currie an seinem Schreibtisch mit der Tatsache fertig zu werden, dass drei seiner Mitarbeiter gerade fast eine Stunde damit zugebracht hatten, die Spur von Dave Lewis' Handy zu einem Postauto zu verfolgen, das in den Süden der Stadt unterwegs war. Der Dreckskerl hatte wohl sein Mobiltelefon in einen Umschlag gesteckt und abgeschickt.
Curries Einsatzmittel waren sowieso schon recht knapp. Müde wandte er sich an den Kollegen, der ihn angerufen hatte. »Sie werden bei dem Fahrzeug bleiben«, sagte er, »und die Postsendungen durchgehen müssen, bis Sie den Umschlag finden, in dem es ist.«
»Okay, Sir. Hier hinten drin sind ungefähr fünfzehn volle Säcke.«
Und Jesus weinte.
Er nahm sein eigenes Handy heraus, wählte Dave Lewis' Nummer und wartete.
»Klingelt es in einem der Säcke?«
»Ja, Sir.«
»Der ist es dann.«
Er legte auf, schloss die Augen und strich sich sanft massierend darüber. In seinem Kopf fing es an zu pochen. Vor einer Stunde war trotz der verbleibenden Fragen alles so viel einfacher gewesen. Es hatte den Anschein gehabt, dass die Unterbrechung der Mordserie mit Lewis zu tun hatte, und

sie waren dabei gewesen, ihn in die Enge zu treiben. Jetzt hatten sie keine Ahnung, wo er war oder was sich tat, und Currie wusste nicht mehr, was er von alldem halten sollte.

»Die Arbeit der Post zu stören gilt als Hochverrat«, kommentierte Swann. »Steht darauf nicht immer noch die Todesstrafe?«

Currie hob die Augenbrauen, sagte aber nichts.

Na komm, Sam.

Er öffnete die Augen und nahm seinen Kaffee. Die drei – er, Swann und Dan Bright – saßen an einem runden Tisch im Einsatzzentrum etwas abgerückt von den anderen Mitarbeitern.

Bright war in den Fünfzigern, aber er hatte die gebräunte und glatte Haut eines Mannes, der dem Alterungsprozess mit jedem notwendigen Mittel, einschließlich Kosmetika, den Kampf angesagt hat. Sein graues, kurz geschnittenes Haar war mit Gel zu modischen Spikes geknetet, und in seinem teuer wirkenden Anzug sah er schlank und fit aus. Als Currie feststellen musste, dass er sich im Vergleich zu ihm alt vorkam, ärgerte er sich genauso sehr, wie er das immer tat, wenn Swann ins Fitness-Studio ging oder sich das Haar stylen ließ. Zumindest konnte er sich damit trösten, dass sein Partner noch zehn Jahre Zeit hatte, bis es auch ihm egal sein würde.

Bright hatte eine Fallakte vor sich liegen und wartete offensichtlich geduldig, bis Currie sich gesammelt hatte. Currie war immer noch nicht sicher, wieso der Mann gekommen war oder warum sie ihm zuhören sollten, und noch mehr als zuvor verspürte er den Drang durchzustarten – aber im Moment konnten sie nirgendwo sonst hingehen. An den verschiedenen Orten, an denen sich etwas tat, herrschte im Moment Leerlauf, und sonst hatten sie nichts.

»Okay, Dan.« Er nahm einen Schluck Kaffee und versuchte die Müdigkeit abzuschütteln. »Danke, dass Sie gekommen sind.«

»Ist mir ein Vergnügen«, sagte er, »wenn man es so nennen kann. Und als ich aus Ihrem Anruf und dem, was ich in den Nachrichten gesehen hatte, meine Schlussfolgerungen zog, war es auch meine Pflicht.«

Currie schaute auf die weiße Tafel. »Ich sollte Ihnen wohl sagen, dass ich damals, als ich anrief, nur etwas Hintergrundwissen haben wollte. Carrolls Name tauchte im Verlauf der Untersuchung auf, aber wir glauben nicht, dass er verantwortlich ist. Wir *wissen* tatsächlich, dass er es nicht ist.«

Bright sah ihn eine Sekunde lang an, und sein Gesicht erinnerte ihn an Marys. *Sie haben keine Ahnung, wozu mein Vater fähig ist.*

»Vielleicht könnte es helfen, wenn ich Ihnen etwas mehr über ihn sagen würde?«

Currie lenkte ein. »Okay. Informieren Sie uns über die Umstände. Er war ein Kollege von Ihnen, stimmt's? Ein Detective.«

Bright nickte.

»Aber wir machen da unten alles ein bisschen anders. In der Großstadt haben Sie es mit anderen Sachlagen zu tun, nehme ich an, aber Richmond ist klein, und damals bearbeiteten wir mehr oder weniger jeder seinen eigenen Bereich. Alles von der Arbeit in der Gemeinde an aufwärts. Frank hatte die Leitung für die Carnegie-Siedlung. Das ist eine ziemlich üble Gegend. Größtenteils war es früher Hafenviertel und Industriegebiet. Ein paar Straßen mit Sozialwohnungen.«

»Schlechte Gegend«, sagte Currie.

»Viel Kriminalität verschiedener Art. Frank hat diese Gegend auf keinen Fall aus der Krise geholt, aber die Leute kannten und mochten ihn. Er sorgte für eine beträchtliche Verbesserung der Lebensqualität, ohne die Hauptfiguren zu erledigen. Er klopfte den Gangs kräftig auf die Finger, wenn sie die gewöhnlichen Leute belästigten, und ließ sie in Ruhe, wenn sie sich um ihre eigenen Angelegenheiten kümmerten. Deshalb genoss er großen Respekt. Die Leute im Viertel wussten, dass sie zu ihm gehen konnten, wenn sie Hilfe brauchten. Und die kriminellen Elemente wussten, woran sie waren.«

»Ich spüre, dass jetzt gleich ein ›Aber‹ kommt.«

»Frank hatte verdammt viel Dreck am Stecken.«

Currie nickte vor sich hin und erinnerte sich:

Vielleicht steht in Ihrer Akte, dass er Polizist war, aber nicht, dass er auch kriminell war. Dass er das ganze Viertel in der Hand hatte.

»Hat er Geld genommen und im richtigen Moment den Blinden gespielt?«

»Nein, er steckte tiefer drin. Er wollte lieber selbst am Steuerrad sitzen, statt nur die anderen durchzuwinken. Im Lauf der Jahre wurde Carnegie sein eigenes kleines Reich.«

»Und niemand wusste Bescheid?«

»Niemand, über den er nicht seinerseits genug wusste. Es gab natürlich Gerüchte.«

»Um was für Gerüchte geht es da?«

»Leute verschwanden. Oder schlimmer.«

Er hat einen von ihnen in der Küche erschossen. Der Mann war schon tot, als ich ihn zu sehen bekam. Den anderen hat mein Vater einfach niedergeschlagen. Und dann hat er den Ofen angemacht.

»Aber ich muss betonen, dass es nur Gerüchte waren.«

Bright beugte sich vor und stützte sich mit den Ellbogen auf den Tisch. Er sah etwas verlegen aus. »Und als Polizist … na ja, da zögert man in der Beziehung etwas, oder? Frank war sehr vorsichtig bei allem, was er tat. Und auf seine Art und Weise schien er ein guter Polizist zu sein. Da ist dann die Frage: Soll man so einer Sache nachgehen?«

Currie sagte nichts. Die Antwort schien ihm eigentlich auf der Hand zu liegen, und er meinte, auch für Bright sei das so. Aber andererseits sah aus der Rückschau immer alles einfacher aus.

»Jedenfalls wollte niemand aussagen. Sie hatten entweder zu großen Respekt oder zu viel Angst vor ihm. Frank war ein sehr charismatischer Mann. Er hatte über jeden, den er traf, große Macht und Kontrolle.«

»Macht und Kontrolle«, sagte Swann. »Das ist interessant.«

Bright warf einen Blick auf die weiße Tafel. Nach seinem Gesichtsausdruck zu schließen, ergaben die Notizen für ihn viel mehr Sinn als für Currie.

»Macht war immer seine eigentliche Motivation«, sagte er. »Frank genoss es, der Leitwolf zu sein. Er mochte das Gefühl, weit über den Leuten zu stehen, mit denen er zu tun hatte. Sie waren nur eine ›Herde‹ für ihn. Ich erinnere mich, dass er das einmal im Umkleideraum sagte.«

»Aber nichts von alldem blieb an ihm haften?«

»Nein. Als er verhaftet wurde, sagte er kein Wort. Ich bin sicher, er hätte eine große Zahl von Leuten zusammen mit sich zu Fall bringen können, wenn er gewollt hätte, aber er beschloss, den Mund zu halten. Die Folge war, dass es auf der Kippe stand, ob wir es mit dem, was wir gegen ihn in der Hand hatten, überhaupt schaffen würden.«

Vielleicht hat er noch Freunde bei der Polizei.

Jemanden, der ihn deckt.
»Und was Sie hatten, das war Mary«, sagte Currie.
Bright nickte.
»Ich erinnere mich noch daran. Ich bekam einen Anruf von einer älteren Frau von außerhalb der Carnegie-Siedlung. Es war kurz nach Mitternacht. Franks Tochter hatte an ihre Tür geklopft. Nachdem wir sie beide zur Wache brachten, sagte Mary, dass sie länger als eine Stunde im Schnee auf den Straßen herumgeirrt seien. Sie und ihr kleiner Bruder. Sie hatte bei der alten Frau angeklopft, weil sie durchs Fenster geschaut und so viele Bücher gesehen hatte.«
»Bücher?«
»Ja. Sie meinte, jemand, der Regale voller Bücher hatte, würde ihr nichts antun.«
»Sie ist also ... geflohen?«
»Ja. Wir haben das alles erst später erfahren, dass ihr Vater sie seit Jahren missbraucht hatte. Beide, aber sie war immer die Hauptleidtragende gewesen. Eine seiner Lieblingsbeschäftigungen war es, sie ans Bett zu fesseln und übers Wochenende dort zu lassen. Manchmal sogar länger.«
»Das hat uns zu Anfang interessiert«, sagte Swann.
»Kein Essen, kein Wasser«, sagte Bright. »Kann man sich nur schwer vorstellen, oder?«
»Warum tat er so etwas?«
»Macht und Kontrolle«, wiederholte Bright. »Um ihre Psyche zu brechen und ihr die Wahrheit einzuprägen, so wie er sie sah. Dass niemand kommen würde, um ihr zu helfen.«
Currie dachte: *Es war mein Lieblingsbuch, als ich noch klein war.*
Eine Geschichte, in der der Held alle andere Verantwortung zur Seite schob und kam, um das zu tun, was er tief im Herzen als das Richtige erkannt hatte. Wenn das stimmte,

was Bright ihm erzählte, konnte er sich vorstellen, wie sehr ein Mann wie Frank Carroll es genossen hatte, einen unschuldigen, idealistischen Glauben zu nehmen und in Stücke zu reißen. Zu beweisen, dass er falsch war.
»Und es kam auch niemand«, sagte er.
»Wir wussten es nicht.«
Wieder dieser fast schmerzliche Gesichtsausdruck, als wisse er tief im Inneren, dass er nicht genug getan hatte. Als verfolge es ihn.
»Selbst die Nachbarn redeten sich ein, es gehe Mary gut, obwohl sie einen Verdacht haben mussten. Aber alle, die der Situation nahe genug waren … weigerten sich entweder, es zu glauben, oder hatten zu große Angst, etwas zu sagen. Und ich bin sicher, das machte alles noch unterhaltsamer für ihn.«
Currie musste sich anstrengen, um das akzeptieren zu können. Jemand wie Charlie Drake … er konnte das Schweigen verstehen. Selbst wenn er es verachtete, war ihm klar, dass es folgerichtig war. Heroin an andere Dealer zu verkaufen war eine Sache. Aber hier ging es um ein kleines Mädchen.
»Die Leute mischten sich nicht in seine Angelegenheiten, Sam«, sagte Bright. »Das ist nicht so merkwürdig.«
»Doch, das ist es.«
Bright sagte nichts, aber sein Gesichtsausdruck veränderte sich leicht. Als Currie ihn jetzt betrachtete, sah er den alten Mann hinter der Fassade. Und er wusste jetzt genau, was es war. Die Bräune, das gestylte Haar, der gute Anzug – alles war nur ein Panzer, um seine verletzlichen Gefühle zu schützen.
»Sie hat sich also im Grunde selbst gerettet?«
Bright nickte. »Und auch ihren Bruder. Ich kann mir nicht vorstellen, welchen Mut das erfordert haben muss. Auf-

grund ihrer Aussage haben wir es geschafft, ihn zu überführen.«

Currie lehnte sich zurück. Jetzt begriff er, warum Mary solche Angst vor ihrem Vater hatte und so hartnäckig glaubte, er werde sie suchen. Sie war nicht nur dem Netz der Macht entkommen, das er aufgebaut hatte, der Kontrolle, von der er so besessen war, sie hatte ihm auch all das weggenommen. Es war nur natürlich anzunehmen, dass er sich dafür rächen wollte.

In seinem Kopf bin ich das einzig Wichtige für ihn.

»Und das«, Bright zeigte mit einer Kopfbewegung auf die weiße Tafel, »passt perfekt dazu, wie Frank sich verhalten würde. Er war immer groß im Manipulieren von Menschen. Und er rieb ihnen immer gern ihre eigenen Schwächen unter die Nase.«

Currie schüttelte den Kopf. Sie mussten diese Sache nüchtern betrachten.

»Aber wir wissen, dass er es nicht ist. Er hat eine Fußfessel. Es wurde aufgezeichnet, wo er sich aufhielt.«

Bright sagte nichts.

Nach kurzem Schweigen erhob sich Swann. »Ich werde nachsehen, wo er jetzt ist. Und ihn herbringen lassen.«

Currie sah seinen Partner durch das Büro gehen und erinnerte sich an das Gespräch, das er mit Dave Lewis geführt hatte. *Ich kann jetzt nichts erklären.* Und Lewis hatte diese SMS an sein eigenes Telefon geschickt. Wollte er ihnen damit etwas signalisieren? Und wenn ja, warum sagte er es ihnen nicht einfach offen?

Er wandte sich wieder an Bright. »Wie würde Dave Lewis dazu passen, wenn wir annehmen, dass Sie recht haben? Sagen wir, Frank Carroll würde ihn irgendwie manipulieren. Warum gerade ihn?«

»Es braucht keinen Grund zu geben«, sagte Bright. »Ihre Pfade haben sich vielleicht irgendwann gekreuzt, und Frank beschloss, mit ihm zu spielen. So einfach könnte es sein.«
Drüben auf der anderen Seite des Raums telefonierte Swann. Eine Hand in die Hüfte gestützt, trommelte er ungeduldig mit den Fingern auf den Tisch.
»Ich habe ihn aber gesehen«, sagte Currie. »Frank Carroll. Er wirkt jetzt ganz anders als der Mann, den Sie beschreiben. Niedergeschlagen. Gebrochen.«
»Sie klingen, als wollten Sie sich das selbst einreden, Sam.«
Das muss ausgerechnet der sagen. »Nein.«
»Die Menschen sehen das, was sie sehen wollen oder was sie erwarten. Frank war immer schon sehr gut darin, ihnen dabei zu helfen.«
Swann kam zu ihnen herübergelaufen. »Weg.«
»Was?«
»Die IT-Spezialisten haben vor einer halben Stunde einen Alarm erhalten. Er hat die Fessel abgenommen. Sie wissen nicht, wo er ist.«
Currie griff nach dem Telefon. Ein Abgrund hatte sich unter ihm aufgetan.
»Wir müssen jemanden zu ihrer Wohnung schicken.«
Swann zog schon seinen Mantel über.
Während die Nummer angewählt wurde, fiel Currie ein: *Er würde Ihnen ein Jahr lang folgen, wenn er dächte, dass es ihm helfen würde, mich zu finden*, und er betete, dass sie nicht zu spät kommen würden. Um Mary Carrolls und um seiner selbst willen.

31

Samstag, 3. September

»Vielen Dank«, sagte Rob. »Du hast einen Gefallen bei mir gut.«

Er beendete den Anruf, faltete dann den Zettel zusammen und steckte ihn in die Jackentasche. Dann holte er tief Luft und fragte sich, was er bloß als Nächstes tun sollte.

Nichts – war allem Anschein nach die Antwort.

Er saß in seinem Wagen ein kurzes Stück von Sarah Crowthers Wohnung entfernt und beobachtete den Regen, der allmählich die Sicht verdunkelte. Er hatte den Motor abgestellt, um zu telefonieren, weil er sich noch nie auf mehr als ein Geräusch hatte konzentrieren können. Wenn der Fernseher lief, während er telefonierte, musste er den Ton abschalten, sonst vermischten sich die Wörter und er antwortete schließlich irgendeiner nichtssagenden Schauspielerin statt der Person am anderen Ende.

In seinen Gedanken tat sich jetzt gerade etwas Ähnliches. Er wollte die Polizei anrufen und ihnen alles erklären. Nach dem, was Dave ihm gesagt hatte, war er sicher, dass dies das richtige Vorgehen war, und er hatte sie schon mehrmals fast angewählt. Aber jedes Mal hatte er innegehalten. Die Reflexe, die er sich nicht recht erklären konnte und von denen er wusste, dass sie dumm waren, gewannen die Oberhand über den gesunden Menschenverstand.

Ich könnte es nicht ertragen, wenn ich sie letztendlich doch hätte retten können.

Rob legte das Handy auf den Beifahrersitz und drehte den Zündschlüssel um. Der Wagen brummte, und das Radio meldete sich laut mitten in einem beschissenen Song. Eine Sekunde später kratzten die Scheibenwischer über die Windschutzscheibe, verschmierten das Glas, wischten dann in die andere Richtung und sorgten für klare Sicht. Sofort prasselten weitere Tropfen auf das Fenster und rollten dann wie Tränen herab.

In Wirklichkeit empfand Rob mehr Treue gegenüber Dave, als er jemals hätte artikulieren oder erklären können. Er hatte eigentlich nie viele Freunde gehabt. Die meisten Leute schafften es nicht, ihm gegenüber die erste Hürde zu überwinden, selbst wenn sie sich anstrengten und es versuchten. Es war ziemlich offensichtlich, dass Sarah ihn nicht besonders mochte, aber das war in Ordnung. Die meisten anderen Freundinnen von Dave hatten ihn auch nicht so sehr gemocht. Damit konnte er leben. Denn er wusste, dass er ohne eine einzige Ausnahme stets im Interesse seines besten Freundes handelte und das auch immer tun würde.

Deshalb war er hier und wartete vor der Wohnung eines Mädchens, das er kaum kannte, wo es doch so viele bessere Orte gab, an denen er sein könnte. Dave hatte dort auf dem Grasstück ihren Namen gesagt, als der Mann ihn anrief, und war dann wie verrückt losgerannt. Das hieß, dass etwas nicht stimmte. Und Dave hatte nicht gewollt, dass er die Polizei anrief, was konnte er also sonst tun? Sarah war seinem besten Freund wichtig, deshalb hatte Rob vor, sich um sie zu kümmern und sich zu vergewissern, dass es ihr gutging, was immer sie von ihm halten mochte.

Die Scheibenwischer quietschten wieder hinüber und herüber. Eins, zwei.

Du solltest die Polizei anrufen, sagte er sich wieder.

Denn im besten Interesse seines Freundes zu handeln hieß nicht, einfach das zu tun, was er ihm gesagt hatte, oder? Er sah auf sein Telefon hinunter.
Wieder quietschten die Scheibenwischer.
Rob hob den Blick. Durch das saubere Glas sah er jetzt einen Mann an Sarahs Tür stehen. Er drehte am Griff und ging hinein.
Es geschah so schnell, als sei er gar nicht da gewesen.
Rob blinzelte. Wie auf einem Schnappschuss merkte er sich, wie der Mann ausgesehen hatte. Groß und dünn, mit grauem, schütterem Haar, er trug einen schwarzen Mantel und eine dunkelblaue Trainingshose. Er war in den Fünfzigern, mindestens, wahrscheinlich älter. Und er war gerade hineingegangen, als sei es sein eigenes Haus.
Ruf die Polizei.
Er wollte das Telefon nehmen, zögerte aber, denn eigentlich hatte er ja keine Ahnung, wer der Mann war. Soweit er wusste, konnte das Haus dem Mann gehören oder er konnte ein Freund Sarahs sein.
Seine Finger zuckten. Was sollte er tun?
Dann also nach ihr sehen. Er hatte sich fernhalten und sie nicht wissen lassen wollen, dass er hier war, einfach weil das zu Fragen führen würde, die er nicht beantworten konnte. Aber im Grunde genommen war er gekommen, um sicherzugehen, dass alles in Ordnung war. Es mochte ihr nicht gefallen, dass er da war, aber darum ging es nicht. Und der Mann hatte alt ausgesehen, sogar gebrechlich, aber das hieß nicht, dass er ihr nicht gefährlich werden konnte.
Rob dachte noch ganz kurz darüber nach, dann stellte er den Motor ab und stieg aus, das Handy nahm er mit.
Mann, es schüttete wie aus Kübeln. Er verzog das Gesicht und rannte dann unbeholfen den Gehweg entlang, bis er

Sarahs Haus erreichte. Die Tür war zu, und er war sich nicht sicher, was er tun sollte. Klopfen? Natürlich verlangte das die Höflichkeit, aber wenn sie wirklich in Schwierigkeiten war da drin ...
Er klopfte zweimal fest, dann drehte er den Griff, trat in die Küche und rief, so laut er konnte. »Sarah?«
Einen Moment nichts – und dann hörte er jemanden im oberen Stockwerk. Die Rohre knackten, und die Luft war warm. Vielleicht war sie im Bad.
Und wo war der alte Mann? Er war doch vor weniger als einer Minute hereingekommen.
Außer wenn du ihn vor einem anderen Haus gesehen hast, du Idiot.
Was möglich war. Die Scheibenwischer hatten vielleicht die Sicht verzerrt, und er hatte sich in dem Moment ja nicht gerade konzentriert.
Er ging durch die Küche, dann in den Flur und sah sich um. Es gab links noch einen kleinen Raum, danach führte die Treppe zum ersten Stock hoch. Er rief hinauf.
»Sarah?«
Sofort kam die Antwort: »Einen Augenblick.«
Herrgott noch mal, war er erleichtert! Jetzt musste er es ihr natürlich erklären. Er hörte oben eine Tür aufgehen, und dann kamen ihre Füße polternd die Treppe herunter.
»Dave, ich bin so froh ... oh.«
Sie blieb auf halber Höhe stehen, runzelte die Stirn und legte den Rest des Weges etwas vorsichtiger zurück.
»Rob?«
»Ja.« Er fuhr sich mit der Hand durch das Haar. »Tut mir leid. Hör zu ...«
Und dann trat der alte Mann aus dem Zimmer auf der linken Seite und versetzte ihm einen Schlag in den Magen.

Er hatte schnell und fest zugeschlagen und löste damit ein Durcheinander verschiedener Wahrnehmungen aus. Der Anblick des Mannes, dessen Mund vor Wut verzerrt war und der die Augen aufriss – und dann spürte Rob, dass er mit dem Rücken an die Wand des Flurs geknallt war. Der Schmerz im Bauch fühlte sich irgendwie falsch an, als wäre der Schlag ganz tief eingedrungen und hätte alles dort durcheinandergebracht. Seine Beine gaben nach, dann rutschten sie weg. Rob glitt an der Wand hinab, und seine Wahrnehmung verschwamm. Der Mann starrte ihn an. Eines seiner Augen saß nicht richtig in der Augenhöhle.

Erst als Rob das blutbeschmierte Messer in seiner Hand bemerkte, sah er auf seinen Bauch hinunter und verstand, was gerade passiert war. Gleichzeitig beugte sich der Mann leicht vor und wischte Robs Blut an seiner Schulter ab. Das Messer fuhr *glitsch glitsch* über das Leder.

Und dann drehte er sich um und ging auf Sarah zu. Sie stand einfach auf der Treppe, erstarrt an Ort und Stelle.

»Hallo, Mary«, sagte der Mann. »Dein Bruder hatte in letzter Zeit zu tun, oder? Ich glaube, wir sollten ihn jetzt besuchen gehen.«

32

Samstag, 3. September

»Hier wohnt sie?«

Ich saß immer noch in der Mitte auf dem Rücksitz eingequetscht, aber auf dieser Fahrt wurde wenigstens mein Gesicht nicht auf die Knie gedrückt. Ich beugte mich zwischen den Sitzen vor und spähte durch die mit Regentropfen besprizte Scheibe.

Nummer zweiunddreißig.

»Ja.«

Mein Magen war wie zusammengeschnürt.

Ich schaute das Haus an und sah das gleiche Gebäude wie an jenem Morgen, einfach ein anonymes Reihenhaus in einem ziemlich schlechten Teil der Stadt: zweistöckig mit einem matschigen Vorgarten. Aber irgendwie war es anders. Unter der Oberfläche schien das Haus jetzt dunkler und heimtückischer als die Nachbarhäuser. Es gab keinen offensichtlichen Grund, wieso es sich von den anderen Häusern abheben sollte, aber das tat es. Regen prasselte davor herunter, und jeder Backstein war blass und grau. Wie es da in dem nassen Schlamm des Gartens stand, sah es aus wie etwas Totes an einem Flussufer.

Es war ausgeschlossen, dass ich es wissen konnte, sagte ich mir selbst, aber trotzdem spürte ich es.

Wir kommen zu spät.

»Draußen parken«, sagte Choc zum Fahrer.

Ich fühlte, wie die Fenster mich ungerührt anstarrten.

»Sie ist nicht da«, sagte ich.
»Wir werden sehen.« Choc warf mir über die Schulter etwas zu. »Zieh die an.«
Ich nahm sie. »Handschuhe?«
»Ja – Handschuhe. Ich will nicht, dass du mir alles noch mehr vermasselst, als du's schon getan hast.«
Ich zog sie an. Außerhalb des Wagens fühlte sich der Regen noch heftiger an als zuvor, er piekte und plagte mich. Auf einer Seite floss das Wasser aus der Regenrinne von einer der Nachbargaragen, spritzte herunter und knallte auf den Beton. Die Luft war von dem leisen Zischen erfüllt.
»Komm.«
Choc ging den Weg zur Haustür hoch. Ich begann ihm zu folgen, dann sah ich mich um. Seine Kerle blieben im Auto.
»Nur wir?«, sagte ich.
Choc wandte sich mit zusammengekniffenen Augen zu mir um. Der Regen auf seinem Gesicht sah aus wie Tränen, und sein Gesichtsausdruck war unstet. Er hatte die Gefühle noch nicht richtig an die Oberfläche kommen lassen, noch nicht, aber sie waren durchaus präsent. Und es sah aus, als könnte die Wut, die in ihm tobte, das halbe Haus einreißen.
Leg dich nicht mit mir oder meinen Freunden an.
Ich sagte: »Denk dran, dass er Tori vielleicht nicht dabeihat.«
»Mach dir keine Gedanken um mich, kümmer dich um dich selbst.«
Ich nickte.
Wir kamen an die Haustür, die abgeschlossen war. Ich wollte gerade an die Tür hämmern und ihren Namen rufen, aber ohne zu überlegen, hielt Choc meine Hand fest. Dann sah er sich auf der Straße um und schätzte ein, wie viel die

Nachbarn wohl sehen oder hören könnten, oder einfach, wie wichtig sie es nehmen würden. Offenbar nicht sehr wichtig, denn er nahm die Pistole aus der Tasche und hielt sie seitlich nach unten.

»Wir machen das in einem Rutsch«, sagte er leise. »Und du gehst gleich hinter mir rein. Schnell. Klar?«

Ich nickte.

Bevor ich auch nur die Gelegenheit hatte, darüber nachzudenken, was er tun würde, trat er kräftig gegen die Tür. Fasziniert beobachtete ich, wie er seinen ganzen Körper anspannte, dann ein massiver Knall, und als Nächstes war er über der Schwelle, die Pistole vor sich haltend, mit der anderen Hand drückte er die offene Tür gegen die Küchenanrichte.

Ein Knall, sofort alles wieder unter Kontrolle, dann Stille. Er starrte wütend zurück zu mir, *worauf wartest du, verdammt noch mal?*

Ich folgte ihm nach drinnen, und er machte mit seiner freien Hand die Tür hinter uns zu. Ein Holzstreifen an der Seite, wo das Schloss saß, hing herunter, aber die Tür passte noch in den Rahmen. Wenn irgendjemand draußen das Geräusch gehört hatte, würde er in ein paar Sekunden aus dem Fenster schauen und keine Ahnung haben, woher es gekommen war.

Choc durchquerte die Küche und hielt die Waffe jetzt mit beiden Händen. Er sah so professionell wie ein Polizist aus, und ich war unglaublich froh, dass er hier war. Als er auf den Flur zuging, blieb ich etwas zurück und horchte. In Sarahs Haus herrschte absolute Stille. Entweder war niemand hier, oder sie verhielten sich sehr still.

Die Erinnerung daran, wie ich Emmas Leiche gefunden hatte, zuckte mir durch den Kopf.

Bitte, nein.
»Dave?«, sagte Choc. »Hier.«
Er war an der Tür stehen geblieben. Ich ging hinüber. Dann sah ich, was dort los war ...
»Oh mein Gott. Rob.«
... drückte mich, ohne nachzudenken, an Choc vorbei und kniete neben meinen Freund hin. Er saß an die Wand gelehnt, die Beine in den Flur hinein ausgestreckt, der Kopf war von mir weg zur Seite geneigt und lag auf seiner Schulter. Bewegungslos. Überall an ihm war Blut.
Wir sind seit zehn Jahren beste Freunde.
»Rob?«
Wir haben immer füreinander gesorgt.
»Rob ...« Sein Kopf bewegte sich leicht. Mein Herz überschlug sich.
»Kannst du mich hören?«
Er wandte mir das Gesicht zu, sehr langsam, aber das war egal, denn wenigstens war er *nicht tot*. Doch er war blass, und seine Augen waren geschlossen. Ich sah auf seine Brust hinunter. Er atmete, jedoch nur flatternd und unregelmäßig.
»Was machst du hier?«, sagte ich.
»Er hat sie mitgenommen. Tut mir leid.«
Mein Gott. Er hatte mich ihren Namen auf St. John's Field sagen hören und war hierhergekommen, um nachzusehen, ob sie in Sicherheit war.
»Sind sie weg?«
Rob versuchte etwas zu sagen, schaffte es aber nicht. Er nickte leicht.
»Okay. Sag nichts. Ich ruf einen Krankenwagen.«
Ich stand auf und sah mich im Flur um – dort. Ich stieg über Rob weg und rannte zu dem Tisch bei der Hintertür. Ein

altes Telefon stand auf mehreren staubigen gebrauchten Telefonbüchern. Ich nahm den Hörer, hörte das Freizeichen und wählte »999«.
Choc stand an der Tür zur Küche.
»Mann, wir müssen gehen.«
»Wir gehen im Moment nirgends hin.« Ich starrte ihn zornig an. »Ich wäre rechtzeitig hier gewesen, wenn du mich nicht abgefangen hättest. Kannst du Erste Hilfe leisten?«
Er starrte zurück, schüttelte aber den Kopf.
Ich blickte hinunter und sah, dass Rob versuchte, etwas zu greifen. Er fuhr mit der Hand unbeholfen in seine Jacke.
»Hilf ihm doch.« Ich deutete in seine Richtung, wandte mich dann ab, als sich jemand meldete, und unterbrach ihn: »Ich brauche hier sofort einen Krankenwagen. Ein Mann mit einer Stichwunde. In der Brust, glaube ich. Er lebt noch, aber Sie müssen so schnell wie möglich kommen.«
Ich gab die Adresse durch, hängte auf und fuhr mir mit den Händen durchs Haar. Ich hätte mich am liebsten gegen die Tür fallen lassen, um dann auf den Krankenwagen und die Polizei zu warten. Rob war schwer verletzt, vielleicht war er dabei zu sterben. Sarah und Tori waren beide weg. Und ich hatte jegliche Chance verpasst, dem Mann entgegenzutreten, der das getan hatte.
»Dave.«
Meine Beine waren kurz davor nachzugeben. Und das Kläglichste daran war, dass ich es mir geradezu wünschte. Denn dann würde jemand anders sich mit dieser Situation befassen müssen.
»Dave.«
»Was?«
Ich drehte mich um und sah, dass Choc ein Blatt Papier in der Hand hatte, auf dem blutige Streifen und Flecken wa-

ren. Robs Hand lag jetzt in seinem Schoß, der Kopf hing nach vorn herunter. Seine Brust hob und senkte sich sanft, fast unmerklich.

»Halt durch, Rob«, sagte ich. »Sie kommen gleich.«

»Er wollte das aus seiner Tasche holen.«

»Was ist es?«

Choc faltete es auseinander und betrachtete stirnrunzelnd, was da geschrieben stand. Er neigte den Kopf verwundert zur Seite.

»›Kontakt Thom Stanley‹«, sagte er. »Und eine Adresse.«

33

Samstag, 3. September

Currie kehrte mit einem Mausklick an den Anfang der Bilderserie zurück. Er sah sich die Fotos an, die der IT-Techniker ihm von der Überwachungskamera aus dem Einkaufszentrum bereitgestellt hatte. Er suchte nach Frank Carroll. Sie gingen von der Annahme aus, dass Carroll an jenem Tag Dave Lewis gefolgt sein musste, ihm auf den Fersen blieb, also hätte er auf dem Film gleich hinter dem Mann erscheinen müssen. Er musste einfach drauf sein.
Aber verdammt, er *war* nicht drauf.
Currie nahm Carrolls Foto aus der Akte und betrachtete es genau. Dann legte er es wieder hin und fing an, sich durch die Bilder zu klicken. Vielleicht hatte er ihn beim ersten Mal übersehen, obwohl er praktisch mit der Nase am Bildschirm geklebt hatte. Oder vielleicht war Carroll irgendwie schon im Einkaufszentrum gewesen.
Du wirst also auch noch die früheren Bilder überprüfen müssen, oder?
Currie blickte zum Telefon und wünschte sich, es möge klingeln. Swann musste inzwischen dort sein. Er versuchte sein Bestes, nicht an die hundert Dinge zu denken, die er, so schien es ihm, hätte anders machen können. Was hatte Bright gesagt? *Die Leute sehen das, was sie sehen wollen. Oder was sie erwarten.*
Aber er hätte es besser machen müssen. Und jetzt war vielleicht das Leben eines weiteren Mädchens in Gefahr. Eines

Mädchens, das ihn gebeten hatte, ihr zu helfen, während er ihr die ganze Zeit nicht zuhören wollte ...

Er begann wieder, die Bilder anzuklicken. Alles war besser, als nur zu warten.

Zwei Minuten später kam Dan Bright ins Büro zurück und stellte einen Kaffee neben ihm auf den Tisch.

»Irgendwas gefunden?«

»Nein.«

Currie schob angewidert die Maus über den Schreibtisch, dann lehnte er sich auf seinem Stuhl zurück, faltete die Hände hinter dem Kopf und starrte an die Decke.

»Lassen Sie mich mal ran«, sagte Bright.

»Sie haben ihn in letzter Zeit nicht gesehen, Dan.«

»Nein, aber ich würde ihn trotzdem noch erkennen, glauben Sie mir. Und ein frisches Augenpaar könnte vielleicht helfen. Ich lasse einfach das Material durchlaufen und sehe zu, ob mir etwas auffällt.«

Es konnte nicht schaden. Currie überließ ihm seinen Platz, nahm seinen Kaffee und stellte sich vor die weiße Tafel. Trotz all der Dinge, die geschehen waren, verstand er jetzt nicht mehr als gestern. Vielleicht sogar noch weniger.

Was wäre, wenn er es nicht ist?

Und das war durchaus möglich.

Currie begriff immer noch nicht, warum Carroll gerade Dave Lewis zur Zielscheibe genommen hatte, und egal, was Bright sagte, war er sicher, dass es einen Grund dafür geben musste. Und dann war da die Frage, wie Carroll sich seiner Fußfessel entledigt hatte. Aber vor allem begriff er nicht, welche Rolle Alex Cardall in diesem Szenario spielte. Wenn Carroll der Mörder war, hieß das, dass Alison Wilcox' Handy irgendwann weitergegeben worden sein musste. Also hatte entweder Carroll es dort versteckt, oder Alex Cardall

hatte es irgendwie an sich gebracht und Carroll wollte es zurückhaben.
Beide Möglichkeiten ergaben keinen Sinn. Überhaupt nichts ließ einen Sinn erkennen.
Sein Telefon klingelte.
Currie eilte zurück an seinen Schreibtisch und nahm ab.
»Currie.«
»Sam? Hier James. Ich bin jetzt in Mary Carrolls Wohnung.«
»Gibt's irgendwas?«
»Nichts Gutes. Wir haben einen schwerverletzten Mann hier. Der Krankenwagen kam zusammen mit uns an. Jemand hat vom Haus hier angerufen. Stichwunde im Bauch.«
»Ist der Verletzte identifiziert?«
»Rob Harvey. Das ist der Typ, der mit Lewis zusammenarbeitet, oder?«
»Ja.« Currie hielt inne. »Er war heute Vormittag im Büro, als ich dort war.«
»Also, jetzt ist er hier, und ihm geht's nicht gut. Er ist bewusstlos, und sie behandeln ihn hier vor Ort. Die Haustür ist eingetreten worden, aber kein Anzeichen von sonst irgendjemandem hier.«
»Mary ist fort.«
»Ja. Und es war ein Mann, der von hier angerufen hat.«
Currie setzte sich auf die Schreibtischecke und rieb sich die Schläfen.
Was zum Teufel hatte Rob Harvey dort gewollt? Jedes Mal, wenn er meinte, sie machten in diesem Fall Fortschritte, passierte etwas Neues, und wenn er glaubte, die Sache in den Griff zu bekommen, entglitt sie ihm wieder.
»Wie kommt Harvey in Mary Carrolls Wohnung?«, sagte er.

»Ich weiß es nicht, Sam. Wir übersehen einfach etwas, das ist alles. Aber jeder Polizist in der Stadt hält jetzt nach Dave Lewis, Frank Carroll und Charlie Drake Ausschau. Wir werden sie finden, und wir werden auch Antworten bekommen.«

Currie hoffte, dass das stimmte. Aber würden sie sie rechtzeitig fassen, um Tori Edmonds' Leben zu retten? Und jetzt auch Mary Carrolls Leben. *In seinem Kopf bin ich das einzig Wichtige für ihn.*

»Sam?«, rief Dan Bright herüber. »Kommen Sie mal einen Moment her.«

»Bleib dran«, sagte Currie zu Swann und drehte sich um. »Haben Sie ihn gefunden?«

»Das nicht gerade.«

Bright tippte auf den Bildschirm. Das Bild war um 11:57:46 angehalten, und das war ungefähr zehn Sekunden nachdem Lewis das Einkaufszentrum betreten hatte. Als Currie das Paar in der Mitte des Bildes sah, spürte er, wie sein ganzer Körper starr wurde. Er hatte vorher schon eine Nahaufnahme von dem Mann geprüft, aber die Frauen hatte er nicht angesehen. Hätte er das getan, dann hätte er sie sofort erkannt.

»Das ist Mary Carroll.«

»Ja.« Bright nickte langsam. »Das ist sie.«

»Wer ist der Kerl neben ihr?«

Bright zoomte das Bild heran. Der Mann war im Profil erfasst worden. Ein Durchschnittsgesicht. Langes Haar, das zurückgebunden war. Currie erkannte ihn nicht.

»Ich *glaube*, das ist ihr Bruder.« Bright sah mit schmalen Augen auf den Monitor. »Es sieht auf jeden Fall sehr nach ihm aus.«

»Aber er soll doch in Rawnsmouth wohnen.« Currie legte

die Stirn in Falten. »Ich habe ja tatsächlich erst vor ein paar Tagen dort mit ihm telefoniert. John sowieso.«

Bright nickte. »Ja. John Edward Carroll. Er hat seinen Namen nicht offiziell geändert, so wie Mary das tat. Aber andererseits wurde er sowieso immer nur ›Eddie‹ genannt.«

34

Samstag, 3. September

Eddie saß in seinem Wagen und sah im Rückspiegel das Auto seines Vaters näher kommen. Sein Körper fühlte sich an wie eine hohle Schale um ein Herz, das vor Hochspannung knisterte.
Draußen prasselte der Regen und lief an den Fenstern herunter, aber er konnte genug sehen. Frank Carroll fuhr mit gleichbleibender Geschwindigkeit, seine Scheibenwischer glitten langsam hin und her. Der Wagen überholte ihn, Wasser spritzte unter den Reifen weg, dann fuhr er weiter die Campdown Road hoch. Eddie hatte absichtlich in einiger Entfernung von seinem Haus geparkt.
Er wusste nicht, was in Marys Wohnung passiert war. Nachdem er gesehen hatte, dass sein Vater seine Sachen ins Auto packte und davonfuhr, hatte er das getan, was Mary ihm gesagt hatte. Er hatte Dave Lewis angerufen und ihm das Ultimatum mitgeteilt. Der Plan war, dass er dann sofort nach Rawnsmouth fahren und Tori Edmonds' Leiche irgendwo unterwegs ablegen würde, wobei er selbst sich so weit wie möglich entfernen sollte. Aber das hatte er nicht tun können. Stattdessen war er zu seinem Haus zurückgekommen. Die Tatsache, dass sein Vater jetzt auch hier war, bedeutete, dass etwas schiefgegangen war.
Eddie zwang sich, langsam und ruhig zu atmen.
Er beobachtete seinen Vater, der hundert Meter vor ihm anhielt. Zwischen ihnen waren andere Fahrzeuge, so dass er

das Auto nicht mehr richtig sehen konnte, aber er hatte eine ganz gute Sicht auf den Gehweg und seine eigene Haustür. Und einen Moment später sah er Frank Carroll dort stehen, undeutlich im Regen hierhin und dorthin spähend.
Er zitterte.
Sein Vater hielt nach ihm Ausschau. Und wo war Mary? Eddie klammerte sich fester ans Steuerrad – und zuckte vor Schmerz zusammen. Immer wieder vergaß er, was mit seinen Händen passiert war. Er konnte seine Finger jetzt wieder richtig krümmen, aber nur langsam und vorsichtig.
Sein Vater ging zum Wagen zurück, verschwand aus dem Blickfeld, erschien einen Moment später wieder und zerrte ein Mädchen über den Gehweg. Sie wehrte sich nicht gegen ihn.
Mary.

Er war damals neun Jahre alt gewesen und Mary zwölf. Ihr Vater fuhr übers Wochenende weg und ließ sie allein. Bevor er ging, sagte er Eddie, er werde diese zwei Tage der Mann im Haus sein und müsse die Anweisungen seines Vaters befolgen, wenn er nicht in Schwierigkeiten geraten wolle.
Eddie hatte genickt. Er wusste, was *Schwierigkeiten* hieß. Im Kühlschrank waren Lebensmittel, und er konnte so lange aufbleiben, wie er wollte, und tun, wozu er Lust hatte. Es gab nur eine Regel, an die er sich halten musste: Unter gar keinen Umständen durfte er in Marys Zimmer gehen. Sie hatte Ärger bekommen, und er sollte keinerlei Kontakt mit ihr haben.
Nicht einmal, wenn das Haus brennt?, fragte er.
Nicht einmal dann, sagte sein Vater. *Sie muss ihre Lektion lernen.*
Und er hatte getan, was ihm gesagt wurde, am Anfang zu-

mindest. Aber zwei Stunden nachdem sein Vater weggegangen war, hörte Eddie ein Geräusch von oben – so etwas wie einen dumpfen Schlag – und ging nachsehen.

Er stieß die Tür zu Marys Zimmer auf und blieb fassungslos stehen, als er sah, was sein Vater getan hatte.

Mary lag angezogen auf dem Bett, festgebunden. *Gefesselt und geknebelt*, erinnerte er sich gedacht zu haben, weil er diesen Ausdruck in einer der Abenteuergeschichten gefunden hatte, die er gern las. Nichts Rührseliges wie dieses Buch, das Mary jeden Tag las und das sein Vater ihr weggenommen hatte. Vielleicht hatte sie deshalb Schwierigkeiten bekommen, obwohl er nicht verstand, warum.

Ihre Augen waren aufgerissen und voller Panik.

Bitte, hilf mir.

Eddies Hand wanderte hilflos zu seinem Gesicht, und er sah zu, wie sie gegen die Fesseln ankämpfte, zwei Gürtel, die um ihre Handgelenke geschlungen waren. Er wollte ihr helfen ... erinnerte sich aber an das, was ihm sein Vater gesagt hatte. *Nicht einmal, wenn das Haus brennt.* Und dann stellte er sich einen kurzen Augenblick die *Schwierigkeiten* vor, die er bekommen würde und die so schrecklich waren, dass er den Blick nicht direkt darauf richten konnte.

Eddie fing an zu weinen, weil er nicht wusste, was er tun sollte. Er hüpfte geradezu auf der Stelle und wollte nur, dass alles, was er sah und fühlte, *verschwinden sollte*. Er schluchzte. Und dann fing er an, sich in seinen eigenen Empfindungen zu verlieren, wie das manchmal bei ihm vorkam.

Er wusste nicht, wie lange es angehalten hatte, aber es musste eine Weile gewesen sein, denn als er innehielt, sah er, dass Mary jetzt viel ruhiger war. Sie beobachtete ihn, lächelte fast und versuchte trotz des Knebels zu sprechen. Er

konnte nicht verstehen, was sie sagte, aber es klang sehr beruhigend, und er begriff, was sie ihm sagen wollte.
Alles war in Ordnung, und er brauchte sich nicht zu sorgen. Mach die Tür zu und geh wieder hinunter.
Das tat er ein paar Minuten später, und an diesem Wochenende betrat er Marys Zimmer nicht wieder. Sie machte keine dumpfen Geräusche mehr, und er hörte auch nicht, dass sie sonst etwas tat.
Am Montagmorgen wachte er sehr früh auf, und sein Vater stand in der Dunkelheit mit ernstem Gesicht neben seinem Bett. Eddie zuckte unwillkürlich zusammen. Es war ihm klar: Sein Vater *wusste*, dass er in das Zimmer seiner Schwester gegangen war, und er würde *Schwierigkeiten* bekommen.
Ich hab's nicht getan. Wirklich nicht. Ich bin nicht reingegangen.
Die Angst war in seiner Vorstellung so groß wie ein Monster, und er machte fast ins Bett. Aber sein Vater sah nur mit einem Ausdruck der Enttäuschung auf ihn hinab, dann schüttelte er den Kopf.
Was hast du getan, Eddie?
Er fing an zu widersprechen, aber sein Vater legte den Finger auf die Lippen – schsch –, kniete dann neben dem Bett nieder und sah so traurig aus …
Die Erinnerung daran hatte ihn seitdem jeden Tag eingeholt und brachte jedes Mal die gleichen Gefühle mit sich, die er damals empfunden hatte, als er sich an jenem Morgen zusammenkauerte, die Decke bis zum Mund hochzog und den Widerhall der Lüge, die ihm sein Vater zuflüsterte, in seinem Herzen spürte.
Du hast sie sterben lassen.

Dann hörte er es im beharrlichen Rauschen des Regens.
Martinshörner.
Das Geräusch kam aus der Entfernung, aber vorher war es nicht da gewesen. Kamen sie hierher? Was war passiert? Eddie wusste, dass er panisch reagierte, und zwang sich, ganz stillzuhalten, denn er wollte nicht, dass sein Vater ihn bemerkte. Die Martinshörner waren noch ziemlich weit weg, wurden aber lauter.
Auch sein Vater hörte sie und legte den Kopf schräg wie ein Tier, das schnuppernd die Luft einatmet. In dem Regen sah er heruntergekommen aus, sein Hemd war patschnass und lag eng an seinem dünnen, aber kraftvollen Körper an. Mary verhielt sich neben ihm absolut still. Sie hielt die Hände vor dem Körper ineinandergepresst, und ihr Blick war auf etwas auf dem Boden gerichtet.
Eddie sah, dass ihr Vater ihr etwas zuflüsterte und sie dann die Stufen zu seiner Haustür hinaufzog. Ihr Gesicht zeigte keinerlei Regung. Vielleicht stand sie unter Schock. Er konnte sich nicht vorstellen, was jetzt in ihrem Kopf vor sich ging, wenn überhaupt etwas.
Und dann waren sie reingegangen.
Sein Vater ließ die Tür ein wenig offen stehen.
Eddie fing an zu weinen. Er verspürte wieder das Bedürfnis, sich ganz klein zu machen und auf und ab zu hüpfen. Er wollte sich in seinen Gedanken verlieren, damit all dies verschwand.
Er hatte gedacht, er hätte diesen schmählichen kleinen Jungen von damals hinter sich gelassen, sich weiterentwickelt. Er hatte Möglichkeiten gefunden, die ihm zu verstehen halfen, dass er nicht schlimmer war als alle anderen, und er verachtete sich selbst nicht mehr so sehr, nicht nachdem er die anderen zu der Einsicht gezwungen hatte, dass sie ge-

nauso schlimm waren. Dass auch sie ihre Mitmenschen im Stich ließen und genauso schwach und egoistisch waren wie er.
Aber als er da im Auto saß, wurde ihm klar, dass er überhaupt nicht weitergekommen war. Er war immer noch genau der gleiche Junge, der an der Tür stand und zu große Angst hatte, etwas zu tun. Genau wie Mary noch das gleiche Mädchen war, das sich, ans Bett gefesselt, opferte, um ihn zu schützen.
Es muss sein, Eddie, hatte sie ihm gestern gesagt. *Es ist die einzige Möglichkeit.*
Aber was ist, wenn er nicht kommt?
Sie hatte ihn nur traurig angelächelt und dann die Hand ausgestreckt und sein Gesicht berührt. Obwohl sie nichts sagte, hatte er sie verstanden, und Erleichterung überkam ihn. *Alles wird gut, du brauchst dir keine Sorgen zu machen.*
Als er jetzt in dem Auto saß, hasste er sich mehr, als er es je für möglich gehalten hätte. Er blickte durch den Regenschleier auf der Windschutzscheibe hinaus und nahm wahr, wie anklagend die Tür aussah, die sein Vater etwas offen gelassen hatte.
Du hast sie sterben lassen.
Und doch fuhr er davon.

35

Samstag, 3. September

Während der Fahrt hielt ich das Blatt Papier in der Hand und starrte auf das hinunter, was Rob geschrieben hatte.

Ich wusste, was geschehen war. Er hatte sich für mich eingesetzt. Er war nicht nur zu Sarah gegangen, um sie zu schützen, sondern er hatte auch seinen nicht existierenden Freund bei der Telefongesellschaft angerufen. Ich hatte ihm von Thom Stanley und dem Anruf am Donnerstagvormittag erzählt, und er hatte herausgefunden, von wo aus angerufen worden war.

Bitte, dachte ich. Ich betete nicht gerade, aber fast.

Bitte, mach, dass er sich erholt.

Dabei wusste ich nicht, was wir tun würden, wenn wir am Ziel ankamen. Der Anruf war von einer Telefonzelle in der Campdown Road getätigt worden. Ich begriff nicht, wie uns das helfen sollte, aber Choc hatte mich zielsicher und ohne ein Wort zu sagen aus dem Haus weggeführt.

Durch die Lücke zwischen den Sitzen konnte ich sehen, wie sein Bein auf und ab wippte. Die Pistole lag auf seinem Knie und bewegte sich mit. Er machte sich bereit, sich mit dem auseinanderzusetzen, was wir an dieser Adresse vorfinden würden. Er ahnte es bereits. Aber er hatte nichts gesagt, seit wir losgefahren waren.

»Wir sind fast da«, sagte der Fahrer. »Noch zwei Straßen weiter.«

»Aber hörst du das?« Der Typ rechts von mir beugte sich vor und schaute nach draußen. »Mann, das sind Sirenen.«
Ich horchte.
Er hatte recht, in der Ferne waren Polizeiwagen zu hören.
»Die könnten ja überall hinfahren«, sagte der Fahrer.
»Charlie?«
Aber Choc schwieg.
Dreißig Sekunden später erreichten wir die Straße. Ich sah weiter vorn die Telefonzelle.
»Hier?«
»Noch 'n bisschen weiter.« Choc deutete nach vorn. »Dort auf der linken Seite.«
Ich runzelte die Stirn. »Was ist denn los?«
Aber niemand antwortete. Der Fahrer fuhr vor und hielt dann an. Wir standen vor einem alten zweistöckigen Haus, das sich nicht von den anderen hier unterschied. Alle Häuser waren graubraun und vernachlässigt und sahen im Regen heruntergekommen aus. Ich war nicht sicher, warum er gerade …
Da sah ich, dass die Haustür offen stand. Nur einen Spalt.
Ich stieg als Erster aus dem Wagen, gefolgt von Choc. Es goss in Strömen, und bis ich die andere Straßenseite erreicht hatte, war ich durchnässt.
Ich sah mich um, Choc stand noch am Auto. Er hatte die Straße überqueren wollen, aber etwas hielt ihn zurück. Jetzt starrte er in die Ferne.
Die Sirenen. Das war es. Ich schaute wieder zum Haus und sah in einem der oberen Fenster ein Licht angehen.
»Choc?«
Er blickte in die Richtung, aus der wir gekommen waren, dann wieder die Straße hoch. Er sicherte sich ab. Ich konnte es nicht fassen, bei all seinem verdammten Draufgänger-

tum machte er sich Sorgen wegen der Polizei. Wo doch Sarah und Tori *in diesem Moment* dort drin waren.

Ich machte einen Schritt auf ihn zu, aber er setzte sich auf den Beifahrersitz, schlug im selben Moment die Tür zu, drehte das Fenster herunter und starrte zu mir heraus.

»Im Wheatfield«, sagte er. »Nicht vergessen. Und pass auf dich auf.«

»Was?«

Aber er tippte auf das Armaturenbrett, und alsbald fuhr ihr Wagen die Straße hoch und verschwand.

Fassungslos stand ich einen Moment alleine dort. Wie konnte er sie so im Stich lassen, nur weil die Polizei bald hier sein würde? Nach allem, was er gesagt hatte. Und erwartete er etwa, dass ich auch noch für ihn log?

Ich drehte mich um und schaute wieder zum Licht im ersten Stock hoch.

Die Sirenen waren in der Nähe, aber nicht nah genug.

Du wirst das allein durchziehen müssen.

Ein paar Stufen führten zur Haustür hinauf. Ich blieb unten stehen. Das Messer hatte ich zwar noch, aber es würde mir nicht unbedingt von Nutzen sein. Rob war mit einem Messerstich verletzt worden, was bedeutete, dass der Mann, der Sarah entführt hatte, auch eines besaß. Und was hatte ich sonst? Nichts außer dem Blatt Papier, das ich, wie mir jetzt bewusst wurde, noch regennass in der Hand hielt. Ich faltete es zusammen und steckte es in die Tasche. Meine Hand zitterte.

Sarah und Tori sind jetzt da drin.

Ich hörte nichts, weil es nichts zu hören gab, und der Himmel wurde nicht dunkler, als er schon war. Aber etwas passierte. In meinem Inneren legte sich ein Schalter um, und ich begriff, dass ein Teil von mir für immer hier stehen blei-

ben würde, wenn ich dies jetzt nicht tat. Den Rest meines Lebens würde ich auf diesen Moment zurückschauen und den Menschen hassen, den ich vor mir sah. Man kann sich die Fehler vergeben, die man macht. Aber nur, wenn man nicht vorher schon weiß, dass es Fehler sind.
Bevor ich mir weitere Fragen stellen konnte, ging ich die Stufen hinauf.
Als ich die Tür aufstieß, schrappte sie gegen den schäbigen Teppich im Flur. Die Treppe war direkt vor mir auf der rechten Seite. Auf dem Treppenabsatz leuchtete ein sanfter Lichtschein. *Dort.* Ich hielt den Blick darauf gerichtet, als ich nach dem Messer in der Tasche griff.
Ich hatte kaum Zeit, ihn zu sehen, da hatte er mich schon gepackt. Ich erhaschte nur einen Blick auf einen großen Mann an der Tür des dunklen Wohnzimmers neben mir, ein missgebildetes Gesicht voller Hass, und das Nächste, was ich wahrnahm, war, dass mein Kopf an eine Wand und meine Schulter auf den Boden geknallt waren. Er hatte mich gerade ohne weiteres durch das ganze Wohnzimmer geschleudert.
Von der Seite sah ich ihn die Tür schließen, und einen Moment war der Raum stockdunkel. Mir wurde klar, wie er mich getäuscht hatte. Oben hatte er das Licht angemacht und dann hier unten gewartet.
Dann schaltete er das Licht an, und ich sah ihn richtig.
Oh, Mist.
Der Mann war dünn, wirkte aber so stark, als bestünde er ganz aus Knochen und Sehnen. Er stand mit dem Rücken zu mir, und ich sah ungläubig, wie er eine alte, leere Anrichte, die an der hinteren Wand stand, hochhob, als wiege sie nichts, und sie herüberbrachte, um die Tür zu blockieren. Seine Muskeln strafften sich und ließen seinen Rücken so

hart und wehrhaft aussehen wie den Panzer einer Schildkröte. Wo er das Holz angepackt hielt, zeichneten sich seine Knöchel so rund und groß wie Kastanien ab.
Der Raum bebte leicht, als er die Anrichte an Ort und Stelle abstellte.
Ich rollte mich herum, setzte mich auf, so gut ich konnte, und dann entdeckte ich Sarah. Sie saß auf einem abgewetzten Sofa links von mir; die Beine bis ans Kinn hochgezogen, die schlanken Arme darumgeschlungen, wiegte sie sich sanft. Sie erschien mir kleiner als jemals zuvor, und lautlos strömten ihr Tränen übers Gesicht.
»Sarah«, sagte ich.
Keine Antwort. Ihre Augen schauten direkt durch mich hindurch, und sie schien alles, was geschah, überhaupt nicht zu bemerken. Ich sah, dass sie die Lippen bewegte. Sie flüsterte etwas vor sich hin, aber es war so leise, dass ich es nicht hören konnte.
Der Mann lachte in sich hinein. Ich starrte zu ihm hinüber. Die eine Seite seines Gesichts war schief, irgendwie stimmte damit etwas nicht. Das Auge saß weiter unten als da, wo es hätte sein sollen, und schien tot. Er sah wie ein altes grauhaariges Raubtier aus, das zu viele Kämpfe hinter sich hatte.
»Sarah?«, sagte er. »So nennst du dich also dieser Tage?«
Ich verstand nicht, was er meinte, aber andererseits hämmerte es in meinem Schädel von dem Zusammenstoß mit der Wand. Ich fasste mir an den Kopf, und meine Finger waren rot vom Blut. Unbeholfen kam ich auf die Beine, aber sie waren so schwach, dass ich mich an der Wand abstützen musste ...
Ich blinzelte.
Was war das? Ich konnte nicht mehr richtig sehen. Mein

geistiges Auge fühlte sich an, als hätte ich es für eine Sekunde zugekniffen.
Der Mann schaute mich an.
»Du bist nicht mein Sohn«, sagte er. »Wo ist er?«
Ich starrte ihn nur meinerseits an.
»Weggelaufen, was?« Der Mann sah auf Sarah hinunter. »So tapfer wie eh und je. Ich freu mich auf sein Gesicht, wenn er nach Hause kommt und sieht, was ich mit dir gemacht habe.«
Ich versuchte, meine Angst in Schach zu halten. Aber ich erinnerte mich an die Kraft, mit der er mich gepackt hatte. Trotz seines Alters war es ausgeschlossen, dass ich diesen Kerl in einem Kampf schlagen konnte, nicht einmal, wenn ich richtig aufrecht stehen könnte, und schon gar nicht in meinem jetzigen Zustand. Die Kraft war auch in seinem Gesicht zu sehen, in der Abwesenheit von Gefühlen. Sein Gesichtsausdruck war absolut erbarmungslos.
Er griff in seine Jacke und zog ein Messer heraus.
Richtete die Spitze gegen mich.
»Zwölf Jahre habe ich auf das hier gewartet. Und du wirst mich nicht aufhalten, wer immer du bist.«
Wer immer du bist? Auch das ergab keinen Sinn.
Ich starrte ihn fast wie in Hypnose an, fuhr langsam mit der Hand in meine Tasche und holte das Messer heraus, das ich aus der Küche meines Vaters mitgenommen hatte. Sein Gesichtsausdruck veränderte sich. Er fand mich komisch, aber da war noch etwas anderes. Dass ich es wagte, gegen ihn ein Messer zu ziehen! Während ich das tat, wurde mir klar, dass ich meine Lage damit gerade eben noch verschlimmert hatte. Er musste mich bestrafen dafür, dass ich auch nur daran gedacht hatte.
»Was willst du denn damit?«

Blinzeln.
»Was meinst du, Mary? Ich weiß, was ich damit machen werde. Ich schneid ihm damit die Visage kaputt. Und du wirst dabei zusehen, du kleine Schlampe.«
Sarah gab keine Antwort. Sie starrte in die Ferne, ihre Lippen bewegten sich immer noch schnell und wiederholten die gleichen Worte.
»Vielleicht.« Ich machte einen Schritt nach vorn und hoffte, dass meine Beine durchhalten würden. »Vielleicht auch nicht. Ich bin ziemlich gut mit Messern, müssen Sie wissen.«
Komm schon. Jetzt reiß dich zusammen.
»Wirklich?«
Er sah mich noch eine Sekunde an, streckte dann die Hand aus und legte sein eigenes Messer auf die Anrichte hinter ihm.
»Ich habe drei Kämpfe gegen Männer mit Messern geführt. Richtige Kämpfe, meine ich. Früher hab ich viel trainiert. Hab mal 'ne Schnittwunde abgekriegt. Ich weiß mindestens zehn Tricks, wie man einem ein Messer abnimmt.«
Ich zwang mich, einen weiteren Schritt nach vorn zu tun. Es war schwierig. Jeder Instinkt meines Körpers sagte mir, ich solle mich in eine Ecke verziehen und mit geschlossenen Augen abwarten.
»Und das waren Kerle, die vorher schon mit Messern umgegangen waren. Du siehst nicht wie so einer aus.«
»Ich kann's trotzdem drauf ankommen lassen«, sagte ich.
»Sie sehen ...«
Blinzeln.
Ich schüttelte den Kopf.
»Sie sehen von hier aus auch nicht grade toll aus.«
Da verschwand das Lächeln von seinem Gesicht. Er warf einen Blick auf Sarah.

»Es wird nicht lange dauern.«
Ich ging auf ihn zu, aber meine Beine gaben leicht nach, also kam er mir entgegen. Alles war verschwommen. Ich hob das Messer ...
Aber er war zu schnell.
Mit beiden Händen packte er mit Leichtigkeit, fast sanft, mein Handgelenk, schob seine Daumen daran hoch, beugte sich vor und presste so meine Hand in Richtung Bizeps. Mein Handgelenk knackte, und etwas flammte plötzlich in meinem Kopf auf, das noch nicht einmal Schmerz war, nur im Zentrum für Schadensmeldungen brannte es. Ich schrie trotzdem, meine Knie knickten ein, und ich konnte nicht mehr zugreifen; das Stück Papier, das Rob mir gegeben hatte, fiel mir aus der Hand.
Solange ich noch denken konnte, rammte ich ihm mit der anderen Hand das wirkliche Messer, so fest ich konnte, seitlich in den Hals. Dann trat ich zurück und fiel um.
Blinzeln.
Ich blickte hoch und sah, dass das Gesicht des Mannes erstarrt war, seine Augen waren aufgerissen. Langsam führte er die Hand an die Stelle, wo das Messer noch in ihm steckte. Er versuchte etwas zu sagen, aber es ging nicht. Er brachte nur ein Gurgeln heraus, und ich sah, wie Panik auf sein Gesicht trat, als er merkte, dass er nicht mehr atmen konnte. Er kniff vor Schmerz kurz die Augen zu, öffnete sie dann wieder und starrte mich an. Er streckte die Hand aus, zog sie dann aber zurück. Und dann noch einmal. Er fiel auf die Knie. Sein Körper schien auf Zeitraffer geschaltet zu haben.
Ich sah ihn an und fühlte nichts als Entsetzen.
Ich hatte das getan.
Vielleicht würde ich es später vor mir selbst rechtfertigen

können, aber jetzt sah ich hier nur diese brutale Metzelei vor mir. Mein Herz hämmerte ...

Blinzeln.

Der Mann stützte sich vorgebeugt auf seine Ellbogen und röchelte, wobei Blut auf den Teppich tropfte; dann fiel er zur Seite, und das Messer zeigte nach oben zur Decke. Sein Fuß begann auf den Boden zu klopfen, während das Blut anfing, sich wie Tinte auf Seidenpapier über den Teppich zu verbreiten ...

Blinzeln.

Ich konnte immer schlechter sehen. Es war, als sei der Raum von einem Stroboskop erleuchtet und als verginge die Zeit langsamer. Ich merkte, dass der Mann sich nicht mehr bewegte und dass ich mir die dumpfen Klopfgeräusche nicht nur einbildete. Jemand hämmerte an die Tür.

»Frank Carroll? Polizei. Machen Sie die ...«

Blinzeln.

Ich schaute hoch und sah, dass Sarah jetzt aufgestanden war und auf den Körper des Mannes hinunterstarrte. Ihre Arme hingen gerade herunter, und sie stand ganz still. Sie sprach immer noch vor sich hin, aber ganz leise. Ich hörte nur andeutungsweise, was sie sagte.

»Carroll?«

»Tot«, vermutete ich.

»Machen Sie auf.«

»Ich kann nicht.«

Blinzeln.

Ich schüttelte den Kopf, da war ein lautes Splittern zu hören. Die Tür stieß an die Anrichte, und jemand fluchte. Sarah bückte sich – und dann stand sie auf, mit dem Messer in der Hand. Sie hatte es ihm aus dem Hals gezogen.

»Lewis? Ist Mary Carroll da drin bei Ihnen?«

»Nein«, sagte ich.
»Wo ist sie dann?«
»Was?«
Blinzeln.
Sarah hatte jetzt die Augen geschlossen, und die tiefe Traurigkeit auf ihrem Gesicht war niederschmetternd. Ich hatte so etwas noch nie gesehen.
Noch ein Knall. Hinter ihr sah ich die Tür beben, und die Anrichte schwankte. Das Messer des Mannes fiel zu Boden.
Sie hob das Messer in ihrer Hand.
Blinzeln.
»Sarah?«
Aber ich merkte, dass sie mich gar nicht hörte. Es war, als hätte sie sich vollkommen in ihr Inneres zurückgezogen. Wo ihre Psyche jetzt auch sein mochte, mich gab es dort nicht. Und auch nichts, was hier im Raum war, existierte dort, vielleicht überhaupt nichts. Und endlich verstand ich die Worte, die sie immer wieder sagte. Ihre Stimme klang, als sei ihr alle Hoffnung genommen worden, an die sie sich jemals geklammert hatte.
»Du bist nicht zurückgekommen, um mich zu retten«, sagte sie. Und dann stieß sie sich das Messer in die Brust.
Blinzeln.

36

Samstag, 3. September

Auf der rechten Seite erschien ein unbefestigter Weg. Eddie drehte das Lenkrad und fuhr den Wagen von der Straße herunter. Der Pfad war matschig und braun vom Platzregen, kaum mehr als nasser Lehm. Er hatte keine Ahnung, wo er sich befand, wusste nur, dass er so weit entfernt war, dass niemand ihn rechtzeitig finden konnte. Sonst wollte er jetzt nichts.

Die Radaufhängung schaukelte, als die Räder über die Unebenheiten des Pfads holperten. Er folgte ihm ungefähr noch weitere zwanzig Meter, da wurde er breiter und führte auf einen Parkplatz, der sich an eine große Böschung anschloss.

Nasse Picknicktische standen im Regen, und als er nah am Rand parkte, sah er, dass sich unterhalb die weite, flache Landschaft ausbreitete. Dort unten war der Flugplatz. Er vermutete, dass tagsüber Leute hierherkamen, um Flugzeuge zu beobachten, und vielleicht am Abend, um zu vögeln. Aber das Wetter schien beide Gruppen abgeschreckt zu haben, es waren keine anderen Autos da.

Eddie stellte den Motor ab und stieg aus. Auf dem rutschigen Boden verlor er fast das Gleichgewicht und hielt sich an der Tür fest. Als er sicher stand, ging er zum Kofferraum nach hinten, öffnete ihn und sah auf Tori Edmonds hinunter, die *gefesselt und geknebelt* darin lag, während der Regen auf sie herunterprasselte.

Zur Rechten entdeckte er ein Waldstück mit Gesträuch.
Das würde gehen.

Als Eddie am Abend des 7. August Marys Haus erreicht hatte, war er fast außer sich vor Schmerzen gewesen. Er hatte warten müssen, bis es dunkel wurde, bevor er es wagen konnte, den Wald zu verlassen, und während er im Unterholz saß und heftig atmete, spürte er schon, wie sich seine Handflächen entzündeten. Es juckte. Er konnte seine Finger kaum bewegen, und jedes Mal, wenn er es versuchte, fuhr ein wahnsinniger Schmerz wie ein Blitz seinen Arm hoch bis in den Hals.
Du hältst dich also für 'n Musiker, was?
Drake hatte ihm eine Kugel durch jede Hand gejagt.
Leg dich nicht mit meinen Freunden an.
Eddie saß unter den Bäumen, über ihm kamen die Sterne heraus, und er hatte ein heulendes Gelächter in die Nacht hinausgesandt. Trotz oder vielleicht wegen der Qualen fühlte er sich wie ein Mensch der Urzeit. Stark. Sie hatten keine Ahnung, was sie da getan hatten, vor allem Dave Lewis. Eddie konnte nicht vergessen, wie Lewis ihn angesehen hatte, bevor er ihm den Schlag versetzte, als sei er so etwas verflucht Besonderes, eine Art ritterlicher Beschützer, der gekommen war, um die Lage zu retten. Niemand sollte ihn mit diesem Blick ansehen. Jetzt nicht mehr.
Es hatte eine Zeit gegeben, als er viele solche Blicke auf sich zog, er sah überhaupt nur noch Gesichter mit diesem Ausdruck, und nachdem sein Vater aus dem Gefängnis gekommen war, wurde es noch schlimmer. Von der Zeit an spürte er überall, wohin er auch ging, wie die Blicke auf ihm ruhten. Die Leute beglotzten ihn, klagten ihn an, und das Bewusstsein, dass sie viel besser seien als er, stand ihnen ins

Gesicht geschrieben. Das hatte sich geändert, nachdem er Vicky Klein kennengelernt hatte. Er hatte bei einer Open Mic Night Gitarre gespielt, und sie war allein gekommen; ein kleines, trauriges Mädchen am hinteren Ende des Raums. Sie war dankbar gewesen, als er später mit ihr sprach, und warum sollte sie das nicht sein? Er hatte alles über ihre Freunde erfahren, die keine Zeit hatten. Er hatte sie sich vorgestellt, und sogar ohne sie zu kennen, hatte er gespürt, wie ihre Blicke auf ihm lasteten, obwohl sie auch nicht besser waren als er. Später hatten diese Leute sehr genau erfahren, wie überlegen sie ihm waren. Genau wie Sharon Goodalls Freunde und die von Alison Wilcox das gelernt hatten.

Wie er da im Wald saß, hatte er seine Hände in sein Hemd gewickelt und gedacht: *Ich weiß alles über euch.* Er hatte in der Zeit, als er mit Tori zusammen war, zwei von Lewis' früheren Freundinnen kennengelernt und erinnerte sich an ihre Namen. Und Tori natürlich auch.

Das wird dir noch leid tun.

Ich werd dir zeigen, wie viel besser du bist als ich.

Später, als er seine Hände auf Marys Wände drückte, als er auf Türen und jede andere Fläche, die er fand, blutrote Vögel malte, lachte er immer noch, während sie weinte, sich die Haare raufte und keine Luft zu bekommen schien.

Die Tage danach waren undeutlich und verschwommen. Eddie wusste, dass er in einem Bett in ihrer Wohnung lag und sie ihm irgendwelche Tabletten gab und die Stirn abtupfte.

Er hatte Erinnerungen daran, dass sie mehrmals seine Hände verband und Salbe draufstrich, die auf den Wunden brannte. Er wollte wissen, ob er durch seine Hände hindurchsehen könne, aber sie ließ es ihn nicht ausprobieren.

Er lachte noch viel mehr, und erst als er an Dave Lewis dachte, hörte er auf.

In manchen der ziemlich frühen Erinnerungen weinte Mary nicht mehr. Aber später tat sie das wieder. Zuerst ergab das keinen Sinn, aber schließlich entdeckte er den Grund: Es war, weil sie sein Auto geholt hatte, das sie verstecken wollte. Dabei hatte sie dann wohl die Pappschachtel mit seiner Sammlung gefunden und begriffen, was er getan hatte.

Aber seine Schwester hatte ihn weiterhin gepflegt und für ihn gesorgt und weinte dabei leise vor sich hin, als sei er selbst eine Wunde für sie, die sie heilen musste.

»Komm da raus«, sagte Eddie.

Das konnte sie natürlich nicht, was ihn freute, obwohl er zugleich Widerwillen gegen sich selbst fühlte.

»Ich sagte, *komm raus.*«

Sie schrie trotz des Knebels, als er sie an den Haaren packte und versuchte, den Schmerz in seinen Händen zu ignorieren. Aber das ging nicht, deshalb fasste er sie an der Bluse und schob sie über die hintere Wand des Kofferraums, so dass ihr Haar auf den Boden hing. Dann hob er ihre Beine hoch, und sie stürzte vorwärts in den Schlamm, landete auf der Schulter, und ihre Beine klatschten einen Moment später auf den nassen Boden. Sie lag da und weinte.

Der Regen prasselte nun auf beide hernieder, und er dachte: *Du hast sie sterben lassen.*

Er wusste nicht, ob das an ihn oder an Dave Lewis oder an alle Menschen auf der Welt gerichtet war. Es spielte keine Rolle mehr. Jeder einzelne Gedanke fachte das Feuer des Hasses in ihm noch mehr an.

Eddie kauerte über ihr und stieß sie an der Schulter an, um sie auf den Rücken zu drehen. Es war schwierig mit ihren

hinter dem Rücken zusammengebundenen Händen, aber er schaffte es. Dann setzte er sich rittlings auf ihren Bauch, und die Knie drückten gegen ihre Schultern. Sie war so klein. Ihre Augen waren fest geschlossen, und sie zuckte, als er ihr sanft die Haarsträhnen aus dem Gesicht strich.
Er würde sie an einen Baum binden. Irgendwo, wo sie nie gefunden würde.
»Er hat dich sterben lassen«, sagte Eddie zu ihr, und an wen das gerichtet war, wusste er auch nicht, es war ihm auch gleichgültig.
Es war gleich. Alle waren gleich.
Und dann hörte er etwas.
Eddie schaute sich zu dem Waldweg um.
Vier Männer kamen durch den Regen auf ihn zu. Alle waren schwarz und drei davon wirklich sehr groß. Der vierte, Charlie Drake, ging etwas voraus und hielt eine Pistole. Als sie näher kamen, hob Drake die Hand und richtete die Waffe auf Eddie.
»Dachte ich doch, ich hätte da beim Haus dein Auto erkannt.«
Eddie stand schnell auf und ging rückwärts auf die Böschung zu, aber er rutschte aus und fiel hin, landete auf der Seite, die Hand im kalten Schlamm gespreizt. Der Schmerz schoss in seinen Arm hoch.
»Gut von mir, oder?«, sagte Drake.
Er kontrollierte etwas an der Pistole und sah dann wieder auf.
»Aber nicht gut für dich.«
Statt direkt bis zu ihm hinzugehen, blieb Drake neben Tori stehen und kauerte sich neben ihr hin. Er legte ihr leicht die Hand auf die Schulter, neigte den Kopf und flüsterte ihr etwas zu, das Eddie nicht hören konnte. Dann stand er

wieder auf und warf einem von seiner Gang einen Blick zu. Die drei Männer bückten sich, um ihr zu helfen, während Drake dorthin ging, wo Eddie lag.
»Steh auf.«
Er tat es.
Drake stellte sich seitlich von ihm, und Eddie sah jetzt, dass Tori wieder auf den Beinen war und sich an einen der Männer lehnte, während ein anderer den Strick an ihren Handgelenken mit einem Messer durchschnitt.
Dann spürte er, wie ihm die Pistole gegen die Schläfe gedrückt wurde.
Er würde sterben, wurde ihm klar. Hier und jetzt, wo er mitten im Regen im Dreck stand. Das Überraschendste war, dass er einerseits darüber Erleichterung verspürte. Er hätte am liebsten »danke« gesagt.
Drake sagte: »Sieh nicht her, Schätzchen.«
Und bevor er noch etwas denken konnte, war Eddie weg.

37

Sonntag, 4. September

Es war kurz nach zehn Uhr morgens, und die Detectives Sam Currie und Dan Bright standen an einer Böschung in der Nähe von Brimham Woods. Beide schwiegen. Es hatte die ganze Nacht weitergeregnet. Die Leiche von John Edward Carroll lag vor ihnen. Sie hatte seit dem letzten Nachmittag im Freien gelegen.
Gelbes Absperrband war über den Weg hinter den Detectives gespannt, um zu retten, was vom Tatort noch übrig war. Die Spurensicherung hatte über den Überresten ein kleines weißes Zelt aufgestellt, aber die Leiche war dennoch zu sehen.
Eddie glich einem toten Fisch im Schlamm. Seine Haut war ganz weiß, die weit aufgerissenen Augen starrten ins Leere, und der Schuss, der hinter ihnen eingedrungen war, hatte sie hervorquellen lassen, so dass sie ungeheuer groß wirkten. Seine Unterlippe stand vor. Aber das meiste Blut war weggewaschen, und die Teile des Schädels und der Gehirnmasse, die sich in der Umgebung verteilt hatten, sahen wie vom Regen gebleichter Abfall aus.
Swann kam herüber und blieb neben ihm stehen.
»Kaugummi?«, sagte er und bot einen an.
»Danke.«
»Dan?«
Bright nahm auch einen, aber er sagte nichts. Er schien von der Leiche fasziniert.

»Ich habe gerade mit Rawnsmouth telefoniert«, sagte Swann.
»Sie haben einen Typen namens Jeremy Sumpter festgenommen. Er ist derjenige, der sich dort in John Carrolls Wohnung aufhält.«
»Was hatte er vorzubringen?«
»Nichts – ganze fünf Minuten lang. Dann fing er an zu schwitzen, wenn du weißt, was ich meine. Er sagte, er sei ein Kumpel von Eddie und kampiere dort schon ewig lange. Eddie hätte vor zwei Jahren angefangen, öfter hier hochzukommen. Er hätte immer weniger Zeit in Rawnsmouth verbracht.«
»Vor zwei Jahren«, sagte Currie. »Genau nachdem damals sein Vater entlassen wurde.«
»Vielleicht wollte er in der Nähe seiner Schwester sein. Offenbar fuhr sie manchmal auch dort runter. Der letzte Besuch liegt zwei Wochen zurück, aber da war sie allein. Am Donnerstag, dem elften August.«
»Ganz genau.«
»Ein besonderer Tag für Jeremy. Sie gab ihm Geld.«
Currie dachte darüber nach.
»Lass mich raten. Damit er so tat, als sei er ihr Bruder, falls jemand anrief?«
Swann nickte. »Was er übrigens auch tat, als du mit ihm telefoniert hast. Jeremy schämt sich entsprechend dafür.«
»Jeremy wird sich noch gehörig dafür schämen.«
Das war die Woche gewesen, in der Eddie verschwand. Currie kaute seinen Kaugummi und nickte vor sich hin, während er die Fakten im Kopf kombinierte.
»Meine Vermutung ist, Choc, Cardall und Lewis haben, nachdem sie an dem Sonntag damals in Staunton waren, Eddie einen Besuch abgestattet und ihn verprügelt. Haben ihm in die Hände geschossen. Da muss dann Cardall das

Handy von Alison Wilcox ergattert haben. Wahrscheinlich haben sie seine Taschen durchwühlt.«

»Und danach ging Eddie zu seiner Schwester.«

»Der einzige Ort, an dem er sich sicher fühlte. Weil sie sich immer um ihn gekümmert hatte. Ich habe Blut am Türgriff gesehen, als ich dort war. Ich dachte, es sei von ihr, aber vielleicht war es von ihm.«

»Wir können es überprüfen, wenn es noch da ist.«

Currie nickte. Aber es war eben ein weiterer Fehler, der ihm unterlaufen war.

»Vier Tage später«, sagte er, »fand sie heraus, was er getan hatte, und war in Rawnsmouth unten, weil sie ihn zu decken versuchte.«

»Inzwischen hatte sie schon ihren Vater angezeigt. Warum hat sie nicht auch Eddie ausgeliefert? Er machte das mit anderen Mädchen, was mit ihr gemacht worden war. Sie hätte ihn doch hassen müssen.«

Bright sagte: »Weil er ihr Bruder war.«

Er starrte noch immer auf die Leiche hinunter. Sein Gesichtsausdruck war traurig, als sähe er den gleichen kleinen Jungen, den Mary gesehen haben musste. Vielleicht empfand er sogar eine ähnliche Verantwortung. Für die Dinge, die getan wurden, und die, die unterlassen wurden.

»Für Eddie zu sorgen war das Einzige, was ihr wichtig war«, sagte Bright. »Ich glaube, es war der einzige Grund, weshalb sie überhaupt je den Mut zur Flucht fand. Sie war immer so verzweifelt darauf aus, ihn vor der Brutalität ihres Vaters zu schützen. Und dasselbe hat sie jetzt auch getan.«

Currie dachte darüber nach und nickte langsam.

»Wir wissen von Dave Lewis' Computer, dass sie am Dienstag, dem dreiundzwanzigsten August über die Single-Börse

Kontakt mit ihm aufnahm. Das ist der Tag, an dem ich bei ihr war.«

Er erinnerte sich, wie verzweifelt Mary versucht hatte, ihn zu überzeugen, dass ihr Vater hinter den Morden stecke. Als er ihr sagte, Frank Carroll trage eine elektronische Fußfessel, wurde sie ganz panisch und bestand trotzdem darauf, als breche alles um sie herum zusammen. Damals hatte er geglaubt, der Grund sei die Angst vor ihrem Vater. Jetzt begriff er, worum es gegangen war.

»Ihr war klargeworden, dass wir ihren Vater nicht verhaften würden«, sagt er. »Es war dann also nur eine Frage der Zeit, dass wir ihren Bruder ins Visier nehmen würden.«

»Ja, aber warum gerade Dave Lewis?«

Currie zuckte mit den Achseln.

»Vielleicht erkannte sie, dass Eddie bald ausrasten würde. Er würde sich an Dave Lewis rächen für das, was an jenem Tag geschehen war. Um uns glauben zu machen, dass es Frank war, musste sie eine Verbindung zu ihm aufbauen, bevor das geschah. Damit es so aussah, als könnte der Mörder hinter ihr her sein, nicht hinter Lewis.« Was hatte sie zu ihm gesagt? *Sie werden es nicht glauben, bis er kommt, um mich zu holen.* »Sie machte sich zur Zielperson: Sie fing etwas mit Lewis an, während ihr Bruder weiter mit Julie Sadler, Emma Harris und Tori Edmonds beschäftigt war. Eddie muss gewusst haben, was sie tat, aber vielleicht erst, als es schon in Gang war.«

»Hast du das Band abgehört?«, fragte Swann.

»Oh ja.«

Sie hatten Dave Lewis' Auto gefunden, nachdem sie ihn in dem Haus in der Campdown Road aufgespürt hatten. Sie fanden dort eine Pappschachtel voll mit Kleidern der toten Mädchen und ein digitales Aufzeichnungsgerät. Lewis hatte

alles aufgenommen, was ihm passiert war, angefangen von Eddies erstem Anruf bei ihm bis zu der Unterhaltung, die er mit Rob Harvey auf dem Universitätsgelände geführt hatte.
Zusammengenommen mit dem Handy und den Fotokopien, die er mit der Post geschickt hatte, war es offensichtlich, dass Lewis vorausgedacht hatte. Er hatte schlüssige Beweise dafür, dass er manipuliert worden war.
»Eddie versuchte also, Lewis dazu zu veranlassen, dass er zu Marys Wohnung fuhr«, sagte er, »während sie Frank dazu brachte, hinter ihr her zu sein.«
»Das kann ich mir nicht vorstellen«, sagte Bright. »Sie hatte schreckliche Angst vor ihm.«
»Vielleicht hoffte sie, dass Lewis sie retten würde.« Er dachte an Marys kleinen Körper und wie sie ausgesehen hatte, als sie sie in der Bude ihres Bruders fanden. Er sagte: »Sie rechnete sogar damit.«
»Und trotzdem hat sie es getan.«
Sie standen einen Moment still da. Der Regen klopfte friedlich auf das Zeltdach über Eddies Leiche.
Currie wusste nicht recht, was er fühlte.
Einerseits erinnerte er sich daran, wie er in den Wohnungen der ermordeten Mädchen stand, auf sie hinabblickte und solch tiefen Kummer empfand, dass niemand gekommen war, um sie zu retten, und er konnte nicht anders, als die Menschen zu hassen, die dafür verantwortlich waren: Eddie Berries und in Verbindung mit ihm Mary.
Aber er sah auch noch ihr Gesicht vor sich an jenem Tag, als sie ihn gebeten hatte, ihr zu helfen. Es war auch niemand gekommen, um diese beiden zu retten, auch er selbst nicht. Dieser Gedanke ging ihm nicht aus dem Sinn, aber er weigerte sich, ihn allzu genau zu betrachten. Jedenfalls nicht

jetzt. Trotzdem spürte er, dass er da war wie ein leise pulsierender radioaktiver Splitter.
»Die Theorie hat eine Schwachstelle«, sagte Swann.
»Und die wäre?«
»Keine Beweise, dass Lewis an dem Tag damals überhaupt in Eddies Nähe kam.«
Das stimmte. »Wo ist er jetzt?«
»Er wurde gerade aus dem Krankenhaus entlassen. Er ist auf der Wache. Leichte Gehirnerschütterung, aber er wird's überleben.«
Currie kniff die Augen leicht zusammen, so dass er statt der Leiche bald nur noch bunte Farben und Formen vor sich sah.
Prioritäten, dachte er. Das hatte er sich gesagt, als Eddie entführt wurde; dass sie sich stattdessen auf Alison Wilcox' Ermordung konzentrieren mussten.
Noch etwas also, das er sich vorzuwerfen hatte, oder? Hätten sie andere Prioritäten gesetzt, wäre all dies vielleicht nie passiert.
Das pulsierende Gefühl verstärkte sich.
»Lasst uns zurückfahren«, sagte er.
Swann atmete tief aus, und Currie begriff, wie müde er war.
»Ich hoffe, du vergisst nicht, was der Kaugummi bedeutet.«

Kurz nach zwölf saß Currie Dave Lewis gegenüber, diesmal im Verhörraum eins. Es war ein großer Raum mit Fenster im ersten Stock.
Er warf einen Blick auf das Tonbandgerät, dessen rotes Lämpchen anzeigte, dass die gegenwärtige Stille aufgenommen wurde. Keine Antworten auf die Fragen, eine nach der anderen.

Bis jetzt hatte Lewis tatsächlich nichts gesagt, lediglich seinen Namen bestätigt. Er rührte sich nur, um sich die Fingernägel zu reinigen, worauf er sich sehr zu konzentrieren schien, und dabei beachtete er Currie überhaupt nicht.
»Sie werden irgendwann doch mit mir reden müssen, Dave«, sagte er.
Lewis hörte auf, sich mit seinen Nägeln zu beschäftigen.
»Sie haben mir noch nicht einmal gesagt, wie es ihr geht.«
Halleluja, dachte Currie. Der Mann sah ihn immer noch nicht an, aber zumindest hatte er seine Stimme wiedergefunden.
»Sie meinen Tori Edmonds? Ihr geht's gut. Sie ist im Krankenhaus.«
»Was ist passiert?«
Currie machte den Mund auf, um zu sagen, dass *er* derjenige war, der hier die Fragen stellte, hielt aber inne, als er sich erinnerte, was Lewis auf der Tonaufnahme gesagt hatte.
Es spielt keine Rolle, was er tut. Es ist nur wichtig, was ich tue.
Ich könnte es nicht ertragen, wenn ich sie letztendlich doch hätte retten können.
Er sah die Verbände und Blutergüsse und wusste, all dies war nur passiert, weil Lewis ganz einfach versucht hatte, Tori Edmonds zu retten. Er war in eine Art Hölle hinabgesunken und hatte trotzdem weitergemacht. Was immer Lewis sonst getan haben mochte, und Currie war entschlossen, dies herauszufinden, so hatte er doch ein Recht darauf, etwas über Tori zu erfahren.
»Tori wurde gestern Nachmittag gefunden, als sie eine Landstraße entlangging«, sagte er. »Sie war in einem ziemlich schlimmen Zustand.«
Was noch eine Untertreibung war. Wenn Edmonds jetzt

nicht im Krankenhaus läge, müsste man sie wahrscheinlich per Zwangseinweisung in eine psychiatrische Anstalt bringen. Daher war sie noch nicht offiziell vernommen worden und hatte ihnen erst heute Vormittag einen unzusammenhängenden Bericht über das Geschehen geben können. John Edward Carroll, den sie unter dem Namen Eddie Berries kannte, hatte sie aus ihrer Wohnung entführt und in den Kofferraum seines Wagens gesteckt. Sie wusste nicht, warum oder wie lange, nur, dass er mit ihr schließlich nach Brimham Woods hinaufgefahren war. Als sie dort waren, hatte er sie losgebunden und sich dann vor ihren Augen erschossen.

Mit dieser Geschichte gab es zwei offensichtliche Probleme.

Das erste war, dass sie kaum in der Lage war zu gehen, als sie gefunden wurde. Ihre Beine waren verkrampft, weil sie so lange auf engem Raum eingesperrt gewesen war. Wie hatte sie sich also so weit von dort entfernen können? Das zweite war eher etwas, das mit Gespür zu tun hatte. Je nachdem, wie man es betrachtete, war ihre Unfähigkeit, sich an die Tat und den Schauplatz zu erinnern, bis der Regen den Boden ausgewaschen hatte und sich nichts mehr daran ablesen ließ, entweder ein großer Zufall oder unglaublich zweckdienlich.

»Aber sie lebt«, sagte Lewis.

»Ja.«

Dies war jedoch keine Frage gewesen, eher eine Bestätigung.

Lewis blickte auf die Anstrengungen und Schrecken der letzten zwei Tage zurück und versuchte sich zu überzeugen, dass sie nicht vergebens gewesen waren.

All dies, aber zumindest ist sie am Leben.

»Ich wusste nicht, ob er sie gehen lassen würde oder nicht.«
»Na ja ... dazu kommen wir noch.«
Er fuhr sich übers Gesicht. »Und was ist mit Rob?«
»Er liegt auf der Intensivstation, aber sein Zustand ist stabil. Ihr Anruf hat ihm wahrscheinlich das Leben gerettet.« Currie schob ein Foto über den Tisch. Sie hatten ein Standfoto vom Material der Überwachungskamera gemacht. »Kennen Sie diese beiden Personen?«
Lewis berührte es leicht und zog es näher zu sich heran.
»Eddie Berries«, sagte er. »Und Sarah Crowther.«
»John Edward Carroll«, sagte Currie. »Sarah ist seine Schwester. Ihr wirklicher Name war Mary Carroll.«
Lewis nickte vor sich hin. »Im Internet kann man sich seine Identität aussuchen.«
»Was?«
»Nichts. Warum hat sie das getan? Sich erstochen?«
Currie dachte an das Buch – Anastasia, die auf ihre Rettung wartete, ein Messer über ihrem Herzen gezückt. Weil sie allein nicht weitermachen konnte. Weil sie völlig abhängig war davon, dass der Mann kam, um sie zu retten. Das Einzige, was sie als Kind geliebt hatte. Und ihr Vater hatte ihr mit seiner Quälerei dies zusammen mit jeder Hoffnung ausgetrieben.
Warum hatte sich Mary erstochen? Genau würden sie es wahrscheinlich nie wissen, aber Currie vermutete, der Grund war, dass in ihren Augen Frank Carroll recht behalten hatte. Es war niemand gekommen, zumindest nicht, bis es zu spät war. Sie hatte Carroll allein gegenübertreten müssen, und etwas in ihrem Inneren war zerbrochen und zugrunde gegangen, als er sie berührte. In diesem Moment verlor sie alles, nichts blieb ihr.

Aber davon sagte Currie nichts. Die Wahrheit war, dass »Warum« ihm nicht einmal mehr wie eine Frage vorkam. Eher wie eine Last, die es zu tragen galt.

»Nach dem, was wir erfahren haben«, sagte er, »glauben wir, dass Eddie der Mann ist, der für die Morde an den Mädchen verantwortlich ist. Seine Schwester hat es herausbekommen und zu verhindern versucht, dass er gefasst wurde. Das ist der Grund, weshalb sie etwas mit Ihnen anfing. Er hatte vorher schon drei Mädchen umgebracht, bevor er sein Augenmerk auf Sie richtete. Die einzige wirkliche Frage, die wir noch haben, ist also: Warum wollte Eddie Sie ins Visier nehmen?«

Currie hielt kurz inne.

»Aber ich glaube, wir kennen die Antwort darauf schon, oder?«

Lewis sah zu ihm auf.

»Ich weiß nicht.«

»Sie sind kein guter Schauspieler, Dave.«

»Ich habe Eddie zweimal getroffen. Hab ihn nicht besonders gemocht. Aber ich kann mir nicht vorstellen, warum er ... das tun wollte.«

»Sie lügen. Sie haben Charlie Drake und Alex Cardall im Krankenhaus in Staunton getroffen und sind mitgefahren. Eddie hasste Sie wegen der Dinge, die Sie ihm an dem Tag damals angetan haben. Er wollte Ihnen eine Lektion erteilen.«

»Nein.« Er schüttelte den Kopf, wirkte aber nicht, als sei er sicher.

»Warum wollen Sie keine Verantwortung übernehmen, Dave?«

Lewis sagte nichts, sondern schaute nur auf den Tisch hinab. Aber er war mit sich im Widerstreit, kämpfte gegen etwas an. Er überdachte, was er getan hatte, und machte sich die Bedeutung klar. Currie konnte fast zusehen, wie er begriff und wie sich die Puzzlestücke zusammenfügten. Alles, was Lewis passiert war, war seine eigene Schuld. Alles entwickelte sich aus dem, was er getan hatte. Es gab kein Entrinnen. Und eine Sekunde später sah Currie, dass der Mann innerlich zusammenklappte.

Du musst Druck ausüben.

»Sie können nicht zurücknehmen, was Sie getan haben«, sagte er so sanft wie möglich. »Aber Sie können es jetzt besser machen, oder? Andernfalls werden Sie diese Geschichte den Rest Ihres Lebens mit sich herumschleppen. Das möchten Sie doch nicht, oder?«

»Ich habe die beiden damals an dem Tag in Staunton getroffen«, sagte er.

»Gut, Dave. Und?«

»Und ich bin mit ihnen weggefahren, nachdem wir Tori besucht hatten.«

Einen Augenblick sagte er nichts weiter, holte aber tief Luft und schien allen Mut zusammenzunehmen, damit er zugeben konnte, was er getan hatte.

»Es ist in Ordnung, Dave. Sagen Sie mir, was Sie getan haben. Sie können sich in dieser Sache nicht selbst belügen.«

Eine Sekunde lang kam keine Antwort. Dann hob Lewis den Kopf und sah ihn an.

Aber der Triumph war Currie nicht vergönnt. Der Polizist resignierte. Denn er hatte den Gesichtsausdruck wiedererkannt. Es war der gleiche wie damals, als Lewis sich im Verhörraum Nummer fünf umgesehen und erkannt hatte, was Sache war. Etwas anderes, ein anderes Verständnis war gerade in den Vordergrund getreten. Die Schuldgefühle hatten Lewis niedergedrückt, und er war kurz davor gewesen

zuzugeben, was er getan hatte. Und dann hatte ihm Currie mit seinen Worten einen Rettungsanker zugeworfen, den er von sich aus nie gefunden hätte. Es war ein Ausweg.
Sie können sich in dieser Sache nicht selbst belügen.
Lewis sprach langsam und vorsichtig, als überraschten ihn seine eigenen Worte.
»Wir sind ins Wheatfield gegangen«, sagte er.

Epilog

Einen Monat später stand ich im Wohnzimmer meines Elternhauses und betrachtete, was ich erreicht hatte. Es war jetzt fast ganz leer geräumt. Bloße Fußbodenbretter liefen von Wand zu Wand, und alle Möbel waren am Tag zuvor in einem Container weggebracht worden. Alle anderen Räume im Haus sahen mehr oder weniger genauso aus.
Ich machte einen Rundgang und überprüfte, ob ich etwas übersehen hatte. Um an den Kartons vorbeizukommen, die im Flur aufgereiht standen, musste ich mich seitwärts drehen.
Es war lächerlich zu glauben, dass ich das überwunden hatte, was Anfang September passiert war, aber ich war jetzt viel ruhiger geworden.
Natürlich hatte ich noch bestimmte Bilder im Kopf, fuhr oft mitten in der Nacht plötzlich hoch und setzte mich mit klopfendem Herzen auf, nur um ein Gesicht in die Dunkelheit zurückweichen zu sehen. Immer wenn das geschah, konnte ich den Ausdruck darin nicht ausmachen, bevor das Gesicht verschwand. Lag ein Vorwurf darin, oder war es Schuldgefühl? Und wessen Gesicht war es? Ich konnte es nie sagen.
Aber wenn ich wach war, verdrängte ich es meistens. In letzter Zeit redete ich nicht mehr so viel und schien mich auch langsamer zu bewegen als früher, als hätte ich mich irgendwo gestoßen und müsste vorsichtig sein, bis ich herausbekommen hatte, was weh tat und was nicht.

Die Arbeit am Haus hatte mir geholfen. Die verschiedenen Anklagen, die drohend wie ein Damoklesschwert über mir hingen, hatten eine Weile für Anspannung gesorgt. Aber als sich abzeichnete, dass keine Klage gegen mich erhoben würde, stürzte ich mich wieder auf das Haus und versuchte mich zu beschäftigen. Wie sich erwies, hatte es eine therapeutische Wirkung. Die harte Arbeit gab mir etwas zu tun, und es schien mir auch emotional das Richtige zu sein. Ich hatte gelesen, wenn sich jemand selbst verletzt, sei der Hauptgrund dafür, dass man dem inneren Schmerz, den man fühlt, eine physische Dimension geben will. Eine äußere Wunde kann man ganz konkret spüren, versorgen und heilen auf eine Weise, wie es bei Verletzungen der Psyche oft nicht möglich ist. Das Ausräumen meines Elternhauses erinnerte mich ein bisschen daran.

In der Küche hatte ich die alte Einrichtung herausgerissen und entsorgt, und die neuen Schränke waren in der Woche zuvor eingebaut worden. Es war noch nicht alles fertig. Ein Mann mit trübsinniger Miene hatte die Elektroleitungen aus den Wänden gezogen wie Venen aus einem Arm. Ich musste an den entsprechenden Stellen noch den Gips überstreichen. Der Klempner wollte am nächsten Morgen kommen, und das neue Bad sollte am Wochenende geliefert werden. Und der neue Teppichboden musste noch verlegt werden.

Aber die alten Sachen meiner Eltern waren alle weg.

Ich blieb an der Tür zum Zimmer meines Bruders stehen. Es war jetzt einfach ein leerer Würfel und hatte nichts mehr von der Macht, die es früher ausgeübt hatte. Man lernt merkwürdige Dinge, wenn man ein Haus bis auf die Mauern auseinandernimmt. Besonders wenn es eines ist, das man so gut kennt. Owens Zimmer hatte mich immer noch bis zum letzten Moment, als ich die Vorhänge abnahm, an das erinnert, was an jenem Tag geschehen war; und mit diesem Herunternehmen wurde es dann einfach wieder ein Zimmer. Eines, das jemand anderem gehört haben könnte, und so würde es ja auch bald sein.

Wie gesagt, ich hatte nicht sehr gründlich nachgedacht über alles, was passiert war, aber das hieß nicht, dass mir während der Arbeit nicht einiges eingefallen war. Ich hatte viel über die Fehler nachgegrübelt, die ich gemacht hatte, kam aber eigentlich nur zu einer einzigen wirklichen Schlussfolgerung, dem gleichen Gedanken, den ich vor Eddies Haus auf der Campdown Road hatte. Man kann sich seine Fehler verzeihen, wenn man nicht Bescheid weiß. Die einzigen Fehler, die man zu verantworten hat, sind die, bei denen man schon vorher wusste, dass man sich für das Falsche entschieden hat.

Ich schloss die Tür zum zweiten Schlafzimmer des Hauses. Als ich wieder den Flur entlangging, fuhr ich mit dem Finger an den Kanten der Kartons entlang, die an der Wand aufgestapelt waren. Sie konnten erst einmal hier stehen bleiben. Ich würde mit dem Auspacken warten, bis das Haus ganz fertig war.

Zehn Minuten später fuhr ich langsam die Umgehungsstraße entlang.

Das Wetter war gut. Ein blassblauer Himmel erstreckte sich vor mir, und ein paar Wolken hingen unbeweglich am Horizont. Draußen war es so kalt, dass der Atem weiß in der Luft schwebte, aber die Sonne kam doch irgendwie durch, und wenn der Wind sich legte, war es warm. Alles sah kristallklar aus, von den Ecken der Gebäude bis zum Glänzen der Fensterscheiben, und der regionale Wetterbericht sagte voraus, es könne später in manchen Gegenden schneien.

Aber der Verkehr war schlimm. Ich legte etwas von Nine Inch Nails in den CD-Player und kroch langsam die Straße entlang, bis ich an der Autobahnauffahrt vorbei war.

Kurz nach drei hielt ich vor Toris Wohnung an, parkte den Wagen und stieg aus. Sie war eine Woche zuvor aus der Klinik in Staunton entlassen worden, aber ich hatte sie noch nicht besucht.

Irgendwie machte mich die Begegnung mit ihr nervös. Bei dem für uns offensichtlichsten Gesprächsthema ging es um etwas, das wir beide nicht besprechen wollten, aber andererseits wäre es merkwürdig, es überhaupt nicht zu erwähnen. Wir konnten ja nicht nur einfach Tee trinken und so tun, als sei nichts geschehen.

Kaum hatte ich angeklopft, öffnete sie die Tür. Ich hatte den Besuch nicht mit ihr verabredet, war einfach auf gut Glück gekommen, und sie sah zunächst überrascht aus. Dann lächelte sie breit und umarmte mich.

»Hi.«

Ich schloss die Augen und strich ihr über den Rücken.

»Achtung mit dem Arm«, sagte sie.

»Oh, tut mir leid.«

»Nein, so ist es in Ordnung.«

Einen Moment später lösten wir uns voneinander.

»Wie ist es dir denn ergangen?«, fragte sie.

»Mir? Alles in Ordnung. Ich hab mir deinetwegen Sorgen gemacht. Wie geht's dir?«

»Mir geht's gut.«

Sie stellte Wasser auf, und ich folgte ihr ins Wohnzimmer, wo sie es sich auf dem Sofa gemütlich machte.

»Es ist gut, wieder zu Hause zu sein«, sagte sie.

»Schön, dich wieder hierzuhaben. Ich hab dich zweimal in Staunton besucht.«
»Ich erinnere mich.«
Ich setzte mich neben sie. Sie wandte sich mir zu, schlug die Beine unter und stützte sich mit dem Ellbogen auf der Rückenlehne des Sofas ab.
»Wie geht's Rob?«, sagte sie.
»Gesund und munter. Noch genauso nervig wie immer.«
Ich hatte am Abend zuvor mit ihm gesprochen. Wir hatten die Arbeit an der Zeitschrift unterbrechen müssen, während er im Krankenhaus war, und jetzt, wo er wiederhergestellt war, wollte er unbedingt weitermachen. Ich hatte noch keine Entscheidung getroffen, ob wir das tun würden oder nicht. Wir hatten einen tollen Knüller über Thom Stanley, größer als erwartet, aber ich war nicht sicher, dass es günstig war, ihn zu bringen. Zunächst einmal hatte der *Skeptic* einen Brief von Stanleys Anwälten erhalten, in dem erklärt wurde, jeder Hinweis, dass ihr Klient etwas über die Morde gewusst haben könnte, würde uns in eine gefährliche Lage bringen.
Die Drohung beunruhigte mich nicht besonders, da ich unsere Unterhaltung auf Band hatte. Aber trotzdem war ich nicht sicher, ob ich mich noch einmal in diese Lage begeben wollte. Beim Ausräumen des Hauses war mir klargeworden, dass ich darüber nachdenken musste, wo ich im Leben stand und ob ich nicht vielleicht bald neue Ziele ansteuern wollte. Und ich fand, nach allem, was passiert war, war das wahrscheinlich so.
»Choc?«, sagte ich. »Was macht er?«
»Ich hab ihn nicht gesehen.«
»Aha.«
Wir sprachen eine Weile über das, was geschehen war, ohne

die Ereignisse selbst zu erwähnen. Sie waren der dunkle Mittelpunkt unseres Gesprächs, blieben aber für den Augenblick im Hintergrund. Nur die Auswirkungen und Konsequenzen tauchten flüchtig auf. Wie geht es Soundso? Was hast du dann gemacht? Was sagte die Polizei? Sie fragte, ob es mir wieder gutgehe, und ich fragte sie das auch. Die Umrisse des Geschehenen zeichneten sich ab, während wir unsere Informationen abglichen, aber weiter wagten wir uns nicht vor.

»Oh, ich hab das Wasser vergessen.« Sie stand auf. »Willst du Kaffee?«

»Ja, das wär super.«

Ich sah ihr nach, als sie das Wohnzimmer verließ. Gleich danach brachte sie die Tassen herein, ich nahm meine, stellte sie auf den Tisch und griff dann in meinen Mantel.

»Ist mir gerade eingefallen«, sagte ich. »Ich hab was für dich.«

Ich hob das Kreuz in die Höhe und ließ die Kette über meiner Hand baumeln.

Ihre Augen leuchteten. »Oh Gott. Ich dachte, sie sei verlorengegangen.«

»Nein.«

»Leg sie mir um.«

Sie drehte sich auf dem Sofa und hob ihr Haar hoch. Ich rutschte ein bisschen näher heran und streckte die Hände aus, um ihr die Kette umzulegen. Mein Handgelenk berührte an der Schulter über den Trägern ihrer Bluse fast ihre Haut, aber nicht ganz. Ich hakte den Verschluss zu.

»So.«

»Ich bin so froh.«

Sie fasste das Kreuz mit Zeigefinger und Daumen, drehte es um und schaute darauf hinab.

»Danke«, sagte sie.
»Kein Problem.«
Ich trank den Kaffee und stellte fest, dass es mir egal war, wie dieser Tag sich weiter entwickelte. Ich empfand in Bezug auf sie inzwischen weder Eifersucht noch Besitzergefühle oder Verlangen. Aber ich fühlte mich ihr nah, und das war das Wichtigste, welche Form es auch annehmen mochte. Ich brauchte nicht nervös zu sein. Es war einfach schön, sie nach so langer Zeit wiederzusehen.
»Ach«, sagte ich, »wo ich gerade dran denke …«
Ich nahm mein Handy heraus. Die Polizei hatte mir zwei Wochen zuvor mein altes Mobiltelefon zurückgegeben, aber ich hatte es seit damals nicht angerührt. Es erschien mir vernünftig, ein neues anzuschaffen, und ich vermutete, dass Tori das Gleiche getan hatte.
»Ich hab ein neues Handy«, sagte ich.
»Oh, ich auch.« Sie nahm ihr eigenes vom Couchtisch. »Willst du meine Nummer haben?«
Ich lächelte ihr zu.
»Ja«, sagte ich. »Klar.«

Danksagung

Großen Dank schulde ich meiner Agentin Carolyn Whitaker und allen beim Orion-Verlag, die mir bei diesem Buch geholfen haben, besonders Jon Wood, Genevieve Pegg und Jade Chandler, die alle unendlich viel Geduld mit mir hatten. Ein persönlicheres Dankeschön geht wie immer an Ang, J, Keleigh, Rich, Neil, Helen, Gillian, Roger, Ben, Megan, Cass und Mark. Auch an Mum, Dad, John und Roy. Besonders muss ich mich diesmal bei Becki und Rainy bedanken und ganz besonders bei Emma Lindley. Aber am allermeisten danke ich Lynn, die mich während der langen Arbeit an diesem Buch ertragen musste und die einfach wunderbar ist.